ullstein

Das Buch

Zum ersten Mal in ihrem Leben hat Lchen eine Beziehung ganz ohne Probleme. Christian ist ein *toller* Mann! Gemeinsam träumen sie von Kindern und einem Häuschen im Grünen. Doch kaum, dass der Traum in greifbare Nähe rückt, bekommt Lchen das Gefühl, dass sie erstickt. Heimlich schafft sie sich eine kleine zweite Wohnung an, die nur ihr gehört. Anfänglich zieht sie sich nur zum Arbeiten dorthin zurück. Doch dann steht eines Abends Dick vor der Tür. Mit dem Mann aus Amsterdam hatte sie schon mal eine leidenschaftliche Affäre – damals blieb er bei seiner Frau. Jetzt lodern die alten Gefühle wieder auf. Ehe Lchen sich versieht, führt sie ein Doppelleben. Zwei Wohnungen, zwei Männer, zwei Zukunftsplanungen. Und ihre große unglückliche Liebe spukt ihr auch immer noch im Kopf (und Herz?) herum. Als Dick und Christian beide um ihre Hand anhalten, muss sie sich entscheiden.

Die Autorin

Conni Lubek arbeitete als Diplompsychologin und Werbetexterin, bevor sie ihr gefeiertes und über eine halbe Million mal besuchtes Weblog *Anleitung zum Entlieben* (www.blogigo.de/Lapared) begann, aus dem mit *Der Beste zum Schluss* nun der dritte Roman entstand. Von Anfang an mit dabei: Koautor und Frauenschwarm Curd Rock.

Von Conni Lubek sind in unserem Hause bereits erschienen:
Anleitung zum Entlieben
Entlieben für Fortgeschrittene

Conni Lubek

Der Beste zum Schluss

Roman

Ullstein

Besuchen Sie uns im Internet:
www.ullstein-taschenbuch.de

FSC
www.fsc.org
MIX
Papier aus verantwortungsvollen Quellen
FSC® C006701

Originalausgabe im Ullstein Taschenbuch
1. Auflage September 2011

Umschlagkonzept: HildenDesign, München
Umschlaggestaltung: Conni Lubek und Sabine Wimmer, Berlin
Titelabbildung: © Conni Lubek
Sämtliche Fotos im Innenteil: © Conni Lubek
Die Urheberrechte an der Figur Curd Rock liegen bei der Autorin.
Satz: KompetenzCenter, Mönchengladbach
Gesetzt aus der Times
Papier: Munken Print Cream von Arctic Paper GmbH
Druck und Bindearbeiten: CPI – Ebner & Spiegel, Ulm
Printed in Germany
ISBN 978-3-548-28267-1

Für
»die Milliömchen«

Vorwort

Auf jeden Topf passt bekanntlich ein Deckel.

Kommen wir nun zu einem besonderen Fall: Töpfe mit Angst vor geschlossenen Räumen.

Vorwort

(Ich konnte mich nicht entscheiden und hab beide genommen. Das wird leider noch öfter vorkommen in dieser Geschichte.)

Jeder Mensch ist eine Insel.
Matthew Arnold, Dichter

Kein Mensch ist eine Insel.
Don Bon Jovi, Sänger

Demkem wir ums das Wasser mal weg…
Curd Rock, Philosoph & St. Barth

Was bisher geschah...

Mein Name ist Lpunkt, genannt Lchen, und ich kann nicht mal meinen Eltern die Schuld dafür geben. Ich selbst habe mich so genannt, als ich vor einigen Jahren damit anfing, anonym ein Internettagebuch – ein sogenanntes Blog – zu führen. Lpunkt wählte ich als Pseudonym.

Hätte ich geahnt, wie viele Menschen das Blog lesen würden und dass später sogar Romane daraus entstünden, hätte ich mir vielleicht etwas Imposanteres ausgesucht. Loretta Stahl oder Helena Kracht oder Mia Pörsching, etwas in der Art. Schließlich sollte das Blog von einer Trennung handeln, und als ich mit dem Schreiben anfing, dachte ich, ich würde kurzen Prozess machen mit der Gurke. Ich war sauer. Und natürlich auch todtraurig. Deshalb nannte ich das Blog auch *Anleitung zum Entlieben*. Anleitungen sind kurz – erstens, zweitens, drittens – spätestens bei zehntens sollte Monsieur atomisiert sein, nicht mehr existent in meinem Leben, Beziehung beendet, der Nächste bitte. Als Lchen wurde daraus natürlich nichts. Aber der Reihe nach.

Also, jetzt wissen Sie schon mal, warum ich Lchen heiße. Eine andere häufig gestellte Frage möchte ich auch gleich beantworten. Ja, Sie können dieses Buch auch dann lesen, wenn Sie die beiden ersten Lchen-Romane übersprungen haben. Winston Churchill las der Legende nach auch immer zuerst das Ende, und es hat England nicht geschadet. Ich erzähle Ihnen einfach ganz kurz, welche schicksalhaften Höhen und Tiefen meines Liebeslebens Sie bisher verpasst haben:

Das erste Buch hieß genau wie das Blog »Anleitung zum Entlieben« und erzählte, wie gesagt, die Trennungsgeschichte von Lchen und oben bereits erwähnter Gurke, die im Blog ebenso wie im Buch den Namen 119 trägt. Diesen Namen sollten Sie sich vielleicht merken, Sie werden auch in diesem Buch noch einiges von ihm hören. In Wirklichkeit war er nämlich weder das eine noch das andere. Kein dummes Gemüse und für mich alles andere als eine Nummer. Sonst wäre es ja leicht gewesen.

Er war ein sehr herzlicher, kluger, humorvoller Mann, in den ich unsterblich verliebt war und der im Wesentlichen nur einen großen Fehler hatte: dass *er* nicht verliebt in *mich* war. Alle paar Monate erinnerte er mich daran, und ich fiel jedes Mal aufs Neue aus allen Wolken. Ins Bodenlose. Aber zwischen diesen Tragödien hatten wir es eigentlich sehr nett.

Jeden Freitag oder Samstag schliefen wir miteinander, das war immer eine große Freude für alle Beteiligten. Oder wir unternahmen Tagesausflüge mit meinem Mini, meistens ans Meer – unsere heißgeliebte Nordsee – aber auch mal in die Hauptstadt ins Museum oder nach Köln zur Artfair, wir machten beide gerne ein bisschen auf Kultur. Abends lümmelten wir uns dann auf der Couch, aßen Schnittchen und guckten Twin Peaks. Das alles war wunderbar, aber wenn ich »mehr« wollte – und ich bin eine Frau, eine Frau kurz vor der Menopause, ich wollte mehr –, knallte ich gegen die gläserne Wand wie ein übermütiger Spatz gegen die Fassade der Berliner CDU-Zentrale. Während ich dann benommen meine Flügelchen sortierte und die Nase wieder nach vorne bog, erinnerte 119 mich sanft daran, dass für mehr etwas Wichtiges fehlte, soweit es ihn betraf. Liebe.

Ich brauchte drei Jahre, um zu begreifen, dass es nicht in meiner Macht lag, das zu ändern. Egal, wie liebens- oder begehrenswert ich mich präsentierte. Band eins der Lchen-

Romane erzählt die letzten Monate dieses mühsamen Akzeptierens. Als Lchen – nach einem missglückten Syltur-laub – endlich ihr Hütchen nahm und ihre lächerlich kleinen Spitzenschlüpfer und ihren letzten Stolz, der allerdings noch winziger war als ihre Wäsche… und 119 verließ. Eine Tortur, ein Alkoholentzug war nichts dagegen, ich darf das sagen, und heroisch war nichts daran. Aber am Ende gelingt es ihr, sich neu zu verlieben (das einzig wirksame Betäubungsmittel gegen Liebeskummer, wenn Sie mich fragen, aber kein Heilmittel, warnen die Experten). Ich verliebte mich in einen schönen blonden Mann aus dem Land der Tulpen und des Käses: einen Holländer namens… Dick (bitte auch merken!). So endete der erste Band. Ich war bei Dick in Amsterdam, in seinem kleinen warmen Haus direkt am Kanal, und ich war sehr glücklich.

Mit Dick ging es auch im zweiten Band weiter, er heißt »Entlieben für Fortgeschrittene«, falls Sie vielleicht doch Lust bekommen und noch mal nachlesen möchten. Dick war wahnsinnig verliebt in mich, das allein wusste ich natürlich sehr zu schätzen nach meinen vorangegangenen Erfahrungen. Obwohl es auch ein wenig ungewohnt war und fast beengend. Schon morgens vorm Aufstehen erreichten mich SMS, in denen er mir Kosenamen gab und meine Orangen pressen wollte. Zum Glück trennten uns 500 Kilometer, die den Druck ein bisschen aus der Sache nahmen. Ich brauchte eine Weile, um mit Dicks Verliebtheit mithalten zu können. Er behandelte mich wie eine Prinzessin, wenn ich ihn besuchte. Er kochte mir extrasteifen Grießpudding und bastelte Sexspielzeuge zu meiner Erbauung. So weit ging ich allerdings nie. Aber ein halbes Jahr, nachdem wir uns kennengelernt hatten, als ich in Amsterdam wunderschöne

Ostertage mit ihm verbracht hatte, schrieb ich kleine Zettel mit Liebeserklärungen, die ich heimlich in seinem kleinen warmen Haus versteckte, kurz bevor ich wieder abreiste. Sie waren ernst gemeint. Ich stellte mir vor, dass Dick sehr glücklich sein würde, wenn er sie fände. Wahrscheinlich hätte er bei jedem Zettel Tränen in seinen schönen babyblauen Augen. Ein paar Tage später, als ich zurück in Hamburg war, klingelte das Telefon. Es war Dick. Er sagte mir, dass er verheiratet sei, und beendete die Beziehung. Klick.

Da hätte die Geschichte eigentlich zu Ende sein können. Aber für eine Kämpfernatur wie Lchen ging sie da erst richtig los. (Jetzt hätte Loretta Stahl nämlich doch gepasst.) Ich war mir so sicher, dass Dick mich liebte. Und ich liebte ihn, so viel Liebe darf man doch nicht einfach ungenutzt verpuffen lassen, dachte ich... Ich rief ihn an. Und so ging die Geschichte weiter, noch zwei Jahre. So lange hoffte ich, dass Dick seine Frau verlassen würde. Erst dann sah ich, wie perfekt die beiden eigentlich zueinander passten.

Dicks Frau war eine international erfolgreiche Ingenieurin und Architektin, Dick ein international erfolgloser Künstler. Er versorgte das Haus, und sie freute sich, dass jemand da war, wenn sie nach ihren monatelangen Auslandsaufenthalten heimkam. Schöner hätte sie es natürlich gefunden, es wäre *nur* er da gewesen. Aber sie hatte wohl damit gerechnet, dass sie irgendwann eine nackte Frau im Schrank finden würde. Oder deren Liebesbotschaften. Und in Holland ist ja alles ein bisschen liberaler. Sie wartete einfach ab, bis es sich erledigt haben würde. Irgendwann erledigte es sich ja meistens. Sie wusste, dass Dick sie zum Leben brauchte, dafür hatte sie gesorgt, sie beschützte ihn seit 25 Jahren. Nach nur zwei Jahren sah auch ich das ein und verließ Dick ein paar

Tage nach Ostern. Den Kampf hatte ich auch wieder verloren, aber dafür wurde ich schon bald vom lieben Gott beschenkt. Mit einem neuen lieben Menschen: Christian, so aufrecht, dass kein Pseudonym an ihm kleben blieb. Er half mir nach Dick wieder auf die Beinchen, und es störte ihn nicht, dass ich mich anfangs ständig umdrehte und zurücksah. Und mit der Zeit dämmerte mir, wie toll der neue Mann an meiner Seite war. Warmherzig, sexy, verrückt nach mir. Und ledig. Mit ihm und einem Herz voller Hoffungen endete der zweite Band. Mit ihm geht es hier im dritten auch gleich weiter. Nur eine Sekunde noch.

Einen Herrn haben wir noch vergessen. Den möchte ich Ihnen auch noch vorstellen, sonst würden seine Auftritte Sie vielleicht irritieren. Ich spreche von Curd Rock. Curd Rock ist das »Stofftier«, das auch auf dem Cover um die Ecke lugt. Stofftier in Gänsefüßchen, denn eigentlich ist Curd weit mehr als das. Ursprünglich war er ein Geschenk von 119, das Lchen sehr frei als Beweis ihrer Seelenverwandtschaft deutete – als solcher hatte Curd natürlich schon einen unschätzbaren Wert.

Irgendwann hatte Curd dann seinen ersten Auftritt im Blog. Und von dem Tag an war es nicht mehr mein Blog, sondern Curds Blog. A Star was born, wie man im Show-Biz sagt. Curd wurde zum Präsenter meines unzensierten Innenlebens. Mit 119 fühlte er sich zutiefst verbunden. 119 war »sein Mensch«, der, der ihn gekauft hatte, und das würde er immer bleiben. Überhaupt war Curd der eigentlich Leidtragende der Trennung von 119. Sein einziger Trost war das tägliche Bad im Mitgefühl seiner Milliömchen (so nannte er die Blogleser). So war Curds Rolle im Blog und dann später auch im ersten Buch.

Im zweiten Buch emanzipierte Curd sich schon ein wenig. Für Dick konnte er sich anfangs nur widerwillig erwärmen. Doch nach einer Zeit wurden auch sie beide Freunde. Und am Ende weint Curd sehr um Dick und lässt sogar sein Köfferchen in Amsterdam zurück. Genau wie Lchen. Aber anders als sie will Curd danach keine neuen Freunde mehr, ein Stofftierherz ist bekannlich nicht so flexibel wie ein Menschenherz. Ein Stofftier, auch wenn es viel mehr ist als das, liebt ewig. Im dritten Band findet Curd – nicht ganz freiwillig – seinen eigenen Weg, Sie werden sehen.

So, und nun kann's endlich losgehen. Viel Vergnügen bei »Der Beste zum Schluss«, dem dritten und letzten Teil der Lchen-Romane. Danke für so viel Interesse. Danke den Milliömchen. Danke, Anette. Um mit Mikel zu sprechen, I love you, I love you.

Lchen

An einem verschneiten Nachmittag im sogenannten Bibberwinter, dem ersten Winter der Zehner-Jahre…

Im spanischen Buneo hat ein Mann seine Freundin durch seinen Heiratsantrag beinahe umgebracht. Der 27-jährige gelernte Koch hatte den Verlobungsring in einer selbstgebackenen Pastete versteckt, die er seiner 28-jährigen Angebeteten beim Candlelight-Dinner als Vorspeise servierte. Beim Verzehr der Pastete setzte sich der Ring so unglücklich in der Luftröhre der Frau fest, dass sie daran zu ersticken drohte und im örtlichen Krankenhaus operiert werden musste. Dort verliebte sie sich in ihren Retter, einen 35-jährigen HNO-Arzt. Den Antrag des Pastetenbäckers lehnte sie ab.

Ich las den Artikel immer wieder. So kurz vor Weihnachten war so etwas eine Zeitungsmeldung. Die Welt wollte Liebesgeschichten, es war der 21. Dezember, las ich rechts oben am Seitenrand. Ansonsten fand sich aber auch nicht viel Interessantes auf der Seite. Obwohl die »Aus aller Welt«-Seiten – manchmal hießen sie auch »Vermischtes« oder »Panorama« – in Zeitungen normalerweise meine Lieblingsseiten waren. Frau Tannemann hatte sie mir überlassen.

Frau Tannemann war nett. Ich hoffte, sie würde alles gut überstehen. Frau Tannemann würde morgen nämlich operiert, »die Galle«, hatte sie nur gesagt und abgewunken. Wahrscheinlich war es nichts Lebensgefährliches an Frau Tannemanns Galle, aber wenn sie sie so kurz vor Weihnachten noch aufmachten, war es wohl auch nicht ganz ohne. Die Arme. Auf jeden Fall müsste sie über Weihnachten hierbleiben. Ganz allein, ich jedenfalls wäre dann nicht mehr da, um sie zu unterhalten. Vielleicht entließen sie mich sogar noch heute. Außer ein paar Kratzern an den Händen hatte ich ja nichts, das hatte ich auch schon der Schwester gesagt. Es ging mir gut. Das könne nur der Doktor entscheiden, hatte sie geantwortet. Überfreundlich, als hätte ich sie nicht alle und man dürfte mich nicht aufregen. Er sei unterwegs und würde jeden Augenblick kommen, das war vor zwei Stunden. Ich sah wieder auf die Zeitungsmeldung. Ob die Frau sich auch dann in den HNO-Arzt verliebt hätte, wenn sie ihn unter normalen Umständen getroffen hätte, an der Wursttheke zum Beispiel und ohne einen Verlobungsring in der Luftröhre? Frau Tannemann schlief.

Eigentlich könnte ich mir auch den Rest ihrer Zeitung nehmen, dachte ich. Frau Tannemann hätte bestimmt nichts dagegen. Obwohl sie ihre dicke Brille darauf abgelegt hatte, die müsste ich erst beiseiteschieben, so etwas hemmte mich. »Morgen stehen Sie vielleicht drin«, hatte Frau Tannemann gesagt. Sie hatte gelächelt, als sie mir den »Aus aller Welt«-Teil reichte, und im Rahmen der Möglichkeiten einer 92-Jährigen kess gezwinkert, aber mir schien, dass es ihr voller Ernst war. Morgen würde ich vielleicht drinstehen. Das fehlte noch.

Frau bei Bergung ihres Stofftieres im Eis eingebrochen. Auweia, dann wäre ich erledigt. Lpunkt – Deutschlands Hoffnung für den Darwin-Award*. Wenn wenigstens ein Kind in der Nähe gewesen wäre! Frau beim Versuch, das Stofftier eines Kindes zu bergen, ins Eis eingebrochen. Das ginge so gerade noch. Eines *weinenden* Kindes, noch besser. Eines kleinen Mädchens namens Anni beispielsweise. Als das Stofftier der kleinen Anni (3) aus noch ungeklärter Ursache über das Brückengeländer auf den zugefrorenen See fiel,

* Preis für die dämlichste Art, aus dem Leben zu scheiden.

zögerte die zufällig anwesende Lpunkt nicht lange. Sofort lief die sympathische Spaziergängerin auf das an sich ja auch als sicher geltende Eis, um den kostbarsten Besitz des weinenden kleinen Mädchens zu bergen. So wurde ein Schuh draus.

Ich stellte mir den Rest der Geschichte in der Zeitung vor. Trotz ihrer überaus schlanken Figur brach die mutige Lpunkt leider mitten auf dem See ins Eis ein. Feuerwehrleute, die schon nach wenigen Ewigkeiten zu ihrer Rettung eilten, warfen zunächst Rettungsringe in Lpunkts grobe Richtung, trafen aber nur eine schaulustige Ente. Dicke Männer in Schutzanzügen versuchten daraufhin, bäuchlings an die Einbruchstelle ranzurobben, was natürlich schiefgehen musste, das hätte ich ihnen gleich sagen können, wenn das Eis ein Fliegengewicht nicht trug, dann gewiss nicht diese Brummer! Erst im allerletzten Moment gelang es Lpunkt aus eigener Kraft, sich aufs Eis zu ziehen und zurück ans Land zu krabbeln, meine Hände bluteten, ich spürte meine Beine nicht mehr, ich hatte Todesangst! Lpunkt war unterkühlt, ansonsten aber topfit und wurde rein zur Vorsicht in das nahegelegene Krankenhaus gebracht. Dort liegt die Heldin vom Parksee derzeit in einem Doppelzimmer mit Frau Tannemann, der wir von dieser Stelle alles Gute für die morgige Gallen-OP wünschen, und wartet auf ihre sehr baldige Entlassung. So ging's, so konnten sie es meinetwegen schreiben, bis auf Anni die reine Wahrheit. In Wirklichkeit war Curd einfach so vom Geländer gefallen, ich wollte ihn gerade... Himmel, Curd! Curd!? CURD!??? Plötzlich wurde mir flau. Über den Verbleib des Stofftieres wird bis zur Stunde noch spekuliert. Ach, Curd...

Seit fünf Jahren machte ich jetzt schon diese Bilder von

ihm. Überall, wo das Leben und insbesondere die Liebe uns hinspülten. Auf jeder neuen Couch, in jeder neuen Stadt, auf jedem wieder mal gepackten Koffer… Curds Fotos waren mein Tagebuch und Curd mein treuer Begleiter. Mein Freund. Mit an die fünfzigtausend Fotos in den Archiven meines Rechners war Curd wahrscheinlich das meistfotografierte Stofftier seiner Epoche. Und mittlerweile auch ein Stofftier von öffentlichem Interesse. Allabendlich stellten wir – Curd und ich zusammen – eine kleine Bildgeschichte in sein Blog. Inzwischen hatte Curd dort eine treue Fangemeinde, die er zärtlich und maßlos übertrieben seine Milliömchen nannte. In Wahrheit waren es wohl eher ein paar Hunderte. Aber immerhin…

Als mein Freund Curd beim Posieren für ein Foto vom Brückengeländer gefallen war und alle viere von sich gestreckt unten vom schneebedeckten Eis zu mir nach oben starrte, konnte ich vor Entsetzen nicht besonders logisch denken. Und so kam es, dass ich 119 anrief, den Mann, der mir Curd vor einigen Jahren geschenkt hatte. Und mit dem alles angefangen hatte… Inzwischen lebte 119 in Medan. Medan ist übrigens eine Stadt auf Sumatra.

»Lchen, rühr dich nicht vom Fleck!«, sagte 119. »Ich setz mich in den Flieger, in 18 Stunden bin ich da!« 119 war der Einzige, der meine Gefühle für Curd teilte. »Keine Sorge, wir holen Curd da raus!«

»Danke, Hase«, antwortete ich. Die Hasen-Zeiten zwischen uns waren eigentlich lange vorbei, nur Curd verband uns noch, aber um den ging es ja. »Beeil dich, bitte!«

119 prustete los. »Lchen, hast du getrunken?«

»Nein!« Genaugenommen verband uns nichts mehr. »Aber aber aber… was soll ich denn jetzt machen? Ich kann

Curd doch nicht da liegen lassen. Ich brauche ihn! Gerade jetzt, wo ich… wo ich wieder… ich… ich…« Ich hatte dann versucht, 119 nahezubringen, wie wichtig mir Curds Rettung war.

»Was? Wie? Ich verstehe dich so schlecht…« 119 spielte das Schlechte-Verbindungs Spiel, dabei hörte *ich* ihn so klar, als säße er 500 Meter weiter mit den Omis im Parkcafé. »Lchen, ich weiß, dass du Curd jetzt nicht mehr brauchst. Aber musstest du ihn denn gleich wegwerfen!?« Er zog mich auf, der Hund, so sah es aus. Und er kicherte, als hätte er mit den Damen einen doppelten Irish Coffee gepichelt.

»Ich hab ihn nicht *weggeworfen*!«

»Wie bitte? Ich versteh dich wirklich *ganz* schlecht. Aber ich finde, du solltest mit deinen abgelegten Männern etwas nachsichtiger umgehen!« Kicherkicher.

»Ach, vergiss es…«

Ich legte einfach auf. Curd weggeworfen? Ich? So eine Gemeinheit! Wütend raste ich hinunter zum Ufer… Ja, und den Rest, das Ende der Geschichte, das können Sie dann morgen in der Zeitung lesen.

Die Story mit der Elefantendame auf dem Eis. Es wäre höchstens noch ein Meter gewesen bis zu Curd, ich hätte es fast geschafft, nur ein winziger Meter… Ich weinte, fiel mir jetzt auf. Aber nicht nur wegen Curd, schien es mir. Da war noch etwas anderes, aber was? Ich kannte die Ursache meines eigenen Tränenflusses nicht. Ganz im Vertrauen: Mir fehlte ohnehin das eine oder andere da oben. Das war ja auch nicht weiter verwunderlich, ich war mit dem Kopf untergetaucht, meine Gehirnleitungen waren partiell noch gefroren. Bestimmte Regionen waren vom Bewusstsein abgeschnitten, aber davon musste der Arzt ja nichts wissen. Sonst könnte ich hier Weihnachten mit Tannemännchen Oh Tannenbaum singen. Ich wollte nach Hause, auch wenn ich – das muss aber bitte unter uns bleiben – im Moment nicht genau wusste, wo das war. Ich wusste es nicht. Mit den Mullverbänden, in denen meine Hände bis zu den Fingern steckten, wischte ich mir schnell die Tränen weg. Es würde mir schon wieder einfallen. Bestimmt.

Ich schloss die Augen und versuchte, mal scharf nachzudenken. Wieso war ich überhaupt in den Park gegangen? Nur wegen Curd – oder wollte ich dort vielleicht jemanden treffen? Wie stand es mit meinem Liebesleben? Ich hatte mich vorhin kurz im Spiegel gesehen. Ich war natürlich durch die Umstände etwas mitgenommen, aber ich traute mir durchaus noch ein Liebesleben zu. Und was hatte 119 gemeint, als er sagte, ich brauchte Curd jetzt nicht mehr?

»Schatz!??«

Mein Kopf schnellte herum. Der von Tannemännchen auch, sah ich aus den Augenwinkeln, es blieb also abzuwarten, wer von uns angesprochen war. Ein Mann stand in der Tür, er sah gut aus, Donnerwetter! Und er lächelte, einmal zu mir und einmal zu Tannemännchen, ganz gerecht. Ob es helfen würde, wenn ich ein bisschen Bein zeigen würde, sorry Tannemännchen, hier endet unsere Damenfreundschaft, es geht um einen schönen Mann…

»Das Krankenhaus hat mich angerufen«, sagte er leise. Hm. »Von deinem Handy aus, Lchen.« YES! Nur mit Mühe konnte ich ein Lächeln des Triumphs unterdrücken. Über eine 92-Jährige. »Sie fragten, ob ich dir nahestünde.« Die Stimme kam mir jedenfalls bekannt vor. Wie warmer Samt, rrrrrr. Hatten wir mal was zusammen? »Ich hab geantwortet, dass wir in acht Wochen heiraten werden.« Stimmt! Stimmt ja! Carsten… nein, Christoph… nein, Christian, richtig?! Ja, jetzt schmolzen die Gehirnsynapsen, und es flutschte wieder im Neocortex. Christian kam lächelnd näher, geschmeidig wie ein Kätzchen. Keine schlechte Wahl, mein zukünftiger Gatte. »Sie meinten, dann sollte ich in Zukunft aber besser auf dich aufpassen.« Er schluckte, ja natürlich, das war mein Süßer, näher am Wasser gebaut als der Alsterpavillon. War er nicht auf diesem Kongress in der Schweiz? Was war mit seinem Vortrag? »Ich bin gleich nach dem Anruf zum Flughafen gefahren.« Das war mein Schatz.

»Mein Handy geht noch?«, begeisterte ich mich, bevor jemand weinte. »Siehst du, Schatz, deshalb kaufe ich nur finnische Handys!« Plapperplapper. »Nur die Finnen sind kommunikationstechnologisch darauf eingestellt, dass Menschen ins Eis einbrechen beim Telefonieren. Das macht einem finnischen Handy nichts, man kann einfach weiterplaudern!« Mein Handy hatte den Eiseinbruch überstanden, das war allerdings in der Tat bemerkenswert. Christian grinste.

»Ihr Handy ist nicht eingebrochen, es war in der braunen Sporttasche am Ufer«, zerstörte die Schwester, die hinter Christian ins Zimmer geschlüpft war, meinen Glauben an finnische Technologie. »Wir haben die beiden meistgewählten Nummern kontaktiert.« Sie sprach mit Christian, nicht mit mir, und dämpfte die Stimme, als wären Kranke im Zimmer. Dann deutete sie nur mit einem Blick und einer feinen Neigung ihres Köpfchens zum Wandschrank. »Die Sporttasche und das Handy sind da drin.« Schön, dass ich das auch mal erfuhr! Außerdem war es *Curds* Tasche. »Und bringen Sie ihr doch beim nächsten Mal neue Kleider mit.« *Ihr* war ich. Sie wendete sich zum Gehen und verschränkte dabei die Hände vor der Brust, als trage sie ein Vögelchen darin.

»Wenn Sie noch etwas brauchen...?!« Sie lächelte Christian liebenswürdig an. »Den Arzt!«, sagte ich und lächelte liebenswürdig zurück. Mein Augenlid zuckte. Irgendwas von dem, was diese Mutter aller Schwestern gesagt hatte, beunruhigte mich. Sehr. Ich wusste nur nicht genau, was. Herrgott, wann hatte ich da oben endlich wieder uneingeschränkten Zugriff?

Christian setzte sich zu mir aufs Bett. Nebenbei eroberte er Frau Tannemann, indem er »Hallo, wie geht's Ihnen?« sagte und in der Sekunde, die sie brauchte, um mit einem würdevollen kleinen Nicken zu antworten, so tat, als gäbe es für ihn nichts Wichtigeres auf der Welt als ihr Befinden. »Blumen gab's nicht«, wandte er sich dann schon wieder an mich. Dabei holte er ein Päckchen aus seiner trendigen Messenger-Tasche. Es war in Zeitungspapier gewickelt, leider eine Sportseite, ich wickelte es aus... Eis. Speiseeis. Das gute Langnese, ein ganzer Liter. »*Da* darfst du dich gerne reinsetzen!«, sagte Christian und strahlte. Seine Zähne standen aufgereiht wie kleine weiße, na, sagen wir cremefarbene Soldaten (aber welche Armee trug Creme?). Noch nie hatte ich so gleichmäßige echte Zähne gesehen. Perfekt, dachte ich. Was für schöner, kluger Mann. Und witzig – Eis! Solches, in das ich mich reinsetzen durfte. Das war wirklich lustig. Ich fiel ihm um den Hals. »Was machst du denn, Kleines?«, flüsterte Christian jetzt, küsste meine Pfötchen und drückte mich an sich. Wieder schmolzen ein paar Gehirnleitungen frei, und Bilder aus der Gedächtnisabteilung fluteten in mein Bewusstsein.

Mit »Kleines« hatte er mich damals rumgekriegt, niemand hatte mich vor ihm je so genannt. Ich war nämlich den größten Teil meines Lebens dick gewesen und überdurchschnittlich groß. Schon im Kinderwagen trug ich diesen unsichtbaren schwarzen Sticker am Mützchen: UND NICHTS AN MIR IST NIEDLICH. Niemand sah hinein und jauchzte verzückt. Und dabei blieb es die folgenden zwei Jahrzehnte. Nicht nur meine Figur, alles an mir war zu schwer. Erst vor etwa fünfzehn Jahren hatte sich das geändert, und ich wurde die legendäre Feder, die ich jetzt war. Doch noch heute fühlte ich mich wie eine Dicke, die sich nur als Dünne verkleidet hatte. Christian war der Erste, der drauf reinfiel und Kleines sagte. (Vielleicht auch deshalb, weil er selbst 1,94 m maß.) Jetzt flüsterte er etwas in meinen Scheitel. »Ehrlich, mir blieb fast das Herz stehen, als das Krankenhaus anrief, Süße.« Süße auch noch. Prompt liefen mir die Tränchen übers Gesicht. Wenn mich jemand in den Arm nahm, musste ich ohnehin gleich weinen, auch ohne Süße. Süße machte es nur noch schlimmer. Und am schlimmsten war, wenn ein Mann dann auch noch große Hände hatte und meinen Hinterkopf beim Umarmen mit einer davon umfasste wie den Kopf eines Babys, das rülpsen sollte. Christian konnte das wunderbar mit seinen Riesenschaufeln. »Ich liebe dich, Lchen.« »Ich liebe dich auch!«, antwortete ich und dachte: Was für ein toller Glücksfall, er liebt mich, und ich liebe ihn. Warum wurde ich trotzdem dieses ungute Gefühl nicht los? Irgendwas stimmte nicht, aber es fiel mir immer noch nicht ein, was. Herrje…

Christian zog seinen Pulli aus. Zusammen mit seinem Schlüssel und seinem Smartphone legte er ihn neben das Weihnachtsgesteck auf dem Besuchertisch. An seinem Hemd trug er noch ein Namensschild. Er hatte sich nicht mal die Zeit genommen, ein frisches Hemd anzuziehen, wie lieb. Das erklärte natürlich auch die Schweißränder unter seinen

Armen. Und den Geruch. Der mich aber nicht störte, natürlich nicht. In Gedanken sah ich unseren Kleiderschrank, in dem links auf Christians Hälfte seine frischen Hemden baumelten – warum krampfte sich bei diesem Bild mein Herz zusammen, was gab es denn Schöneres als frische Hemden!? »Ich hole uns Löffelchen«, sagte Christian jetzt und ging zur Tür. »Und gleich will ich die ganze Geschichte hören, was wolltest du denn auf dem Eis, Lchen?«, frage er, zwinkerte und war verschwunden. Nun. Frau Tannemann seufzte. Ich drehte mich zu ihr, und da sah ich, was passiert war. Tannemännchen war verliebt. »Noch ist er ledig, Frau Tannemann«, zwinkerte ich ihr aufmunternd zu, »versuchen Sie Ihr Glück.« Wir lachten.

Ein Handy klingelte, Christians auf dem Besuchertischchen war es nicht. So ein Klingeln hatte ich schon ein paar Mal gehört, aber da hatte ich geglaubt, es käme aus dem Nachbarzimmer, weil es wirklich sehr leise war. Nun dämmerte mir plötzlich, dass es vielleicht *mein* Handy war, in Curds Tasche, im Schrank. Mit einem Satz war ich aus dem Bett und auf den wackeligen Beinchen. Meine Fußsohlen kribbelten auf dem kühlen Linoleum wie von Ameisen befallen, und in meinen Knien war massenhaft Pudding, wenn nicht sogar Vla (das war flüssiger Pudding). Aber auf solche Befindlichkeiten sollte ich jetzt besser keine Rücksicht nehmen, sagte mir mein sicherer Instinkt. Ich rüttelte stattdessen vehement an dem Biest von Schranktür, das nicht aufging, weil ich es mit meinen weißen Hasenpfötchen zu- statt aufgeschlossen hatte (ein Gendefekt, ich verwechselte stets rechts und links, wenn es drauf ankam. Ein anderer Gendefekt: Wenn eine Tasche sechs Fächer hatte, suchte ich immer erst in den fünf falschen nach einem klingelnden Handy.)

Mein Herz raste, als ich es endlich in den Fingern hielt, dem Stück, das oben aus dem Verband ragte. Und als ich dann den Namen auf dem Display las, gingen – plingplingpling! – oben mit einem Schlag sämtliche Lämpchen wieder an. Oh nein… Jetzt war mir klar, warum ich mich die ganze Zeit so mies gefühlt hatte in meiner Haut. Mein Finger zitterte, als ich das grüne Knöpfchen drückte, und mein Blick klebte an der Zimmertür, durch die jeden Moment mein bezaubernder junger Bräutigam kommen würde, mit Löffelchen.

»Schatz? Schatz…«, sagte ich zu dem anderen bezaubernden Mann am Telefon, »… ich rufe dich gleich zurück, okay?!« Papumm, papumm, machte mein Herz. »Ja… ja… ja… WAS, DICH AUCH???« Wenigstens wusste ich jetzt, wer meine beiden meistgewählten Nummern waren. »Nein, mir geht's gut, Schatz, wirklich…« Papumm, papumm, ich konnte vor lauter Papumm fast nichts verstehen. »Um Gottes Willen, nein, du musst nicht…« PAPUMM, PAPUMM, »… ach, du du du bist schon…?« **PAPUMMPAPUMMPAPUMMPAPUMMPAPUMMPAPUMM**, »In einer hahahalben Stunde???«……… (Herzstillstand). »Doch, das ist… wunderbar.« Mir wurde so komisch, der Boden unter meinen Füßen begann zu wanken. »Ja, ich liebe dich auch, bis gleich, Schatz.« Ich drückte das rote Knöpfchen.

Nun.

Ich weiß nicht, wie lange ich so dastand. Meine nackten schneeweißen Füße klebten platt wie Pfannkuchen an dem kalten, blau gesprenkelten Krankenhausfußboden, kribbelten jedoch, als stünde ich an einem Tag im Juli mitten in einem Ameisenhaufen im Bergedorfer Holz. Etwas höher baumelten meine Hände, die unter den weißen Verbänden doch ganz schön brannten. Aber das war nichts gegen mein Gesicht, das fiebrig glühte, im Schläfenbereich pochte und spürbar Schweiß absonderte – vor Scham.

Dann spürte ich etwas Stechendes, das auch noch. Ich musste nicht aufsehen, um zu wissen, dass es Frau Tannemanns Blicke waren. Und ich denke, auch Ihnen sollte ich jetzt vielleicht ein paar Dinge erklären.

Aufzug der gemeinen Dämonen

Es begann eigentlich bei der Party, die ein Freund von Christian spontan für sein drittes Kind gab, einen kleinen Emil, sieben Pfund. Mal abgesehen davon, dass es natürlich immer schon viel früher beginnt, wenn man seinen Partner betrügt, aber irgendwo müssen wir ja anfangen. Und damals, am Abend dieser Party, spürte ich »es« zum ersten Mal.

Christian hatte mich abgeholt. An einem schwülen Augustabend etwa anderthalb Jahre vor meinem kleinen Eisunfall. Als ich ihm temperaturadäquat in Unterwäsche öffnete, hatte mein Schatz gleich einen Ständer. Dabei war es ein ganz unschuldiges gepunktetes Wäscheset, an jedem Strand hatten Menschen weniger an. Obwohl wir seit einem Jahr ein Paar waren, war er noch sehr leicht erregbar.

Ich hatte mir gerade die Haare hochgesteckt und mich geschminkt und wollte nicht noch allzu viel Geknutsche und Rumgewälze, davon ginge ja alles wieder kaputt. Aber um meinem Schatz entgegenzukommen, war ich so nett gewesen, ihn oral zu stimulieren. Und dabei war das Malheur dann passiert, Christian hatte mir ins Auge ejakuliert. Sehr druckvoll und aus nächster Nähe. (Wäre es aus der Ferne gewesen, hätten wir wenigstens damit auftreten können. The Flying Spermatos oder so.) Jedenfalls, Frisur und Make-up waren im Eimer. Wie man's macht…

Während ich daraufhin noch mal im Bad verschwunden war (»Drei Minuten, nur flink duschen und Wimpern neu tuschen!«), saß Christian im Wohnzimmer, sah eine Kochsendung und wartete. Seit einer halben Stunde sicher schon. Aber er wagte natürlich nicht, mich anzutreiben. »Gnocchi werde ich uns auch mal machen!«, rief er stattdessen. Der Mann mit dem schlechten Gewissen wollte Nudeln kochen. Spermien, Kalorien, womit wollte er mich denn noch bombardieren? Inzwischen hatte ich geduscht, aber mein Auge tränte nur noch schlimmer. An tuschen war nicht zu denken, und ohne getuschte Wimpern fühlte ich mich wie andere Menschen ohne Hose. Nicht gut. Meine Laune befand sich im rasanten Sturzflug, ich bekam sogar Nasenbluten davon, auch das noch. Ich saß auf dem Rand der Wanne, den Kopf im Nacken, und wartete darauf, dass das Nasenbluten stoppte und die Sehkraft wiederkäme. Und alles wegen seiner *Scheiß*spermatos! Ich war wütend.

Ja, ich weiß, das liest sich komisch, aber wissen Sie, damals war es das gar nicht so besonders. Plötzlich tränte auch das andere Auge, ich musste heulen und wusste selbst nicht, worüber. Im Grunde konnte ich doch stolz sein, dass ich als Dame reiferen Alters noch so ein Feuer entfachte (ich war fast vierzig). Bei einem bildhübschen jungen Mann vor allem (Christian war immerhin sechs Jahre jünger als ich, knapp über dreißig). Aber im Grunde mochte ich so viel Feuer gar nicht. Im Gesicht. Ich war vielleicht auch einfach nicht der orale Typ. Deshalb passierten mir auch immer diese Unfälle. Damals die schlimme Kieferluxation. Und nun verlor ich auch noch mein Augenlicht beim Blasen. Ich heulte noch mehr. Ich sollte aufhören damit, dachte ich und stieg noch mal unter die Dusche. Die Haare, ich musste mir unbedingt auch die Haare waschen. Dann kamen wir eben später auf diese Party. Oder noch besser: Christian sollte einfach ohne mich gehen. Ich wollte viel lieber auf der Couch sitzen und Videos gucken. Und später in einem frischen Schlafanzug in blütenweiße aprilfrische Baumwollbettwäsche kriechen. *Allein.*

»Schatz?!« Durch den Vorhang sah ich in Milchglasoptik, dass Christian sein Köpfchen durch die Badezimmertür streckte. »Was machst du denn?«

Oha.

»Ichichich... ich dusche!«

»Hast du das nicht eben schon mal?«

»Nein, ich... ich hab nur das Wasser laufen lassen, weil... weil es wieder mal so braun war, weißt du?! Das wird wirklich Zeit, dass hier die Leitungen erneuert werden.«

»Dauert's noch lange?«

»Ich spüle noch mein Auge...«

Christian kam zur Tür rein, seine Stimme wurde vom Schuldbewusstsein weicher.

»Tut's so weh, Süße?« Viel weicher. Oh nein, nicht, dass er noch auf Ideen kam.

»Nein, Schatz, geht schon«, sagte ich energisch. »Ich bin in drei Minuten fertig. Suchst du bitte schon mal die Augenklappe?«

Durch den Vorhang erkannte ich, dass Christian jetzt vor der Toilettenschüssel stand und urinierte.

»Süße, bist du ganz sicher, dass du nicht ein *bisschen* übertreibst?«, fragte er dabei mit einem Grinsen in der Stimme. Hoffentlich zielte er diesmal besser.

Ich versuchte ebenfalls, vergnügt zu klingen. »Ich übertreibe nie. Aber es ist schon okay, endlich habe ich auch mal eine lustige Partygeschichte. Jeder wird fragen, warum ich die Augenklappe trage!«

Schemenhaft konnte ich erkennen, dass Christian sich im Allibert beim Lachen zusah.

»Schatz, machst du bitte die Tür zu, es zieht, der Vorhang klebt an meinem Hintern!?«

Christian lachte wieder, drückte die Spülung und verließ mein Badezimmer. Ich hielt den Brausekopf über mich und schloss die Augen. Heißes Wasser, mein Liebstes auf der Welt… Plötzlich spürte ich eine Berührung an meiner Hinterseite, es war mein Schatz, der mir durch den Vorhang noch einen Kuss auf den Allerwertesten drückte, bevor er endlich abschwirrte. »Drei Minuten, Süße!« Jetzt musste auch ich lachen. Das mochte ich so an ihm, unter anderem. Dieses Unkomplizierte, seine gute Laune immer. Es war nur die Party, die mich selbst so schrecklich übellaunig machte.

Scheißparty.

Es würden wieder nur Freunde und Kollegen von Christian dort sein. Menschen vorwiegend aus sozialen oder medizinischen Berufen, auch viele Musiktherapeuten, wie mein Schatz selbst einer war. Die meisten arbeiteten wie er mit Kindern. Und fast alle hatten auch welche, sogar möglichst viele. Der kleine Emil, dessen Ankunft begossen werden sollte, hatte auch schon drei Geschwister. Deshalb waren die Menschen auf diesen Partys auch alle so verantwortungsbewusst und sozial engagiert. Sie wollten ihren zahlreichen Kindern eine bessere Welt hinterlassen. Sie errechneten von allem die CO2-Bilanzen und brachten die kleinen Racker in überdachten Fahrradanhängern, die exakt so breit waren, wie der Radweg, zum Waldorf-Kindergarten. Nur bei Regen nahmen sie den Volvo.

Während ich mich abtrocknete, öffnete ich die Badezimmertür, damit sich der Dunst verziehen konnte.

»Wird Hannah heute Abend auch da sein?«, rief ich Christian zu, als ich rüber ins Schlafzimmer tappte, um mich anzuziehen. Gut, dass ich vorhin das Kleid noch nicht anhatte, sonst hätte Christians Killersperma es bestimmt runiniert. (Andererseits wäre es *mit* Kleid vielleicht nicht zum Killersperma-Ausbruch gekommen).

»Was? Wer? Hannah?« Christian stellte sich dumm.

Hannah war Christians älteste und beste Freundin. Die Affäre, die sie vor vielen Jahren hatten, beendete Hannahs erste Ehe, aber inzwischen war sie wieder verheiratet und wollte es anscheinend bleiben. Zwischen ihnen lief wohl nichts mehr.

Hannah war außerdem fast zwanzig Jahre älter als Christian und schon Oma. Neulich hatte sie eine Party geschmissen, zu Ehren ihres zweiten Enkelkindes. Christian und ich waren auch da gewesen, es gab ein super Bio-Büfett, Hannah war eine tolle Gastgeberin. Irgendwann hatte sie spontan eine kleine Rede gehalten. Sie hatte einfach mit einem Löffelchen an ihr Glas geschlagen und dann gesagt, wie glücklich sie sei, den Abend im Kreis von Menschen zu verbringen, die wie sie den Wunsch hätten, Spuren der Liebe zu hinterlassen auf diesem Planeten. Ich hatte mir währenddessen ein Bio-Hackbällchen genommen. Kinder seien sicher die schönsten Spuren, aber es gäbe natürlich auch andere. Dann hatte sie plötzlich auf mich gedeutet. Genau in dem Moment, als ich mir den Klops in den Mund schob. Sie freue sich besonders, dass auch eine Autorin von Liebesromanen anwesend sei, hatte sie gestrahlt. »Sogar mit einem Kuscheltier vorne drauf!« Ich hatte den Mund voller Hack, sonst hätte ich Curds Ehre verteidigt. »Vielleicht schreibt sie bald ja ein Kinderbuch!« Ich fühlte mich irgendwie unwohl mit Christians Leuten. Die Frisur täuscht, mir bleiben noch ein paar fruchtbare Jahre, hätte ich ihnen am liebsten zugerufen. Nur mit der Ruhe, Leute. Vor allem fühlte ich mich unwohl mit Hannah.

»Wieso? Was ist mit Hannah?«, rief Christian aus dem Wohnzimmer, er wusste, dass ich sie fürchtete, *The Godhannah* nannte ich sie auch.

Abgesehen davon, dass Hannah Christians älteste und beste Freundin und seine Exgeliebte war, war sie auch noch seine Chefin. Sie leitete das Institut für Musiktherapie, an dem Christian arbeitete. Erst hatte er seine Ausbildung dort gemacht, und danach hatte sie ihn weiter beschäftigt, freiberuflich, aber das änderte sich vielleicht bald. Hannah hatte Christian eine Festanstellung in Aussicht gestellt, schon vor etwa einem halben Jahr. Noch prüfte sie wohl die Eignung, nicht seine, sondern *meine* als Lebensgefährtin ihres Schützlings. Wenn sie Christian tatsächlich festanstellen würde, gäbe *The Godhannah* damit grünes Licht zum Babymachen. So war das nämlich.

»Hannah kommt auch!«, rief Christian jetzt.

Fein. Ich war inzwischen im Schlafzimmer. Ich hatte mich angezogen und betrachtete mein Spiegelbild. Lchen in Rosa. Na bitte, zu Rosa wirkten meine ungetuschten Schweinewimpern fast passend, irgendwie… *konzeptionell*. Ein bisschen rosa Lipgloss vielleicht noch, und gut. Wer sah mich schon…

»Christian, bist du endlich fertig?«, rief ich. »Ich *hasse* es, zu spät zu kommen!«

Ich hörte Christian lachen. Der Fernseher verstummte.

»Dein 119 kommt wahrscheinlich auch«, rief er jetzt. Was für ein unraffiniertes Retourkütschchen, Männer! Irgendwie war ich plötzlich doch nicht zufrieden mit meinem Aufzug. Rosa, wer hatte mich nur zu einem *rosa* Kleid überredet? Zusammen mit dem neuen Kupferton als Haarfarbe sah ich aus wie eine besonders preisgünstige Prostituierte. Dabei hatte ich aussehen wollen wie Susan Sarandon, die hatte auch einen Jüngeren. Das war fein in die Hose gegangen. Hektisch schlüpfte ich aus dem neuen rosa Kleid in das blasstürkise.

»Ach scheiße…«, flüsterte ich. Das türkise war noch schlimmer. Es lag nicht am Kleid, es lag am Gesicht, aber das konnte ich so schnell nicht ändern. Verdammt, ich wollte nicht zu der Party. Schon wieder schossen mir Tränen der Wut in die Augen. In dem Moment guckte Christian grinsend um die Ecke.

»Poeh, mein Auge tränt immer noch!«, versuchte ich zu retten. »Schatz, was hast du denn gegessen, Weintrauben?« Mein Witz überforderte Schatz – der war wohl auch ein bisschen über Bande (Weintrauben => Weinen / vom Magen via Sperma ins Auge). Aber Christian hatte eine wichtigere Form von Intelligenz, *intuitiv* spürte er, dass es mir nicht gutging und was mir fehlte. Er nahm mein Gesicht in seine großen Hände und begutachtete den Schaden. »Es tut mir so leid, Süße.« Er küsste mein schlimmes Auge. »Das andere ist aber auch ein bisschen rot, hm?« Er küsste auch noch das andere Auge. Zärtlich strich er mir eine Strähne hinters Ohr. »Alles in Ordnung, Kleines?«

»Müssen wir zu dieser Party, Schatz?« Irgendwie hatte ich das Gefühl, dass es besser wäre, zu Hause zu bleiben.

Christian drehte mich sanft zum Spiegel. Dann schlang er

von hinten seine Arme um mich und legte seinen Kopf in meine Nackenmulde.

»Guck mal, was für ein schönes Paar wir sind«, sagte er lächelnd.

»Ich bin nicht mal geschminkt«, intervenierte ich schwach.

»Du siehst toll aus. Findest du nicht, wir sollten unser Glück den anderen ruhig ein bisschen unter die Nase reiben?« Er küsste meinen Hals.

Ich sah uns an.

Zum ersten Mal seit Jahren hatte ich einen Mann, der mich liebte und wirklich wollte. Der nicht anstrengend war, mal abgesehen davon, dass er mich sexuell stark forderte. Aber das würde sich sicher legen, es legte sich doch immer irgendwann. Ansonsten war diese Beziehung die reinste Wohltat und Christian das Beste, was mir je passiert war. Ich war immer wieder fassungslos, dass dieser wunderschöne, freundliche junge Mann mich liebte. Dass er sich Kinder mit mir wünschte. Dass er ein Haus für uns bauen wollte mit einer Schaukel im Garten und einer Klappe in der Tür für die Miezekatze. Und einer Veranda, auf der wir an Sommerabenden wie diesem mit Eistee sitzen und uns fragen würden, ob in der Nacht noch ein Gewitter käme. Den Tomaten im Garten täte es gut…

»Na, dann wollen wir mal, hm?«, sagte ich und zwinkerte Christian im Spiegel aufmunternd zu. Uns.

Wir brachen auf.

»Ich hin, du zurück?«, fragte er, als wir am Auto waren, meinem treuen kleinen schwarzen Mini. »Das klingt fair«, lachte ich. Ich hatte wirklich nichts dagegen. So konnte Christian auf der Party was trinken. Und ich konnte mich auf der Hinfahrt doch noch fein schminken.

Als wir dann endlich auf der Party eintrafen, war es schon fast zehn Uhr nachts, und endlich, endlich, endlich kühlte es ab.

Noch am Nachmittag war es über 30 Grad warm gewesen, und tatsächlich zog endlich das Gewitter auf, auf das wir alle warteten. Dicke Regenwolken schoben sich vor den tellerrunden Mond – mir fiel auf, dass wir Vollmond hatten. Bei Vollmond war ich der Legende nach als Kind durchs Haus getappt und wollte telefonisch Friseurtermine machen. Ich überlegte gerade, ob die Geschichte lustig genug wäre, um sie in der kleinen Runde zu erzählen, in der wir seit unserer Ankunft standen. Zumindest könnte Christian dann nicht wieder behaupten, ich würde nie was zu seinen Freunden sagen. In der nächsten Gesprächslücke räusperte ich mich und setzte an: »Ähm, ich…« In dem Moment blähte der einsetzende Wind Christians Hemd auf, so dass es eine Sekunde so aussah, als sei mein Schatz neben mir im zwölften Monat. Und einer der Umstehenden grölte aus voller Brust: »Na, dann hat es bei euch ja auch endlich geklappt!« HAR-HAR! Er klopfte mir anerkennend auf die Schulter, ein lustiger Mann. Und so betrunken. Christian beachtete ihn gar nicht, weil er im selben Moment etwas weiter einen Freund erspähte, den er begrüßen wollte. Und plötzlich stand ich alleine mit dem Suffkopp. Vertraulich legte er den Arm um mich. »Wann ist es denn so weit, meine Liebe?« Er war so voll, dass er seinen eigenen Witz nach zwei Sekunden nicht mehr erkannte und für einen Fakt hielt. »Ich hoffe, ich habe nichts ausgeplaudert, was noch niemand wissen sollte«, sagte er mit gedämpfter Stimme. Leider bemerkte ich, dass umso mehr Gäste zu uns rübersahen, je leiser er sprach. »Wissen Sie schon, ob Sie ein Junge oder Mädchen sind?« Der Wind trug die Worte Junge oder Mädchen in die lampiongeschmückte Sommernacht. Die Party entwickelte sich…

Ein paarmal versuchte ich, die Sache richtigzustellen. Aber ich kann Menschen doch so schlecht zurückweisen, und wie das immer so ist: Ich wurde umarmt. Jemand krabbelte meinen Bauchnabel, hihi. Alle waren plötzlich so nett zu mir. Ich brachte es nicht über mich, sie zu enttäuschen. Hilfesuchend sah ich mich nach Christian um, er konnte das ja auch mal richtigstellen, er war schließlich der Vater. Aber Christian war verschollen. Ich musste das ganz allein in Ordnung bringen, ich armes Schwein, herrje… Ich räusperte mich: »Also, ich… ich wollte…« Ich spürte, ich bekam einen hochroten Kopf. Dann fühlte ich plötzlich Hannahs pseudomilden Blick auf mir, und da konnte ich der Versuchung einen Moment lang nicht widerstehen, ich lächelte einfach glücklich. (Ich Mama, du Oma, höm.) Ja nun, ich war auch nur eine Frau! Schon kam sie an und sagte würdevoll wie Fürstin Gracia Patricia, sie freue sich ja so für uns. Sie wüsste doch, wie sehnlich Christian sich Kinder wünsche, er würde ein *wunderbarer* Vater.

»Und mit der Festanstellung, das wird schon klappen, meine Liebe…«

Meine Liebe.

Ehe ich mich versah, schlug Hannah mit ihrem Löffelchen woran. Oh nee, das ging jetzt aber zu weit! Sie wollte doch nicht… Sie würde doch nicht etwa… Ich sah, wie sie mit feucht glänzenden Augen feierlich in die Runde blickte. Doch, sie würde. Plötzlich verlor ich den Ton, Bild hatte ich noch, ich sah, wie sich Hannahs Mund bewegte, aber ich hörte nichts mehr, nur das Rauschen des Bluts, das mir vor Scham in den Kopf schoss, in die Ohren zuerst.

Ohneeohneeohnee. Ich ging eigentlich davon aus, dass ich gleich ohnmächtig würde. Genau *so* fühlte ich mich immer, bevor ich aus den Latschen kippte, ab und zu passierte mir das. Gleich käme bestimmt noch dieses eigenartige Ziehen in der Blase (als wenn man nach langem Einhalten loslässt und in die Hose pinkelt). Guck, da war es schon! Alle Mann in Deckung, Lchen im Anflug… Doch statt ohnmächtig zu werden, hörte ich plötzlich jemanden kreischen: VERDAMMTESCHEISSE ICHBINNICHTSCHWANGER. Nun mal nicht so hysterisch. ICHWILLKEINEKINDER. Ich hörte mich.

Wäre das also geklärt. Hannah disponierte kurzerhand um und verkündete, dass noch Würstchen da seien.

Die Party ging weiter. Christian war plötzlich wieder aufgetaucht und wich nun nicht mehr von meiner Seite. In seinen Augen sah ich die Beunruhigung. Die spontane Änderung unserer Familienplanung beschäftigte ihn natürlich, mir ging es nicht anders. Warum hatte ich das gesagt, warum hatte ich gesagt, dass ich keine Kinder wollte?! Gekreischt!

»Sie haben alle an meinem Bauch rumgetätschelt«, raunte ich Christian mit gespielter Empörung zu. Das war nicht der Punkt.

»Und da musste meine Süße ihnen mit dem Arsch ins Gesicht springen?«

»Richtig.« Jetzt war es doch der Punkt.

Damit gab mein Schatz sich zufrieden. Lachend strubbelte er mir durch die Haare. Ich selbst war immer noch tief beunruhigt, was brach da aus mir hervor? Warum war ich neuerdings immer so schnell auf der Palme? Und so nah am Wasser? Ratlos sah ich zum Mond. *Er* war dran schuld, bestimmt.

Mich fröstelte ein wenig, es kühlte immer mehr ab. Wie

die Fliegen zogen sich auch die Menschen vorm Gewitter ins Haus zurück. Der Wind wehte jetzt stärker und in Böen, immer öfter hört man es irgendwo scheppern. Servietten flogen durch die Luft. Ich überließ Christian seiner Freundin Hannah, die schon eine Weile an der Kinderschaukel auf ihn lauerte – wahrscheinlich wollte sie ihm ein paar Takte zu seiner Auserwählten sagen –, und ging selbst auch ins Haus. Ich war jetzt ganz gelöst. Es hielten mich ohnehin alle für bescheuert. Zu meiner großen Freude traf ich im Haus auf meinen lieben alten Freund 119, den Vorvorgänger von Christian. Wir sahen uns in letzter Zeit öfter, rein zufällig, es gab neuerdings Überschneidungen in unseren Bekanntenkreisen. 119 hatte den Absprung geschafft, er war jetzt auch einer von den Guten.

Nach zwanzig gesegneten Jahren in der Werbung hatte er das Lager gewechselt und machte jetzt Öffentlichkeitsarbeit für eine Kinderhilfsorganisation. Er verdiente fast nichts, aber er schien viel zufriedener als früher. Unzufriedener wäre auch kaum gegangen. Mit Saskia, der sympathischen Zahnärztin, die kurz bei ihm eingezogen war, hatte es allerdings nicht geklappt. Schade, eine sehr sympathische Frau. Aber wenigstens hatte Saskia ihm die Zähne toll gemacht. Er sah super aus, ein Lächeln wie ein Schlagersänger, mit dem er mich nun einlud, neben ihm auf der Couch des Hauses Platz zu nehmen.

Als notorischer Partymuffel hatte sich 119 ins wenig frequentierte Fernsehzimmer verzogen, wo die älteren Geschwister von Emil mit Kopfhörern Geo-Videos gucken durften. Die Reise der Pinguine. Friedlich, in aller Stille, zog 119 hier ein Bierchen nach dem anderen weg. So kannte ich meinen Hasen.

»Na, Hase, wie läuft's?«

119 deutete zufrieden auf die Reihe leerer Flaschen vor ihm auf dem Tisch. Dann fixierte er mich einen Moment grinsend. »Was war das denn eben?«, kicherte er los.

Oh nein, sogar er hatte meinen Auftritt mitbekommen.

»Du willst keine Kinder? Von mir damals wolltest du doch welche?!«

Ich legte meinen Kopf auf die Lehne und starrte zur Decke. »Ach Hase, das will ich doch immer noch.« Ununterbrochen sagte ich mir das.

119 grinste. »Na, das lass deinen Christian mal nicht hören.«

So hatte ich es nicht gemeint. Obwohl er mich seinerzeit hatte abblitzen lassen, bildete 119 sich gerne ein, dass er bis heute meine große Liebe war. Zur Strafe holte ich mein Kosmetikspiegelchen raus und untersuchte mein lädiertes Auge darin. Natürlich wollte ich Kinder mit Christian, sagte ich mir dabei erneut und stellte fest, dass mein Auge noch immer rot war. Sobald er den unbefristeten Vertrag hätte, könnten wir loslegen, ohne Gummi, das würde super.

»Was ist mit deinem Auge?« Na, endlich. »Schlägt er dich?« 119 hatte einen speziellen Sinn für Humor.

»Nein«, antwortete ich gelassen, klappte seelenruhig das Spiegelchen zu und lächelte milde. »Er hat mir reingespritzt.« Nie hätte ich gedacht, dass es ein Genuss sein könnte, so etwas zu sagen.

»Reingespritzt?«

»Er ist ein junger Mann, Hase.« Ich war *ausgesprochen* zufrieden.

»So kann das ja nichts werden mit den Babys, das sollte er trotzdem schon wissen.« 119 kicherte schon wieder. Er freute sich über seinen eigenen Scherz wie ein kleines Mädchen mit Zahnlücken über ein rosa Pünktchenkleid. Dann wurde er plötzlich ernst. »Ich werde nach Medan gehen, Lchen.«

Ich schluckte. »Medan?«

»Das liegt auf Sumatra.«

»Ich weiß, wo Medan liegt«, aber wo liegt Sumatra? »Für wie lange?«

»Für zwei Jahre mindestens, wahrscheinlich länger. Ich hab die Wohnung gekündigt, Lchen.«

Mir blieb einen Moment die Luft weg. 119 *liebte* diese Wohnung, seit fünfzehn Jahren lebte er dort! »Aber wieso… was…?« Tränen schossen mir in die Augen.

Es stellte sich an diesem Abend also heraus, dass 119 nach Medan gehen würde. Nach Medan in Indonesien, wo ich ihn – Sie erinnern sich – anderthalb Jahre später anrufen würde, als Curd von der Brücke stürzte. Öffentlichkeitsarbeit reichte 119 nicht mehr. Er wollte vor Ort für ein Kinderhilfsprojekt arbeiten. Ein Projekt, bei dem arme Kinder reichen Europäern halfen, das Letzte zu ergattern, was ihnen noch fehlte in ihrem Luxusleben: Sinn. So hatte *er* früher immer gespottet, nicht ich!

»Ich will mich einfach besser fühlen«, sagte er jetzt und nahm meine Hand.

»Das wirst du nie, Hase!«, fuhr ich ihn an. »Du verfügst über die seltene Gabe, dich *immer* scheiße zu fühlen, das wissen wir beide!« Ich war böse. »Selbst wenn du Jesus wärest, würdest du noch sagen: Was bin ich nur für ein egozentrisches Arschloch – wenn sich hier jeder kreuzigen lassen würde!« Verdammt!

Und es kam schlimmer. In drei Wochen schon, erfuhr ich so nebenbei, *in nur drei Wochen* würde er fliegen, und er hatte mir nichts davon gesagt! Hätte ich ihn nicht zufällig auf dieser Kackparty getroffen, ich hätte nichts mitbekommen. Ich hätte mich irgendwann gewundert, dass die Post zurückkommt. Die Weihnachtskarte, die ich ihm alljährlich schrieb, weil ich wusste, dass er Weihnachtskarten mochte, je kitschiger, desto lieber. Ich hätte ihm die kitschigste Weihnachtskarte der Welt geschickt, und ein paar Wochen später wäre sie einfach zurückgekommen! Mit einem Stempel: Unbekannt verzogen. Ich stand auf und ließ 119 sitzen, er hatte recht, was hatte ich überhaupt mit ihm zu tun, was ging es mich an! Ich lief hinaus in den Garten und suchte Christian, meinen Schatz. Aber im Garten war niemand mehr. Vermutlich weil es regnete wie aus Eimern, jetzt fiel es mir auch auf. Ich lief wieder zurück ins Haus.

Ich fand Christian in der Küche, zusammen mit den übriggebliebenen Gästen. Sie hockten im Kreis auf den bunten IKEA-Plastikstühlchen, die vorher im Garten gestanden hatten. Wahrscheinlich hatte jeder kreischend einen mit reingenommen, als der Regen plötzlich losplatzte. Auch die Windlichter waren vermutlich auf diese Weise in die Küche gelangt. In ihrem trüben Schein wirkte die Küchenrunde wie eine Versammlung des Altenrats der Plattfußindianer am Lagerfeuer. Gerade redete Häuptling Christian, ich blieb im Türrahmen stehen und sah ihn an.

Er saß ganz vorne auf seinem kleinen roten Stühlchen, nur mit dem hintersten Stück Popo. Ihn quälten des Öfteren Bandscheibenprobleme, deshalb achtete er auf eine gesunde Haltung beim Sitzen. Wie die Menschen auf diesen bunten Sitzbällen, die eine Zeitlang der Hit waren: Bäuchlein raus, Rücken gerade, Füße gespreizt und fest auf dem Boden, so saß er da, mein Schatz. Weniger ficken nützte vielleicht mehr, schoss es mir durch den Kopf, und Sie können sich natürlich vorstellen, wie ich über mich selbst erschrak. Böse. Irgendwas in mir war *böse*. Herrje, ich brauchte vielleicht einen Exorzisten?!

Gerade erzählte Christian die Geschichte von dem Hündchen, das in seinen Gitarrenkoffer machen wollte. Damals, in seiner Zeit als Straßenmusiker, wie er immer sagte, was so klang, als habe er mal von der Straßenmusik gelebt und sei überhaupt ein ganz wilder Hecht. In Wahrheit war er nie wirklich Straßenmusiker gewesen. Er hatte eine Banklehre abgebrochen und war dann Altenpfleger geworden. Gitarrespielen hatte er sich selbst beigebracht. Schon als Junge hatte er sich an warmen Sommerabenden vor überfüllte Eiscafés gestellt und ganz in Schwarz gekleidet traurige Italoschnulzen gesungen. Eis und Mädchen waren dahingeschmolzen, das hatte ihm natürlich gefallen.

Aber fast noch lieber spielte er später seinen Patienten im Altenheim etwas vor. Sie gaben ihm mehr zurück als das Eisdielenpublikum, so hatte er es mir erklärt. Vor allem, wenn er mit seiner Musik Menschen erreichte, die sonst auf nichts mehr reagierten. Eines Tages war Hannah auf ihn aufmerksam geworden, die als Klangtherapeutin einige Patienten des Heims betreute und die damals gerade von einer längeren Indienreise kam. Sie attestierte Christian eine besondere Aura. Und eine Gabe. Er könne mit seinem Instrument direkt ihr Wurzelchakra berühren, habe sie angeblich gesagt – bei welcher Gelegenheit wollte ich gar nicht wissen. Später, nach Christians Bandscheibenvorfall, hatte er dann eine einjährige Ausbildung an Hannahs »Institut für Klang, Entspannung & Kommunikation« absolviert und durfte sich seitdem »Musik- und Klangtherapeut« nennen. Das war sein Ding, seitdem verbrachte er zehn Stunden täglich mit gestörten Kindern, die er »seine Kids« nannte und die er versuchte, durch Musik »irgendwie in Ordnung zu bringen«. Die Eiscafé-Zeiten waren vorbei, Legende.

»Also, pass auf, während ich diese alte Sorrenti-Nummer bringe... (kleine Gesangseinlage)... beschnüffelte der kleine Köter also den Gitarrenkoffer...«

Christian präsentierte heute die Ultralangversion der Geschichte. In kurz wäre sie etwa so gegangen: Ein Hund macht einem Straßenmusiker in den Gitarrenkoffer, und der sagt: Verdammt, so eine beschissene Kritik hab ich noch nie bekommen. Fertig. Aber Christians Vortrag zog sich bestimmt schon zehn Minuten. Dabei war offensichtlich, dass allen Anwesenden der Fall bereits bestens vertraut war. Man war höchstens gespannt, welchen Namen das Hündchen wohl diesmal hatte (am Ende, wenn es von seiner Besitzerin getadelt würde, Hektor? Sultan?). Und ob Christian ihn wirklich *in* den Koffer kacken ließ oder daneben. Das variierte von mal zu mal, je nachdem, wie viel Schatz intus hatte. Dann passierte etwas. Vor Christian auf dem Tisch fiel eine Flasche um, eine Flasche Bier. Sie fiel genau in Christians Richtung. Reflexhaft fuhren alle hoch und versuchten noch, sie festzuhalten. Nur Christian nicht, er erzählte weiter. Er merkte noch nicht mal etwas, als ihm das Bier aus der Flasche direkt zwischen die Beine schoss. Obwohl alle lachten und gestikulierten. Schatz dachte, sie lachen über seine Hammerstory, und drehte noch mehr auf. Er war wie in einer Blase aus Selbstgefälligkeit, er fühlte sich so *geil* in dem Moment. Angefeuert durch die Lacher imitierte er sogar die Haltung des Hündchens kurz vorm Kacken, und erst da merkte er, dass ihm selber Flüssigkeit aus dem Schritt tropfte, gelbe auch noch...

Ich ging weg. Ich wollte das nicht mehr sehen. Im Fernsehzimmer war niemand mehr, die Reise der Pinguine war offensichtlich auch zu Ende, ich ging in den Garten. Dort hatte der Regen inzwischen aufgehört, und der Vollmond spiegelte sich in den Pfützen, die auf den hastig abgeräumten Plastiktischdecken standen. Ich spürte das nasse Gras kühl an meinen geschwollenen Augustfüßen. Mein Atem raste. Scheiße, dachte ich, scheißescheißescheiße!

War es also wieder so weit. Ich kannte das doch alles schon. Nach über dreißig Jahren aktivem Liebesleben konnte ich mich nicht mehr überraschen... Leider. Eine Zeitlang denkt man, man hat den Richtigen gefunden. Eine Zeitlang denkt man, man ist endlich zu Hause. Und dann, früher oder später, wenn nichts anderes dazwischengekommen ist (eine Ehefrau zum Beispiel, ein plötzliches »April, April, ich liebe dich gar nicht«), geht es wieder los. Aggressionen, erst ganz diffus. Kleine bösartige Gedanken, die sich ins Gehirn einnisten, wachsen und streuen. Und irgendwann ist es so weit, dann denkt man zum ersten Mal für einen winzigen irritierenden Moment: Au Backe, wer ist dieser Typ? Man sieht ihn an und überlegt: Das ist also mein Partner? Der, der es am Ende, nach jahrzehntelanger, weltweiter Recherche sein soll? Der ist es: der Mann dort, der gerade ein kackendes Hündchen mimt? Na, super.

Und man weiß natürlich, dass es nicht an dem Hündchen liegt. Da machen andere Menschen ganz andere Sachen, wenn sie voll sind, oh ja, das weiß man allerbestens. Trotzdem weht dich plötzlich dieses Befremden an. Wie eine kalte Knoblauchfahne. Von einem Aschenbecher. Und ein Gedanke flasht dein Gehirn, du denkst: Wie komme ich jetzt möglichst elegant raus aus der Nummer? Man steckt also die

Hände in die Tasche, pfeift ein kleines Lied und checkt die Fluchtwege.

Ich setzte mich auf die Kinderschaukel und sah zum Küchenfenster, aus dem mildes Licht und leises Gelächter quollen. Scheiße…

Irgendwann ging ich zurück ins Haus. Das tut man ja dann, man hofft, dass es nur eine Laune war, und macht erst mal weiter. Drinnen setzte ich mich auf ein Klappstühlchen neben meinen Schatz und hörte ihm und den anderen noch eine Weile zu. Sie waren eben alle ein bisschen voll. Im Grunde gar nicht zurechnungsfähig. Und irgendwann nahm ich Christians Hand und drückte sie leicht, und er verstand sofort, und wir brachen auf.

Ich fuhr. Eine Weile sagte Christian nichts, jedenfalls nicht direkt. Er legte einfach seine große warme Hand um meinen Nacken und summte leise Liebeslieder, nur für mich. Das war seine Sprache.

»Hattest du einen schönen Abend, Süße?«, fragte er dann.

Hatte ich einen schönen Abend? Ich überlegte. »Ja Schatz, das war ein schöner Abend«, antwortete ich dann, bevor es mir die Kehle zuschnürte. Ich schaffte sogar ein Lächeln.

In dieser Nacht schlief Christian bei mir. Eigentlich hatte er noch eine kleine Wohnung ein paar Straßen weiter, in der er in Nächten wie dieser »pennte«. Betrunken hatte mein Schatz bei mir normalerweise Bettverbot, weil er so elend schnarchte. Diesmal nicht. Diesmal sagte ich, dass ich es schön fände, wenn er bei mir schliefe. Ein kleiner Liebesbeweis nach meinem hässlichen Aussetzer auf der Party. Für mich, *mich* musste ich überzeugen. Mir selbst wollte ich beweisen, wie lieb ich ihn hatte. Aber dann lag ich da, im

Dunkeln, und suchte die verschüttete Zärtlichkeit in meinem Herzen... und er sägte. Und *sägte*. Und SÄGTE. Bei so einem Lärm kann man doch nichts finden! Stattdessen stellte ich mir gemeine Dinge vor. Dass sich Tiere in seinen Mund abseilten oder dass ihm eklige Dinge reinplumsten, total abstrus, ich meine... warum sollte denn ein Pferd in unserem Bett stehen? Aber es blieb nicht bei Pferdeäpfeln, meine Gedanken wurden immer bösartiger. Schließlich stellte ich mir sogar vor, selbst Hand anzulegen und ihm seine eigene Käsesocke in den Mund zu stopfen. Oder das verschwitzte T-Shirt, das er Curd über den Kopf gehängt hatte wie einem blöden Papagei (»Nacht, alter Spanner...«). Und irgendwann musste ich heulen.

Am Anfang leise. Aber dann immer heftiger, ich konnte mich gar nicht mehr einkriegen, herrje. Und obwohl Christian lauter schnarchte, als ich schluchzte, hatte ich natürlich Angst, ihn aufzuwecken, denn dann kämen meine Mordgelüste womöglich ans Licht. Und alles andere auch. Leise schlug ich die Decke zurück und tapste ins Bad. Unterwegs stieß ich mir auch noch den Zeh. Hemmungslos schluchzend ließ ich mich dann auf dem Rand der Wanne nieder.

Ich schluchzte und schluchzte und schluchzte. Schließlich rutschte ich vom Badewannenrand runter auf »Kleine Wolke«, meinen weichen Badeteppich in drei Blautönen. Wenn ich mich einkugelte wie ein Riesenembryo, passte ich haargenau in das äußere dunkelblaue Oval. Das war tröstlich. Auch die Rolle Toilettenpapier, von der ich mir ab und zu ein Stück abriss zum Reintrompeten, war herrlich weich. (*Deshalb* kaufte ich nämlich kein Recyclingpapier, *deshalb* kaufte ich das weiche weiße, dreilagige, für das der Regenwald abgeholzt wurde, für genau *diese* Fälle!) Trotzig klemmte ich die Rolle in meine Armbeuge wie ein Schlaftier. Mannmannmann, wie erbärmlich, dachte ich nach kurzer, messerscharfer Situationsanalyse. Und vor ein paar Stunden war doch noch alles gut gewesen. Vor ein paar Stunden hatte ich nichts als ein paar kleine Spermien im Auge, The Flying Spermatos. Und nun stand plötzlich alles in Frage, schon wieder, nun seilte sich blutiger Rotz aus meiner Nase auf Kleine Wolke ab, und zwar ausgerechnet auf die hellblaue Mitte. Papier!

Irgendwann war ich dann wohl eingeschlafen. Und als Christian gegen Morgen mal Wasser lassen musste, fand er mich mit einer Klorolle im Arm schlummernd auf der Badematte. Das erzählte er jedenfalls immer, es wurde seine zweitliebste Partygeschichte. Und dass er mich dann samt Klorolle zurück ins Bett getragen hätte. Ich konnte das weder bestätigen noch dementieren, an diesen Teil erinnerte ich mich nicht. Ich erinnere mich erst wieder an den Moment, als ich am nächsten Tag, einem Sonntag, in meinem schönen, warmen Bett erwachte. Durch die Spalten links und rechts des Rollos fiel Morgenlicht. Und aus der Küche hörte ich meine Lieblingsgeräusche: eine blubbernde Kaffeemaschine, das Klappern eines Schneebesens, der warme Milch aufschäumte, und das Singen des bezaubernden Mannes, der den Besen führte. Ich räkelte mich, ich war glücklich. Glücklich und zufrieden. Dabei stieß ich mit der Hand an etwas Weiches... Curd? Nein, eine Toilettenrolle, weiß, dreilagig. Und mir fiel wieder ein, dass ich es möglicherweise nicht war.

Meine Schwester sagt…

Meine Schwester meinte übrigens, das sei alles ganz normal.

»Ich dachte immer, dass ich Kinder will«, sagte ich noch am selben Tag bei unserem traditionellen Sonntagabendtelefonat zu ihr. »Weißt du noch, früher… Wir trugen selbst fast noch Windeln, aber wir überlegten uns schon Namen für unser erstes Baby.« Meine Schwester wollte ihren Erstgeborenen Parzival nennen, das gab sie heute nicht mehr zu. »Aber gestern Abend, als ich vor allen Leuten gesagt habe, dass ich keine will…« Gesagt? Gekreischt! »Wenn ich ehrlich bin…« Ich senkte meine Stimme vor Scham. »Dieses Baby schwebt über mir wie ein Damoklesschwert.« Plopp, jetzt war es raus. Der Geist war aus der Flasche.

»Ich meine, was da auch alles mit dranhängt an so einem Kind!« Ich ließ meinen Gedanken freien Lauf. »Eine neue Wohnung, ein Umzug, und vor allem: *zusammen*ziehen! Ich bin noch nie *zusammen*gezogen, ich bin kein *Zusammen*zieher, ich bin ein *Einzel*gänger! Ein einsamer Wolf, das gibt's durchaus auch bei Frauen, und das werde ich diesem Baby ganz schnell klarmachen müssen!« Jetzt gingen die Pferde ein bisschen mit mir durch.

»Nun mal ganz sachte, Lchen.« Meine Schwester futterte Schokolinsen beim Telefonieren. »Erstens…« Schokolinsen hatten Spritzgebäck abgelöst. »Es war Vollmond gestern. Du bist nicht zurechnungsfähig bei Vollmond, als Kind bist du bei Vollmond sogar schlafgewandelt und wolltest Friseurtermine machen.« Das stimmte natürlich. »Und davon abgesehen hast du einfach nur einen Riesenhaufen Schiss in der Hose. Zu Recht! Kinder bedeuten eine große Verantwortung, kaum sind sie auf der Welt, wollen sie Turnschuhe, man muss sie anziehen und waschen und füttern. Bisher haben nicht mal Pflanzen bei dir überlebt.«

»Palme!« Palme war meine einzige Pflanze, sie hielt sich seit Jahren.

»Palme stammt vom Bikini-Atoll, sie überlebt auch einen Atomkrieg.«

Wir lachten. Aber der Vorfall auf der Party bedrückte mich trotzdem.

»Was hat Christian denn dazu gesagt, war er geschockt?«

»Du kennst ihn doch, ihn kann nichts erschüttern.« Das war das andere Problemfeld.

Meine Schwester gönnte sich ein paar Linsen.

»Sag mal… bis ins letzte Jahrhundert gab es da so einen hübschen alten Brauch, *bevor* man Kinder zeugte. Hat Christian eigentlich mal was von *Heiraten* erwähnt?«

Das H-Wort. Ja, Christian und ich hatten darüber geredet, aber das war lange her und in einem anderen Zusammenhang (ich komme später darauf zurück).* Ich verneinte wahrheitsgemäß.

* Der Zusammenhang war (später vergesse ich es nur)…
Sie kennen doch »Vier Hochzeiten und ein Todesfall«. Ein toller Film, wenn man Komödien mag. Ein Film, von dem ich mir gar nicht ausmalen möchte, wie gut er hätte sein können, wenn nicht ein Kosmetik-Modell die weibliche Hauptrolle gespielt hätte. Die Tischrede, in der Hugh Grant in seiner Funktion als Trauzeuge erzählt, der Bräutigam wäre vor der Braut mit einem Schaf liiert gewesen, hat mich für alle Reden, die ich selbst später als Trauzeugin noch halten sollte, nachhaltig inspiriert. (Bisher war es erst eine, fällt mir dabei auf.) Aber Hugh Grant sagt noch etwas Bemerkenswertes. Zu Carrie, der Frau, die er von Herzen liebt. Am Ende des Films bittet er sie um das Versprechen, ihn nicht zu heiraten. Es regnet in Strömen, sie stehen sich zitternd und bis auf die Haut durchnässt gegenüber, und er fragt sie, ob sie sich vorstellen könne, dass nicht mit ihm verheiratet zu sein für sie vielleicht für den Rest ihres Lebens gelten könnte. Für immer. Und sie antwortet: Ja, Charles. Weil

=> »Wie? Er spricht *nicht* vom Heiraten, aber er will dich schwängern?« Ich hörte die Schokolinsen zwischen ihren Zähnen zersplittern. Und nein, meine Schwester gehörte übrigens nicht zum Stab von Sarah Palin.

Aber ein paar Monate zuvor war unser Vater gestorben. Der beste Vater, den man sich vorstellen konnte. Seitdem leitete meine Schwester die Familiengeschäfte. Und sorgte sich auch sonst um alles, um das Papa sich früher Sorgen gemacht hätte, auf seine gütige, nachdenkliche, leise Art.

»Wenn Christian dich sitzenlässt, drehe ich sein Skrotum durch den Fleischwolf, richte ihm das bitte aus.« Meine Schwester wuchs langsam in die Rolle hinein. »Aber selbst wenn, Lchen: Wir würden den kleinen Damokles auch alleine groß kriegen, falls *das* deine Sorge ist, falls du *deshalb* Angst hast vor einem Baby... Ich bin immer für euch da.« Zumindest hatte das Kind jetzt einen Namen. Baby Damokles, sehr schön. Parzival könnte man ja vielleicht als Zweitnamen nehmen, wenn man deutsche und griechische Mythologie vereinen wollte. Ich senkte meine Stimme noch mehr.

Hugh Grant in dem Film Charles heißt. Und weil sie auf die Konventionen pfeift, die vorschreiben, wie es weiterzugehen hat, wenn zwei Menschen endlich dahintergekommen sind, dass sie sich lieben, beide, zur gleichen Zeit. Das ist die häufig verkannte Botschaft dieses Films, sie lautet: Heirate nicht. Und genau das hatte ich auch Christian mal erklärt.

Damals, als er mich nach meinem Lieblingsfilm fragte. Bei unserem allerersten Date. Ich antwortete »Vier Hochzeiten und ein Todesfall«, obwohl ich Komödien verabscheute (erst recht Komödien mit Mr. Bean). Und ich rechtfertigte meine angebliche Vorliebe mit der Botschaft des Films: HEIRATE NICHT. Ich weiß auch nicht, warum ich das tat, ein Reflex. Und Christian hatte mir daraufhin tief in die Augen gesehen, amüsiert gelächelt und geflüstert: »Okay, kapiert. Kein Problem.« Seitdem hatte er das H-Wort nie mehr erwähnt. Aber wir waren gerade an der Stelle, wo meine Schwester es tut, siehe Pfeil.

»Danke, aber ich glaube, das ist es gar nicht. Ich hab keine Sorge, dass Christian mich verlässt, ich weiß nur nicht, ob nicht vielleicht ich…« Ich stockte und nahm ein bisschen Anlauf. »Christian geht mir manchmal *total* auf die Nerven.«

»Völlig normal.« Meine Schwester war verheiratet.

»Genaugenommen geht er mir *im Moment* total auf die Nerven. Ich *ekel* mich sogar vor ihm, insbesondere vor seinem seinem seinem… SPERMA!« So sah es aus. Die fliegenden Spermatos waren nicht gut angekommen.

»Sperma IST ekelhaft, Süße.« Meine Schwester kaute genüsslich. »Deshalb hat die Natur es auch so vorgesehen, dass wir es gar nicht zu Gesicht bekommen, eigentlich.«

»*Nicht*?!«

»Ja, deshalb haben Männer dieses Einführstäbchen!« Meine Schwester quietschte vor Vergnügen.

»Verdammt, das ist nicht lustig! Christians Sperma widert mich an! *Was* will uns der Künstler damit wohl sagen, hm?!«

»Dass es Zeit wird für ein Baby!« Meine Schwester triumphierte. »Sobald es da ist, werdet ihr nämlich null Verkehr mehr haben! Die Lust vergeht, der ewige Spermastrom wird versiegen!«

»Kriege ich das schriftlich?«

»Der Brutpflegeinstinkt killt jeden Seximpuls, das sagen alle Eltern!« Hier kämpfte eine Tante um ihr Ungeborenes.

»Na gut, dann bitte Zwillinge, Damokles und Damoklinchen, sofort!« Es war mein Ernst.

Hatte ich erwähnt, dass es Sonntag war und Schietwetter? Was meinen Sie, womit wir uns am Nachmittag die Zeit vertrieben hatten, Christian und ich? Andere guckten Tierfilme, wir spielten sie. Und danach Sportschau. Die spielten wir auch.

»Ich kann nicht mehr, er ist ein *Tier*!«

Das musste besprochen werden. Viele Schokolinsen später… Meine Schwester erwähnte gerade die allseits gefürchtete potenzmindernde Nebenwirkung blutdrucksenkender Mittel (auch zerbröselt unters Müsli gehoben), ich selbst berichtete von Gerüchten über Hopfen, Cannabis und Muskatnuss (»Vielleicht wenn man alles drei kombiniert?«), da streckte plötzlich Christian sein Köpfchen aus der Küche zu mir ins Zimmer. Die Gnocchi seien fertig, rief er sehr vergnügt.

»War das Christian gerade?« Meine Schwester schlug an wie ein Wachhund auf Speed. Ich beeilte mich, das Telefonat zu beenden (»Also! Und grüß deinen lieben Gatten!«), aber ich wusste schon: Christians Gnocchi waren ein gefundenes Fressen, auch für sie. »Erklär mir doch bitte flink noch eines, Lchen!«, bellte sie los. »Wenn du gerade so genervt bist von Christian, wieso hast du ihn nicht nach Hause beordert, WIESO IST ER DANN DA?« Erneut zerbarsten Schokolinsen. »Daran liegt es nämlich: Du hörst nicht auf deine Bedürfnisse, Lchen!« Doch, ich hätte jetzt gerne Gnocchi. »Besser gesagt, du hörst sie, aber du formulierst sie nicht richtig!« Gnocchignocchignocchi! »Du quatscht *mich* stundenlang zu, aber *er* weiß gar nichts davon.« G N O C C H I ! »Red mit ihm, sag ihm, was du willst, und vor allem, *was nicht*! Dann gehen er und seine lauwarmen Drüsensekrete dir auch nicht auf die Nerven!« Für mich erst mal nichts zu essen, bitte.

So weit also meine Schwester zu der Problematik. Meine Schwester, die Bastion des gesunden Menschenverstandes im neurotischen Lchen-Universum. Für jeden Hobbyanalytiker wäre meine Spermaphobie ein gefundenes Fressen gewesen. Und eine Bananenflanke, um meinem abhandengekommenen Kinderwunsch in die lange, dunkle Psycho-Ecke zu spielen. Aber sie sah darin nichts weiter Besorgniserregendes. Keine tief sitzende Ablehnung von Mutterschaft, Familie, Verbindlichkeit und so, nur ein bisschen stinknormalen Schiss in der Buxe. Und ein viel zu lange aufgestauter Überdruss gegen Christian, meinen stets potenten, stets präsenten jungen Freund, der sich nun entlud, wenn er es tat. Als Ekel. Nicht schön, aber leicht abzustellen durch ein bisschen mehr *Distanz* in unserer Beziehung. Ich solle ganz einfach öfter mal *nein* sagen, fand meine Schwester. Ich solle ihm sagen, dass ich ein bisschen mehr Raum wollte. Und weniger Vögeln. Ich sollte es einfach nur offen aussprechen. Süß.

Sylt, die Zweite

Das Dümmste, was man tun kann, wenn man sich in einer Beziehung mehr Distanz wünscht, ist, auf Distanz zu gehen, das wird Ihnen jeder Paartherapeut bestätigen. Es passiert dann nämlich Folgendes: Der Partner, von dem Sie sich distanzieren wollten, ist verunsichert und rückt Ihnen noch mehr auf die Pelle. Er bekommt Angst, Sie zu verlieren, und überhäuft Sie mit Liebe, Aufmerksamkeit, Brillanten, Schokolinsen… mit allem, nur nicht mit dem, was Sie sich am sehnlichsten wünschen, wonach Sie lechzen: mal fünf Minuten Ihre Ruhe vor ihm. Das ist die eine Möglichkeit.

Die andere – wenn Ihr Partner mit Exemplaren wie Ihnen schon Erfahrungen hat und nicht ganz blöde ist – ist die: Er tut das Gegenteil. Er tut so, als ließe er Ihnen tatsächlich Raum. Aber im Rückspiegel beobachtet er Sie, er lässt Sie keinen Moment mehr aus den Augen. Seine Gedanken umkreisen Sie wie eine Stubenfliege die Lampe, SSSsssss SSSsssss SSSsssss... Sie sind keine Lampe. Und deshalb werden Sie es höchstwahrscheinlich spüren und Ihrerseits durchdrehen. Deshalb sollte man nie auf Distanz gehen, wenn man Distanz will. Es ist kontraproduktiv, die Schlinge zieht sich nur noch enger, und am Ende werden alle irre, *nie auf Distanz gehen*, das Gegenteil hilft: Ihr Partner erstickt Sie? Gehen Sie in die Offensive, ersticken Sie zurück!

So weit die Theorie, *meine* Theorie.

Ich schoss den Rat meiner Schwester in den Wind und fuhr mit Christian eine Woche in Liebesurlaub. Ehrlich gesagt, ich weiß nicht genau, warum ich es *wirklich* tat. Ob ich diese Theorie damals tatsächlich schon hatte oder ob ich sie mir erst im Nachhinein zurechtlegte, um etwas antworten zu können, wenn ich gefragt würde, warum ich ausgerechnet in einem Moment, in dem ich mir mehr Raum wünschte, auf eine Insel mit ihm fuhr. Eine winzige Insel. Eine, die minütlich winziger wurde, das war bekannt. Jedenfalls tat ich es, warum auch immer: Ich fuhr zusammen mit Christian eine Woche nach Sylt.

Die erste Idee zu dieser Reise kam mir ein paar Tage nach Emils Party, als ich meinen Freund 119 zum Flughafen brachte. Mit Christian ging es wieder viel besser, die Nacht auf Kleine Wolke war so gut wie vergessen, und auch mein Groll auf 119 hatte sich gelegt, sonst hätte ich ja nein gesagt, als er anrief und fragte, ob ich ihn ein letztes Mal chauffiere. Mein Gott, warum hätte er mir auch erzählen sollen, dass er nach Indonesien ging?! Selbst seine Mutter hatte keine Ahnung, so war er eben! Er zog Mauern um sein Leben, man konnte Blumen danebenpflanzen oder versuchen, sie einzutreten, und sich die Beinchen brechen. Ich entschied mich diesmal für Blümchen. Aber wir waren bei der Syltreise bzw. wie es dazu kam.

Sie wissen vielleicht, dass 119 und ich auch mal zusammen auf Sylt gewesen waren. Das war kein schöner Urlaub. 119 tat damals genau das, wozu ich mittlerweile viel zu klug war: Er ging auf Distanz, nein, er ging nicht, er rannte. Er floh vor mir durch den tosenden Sturm, tagelang. Ich hinterher. Beladen mit Schnittchen, Heiß- und Kaltgetränken, klebte ich immer an seinen Fersen. Noch heute könnte ich seinen Hintern aus dem Gedächtnis zeichnen.

Und abends, wenn die Dunkelheit hereinbrach, lauerte ich in neuen Unterhosen auf ihn. Ich hatte ein Vermögen dafür ausgegeben. Feine italienische Spitze, die ich auf ihn richtete wie eine Kohorte hungriger Römer ihre Speere auf eine gallische Henne (»Rührei für alle, aber dalli!«)*. Und so wurde das natürlich nichts. Wir hatten nicht ein einziges Mal Sex auf Sylt, 119 konnte nicht. Vielleicht wollte ich auch deshalb mit Christian dorthin. Vielleicht hoffte ich, die Erinnerung an diese grauenvolle Hungerszeit würde meinen Appetit zurückbringen, ich müsste mir nur die Entbehrungen früherer Zeiten wieder ins Bewusstsein rufen, und schon würde ich mich glücklich preisen, welches Füllhorn sich nun über mir entleerte (auch wenn es mal mein Auge traf). Ja, so war es wohl in Wirklichkeit. Jedenfalls kam mir die Idee zu der Syltreise mit Christian, als ich 119 zum Flughafen fuhr und an mein Inselabenteuer mit *ihm* zurückdachte. Der Tannenzapfen vorne in der Mittelkonsole brachte mich drauf. Der stammte nämlich aus diesem Sylturlaub, und er erinnerte mich an einen besonderen Tag.

---

* ein gewagtes Bild, nicht wahr? Ich habe lange danach gesucht!

An diesem Tag waren 119 und ich mal getrennte Wege gegangen. Ich spazierte an den Strand, Muscheln sammeln, und er zog los und sammelte irgendwo anders Tannenzapfen, wie sich später zeigen würde. Jedenfalls rief er mich abends an, vom anderen Ende der Insel, und fragte, ob ich ihn abholen könnte. Als er dann zu mir ins Auto stieg, hatte er einen Tannenzapfen in der Hand.

»Für dich«, sagte er, und zum ersten Mal seit Tagen sah ich ihn grinsen. »Und jetzt fühl bitte mal, wie weich der ist, es liegt nicht an mir, das ist das Reizklima hier auf der Insel!«

Ich nahm den Zapfen in die Hände und tastete ihn ab. »Tatsächlich, ganz schlaff. Scheiß Reizklima.«

Ich legte den Zapfen in die Ablage der Mittelkonsole, und wir fuhren los. Beide wortlos grinsend. Plötzlich war alles gut. Plötzlich zeigte sich sogar die Sonne mal. Wir setzten uns auf die Terrasse eines Strandlokals, aßen in Decken gewickelt sehr gute Nudeln mit Pfifferlingen und sahen zu, wie die Sonne nach dem kurzen Gastspiel wieder im Meer versank. Zum Nachtisch teilten wir uns einen Kaiserschmarrn, ohne Rosinen. »Meine Frau hat eine Rosinenallergie«, hatte 119 bei der Bestellung zum Keller gesagt, ohne eine Miene zu verziehen. Bei der Erinnerung daran fuhr ich langsamer und langsamer, und vor einer grünen Ampel hielt ich fast an. »Sobald ich in Medan bin, schreibe ich dir eine E-Mail«, hörte ich 119 auf dem Beifahrersitz, »wahrscheinlich von Siti Habibi, das ist meine Freundin, die das Projekt leitet und bei der ich wohne, also nicht in den Spam-Ordner werfen, wenn da was kommt, GRÜN!« Ich nickte und trat aufs Gas. Genau als die Ampel wieder auf Rot sprang. Und als wir uns von unserem Beinahezusammenstoß erholt hatten – mit einem Zehntonner, im Mini –, sagte ich: »Keine Eile, Christian und ich fahren ein paar Tage nach Sylt, ich bin ohnehin nicht im Netz.«

So war ich also auf die Idee mit Sylt gekommen. Wahrscheinlich war mir einfach bewusst geworden, wie schnell das Leben vorbei sein kann und dass man es genießen muss. Christian war begeistert, als ich ihm den Vorschlag machte. 119 war kaum durch den Check-in, ich hatte ihm gerade ein letztes Mal gewunken (Adiós, Hase! Schönes Leben!), da hatte ich meinen Schatz gleich angerufen, noch aus der Abflughalle. »Sylt?«, hatte er gelacht, »eine ganze Woche? Süße, bist du besoffen?« Der Sinneswandel kam für uns alle überraschend, aber für Christian besonders. Mit Engelszungen hatte er zuvor tagelang versucht, mich zu einem Nordsee-Trip zu überreden, wenigstens ein Tripchen, es war doch noch immer so schwül. Doch Lchen, sturr wie ein Esel, hatte stets nein gesagt. Nein, zu viel Arbeit, Schatz. Ich hatte den Quellekatalog auf dem Tisch (Klamotten betexten: Fashionshirt im Ibiza-Look... trendige Mädchen-Jeanshose mit Gummizugbund...), einen Roman vor der Brust (gerade mal mein zweiter und schon eine Schreibblockade, ich Pfeife...) und die Stimme meiner Schwester im Ohr (mehr Raum, weniger vögeln!). Ich war absolut nicht in Ausflugslaune. Als ich nun meine Meinung ungewohnt spontan und radikal änderte, war mein Schatz von den Socken.

»Bravo Lchen!«, trompetete er begeistert in die Leitung. »Du wirst jetzt einfach mal eine Woche gar nichts machen! Der Laptop bleibt hier, der Fotoapparat auch, kein Blog, kein Buch, kein Curd – nur wir beiden!«

In dem Moment passierte es. Wäre ich einer dieser Geschäftsmänner gewesen, die um mich herumflitzten, ich hätte den obersten Hemdknopf geöffnet, die Krawatte gelockert und in der Jacketttasche nach dem Pillendöschen gefingert, aus dem ich mir dann in allerletzter Sekunde eine Tablette zwischen die aufgestülpten Lippen geschoben hätte. Im positiven Fall. Im negativen Fall wäre mir das Döschen aus den schwitzigen Händen geglitten, und die lebensrettenden Pillen wären kreuz und quer durch die Abflughalle gekullert. Kurzum: Ich fühlte mich, als bekäme ich einen Herzinfarkt. Vielleicht würde ich auch ohnmächtig, mal sehen. Ich bekam jedenfalls nicht genügend Luft. Und wir alle wissen, was das bedeutete. Mein Körper sagte mir, was mein Verstand zu leugnen versuchte: Ich brauchte wirklich dringend dringend... Urlaub. Dringend.

Zwölf Stunden später waren mein Schatz und ich unterwegs nach Sylt. Im Internet hatten wir ein kleines Ferienhäuschen rausgesucht, fein einsam zwischen den Dünen, in Spucknähe zum Meer. Bei der Auswahl war schon *ich* federführend gewesen, ich hatte mein ganzes Sylt-Know-how eingebracht und war voll der Vorfreude. Während Christian fuhr, guckte ich aus dem Autofenster und sah entzückt der Landschaft zu, wie sie sich veränderte, je mehr wir uns von der Stadt entfernten. Die Häuser wurden kleiner und seltener, der Horizont gerader, dann war da nur noch weites, flaches Land. Sanft und aufgeräumt, genau wie ich mit einem Mal, ich veränderte mich genauso wie die Landschaft. Grüne weite Wiesen in mir, Horizont und... Schafe. Herdenweise.

Wir fuhren übrigens mit dem Mini. Weil Christians Auto auf dem Autozug teurer gewesen wäre, er fuhr normal nämlich Bulli. Ich warf ihm einen verstohlenen Blick zu und musste lächeln. Mein Schatz. Das liebte ich auch so an ihm. Mein Leben lang hatte ich einen Bullifahrer als Freund haben wollen, Bullifahrer sind die Lässigen mit den guten Bodys, die morgens lächelnd in die Sonne blinzeln und den Teebeutel vom Vortag von der Leine nehmen. Selbstversorger in jeder Hinsicht. Ich legte meinen Kopf an seine Schulter, und er sang leise irgendwas auf Englisch, bestimmt von Johnny Cash oder einem anderen Cowboy. Was für eine coole, coole Sau. Und meine! Ich grinste übers ganze Gesicht.

»Hallo, Kleines, da bist du ja wieder…«, sagte Christian irgendwann, als wir eine Weile so gefahren waren. Ich glaube, ich wurde puterrot. Und ich hatte gedacht, mein Schatz hätte nichts gemerkt von meinen inneren Eskapaden und Abtrünnigkeiten, so kann man sich täuschen, auweia.

»Ich war doch nie weg…« Leugnen ist alles.

»Doch, warst du. Ich bin nicht blöd, Süße.« Er lächelte. »Aber das macht nichts, solange du wiederkommst.«

Ich schwieg und schloss die Augen, eingeschlafen! Es verging eine Weile, in der ich hinter verschlossenen Augen an die Party dachte, an meine Tränenströme auf kleine Wolke, meinen Ekel. Aber das alles war wie ein nächtlicher Spuk am Tag danach, wenn die Piepmätzchen draußen zwitschern und das Haus nach Kohlrouladen duftet: irreal. Nur ein böser Traum. Jetzt war alles wieder gut, ich fuhr mit dem Mann, den ich liebte, nach Sylt. Wissen Sie… Er hatte unter meinem Fenster gesungen, auf Italienisch, damals. Er hatte um mich gekämpft wie ein Löwe, weil ich um einen anderen weinte, sprechen wir nicht mehr von dem Kerl. Sprechen wir *nie mehr* von ihm! Ich war so fertig nach Dick… Christian hatte mir das Leben gerettet, im Grunde. Es gab keinen Besseren, es gab keinen Besseren, keinen Besserensssszzzzz… Ich schlief tatsächlich ein bisschen ein.

Als ich wieder aufwachte, spürte ich Christians Blick auf mir. Ich erschrak für einen Moment, weil er mir kalt erschien, und vielleicht auch, weil wir dem Anschein nach fuhren und er nicht auf die Straße sah, das schien mir etwas riskant. Dann bemerkte ich, dass es keine Straße gab. Wir standen mit Mini auf dem Oberdeck des Autozugs. Im milden Spätsommerlicht kullerten wir gemächlich über den legendären Hindenburgdamm, der Sylt mit dem Festland verbindet. Rechts Wiesen, links Wattenmeer, alles in Ordnung, Schatz war nicht böse und wollte uns auch nicht beide umbringen. Ich knipste mein glücklichstes Lächeln an und plapperte los, Meer! Schäfchen! Dann kurbelte ich das Fenster runter, um die frische Seeluft zu schnuppern und die Schafe zu grüßen, die hier auf den Deichen wichtige Arbeit leisteten. Als sie nicht reagierten, schnappte ich mir den Tannenzapfen aus der Mittelkonsole und warf damit nach ihnen. »Hey, schaut mich wenigstens an, wenn ich mit euch rede!« Ich kam nicht mal ansatzweise in ihre Nähe. Trotzdem hob eines der Schafe den Kopf und warf mir einen langen, traurigen, vorwurfsvollen Blick zu. Sorry, hier war ein Zapfen zu viel, rechtfertigte ich mich gedanklich vor dem Tier. Das war mir soeben, in dem kurzen Angstmoment, wundersam klar geworden. Weil meine Augen tränten, kurbelte ich das Fenster wieder hoch. Dann sah ich Christian an, lächelte – hallo, Schatz, da bin ich wieder! – und griff über die Mittelkonsole in seinen Schritt.

Ja nun. Irgendwie überwältigt mich ein Bedürfnis. Kein primär sexuelles, eher das, meinem Schatz eine Freude zu machen und ihn festzuhalten, oder mich. Sekundär machte mich die Vorstellung, Sex auf einem Autozug zu haben, tatsächlich an. Ich kam aus einer alten Eisenbahnerfamilie. Christian staunte ein bisschen (tja!), dann warf er einen Blick in den Rückspiegel – als hätte ich das nicht längst getan. Keine Zeugen. Vor uns stand ein dicker fetter Mercedes und hinter uns – Sie kommen nie drauf – ein dicker fetter Mercedes. Wir fuhren nach Sylt, nicht nach Fehmarn. Und anders als daheim in Sankt Pauli, wo Gemüsehändler und Friseure Mercedes fahren, vom Mund abgespart, saßen auf dem Autozug nach Sylt noch echte Reiche in solchen Karossen. Er Baulöwe, sie Boutique-Betreiberin. Von sich selbst und ihrem Reichtum so satt, dass sie pennten, während sie durch diese fantastische Kulisse rollten. Das hatte Lchen längst gecheckt. Und im Auto vor uns gab es *gar* keine Hinweise auf menschliches Leben, sicher Golfer. Ich lächelte verwegen. »Schatz, klapp den Sitz zurück, ich werde dich jetzt vögeln.« Leichter gesagt als getan.

In Film und Fantasie, wo Sex im Autozug normalerweise stattfindet, tragen Frauen immer Röcke. Kleine weiße oder geblümte Fähnchen, die wir zum Geschlechtsverkehr nur hochschieben müssen. Im Weg ist maximal ein Slip, der aber so zart und winzig ist, dass er in der Hitze der Leidenschaft quasi verdampft. In der Realität trug ich eine Jeans. Eine Jeans verdampft nicht, eine Jeans muss man ausziehen. Ich öffnete erst den Knopf, plopp, dann den Reißverschluss, krrzzztz, und hier endete der raffiniertere Teil der Verführung. Er war eine 27er Jeans. An einem 28er Hintern. Es war schwierig gewesen reinzukommen und unmöglich rauszukommen – im Schalensitz eines Kleinwagens zumindest. Ich zerrte daran, bis mein Kopf knallrot anlief. Sexy. Und als es mir schließlich gelang, die Hose über die Schenkel zu streifen, staute sie sich in den Kniekehlen gleich wieder, weil ich versäumt hatte, die Schuhe vorher auszuziehen. Supersexy. Sie sollten Kurse für so was anbieten. Andererseits war es entlastend, dass es für meinen Partner offenkundig keinen Unterschied machte, ob eine Frau mit glitzernden Bommeln am Busen an der Pole-Stange für ihn strippte oder mit einer Jeans zwischen den Knien fluchend im Autositz rumhampelte. Christians Penis stand wie eine Eins, zauberhaft.

Ich selbst fühlte mich inzwischen so erregt wie vor einem gynäkologischen Eingriff, brachte aber zu Ende, was ich angefangen hatte, so war ich erzogen. Außerdem hatte ich mir diese Nummer in den Kopf gesetzt, Sylt I war eine Niederlage, Sylt II sollte ein Festival der Liebe werden, ein Triumph der Lust, und hopp. Ich schaffte es, in Gliedhöhe auf Christian Platz zu nehmen. Dort thronte ich wie ein Riesenbaby auf dem Töpfchen, weil kein Platz war, meine Beine seitlich abzulegen. Mein Kopf lugte aus dem Schiebedach – da staunte der Baulöwe –, und von hinten drückte das Lenkrad genau zwischen zwei Wirbel, klick! Eingerastet. Mein Schatz war ebenfalls bewegungsunfähig, weil der Sitz sich wegen des Gepäcks nicht hatte umlegen lassen. Und ohne Bewegung lag ja kein Segen auf der Sache, also runter und andersrum, jetzt hatte ich das Lenkrad im Magen, schon besser. »Ja, so könnte es klappen, Hase!«, triumphierte ich aufgeregt. Was war ich nur für eine verfluchte Sexbombe, ich kam in Fahrt... Da guckte im Wagen vor uns plötzlich ein Köpfchen über die Rückbank. Und noch eins, zwei Köpfchen, ein kleiner Junge und ein kleines Mädchen, sie winkten. Wie nett.

Wir winkten zurück. Ein Fehler, stolz präsentierte man uns den Plüschtierzoo: sechs Teddys, zwei Häschen, ein Kamel und einen Elefanten. Hübscher Rüssel. Ich rutschte dann mal wieder rüber auf meinen Platz. »Schatz«, hörte ich mich gurren, »und nachher treiben wir es richtig!« Ich stutzte. Sprach da die Frau, die sich vor Sperma fürchtete? Auch optisch vereinte ich Widersprüche: Nackter Po, aber oben wie Dagmar Berghoff bei der Tagesschau. Instinktiv stellte ich den Blusenkragen hoch (Bonn!). Christian fing an zu lachen. Und ich dann auch. Wir lachten beide, was für eine Erlösung. Wir lachten und lachten und lachten bis Westerland. Ja, ich war wieder zurück, ich war wieder bei meinem Schatz.

Das Häuschen war wundervoll, wie ein reetgedecker Würfel türkischer Honig lag es keine hundert Meter vom Strand zwischen den Dünen. Außen schlicht, innen ein Schmuckkästchen mit allen Annehmlichkeiten. Und tatsächlich ohne Nachbarn. Ein Traum am Arsch der Welt, aber was für einem! Wir waren im äußersten Südwesten von Sylt, dort, wo die offene See gnadenlos an der Insel fraß. Wo nutzlose Wälle aus Beton-Tetrapoden vom Scheitern der Menschen zeugten, dem Meer vorzuenthalten, was es sich holen will. Meter um Meter. Aber noch waren wir da! Und als Erstes weihten wir das Schlafzimmer des Häuschens ein. Es geht doch nichts über Sex in einem Bett, stellten wir dabei fest. Noch dazu war es ein besonderes Bett. »Wow, was für ein fetter Dampfer!«, rief ich fast auf dem Höhepunkt, und das war keine auf die maritime Umgebung abgestimmte Metapher für Christians Penis. Da war wirklich ein Dampfer, ein dicker. Wer oben war – und das war in dem Moment ich –, konnte von diesem Bett aus durchs Fenster hinaus auf die offene See gucken. Und ihren Schiffsverkehr. War das geil, oder war das geeiiiiiiiiilll…?!

»Hattest du je Sex mit Meerblick, Schatz?«, sagte ich, als wir danach wunderbar träge und befriedigt nebeneinander auf dem Rücken lagen, früher hätte man geraucht.

Und Christian flüsterte: »Ja, aber nur mit Sand unter der Vorhaut.«

Und ich mit einem Grinsen und nach einem imaginären tiefen Zug: »Das war sicher nicht so schön.«

Und er, nachdem er gefühlt drei Rauchkringel in die Luft geblasen hatte, die nun über uns waberten: »Nein, das war eher unangenehm.«

Dann drehte er sich auf die Seite, stützte sich auf den Ellbogen, strich mir ein paar Strähnen aus dem Gesicht und sah mich liebevoll an.

»Andere Menschen stellen durch Sex Intimität her, du vermeidest sie.« So war Christian. Gerade, wenn man dachte, er wäre nur ein hübscher Sunnyboy, sagte er Sätze wie ein Buddha, der direkt in deiner Seele lesen kann. Der alles sieht, aber nicht böse wird. »Du wolltest heute im Auto mit mir schlafen, damit ich keine Fragen mehr stelle.« Und im nächsten Moment huschte er dann mit einem kleinen Zwinkern zurück in die Banalität. »Lchen, ganz ehrlich… das war wirklich eine klasse Idee.«

Ich streichelte sein Gesicht. Unendlich dankbar dafür, dass er nicht alles benennen musste, was er sehen konnte.

»Hast du schon was von 119 gehört?«, flüsterte er dann. Oh, zu früh gefreut. Ich schüttelte den Kopf.

»Ihr wart doch auch mal hier, hm?«

»Wer?« Ich drückte die imaginäre Zigarette aus, Schluss.

»Du hast mich vorhin *Hase* genannt, Lchen. Auf dem Autozug…«

»Was? Wann? Oh nein, sag es nicht…« In Gedanken steckte ich mir eine neue Zigarette an.

»Hattet ihr eine gute Zeit hier?«

»Grauenvoll, wir haben uns danach getrennt.«

»Wir werden es gut haben, Lchen. Wir bleiben zusammen.«

»Ja, Schatz.«

In dem Moment glaubte ich fest daran.

Gespenster

Es heißt, jeder Mensch habe seine eigene, ganz individuelle Vorstellung von Glück. Ich bezweifle das, ich glaube, in 99 Prozent aller Glücksfantasien geht es um ein und dasselbe. Darum, wovon schon die kleinen durchscheinenden Embryonen im Mutterleib träumen, deshalb – nur deshalb – kommen sie überhaupt raus auf die Welt: Sie wollen an den Strand. Strand und Glückseligkeit gehören in der menschlichen Fantasie zusammen. Auch bei mir war das nicht anders. Meine Vorstellung von Glück war immer die, mit einem Mann Arm in Arm an einem Strand entlangzulaufen. Allerdings legte ich schon Wert auf ein paar kleine Details.

Es sollte auf jeden Fall die Nordsee sein. Und zwar am späten Nachmittag bei Sonne und Schleierwolken, wenn die Wasseroberfläche zäh glitzerte wie verflüssigtes Blei. Und der Mann, mit dem ich in meiner Fantasie vom Glück am Nordseestrand entlanglief, sollte etwa einmeterneunzig sein, blond, schlank... und im Gesicht sollte er aussehen wie eine Mischung aus James Spader in »Sex, Lügen, Video« und Christopher Walken in »Die durch die Hölle gehen«. Und wir sollten übrigens barfuß laufen, sonst angezogen – er in Jeans und Hemd, ich in einem weißen Baumwollkleid mit einem viel zu großen wollweißen Strickpullover darüber, den seine Frau mir geliehen hatte (ich mache Spaß!) – aber auch ich mit nackten Füßen, was ich nur sagen will...

Ich hatte es mir in meiner Fantasie ganz genau ausgemalt. Ich hatte so oft davon geträumt, nicht nur damals, auf meinen langen einsamen Märschen im Schlepptau von 119s Hintern (aber da auch), und jetzt... jetzt wurden meine Wünsche Wirklichkeit. Christian sah sogar ein bisschen aus wie Christopher Walken (allerdings mehr wie in »Sleepy Hollow«*. Vor allem, wenn der Wind von vorne blies und ihm die Haare, die sonst sein Gesicht umpuschelten wie eine sandfarbene Federboa, streng aus der Stirn frisierte. Toll sah er dann aus, ein bisschen irre durch die hellgrünen Augen, aber gut. Und den Pullover hatte *er* mir geliehen, es gab keine Ehefrau (wie bei dem Mann, über den wir nicht mehr reden wollen), es gab nichts, was Schatz und mir im Weg stand, und wir liefen den Strand entlang. An der Nordsee, nachmittags. Und das Wasser glitzerte wie flüssiges Blei… Es war perfekt, und ich war glücklich. Glücklich, glücklich, glücklich. Jetzt schon den dritten Tag hintereinander. Nur ganz vereinzelt gab es Lchentypische Störgedanken. Einmal dachte ich daran, Christians Arm abzuschütteln (Tag 1). Und zu brechen (Tag 1, später). Oder ihn mit einem Stück Treibgut umzunieten und wegzulaufen, nur so (Tag 2). Oder mich in eine Lachmöwe zu verwandeln und lachend und kackend davonzusegeln mit meinen silbern schimmernden Schwingen über die endlosen blauen Wellen (Tag 3). Aber das waren immer nur ganz kurze Anwandlungen. Inwischen war der vierte Tag, und dies war das erste Mal, dass ich ihnen ein kleines bisschen nachgab. Ich blieb plötzlich stehen und sagte: »Schatz, geh bitte ein paar Schritte vor mir, ich möchte beim Laufen auf deinen süßen Hintern gucken.« Das war wohl zu verkraften.

Entsprechend relaxt reagierte Christian. »Was willst du gucken? Nach was Süßem? Hier?« Deshalb führt man an der Nordsee die besten Gespräche: Der Wind verschluckt das Wichtigste. Christian zog mich fester an sich. »Hey, was

---

* Horrormärchen des Regisseurs Tim Burton, mit Johnny Depp, Christina Ricci und Christopher Walken in der Rolle des kopflosen Reiters.

hältst du davon, Kleines...«, seine Augen strahlten, »... ich mache uns Pfannkuchen, wenn wir zu Hause sind, und ich mache erwiesenermaßen die weltbesten Pfannkuchen, musst du wissen, guter Vorschlag oder guter Vorschlag?« Superguter Vorschlag. Bombastischer Vorschlag. Schon lachte das Lchen wieder. Manche Impulse muss man einfach nur *konsequent* ignorieren. Doch dann passierte etwas Komisches.

Sylt, das vielleicht noch für Sie als Hintergrund, falls Sie bisher nicht so mit der dunklen Dimension vertraut sind, Sylt ist ja auch die Insel der Gonger, der Widergänger. Das sind – im sehr strengen Sinne – Untote, die in ihrem Grab keine Ruhe finden und noch mal zurückkehren und ihren Hinterbliebenen erscheinen. Ja, gruselig, aber das wusste ich zu dem Zeitpunkt auch alles noch nicht, und hätte ich davon gewusst, hätte ich es sicher nicht geglaubt – aber der Reihe nach...

Es war schon sechs Uhr, als wir in Rantum waren, von wo aus wir den Bus zurück nach Hörnum nehmen wollten, um dann daheim in unserem »weißen Nougatwürfel zwischen den Dünen« weltbeste Pfannkuchen zu machen – so war der Plan. Und weil wir nicht wussten, wie lange der Hörnumer Supermarkt noch geöffnet hatte, wollten wir in Rantum einkaufen, was man für so weltbeste Pfannkuchen alles brauchte, flink, bevor der Bus kam, es war der letzte an dem Tag.

Ich kannte mich ein bisschen aus in Rantum. In Rantum war ich mit 119 damals gewesen. Ich erinnerte mich an einen kleinen SPAR-Markt, nicht größer als ein Wohnzimmer, in dem wir oft Brot gekauft hatten und zu dem ich mich nun unverzüglich auf die Socken machte. Während Christian versuchen wollte, eine Apotheke zu finden. Er war nämlich in eine Muschel getreten – und ich hatte noch gesagt, lauf nicht barfuß! –, jetzt brauchte er Jod und eine Säge für die Amputation (wie viele seiner Geschlechtsgenossen hatte Christian eine leichte Neigung zur Hypochondrie), also, Schatz zur Apotheke, ich zu SPAR.

Der Mann stand vor dem Brot. Und obwohl er mir den Rücken zuwandte, wusste ich sofort, dass er es war: 119. Von hinten kannte ich ihn ja am besten. Und ich war natürlich überrascht, ihn hier zu sehen. Vor fünf Tagen auf dem Flughafen hatte nichts darauf hingedeutet, dass er sein Reiseziel für mich ändern und seine Freundin Siti Habibi ihr Projekt allein leiten lassen würde. Und meine Überraschung wuchs noch mehr, als 119 sich dann umdrehte und ich erkannte, dass sein Hintern mit dem Gesicht eines anderen unterwegs war und Toast kaufte. Ich starrte den Mann an. Der sah auf das Brot in seiner Hand. »Wollen *Sie* das? Wenn Sie es haben wollen, nehmen Sie's ruhig.« Mein Blick musste wohl etwas Angsteinflößendes haben. Ich schüttelte den Kopf, plötzlich ergriff mich eine tiefe, abgrundtiefe Trauer. »Ich will Eier«, sagte ich.

So ging es schon los mit den Gespenstern, den Widergängern, und ich weiß, was Sie jetzt denken. Das war kein Gonger, möchten Sie einwenden, allenfalls ein halber, ein Gongerhintern. Außerdem sind diese Gonger doch Untote, die in den Häusern ihrer Hinterbliebenen rumspuken, nicht Exlover, die in Supermärkten Brot holen… Sie haben recht! Ich sagte ja, dieser Supermarkt war ein Wohnzimmer! Und es ging ja noch weiter…

Christian und ich fuhren dann mit dem Bus zurück. Wir waren guter Dinge, Schatz hatte Jod bekommen und ich Eier. Der Fuß würde gerettet, und gleich gäbe es Pfannkuchen. Ich verdrängte den Gonger (niemand hatte mich gewarnt, dass

Gonger genau das am wenigstens mögen!), und eine halbe Stunde später war unser Häuschen von oben bis unten von köstlichem Duft erfüllt, alles schien bestens. Ich hatte den Tisch gedeckt und sah nun Christian zu, der am Herd stand und Pfannkuchen machte, eine Augenweide. Über seinem muskulösen sonnenbraunen Oberkörper baumelte ein ausgeleiertes Feinrippunterhemd, das er – wie stets – auf links trug, weil das Wäscheschildchen ihn sonst quälte. So sensibel war er. Seine Jeans hing verwegen tief, weil er einen kleinen Bauch hatte, der sie abwärtsdrückte, und keinen Hintern, der dagegen hielt. »Der Mann ohne Popo«, so nannte der türkische Änderungsschneider ihn immer (dabei hatte er einen Popo, einen ganz entzückenden, mikroskopischen), ich musste lachen. Mein Schatz. Ich würde nicht zulassen, dass ein anderer Hintern sich zwischen uns schob, und schon gar keiner der letzten Saison. Ich schickte Christian ein Lächeln alleroberster Zärtlichkeitsstufe und hielt schnuppernd die Nase in die warmen Dunstmassen: »Rieche ich da die weltbesten Pfannkuchen?«

Ich wusste, dass ein Teil von mir (nennen wir ihn doch Arschloch) alles mobilisieren würde, um meine Gefühle für diesen wunderbaren Mann im Unterhemd zu diskreditieren. Wie ein schmieriger kleiner Pflichtverteidiger wühlte er in der Vergangenzeit, um etwas gegen ihn in die Finger zu kriegen, im Moment rief er romantische Erinnerungen an Verflossene in den Zeugenstand. Er wusste natürlich, dass 119 mir in jenem Supermarkt in Rantum mal ein Überraschungsei gekauft hatte. Mehr hatte er nicht aufzubieten, ein hohles Schokoei mit Plastiknippes! Gegen einen Mann wie Christian, der nicht nur dicke, fette Eierkuchen für mich machte (in diesem Hammeroutfit!), sondern dabei auch noch tanzte und in den Pfannenkratzer sang – ja, mag sein! Mag sein, dass alle Männer tanzen und in den Pfannenkratzer singen, wenn sie für ihre Mädchen etwas braten, vielleicht ein Klischee. Aber ich schätze, niemand – niemand! – sang »Pretty Woman« in der Version von Johnny Cash, zu der er auf »The man comes around« nicht mehr gekommen war, mein Gott, es brach mir das Herz... Ich aß dann sechs Pfannkuchen, sechs. Drei davon, weil ich ein Fresssack war, und dann noch mal drei, um Schatz glücklich zu machen und ihm zu zeigen, dass ich ihn liebte, liebte, liebte, ich hätte es besser einfach sagen sollen.

Denn in der Nacht musste ich mich dann übergeben. Ich war zunächst problemlos eingeschlafen, aber gegen Mitternacht wurde ich wach und merkte, dass mir nicht gut war, quasi sauübel. Der Geruch von Gebratenem hing im Haus und verstärkte meine üblen Symptome. Und beim Gedanken an Christians Pfannkuchen, die etwa das Vierfache von normalen Pfannkuchen gewogen hatten, weil er sie nicht in heißem Fett gebraten, sondern in lauwarmem hatte baden und »Ich bin ein Schwamm« spielen lassen (damit er selbst in Ruhe »Und ich bin der neue Johnny Cash« spielen konnte), beim bloßen Gedanken an diese welt*fettigsten* Pfannkuchen stand ich auf und öffnete mal besser ganz flink das Schlafzimmerfenster, puuuuh, die frische Luft tat so gut... Ich schloss die Augen, nicht kotzen, Lchen, nicht aufs gute Reetdach, ich atmete im Rhythmus der rauschenden Wellen, so ging's. Nachdem ich eine Weile so dagestanden hatte und dem Universum gelobt hatte, nie wieder Mehlspeisen zu essen, sollte ich diesen Fettschock noch mal überleben, fühlte ich mich besser und wollte mehr. Mehr köstliche, frische Luft. Im Dunkeln tappte ich nach unten und öffnete auch dort die Flügel der Terrassentür, damit der Durchzug die fettigen

Dunstmassen schnellstmöglich aus dem Haus wälzen konnte. Zufrieden registrierte ich, wie die Vorhänge sich blähten, dann würden die auch gleich durchgelüftet! Einen Moment stand ich da und sah ihnen zu. Ohne Filmmusik war nichts Beängstigendes an wehenden weißen Vorhängen in Vollmondnächten, stellte ich dabei fest. Auch nicht an den leichten Nebelschwaden, die zwischen den Dünen aufstiegen und aufs Haus zukrochen. Ja nun, der Herbst kam, da konnte es nachts schon mal Nebel geben, wir waren alle hollywoodgeschädigt, dachte ich. Ich pupste noch mal in den Nebel (»The Fog – Nebel des Grauens«*, das *wahre* Remake), dann ging ich zurück ins Haus, und dort... Nein, dort ging ich meines Wissens *nicht* ins Wohnzimmer zum Bücherregal. (Die Frage wird uns später noch beschäftigen.) Soweit ich mich entsinne, tappte ich danach unverzüglich die Treppe hoch und legte mich wieder ins Bett. Die Terrassentür und das Fenster ließ ich offen.

Neben mir hörte ich Christians gleichmäßigen Atem und draußen die Wellen. Im Liegen kam die Übelkeit zurück, aber auch Müdigkeit, und ich fiel in einen unruhigen Schlaf. Schon nach wenigen Minuten wachte ich wieder auf. Ich lag auf der Seite und spürte einen Körper dicht hinter mir. Etwas umfasste mich und drückte mir auf den Magen. Ich glaubte, es wäre Christian, der im Schlaf angedockt und seinen Arm um mich gelegt hatte, löffelchenmäßig. Das liebte er, das machte er oft. Doch dann fiel mir auf, dass ich seinen Atem nicht im Nacken spürte und seine Wärme nicht fühlte, obwohl er ganz nah lag... ... ... *interessant*. Einen Moment lag

* »The Fog – Nebel des Grauens« ist ein Horrorfilm von John Carpenter aus dem Jahr 1980 (Weltklasse!), der 2005 neu verfilmt wurde.

ich ganz still da, mit weit geöffneten Augen. Und als ich das, was ich für Christians Arm hielt, schließlich vorsichtig, mit zitternden Fingern berührte, fühlte ich groben, rauen Stoff wie von einer dicken Jacke. Dann merkte ich noch etwas, der Stoff war kalt und... NASS! Ich fuhr herum! Die Gestalt, die zwischen mir und Christian auf dem Bett gelegen hatte, sprang auf und stürzte davon. Doch bevor sie die Treppe hinunter verschwinden konnte, fiel noch für einen kurzen Moment das Mondlicht durch das Fenster auf sie, ich kannte diese Jacke, ich kannte diesen Rücken, und auch die kurzen Haare, aus denen Wasser tropfte, den schmalen, länglichen Schädel, der sich nun zu mir drehte... In dem Moment wachte ich auf! Ich saß senkrecht im Bett. Mein Atem raste, ich war schweißgebadet und presste die Hand auf den Magen. Mir war *so* schlecht.

Einen Moment saß ich wie versteinert. Nur meine Augen irrten durch die Dunkelheit. Ich hatte irgendwas geträumt, irgendwas Schlimmes, ich spürte noch die Traurigkeit, eine tiefe, abgrundtiefe Traurigkeit, bloß worüber? Der Traum war weg, aber noch fühlte ich seine Nähe... Ich versuchte, ihn wieder zu finden, bevor er endgültig ins Vergessen entschlüpfte, da! Als die grellen Suchscheinwerfer meines Bewusstseins ihn plötzlich entdeckten, starrte er mich an wie ein kleiner, riesenäugiger Mausmaki*. Er sah zu Tode erschrocken aus, aber in Wahrheit war ich es. Denn jetzt erinnerte ich mich: Ich hatte geträumt, ein Mann hätte in nassen Kleidern zwischen mir und Christian im Bett gelegen, und

* in Madagaskar beheimatete nachtaktive Mini-Primaten aus der Gruppe der Lemuren mit überproportional großen Augen, die immer weit aufgerissen wirken.

dieser Mann war… es war… 119! Wer hätte das gedacht. Eben noch vorm Brotregal, jetzt im Bett. Ganz, *ganz* wunderbar.

Ich sah Christian an. Er wälzte sich im Schlaf, die Haare klebten ihm an der Stirn – kein Wunder, die Luft war zum Schneiden. Es roch nach Pfannkuchen und nassem Hund. Ich sollte dringend das Fenster öffnen, dachte ich, zu diesem Zweck setzte ich die Füße aus dem Bett. Doch dann änderte ich meine Pläne. Es war so weit, ich musste mich unverzüglich übergeben.

Ich schaffte es gerade noch die Treppe runter und zur Toilette, allerdings musste ich dafür meinen Kopf recken wie Shelly-Ann Fraser beim Zieleinlauf. 30000 Fettkalorien schossen aus mir heraus, als ginge es um eine olympische Medaille. Einen Moment lag ich erschöpft auf dem Boden, genoss die Kühle der Fliesen unter meinem von der Anstrengung des Übergebens verschwitzten Körper und lauschte dem Verebben der Spülung. Dann stand ich auf und wusch mir das Gesicht. Hörte ich dort Christian rufen? Ich lauschte… nein, nichts.

Verwundert betrachtete ich mich im Spiegel. Nie würde ich mich daran gewöhnen, nie. Ich sah aus wie die ältere Dame, der ich als Kind immer beim Schminken zugeschaut hatte. Meine Mutter. Ich saß damals auf dem flauschig bezogenen Toilettendeckel und beobachtete ihr Gesicht im Spiegel über dem Handwaschbecken. Es faszinierte mich, wie die Schminke es in kürzester Zeit verwandelte, vor allem der knallrote Lippenstift, meine tägliche kleine Vorher-Nachher-Show. Vielleicht gefiel es mir auch deshalb so, weil meine Mutter dann gute Laune hatte. Und weil die Heizung im Bad an war. Und weil es gut roch nach ihren tausend Cremes und

Mittelchen. Meine Mutter war damals Mitte dreißig. Sie schminkte sich immer nur, wenn sie das Haus verließ. Vormittags, wenn sie den Haushalt machte, war sie ungeschminkt und trug alte, fleckige Kleidung, die sie ihre »Hausuniform« nannte. Aber nach dem Mittagessen, sobald sie gespült und die Küche aufgeräumt hatte, ging sie ins Bad, schminkte sich, toupierte die roten Haare zu einer spektakulären Hochsteckfrisur und zog »gute Kleider« an (sogar mit einer speziellen hautfarbenen Unterhose drunter, die ihren Bauch flacher machte). Und ganz zum Schluss besprühte sie sich noch mit Parfüm. So ging sie dann aus, zur Sitzung oder in irgendeinen Ausschuss, sie machte in Politik. Sie hatte sogar mal neben Willy Brandt gesessen. Abends kam sie zurück, zog die guten Sachen wieder aus, die Hausuniform an, ging in die Küche und deckte den Abendbrottisch. Meist hörte man sie dabei heftig klappern. Und irgendwann flog die Küchentür auf, und sie rief nach oben in die erste Etage: »Kinder, essen!« Und dann runter in den Keller: »Vati, essen!« Meistens kamen wir sofort...

Ich betrachtete mich weiter. Wenn ich auch so was wollte, würde es wirklich Zeit. Ich durfte, durfte, *durfte* diese Gespenster nicht zulassen! Ich musste aufhören, neben der Realität zu leben, in Fantasien, Erinnerungen, Filmen. Ich musste aufhören, mich ständig nach dem zu sehnen, was weit weg war, und wegzustoßen, was mir nahekam. Ich musste endlich... *zugreifen*. Eine Entscheidung treffen, die Ärmel hochkrempeln und das Beste draus machen! »Lpunkt, altes Mädchen...«, flüsterte ich mir zu, »SPRING!«

Aber erst mal ging ich zum Kühlschrank und nahm mir ein Glas Milch. Dann öffnete ich einen Flügel der Terrassentür, um auch ein bisschen frische Luft zu schnappen. Und plötzlich bekam ich Lust, mich mit meiner Milch auf der Terrasse in den Strandkorb zu setzen. Ich war wohl noch zu aufgewühlt fürs Bett. Ich hatte auch keine Lust, wieder so einen kranken Mist zu träumen, es war so eine schöne sternklare Nacht. Und Vollmond, man erkannte jeden Grashalm, der sich auf den Dünen rund ums Haus im sanften Nachtwind bog. Als ich nach dem Klappbrettchen suchte, um das Glas darauf abzustellen, sah ich, dass unter dem Strandkorb etwas Eckiges hervorlugte. Ich zog es hervor… ein Buch. *Sylter Sagenwelt*. Hm. Ich schlug wahllos eine Seite auf. *»Die Gonger«*, stand da prima erkennbar in fein geschwungener Schrift. Gespannt las ich weiter…

»Gonger, so nennt man auf der norddeutschen Insel Sylt Verstorbene, die als Widergänger in die Welt der Lebenden zurückkehren…«

Ich lächelte schief. Mit so etwas konnte man mich nicht schocken. Ich fürchtete nicht die Toten, sondern die Lebenden. Auch unter ihnen gab es Widergänger…

»Häufig sind es Ertrunkene, die nachts ins Haus ihrer Hinterbliebenen kommen, um ihnen zu zeigen, wie sie ums Leben gekommen sind…«

Ach ja, und wie zeigen sie das? Indem sie sich ins Aquarium setzen? Irgendwas machte mich nervös.

»Wem ein solcher Gonger begegnet, der verspürt sofort eine tiefe, abgrundtiefe Trauer.«

Die spüre ich auch, wenn ich Dr. Himmelmann* begegne, dachte ich grimmig. (Das war der Arzt, der bei der Vorsorgeuntersuchung fand, mein Vater müsse nicht geröntgt werden.) Gerade weil Himmelmann lebt! Ich nahm noch einen

* Name wohlüberlegt geändert. Ärzte kommen immer davon.

Schluck, auf Papa da oben. Aber aus irgendeinem Grund raste mein Herz, und plötzlich gefror mir das Blut in den Adern, die Milch rann mir aus der Nase (weil ich mich verschluckt hatte), dort stand weiter:

»In der Nacht kehrt der Ertrunkene zurück aus dem Meer. In seinen durchnässten Kleidern legt er sich auf die Decke eines schlafenden Hinterbliebenen.«

Oh Gott! Mein Traum! Mein Traum war gar kein Traum, sondern eine Erscheinung, ein Gonger! Das bedeutete... bedeutete... bedeutete... bedeutete... 119 war ertrunken! 119 war tot! Deshalb hatte ich diese Trauer empfunden, auch vorhin schon beim Brotregal! Ich starrte fassungslos in das Buch, hoffend, *betend*, dass da als Nächstes stünde: April, April, Lchen, alles nur ein Scherz. Stand da aber nicht. Stattdessen endete der Text:

»Am anderen Morgen findet man weiße Ränder auf der Decke, die von dem Salzwasser in der Kleidung des Ertrunkenen stammen.«

Ich ließ alles stehen und liegen und stürzte hoch ins Schlafzimmer... Dort knipste ich das Deckenlicht an und untersuchte das Bettzeug. Christian schlief tief und fest... da! Dadadada! Salzränder, eindeutig! Sie waren natürlich nicht *so* gut zu sehen auf dem weißen Bettzeug, jedenfalls nicht mit bloßem Auge, aber das Bettzeug fühlte sich eindeutig feucht an, oh Gott! Ich lief wieder runter. Wieso war ich da nicht gleich draufgekommen, ich würde 119 einfach anrufen! Er hatte gesagt, man könne ihn per Handy auf Sumatra genauso leicht erreichen wie in Eimsbüttel. Meine Hände zitterten, als ich 119s Nummer tippte. Es tutete... (ein gutes Zeichen, sein Handy war schon mal nicht ertrunken)... es tutete zweimal... (oh nein! Normalerweise ging er immer beim ersten Tuten dran)... es tutete dreimal... (tot! Er war eindeutig tot!)... Ich sank auf den Küchenstuhl, ich weinte, dann hörte ich ein Geräusch in der Leitung, und sofort brüllte ich los: »Hallo? Hallo, Hase? Hase, bist du das?« Ja, er war es! Er LEBTE! »Geht es dir gut? Warum gehst du denn nicht gleich dran? Ich bin so froh, deine Stimme zu hören...« Ich redete ihn platt. »Ich dachte, dass du ertrunken bist, dadadas kann ja leicht papapassieren auf einer Insel, warum sprichst du so komisch?... *Was* hast du im Mund?... Salzfisch?... Zum Frühstück?... Bist du dir sicher, dass du *nicht* ertrunken bist? Ach, was bin ich glücklich...« Und so weiter und so weiter. Was man eben so sagt, wenn man feststellt, dass ein Freund, den man tot glaubte, gerade in einer anderen Zeitzone Salzfisch und Papaya frühstückt. Man plappert irgendwelchen Unsinn. Und, ja. Ja, vielleicht sagte ich zu 119 in meiner übergroßen Erleichterung auch, dass ich ihn liebhätte, wie Christian später behauptete. Aber ich sagte es mehr wie die Amis, wie Michael Jackson, als er noch was sagen konnte (I love you, I love you), es war absolut nichts Persönliches, das betonte ich Christian gegenüber immer wieder.

Es beruhigte ihn nicht im Geringsten.

Er hatte plötzlich hinter mir gestanden. Und er fand es natürlich seltsam, dass ich mitten in der Nacht bei 119 anrief, in Indonesien. Obwohl ich alles erklären konnte. Ohne Mühe. Ich erklärte Christian, dass 119 mir erschienen sei, als Gonger – die reine Wahrheit, wie Sie wissen. Ich sagte, der 119-Gonger habe sich auf unser Bett gelegt, um uns mitzuteilen, dass er ertrunken sei. Deshalb, *nur deshalb* hätte ich 119s Handy kurz angewählt: um zu checken, ob das mit seinem Ertrinken nun Fakt sei oder eine Ente. Ich fand meine

Erklärung absolut schlüssig. Aber Christian lachte nur, es war kein amüsiertes Lachen. Auch von den weltberühmten Sylter Gongern wollte er nichts wissen. Ich lief hinaus auf die Terrasse, um ihm zu zeigen, dass sie wirklich existierten. Zumindest als Sylt-Sage in einem der Standardwerke der Sylt-Sagen-Fachliteratur, ich wollte ihm das Büchlein zeigen. Aber als ich im Strandkorb nachsah, war dort kein Büchlein, es war verschwunden, weg! Dabei hätte ich schwören können, dass ich es dort hatte liegen lassen, neben dem Milchglas, aber ein Milchglas war da auch nicht. »Lchen, wir haben gar keine Milch mehr«, kommentierte Christian kühl meine Verwirrung, »ich habe die letzte Milch für die Pfannkuchen verbraucht.«

Ich starrte Christian an. Die Pfannkuchen...

»Ich habe die Pfannkuchen ausgekotzt...?!« Es war mehr eine Frage als ein Vorwurf.

»Was?« Christian empfand das möglicherweise anders.

»Die Pfannkuchen waren so fettig, dass ich mich erbrechen musste...?« Ich hatte doch erbrochen, oder? Die 30.000 Kalorien waren im Klo, sie würden nicht womöglich wiederkommen, als Widergänger auf meinem Popo...?

»Hast du *deshalb* 119 angerufen?«, sagte Christian merkwürdig leise. »Weil dir meine Pfannkuchen nicht bekommen sind? Hat *er* dir bessere Pfannkuchen gemacht?«

»Nein!«, rief ich entrüstet, denn das war lächerlich. 119 hatte mir nie welche gemacht!

»Warum dann? Was suchst du denn, Lchen, erst trauerst du ewig lang diesem Scheißdick nach, jetzt wieder 119, WAS SUCHST DU, verdammt noch mal!?« Christian brüllte. Er hatte mich noch nie angebrüllt, er packte mich sogar an den Armen und schüttelte mich wie einen Apfelbaum. Als ich nichts abwarf, ließ er von mir ab. Aber wie eine Welle pflanzte sich das Rütteln weiter fort in meinen Kopf und verursachte dort ein, ein, ein... *Gehirnbeben*! Alle Gewissheiten wankten. Wie Wolkenkratzer in einem Roland-Emmerich-Film, mit einem Mal war ich komplett desorientiert. Ich fühlte mich, als würde ich gleich bewusstlos, oder war es umgekehrt? Wachte ich gerade auf? Was hatte ich geträumt, und was war Wirklichkeit? Wer war ich, und wo war der Kühlschrank? Ich hatte Durst!

Dann hörte ich ein dumpfes Poltern, unheilvoll. Christian kam die Treppe runter, schwer beladen, oh nein! Nein, bitte nicht! Bitte nicht, Schatz... Mit einem Mal war ich hellwach. Mit einem Mal war ich wieder in der Realität und bestens orientiert.

Christian, der Mann, den ich liebte, mit dem ich einen Garten haben wollte und Tomaten, er hatte gepackt.

Das Hasenopfer oder Lchens Pakt

Am 24. Mai 1987 gegen 3.30 Uhr stand der 23-jährige Student Kenneth Parks von seiner Couch in Pickering/Toronto auf und fuhr 23 Kilometer zu seinen Schwiegereltern nach Scarborough. Mit einem Brecheisen betrat er das Haus und attackierte zunächst seinen Schwiegervater, der verletzt wurde. Seine Schwiegermutter versuchte zu fliehen, wurde dann von Parks aber eingeholt und mit einem Küchenmesser erstochen. Obwohl er eindeutig der Täter war, wurde Kenneth Parks freigesprochen. Ein schlafmedizinisches Gutachten hatte bewiesen, dass er zur Tatzeit schlafgewandelt hatte und somit unzurechnungsfähig war. Es handelt sich bis heute um den einzigen gerichtlich bestätigten »Mord im Schlaf«. Ich hingegen kam nicht so leicht davon.

Als ich Christian weinend anflehte zu bleiben, als ich ihn beschwor, ich sei doch nur schlafgewandelt, schon als Kind sei ich bei Vollmond mitunter Stunden durchs Haus gegeistert und habe neben anderen kleinen Verrichtungen auch gerne Anrufe getätigt, da sagte er nur: »Noch schlimmer, Lchen. Du verarschst mich sogar im Schlaf.« Ach, ich konnte ihn ja verstehen. Denn auch wenn Kenneth Parks vom Verbrechen des Mordes freigesprochen wurde, so nahm wohl niemand an, dass er seine Schwiegermutter sonderlich tief ins Herz geschlossen hatte. Und genauso nahe lag es wohl in meinem Falle, aus der somnambulen Episode auf gewisse emotionale Tendenzen zu schließen, Tendenzen umgekehrter Richtung. Doch die, stellte sich dann raus, waren gar nicht Christians Punkt.

»Lchen, ich weiß, dass 119 deine *große Liebe* ist, das weiß ich schon lange, und es war mir immer scheißegal!«

So wie Christian »große Liebe« sagte, bekam man davor Angst.

»Ich gebe zu, manchmal dachte ich auch, dass Dick es wäre, aber so im Detail interessiert es mich eigentlich auch gar nicht, es reichte mir zu wissen, dass *ich* es nicht war!«

Oh wei.

»Und weißt du was? Es hat mir nichts ausgemacht, nichts! Ich wusste ja, wie ich das jederzeit ändern könnte. Ich müsste nur ans andere Ende der Welt ziehen oder eine andere Frau heiraten oder dich verlassen oder sterben… schon wäre auch ich deine *scheiß* große Liebe, aber weißt du was, Drama-Lchen!? Auf diese *Scheiß*ehre habe ich gerne verzichtet!«

Er sagte mir etwas zu oft Scheiß.

»Ich war lieber deine kleine Liebe und dafür in deiner Nähe. Aber eine Bedingung... eine Bedingung hatte und habe ich: Hintergeh mich nicht, belüg mich nicht, betrüg mich nicht, Lpunkt! Für deine kranken, beschissenen Gefühle kannst du nichts, damit tust du dir selbst am meisten weh. Aber wenn du schon hier nicht treu sein kannst...«, er hämmerte sich mit der geballten Faust auf die Brust, »... dann verhalte dich zumindest anständig. Verhalte dich *treu*!«

Jetzt schleuderte Tarzan mein Handy gegen das Bücherregal, Holz spitterte, auweia, aber mich Drama-Lchen nennen...

»Ruf keine anderen Kerle an, und sag ihnen, dass du sie liebst! Egal, ob du pennst oder wach bist! Egal, ob du es wie Jesus sagst oder wie Marilyn Monroe! Und *scheiß*egal, wie viele Tüten du wieder mal heimlich geraucht hast!!!«

Ich spürte, dass es allmählich Zeit wurde zu intervenieren.

»Ertrunkene! Untote! Widergänger! Scheiße, Lchen, bei einer Zwölfjährigen sind solche Kifferfantasien vielleicht noch süß, bei dir ist das einfach nur...« Er sah mich böse an, als suche er nur das optimal verletzende Wort, da platzte ein Hupen in die unangenehme Gesprächspause. Christians Blick ging zum Fenster. »Mein Taxi ist da.« Oh nein, schoss es mir durch den Kopf, kein Taxi! Wenn einer mit dem Taxi wegfährt, ist es wirklich aus. Schon machte es Bimbam.

Christian öffnete. Der Taxifahrer war ein ungewöhnlich großer alter Mann mit zerfurchtem Gesicht, eisgrauem Bart, Kapitänsjacke und Kapitänsmütze. An der Art, wie er von Christian zu mir und dann wieder zu Christian blickte, merkte man, dass er verstand, was vor sich ging. Es war ja auch nicht schwer zu verstehen. Ein Mann reiste um drei Uhr morgens ab, eine Frau weinte… Vermutlich brauchte die Schwiegermutter Hilfe beim Gardinenwaschen. Ich warf ihm einen flehenden Blick zu. Aber der Kapitän hatte schon zu viel gesehen, um den Lauf der Welt noch aufhalten zu wollen. Oder auf eine gute Tour zu verzichten. Stattdessen streckte er wortlos die Hand nach Christians Reisetasche aus. Ich geriet allmählich unter Druck. Sag was, Lchen, los!

»Er, er, er… er hat auf der Bettdecke gelegen!«, stieß ich hervor, wohlwissend, dass ich mich inhaltlich wiederholte. »U-u-uuund… nass! Er war nass, und Sa-sa-salzränder hat er auch hinterlassen! Genau, wie in dem Buch stand!« Ich griff nach Christians Arm, er sollte mich wenigstens ansehen, wenn ich seinetwegen weinte, »Schatz!«

»Es gibt kein Buch, Lpunkt.« Christian stieß mich zurück, ich meinerseits stieß mir den Zeh, immer denselben… Wut stieg in mir auf. Was hatte ich denn schon getan?! Ich war bei Vollmond schlafgewandelt und hatte einen guten alten Freund angerufen, der gerade ertrunken war (dafür gab es begründete Verdachtsmomente, auch wenn ich dieses anerkannte Geisterfachbuch im Moment nicht wiederfand!) Na und!? Andere fuhren nach Scarborough und killten Schwiegermütter!

»Wir fahren nach Westerland zum Bahnhof«, wandte sich Christian sachlich männlich an den Kapitän. Der allerdings starrte *mich* an. Mein Bademantel war auseinandergefallen, und darunter trug ich im Wesentlichen Frotteesocken. Ich schlug den Mantel für eine Millisekunde auf wie ein irrer Exihibitionist – WUUAHH! –, dann schnürte ich den Gürtel zornig wieder zu. (Jetzt schulden Sie mir aber was, alter Mann!). Ich flehte Christian an: »Du eifersüchtiger, kranker Spinner!«

Was man so sagt, wenn man den Mann, den man liebt, halten will. Die Tränen strömten mir über das Gesicht.

»Ich liebe dich doch, du blöder Arsch!« Endlich fand ich die angemessene romantische Tonalität. »Und zwar schon immer, hörst du!? Ich liebe dich immer! Nicht erst, wenn du durch diese Scheißtür gehst!« Sehr gut, jetzt lief es. »Denkst du vielleicht, ich wollte zufällig mit dir hierher? Ich wollte deshalb ausgerechnet nach *Hörnum* auf Sylt, weil man hier auf dem Hörnumer Leuchtturm heiraten kann! Ich wollte, dass wir uns den Turm schon mal ansehen. Ich dachte… ich wollte… ich, ich, ich…«

Ich gebe zu, das war improvisiert. Dass Hörnum das Mekka der Heiratswütigen war, hatte ich erst tags zuvor in einem Prospekt gelesen. Zu meinem Entsetzen blieb Christian gänzlich unbeeindruckt. Wie in Zeitlupe sah ich, dass er dem Taxi-Kapitän seine Tasche überließ, mir einen letzten kopfschüttelnden Blick zuwarf (Lügnerin!) und mit der frei gewordenen Hand kontrolliert die Tür hinter sich ins Schloss zog. Das machte mir am meisten Sorgen. Nicht wutvoll im Affekt, sondern ruhig – so wie gut überlegt und ernst gemeint. Mir blieb das Herz stehen vor Angst.

Ja, ja, ja, ich weiß, dass ich ein paar Tage zuvor noch Ekel empfunden hatte vor diesem Mann. Und dass ich ihn am Strand manchmal umnieten wollte. Aber jetzt liebte ich ihn über alles, jetzt wollte ich lieber sterben, als ihn zu verlieren. Genau, wie Christian es vorausgesagt hatte. Das war das Gemeine. Ich litt wie Anna Karenina und war gleichzeitig ein Witz, berechenbar wie eine Reflexamöbe. Die Tränen strömten mir links und rechts über die Wangen. Am Kinn trafen sie sich und stürzten vereint in die Tiefe. Drama-Lchen hatte er mich genannt, Unverschämtheit!

Drama-Lchen stand da, grub die kurzen Nägelchen in die Handballen und lauschte den leiser werdenden Schritten ihres Lovers auf dem Kiesweg… tapp tapp tapp. Dann dem Schlagen des Kofferraumdeckels… der Autotüren… dem Anlassen des Mercedes-Benz-Motors. Drama-Lchen stand wie eine deutsche Eiche. Drama-Lchen konnte auch anders! Wenn Christian gedacht hatte, Drama-Lchen würde sich nackt vors Taxi legen, hatte ich eine Überraschung für ihn: Ich ließ es. Stattdessen setzte ich mich mit verschränkten Armen aufs Sofa, legte meinen Nacken auf die Lehne und studierte die Decke. Ich spürte, wie die Tränen ihre Richtung änderten und jetzt links und rechts Richtung Ohren kullerten. In meinen Flaumkoteletten blieben sie kurz hängen, sammelten sich, um dann meine Ohrwindungen zu fluten. Ich hörte es trotzdem. Ich hörte, wie das Taxi den Schotterweg hinunterrollte, am Tor noch mal kurz stoppte und dann davonfuhr. Plötzlich… Stille. Stille. Stille. Lchen am Gesäß der Heide, im Mekka der Heiratswilligen, allein und verlassen. Nur leise das Rauschen der Wellen, die auch nachts an der Insel zerrten. Immer, sie gaben niemals Ruhe, wenn sie etwas haben wollten, *sie* gaben nie auf, *sie* kämpften… Plötzlich spürte ich einen schrecklich Stich in der Herzgegend. Und der Schmerz breitete sich aus in den ganzen Körper… Christian! Schatz!

Ich war keine gute Autofahrerin. Meine einzige Stärke war, dass ich das wusste und im Gegensatz zu anderen hundsmiserablen Autofahrern meinem Können angemessen langsam und vorsichtig fuhr, normalerweise. Aber in dieser Nacht war nichts normal. Es war Vollmond. Ich spukte. Mein Geliebter hatte mich verlassen, und ich Vollidiotin hatte ihn einfach fahren lassen. Ich stellte das Fernlicht ein und drückte auf die Tube. Die Strecke nach Westerland betrug etwa 20 Kilometer, in meinem Kopf startete der Soundtrack von *Wild at Heart*, ein Roadmovie. Ich dachte an den Unfall, an dem Sailor und Lula nachts auf ihrer Flucht vorbeikommen. Und an das sterbende Mädchen, das aussieht aus wie eine zerbrochene Porzellanpuppe (übrigens Audrey aus Twin Peaks!). Wie sie blutüberströmt an der Unfallstelle herumirrt, zwischen den Wrackteilen und den Leichen, und verzweifelt ihre Sachen sucht, ihre Handtasche, ihre Schminksachen, ihr Portemonnaie (»Meine Mutter bringt mich um, wenn ich es verloren habe…«)*. Und dann bricht sie zusammen, dickes, dunkles Blut quillt aus ihrem Mund, sie stirbt. Und mit brechender Stimme bittet sie Sailer und Lula, ihr den Lippenstift zu geben, er müsste in ihrer Handtasche sein. Ach, es war so traurig. Ich weinte noch mehr, ich war ganz blind vor Tränen. Zum Glück war die Straße nicht sehr anspruchsvoll. Sie lief immer schnurgerade den Strand entlang, selbst Stevie Wonder wäre hier hundert gefahren (und hätte dabei *Once in my life* gesungen). Ich musste schnellstmöglich nach Westerland, ich musste am Bahnhof sein, bevor mein Schatz die Insel mit dem ersten Zug verlassen konnte, ich trat das Gaspedal noch etwas weiter durch, man gewöhnte sich ja schnell an hundertzwanzig… da war er plötzlich! Er saß mitten auf der Straße. Er war noch klein, vielleicht wusste er nicht, dass die Straße kein Spielplatz war. Ich sah noch, wie er erstaunt in die Scheinwerfer starrte, mit seinen großen reflektierenden Hasenaugen… Und dann dieses Geräusch. BLOBB. Dumpf und unwiderrufbar… BLOBB. Nie würde ich dieses Geräusch vergessen. Grausam, lapidar BLOBB. Ich trat in die Bremse.

---

* http://www.youtube.com/watch?v=WtBwXHhzQO8&feature=related

Im Gegensatz zu dem Hasen trug ich keine Schramme davon. Zwar kam ich ins Schleudern und sogar kurz von der Straße ab. Aber irgendwie konnte ich die Kontrolle über den Mini wiedergewinnen und ihn zurück auf die Fahrbahn steuern. Vielleicht war ich doch gar keine so schlechte Fahrerin. Mit zitternden Händen wendete ich, fuhr langsam zurück und suchte im Scheinwerferkegel die Fahrbahn ab. Bittebittebitte lass ihn tot sein, betete ich, ganz. Bittebittebitte lass ihn nicht mit gebrochenen Beinchen halbzerquetscht auf dem Asphalt kleben und leiden. Was sollte ich denn dann tun? Ihn streicheln? Seine kleine Pfote halten? Er würde doch sterben vor Angst, sobald ich mich ihm nähern würde, oh nein, das auch noch, würde er denken. Erst dieses Monster mit Feueraugen und jetzt auch noch einer dieser Zweibein-Riesen, vor denen Mutti mich immer gewarnt hat. Heute ist echt nicht mein Tag. Ich würde so gerne weglaufen, würde er denken, aber meine Beine, meine Beine sind so schwer…

Ich fand den Hasen nicht, weder tot noch lebendig. Mein Herz raste, je näher ich der Stelle kam, wo es eigentlich passiert sein musste, aber da war nichts zu sehen, nicht mal ein Hasen-Fleckchen. Ich fuhr rechts ran. Lass jetzt bloß niemanden kommen, dachte ich, als ich ausstieg. Ich hörte schon die Meldung auf »Antenne Sylt«: »Achtung, zwischen Hörnum und Rantum läuft eine verwirrte Frau über die Rantumer Straße, sie trägt Bademantel und Adiletten…« (Die Adiletten wären der eigentliche Insel-Skandal.) Aber dann dachte ich, scheiß drauf. Es ging nicht um mich, sondern um den Hasen, und früher oder später landete doch jeder mal in der Klapsmühle. Ich nahm all meinen Mut zusammen und ging den Seitenstreifen ab. Mit meiner Taschenlampe – es war die, die Dick mir in New York geschenkt hatte, zum

Campen – leuchtete ich in die Böschungen. Gleich gucken sie dich an, dachte ich, zwei Häschenaugen im Todeskampf, und den Blick würde ich dann mein Lebtag nicht mehr vergessen... Aber niemand guckte, nicht mal andere Kleintiere, neugierhalber. Also blieb nur noch eine Möglichkeit, die schrecklichste, ich kniete mich vor den Kühler. In Erwartung bluttriefender Häschen-Gedärme, die kreuz und quer über meinen Wagenboden gespannt wären wie die Reste der Wachpolizisten von Hannibal Lecter im Verlegungsgefängnis in Memphis, richtete ich meine Taschenlampe unter den Wagen... Doch nichts! Auch unter dem Mini klebte Meister Lampe nicht, da war nicht mal ein gekrümmtes Härchen. Völlig erschöpft, keuchend wie nach einem Marathon, blieb ich vor dem Auto sitzen. Poeh.

Die Wärme, die der Kühler abstrahlte, war tröstlich. Und plötzlich musste ich leise kichern. Ich hatte ihn gar nicht erwischt! Eine andere Erklärung gab es nicht. Es gab keinen toten oder schwerverletzten Hasen. Das BLOBB war vielleicht ein Stein gewesen oder ein Köttelchen, dass ihm vor Angst aus der Hose gerutscht war, mehr nicht. Er war mir entkommen, der Gauner! Oder er war einer von diesen neuen genmanipulierten Hasen, die sich sofort selbst zersetzten, wenn sie überfahren wurden, ein bisschen teurer als nomale Hasen, aber auf Sylt wollte man doch keine Kadaver auf der Straße. (Schon konnte ich wieder Scherzchen machen...) Oder nein! Das war die Sicherheitstechnik meines fantastischen kleinen Mini! (Ich wurde albern vor Erleichterung, bitte überlesen Sie es einfach.) Mein Mini projizierte ein Häschenbild vor mir auf die Straße, wenn ich zu schnell fuhr. Zu meinem Schutz, damit ich auf die Bremse stieg. Es gab auch noch ein Rehlein und eine Entenfamilie... Ich hörte mich lachen. Und im selben Moment war es dann auch nicht mehr komisch.

Ich saß einfach da.

Am Horizont wurde es langsam hell, der sprichwörtliche Silberstreif zeichnete sich ab (allerdings in Grau), bald würde die Sonne aufgehen. Vom Mond hatte ich für heute auch genug.

Ich schaltete die Taschenlampe an und aus, an und aus, an und aus… Es war eine gute Taschenlampe, batterieunabhängig, mit Kurbel. Man konnte damit im Urwald sein Handy aufladen oder Radio hören. Ich konnte froh sein, dass ich so was hatte. Aber es war nur eine Taschenlampe. Und was hatte ich für ein *GESCHISS* um sie gemacht, Dicks letztes Geschenk, huhuhuhuuuu! Ich hatte sie nur deshalb im Auto aufbewahrt, weil ich es nicht ertrug, sie in der Wohnung zu haben. *Das* musste aufhören. Das war so scheißtypisch für mich. Dieses ständige Schmachten und Sehnen und Vermissen musste ich mir abgewöhnen. Man sah ja, wohin es führte: Ich hatte einen Hasen auf dem Gewissen. Ich hatte ihn plattgemacht, weggepustet, auf den Asphalt gebügelt! Doch, natürlich hatte ich das! Nur weil ich so gerast war, fand man mit bloßem Auge keine Spuren. Die Wucht des Aufpralls hatte das arme Tier atomisiert – ein Fall für CSI!

Aber der Hase war heute nicht der einzig zu beklagende Verlust. Christian war weg, wegen 119 – das war doch verrückt: Ich vermisste die Menschen, die nicht da waren, und verlor dadurch die, die ich hatte. Und dann vermisste ich die auch noch, so wurden es immer mehr Vermisste, immer mehr. Lchen und ihr *Heer* der Vermissten, wen wollte ich denn damit schlagen?! Fröstelnd schlang ich die Arme um meine Knie und sah nach oben. Und dabei würde es heute so ein schöner Tag werden, der Morgenstern stand klar am Himmel.

»Bitte lass ihn zurückkommen!«, richtete ich eine Bitte ans Universum. »Bitte lass ihn zurückkommen!«, flüsterte ich noch mal, für den Fall, dass das Universum grad nicht zugehört hatte. »Hörst du?« Ich schloss die Augen. »Wenn du mir Christian zurückbringst, dann ist es das, dann gebe ich auch Ruhe. Dann werde ich nie wieder irgendwas oder – wen vermissen oder ersehnen. Dann brauchst du dich um mich nicht mehr zu kümmern – Deal?«

Ich öffnete die Augen wieder, gerade in dem Moment, als auch die Sonne vorsichtig über den Horizont schielte. Komisch war das, als wenn man morgens die Rollläden hochzieht und blickt genau ins Gesicht eines Menschen, der im Apartment gegenüber dasselbe tut. Nur, dass dort gestern noch gar kein Haus stand.

Dann fühlte ich mich plötzlich schrecklich müde. Schlafen wäre jetzt eine prima Sache, dachte ich. Und ganz leise hörte ich mich mir selber raten: Fahr nach Hause, Lchen, geh ins Bett.

Und das tat ich dann auch. Ich setzte mich in meinen Mini, fuhr mit 50 Stundenkilometern – meiner üblichen Reisegeschwindigkeit – zurück nach Hörnum und ging schlafen. Einfach schlafen.

Etwa vier Monate später, an einem verregneten Januartag im letzten Winter der Nuller-Jahre…

Ich könnte Hasenbraten machen, dachte ich. Bei uns zu Hause hatte es oft Hase gegeben. Vor allem natürlich zu Weihnachten, Hase war ein klassisches Weihnachtsessen. Aber im Januar war Hase auch noch lecker, fand ich und fand wohl auch PENNY. *Argentinische Hasenpfanne, nur 2,99*, stand da, das war fair. Versonnen blätterte ich in dem Zeitungsbeileger, der neben meinem Laptop auf dem Küchentisch lag. Ich könnte natürlich auch Schnitzel machen. Würstchen? Huhn mit grünem Pansen? Nein, das nicht, das war für unsere vierbeinigen Freunde, aber vielleicht… vielleicht… gar nichts! Warum nicht mal gar nichts?!

Früher hätte ich auch einfach nur Schnittchen gegessen. Weltmeisterbrötchen, noch besser. Ich liebte Weltmeisterbrötchen (*Du bist, was du isst*, hieß es schließlich, ich wollte lieber Weltmeister sein als Hase. Wenn man als Hase nicht in der Pfanne landete, wurden man von einem Auto atomisiert.) Ich zerknüllte den Prospekt und warf ihn mit einem gezielten Weltmeister-Wurf exakt neben den Papierkorb. Wieso, fragte ich mich, *wieso* beschäftigten sich Teile meiner kostbaren begrenzten Gehirnressourcen mit der Abendbrotfrage? Obwohl ich doch ganz andere Nüsschen zu knacken hatte! Die Schreibblockade war vorbei, hurra, die Schreibprobleme hatten angefangen. Gerade versuchte ich, in einigermaßen druckfähige Worte zu fassen, was ich damals empfunden hatte, als Dick mich anrief und mir gestand, dass er verheiratet sei. (Das neue Buch sollte von Dick und Lchen handeln, so war das ewige Zurückgucken wenigstens zu irgendwas gut.)

Dick *gestand* es eigentlich nicht, fiel mir jetzt auf. Er sagte es einfach. Und mein erster Gedanke damals war – der erste, nachdem ich überhaupt wieder irgendwas denken konnte –, dass seine Frau die Zettelchen gefunden hatte und nicht er.

Ich glaube, ich habe es eingangs erwähnt. Ich hatte doch diese Zettel geschrieben. Kleine gefaltete Papierchen mit hoch romantischen Liebesbotschaften, die ich kurz vor meiner Abreise in dem Häuschen am Kanal versteckt hatte, von dem ich damals – als ich Dick über Ostern dort besuchte – noch gedacht hatte, dass er es allein bewohnte und nicht mit der Frau Gemahlin. Ich starrte auf den Bildschirm, wieso tat ich das? Wieso nannte ich sie dauernd »die Frau Gemahlin« oder »seine Gattin«, auch beim Schreiben. Sie war… *seine Frau*.

Ich hatte das Häuschen geliebt. Dick hatte ich auch geliebt, aber eben auch das Häuschen, das musste ich zugeben. Es lag mitten in Amsterdam. Von meinem Schreibplatz am Fenster konnte ich auf den Kanal hinuntersehen, auf die Hausboote und die vorbeituckernden Touristenschiffchen. Und manchmal trug der Wind die Schreie der Papageien und das Trompeten der Elefanten bis an »mein« Fenster, von ARTIS, dem nahe gelegenen Amsterdamer Zoo. Und hinter mir, irgendwo im Innern des Häuschens, hörte ich Dick herumwirtschaften. Wie eine emsige Stubenfliege schwirrte er den ganzen Tag kreuz und quer durch die Etagen und machte irgendwas, Wäsche, Reparaturen, Erledigungen, höllenscharfe Thai-Suppe, das war schön, wunderbar… *Ich will mit dir leben* hatte deshalb auf einem der Zettelchen gestanden, auf dem, das ich im Eierbecher im Küchenschrank versteckt hatte. Und ich weiß noch, dass ich beim Schreiben einen

Moment versucht gewesen war, ein *hier* einzufügen, *Ich will* ***hier*** *mit dir leben*, hätte dann dort gestanden. Das verkniff ich mir natürlich, weil es die ganze Romantik verdorben hätte, was ich nur sagen will… *So* sehr hatte ich das kleine Haus gemocht. Ich wünschte mir damals, dass es mein Zuhause würde, für immer. Aber es war mein letzter Besuch gewesen, ich würde nie wieder dorthin zurückkehren.

Jetzt saß ich hier. Ich sah aus dem Fenster: Garagen, auch schön. Der Hamburger Himmel hing tief und verhieß Regen. Regen, Regen, Regen, mitten im Januar! Wann würde es wieder mal richtig Winter, mit dicken weißen Schneeflocken und Eisblumen an den Fenstern? Ich machte mich einen Moment auf dem »Kanapee« lang. Die Angewohnheit hatte ich von Oma übernommen. Ein »Kanapee« in der Küche (also ein Sofa), Oma hatte das auch gehabt. Nach dem Essen und Geschirrspülen ruhte sie dort einen Moment, wie sie es nannte. Bedeutete: Sie löste etwa fünf Minuten Kreuzworträtsel und schlief dann etwa zehn Minuten, stets mit ihrer dicken Lesebrille auf der Nase und in der Hand einen Kugelschreiber – sollte ich jetzt flink zu PENNY laufen und den argentinischen Hasen holen, oder nicht? Eine halbe Stunde kostete mich das mindestens, eine halbe Stunde hier, ein Viertelstündchen da, und Christian machte gar nichts. Schatz kam von der Arbeit nach Hause und fragte, was es zu essen gab – so weit waren wir schon!

Ich kam nie von der Arbeit nach Hause. Ich arbeitete ja zu Hause. Ich saß in der schönen großen Küche unserer neuen gemeinsamen Wohnung und versuchte, ein Buch zu schreiben. Das war – auch wenn es nicht immer so aussah – Arbeit. Ich schob mir ein Kissen in den Rücken. An Tagen wie heute war es sogar Schwerstarbeit, so schwer, dass mir alles weh tat. Christian ging trotzdem davon aus, dass ich unser Nest in Schuss hielt. Nebenbei. Dass ich nebenbei den Kühlschrank füllte, staubsaugte oder einen argentinischen Hasen in die Pfanne haute. Nebenbei, zwischendurch, mal kurz, sowieso, ohnehin… All diese Bagatellisierungsfloskeln meines nebenberuflichen haushälterischen Wirkens, ich konnte sie nicht mehr hören! Leider hatte *ich* sie als Erste gebraucht. Ich hatte selbst damit angefangen.

Wenn ich einkaufen ging, hatte ich für *uns* eingekauft, nicht nur für mich. Natürlich. Wenn ich mein Bett machte, machte ich auch seins. Kein Thema. Wenn ich meine Wäsche wusch, wusch ich seine *mit*. Hängte sie *mit* auf. Nahm sie *mit* ab. Bügelte sie *mit*. Was denn sonst!? In den ersten Wochen bedankte er sich noch für alles, was ich für ihn *mit* machte. Und ich Eselchen säuselte dann Sachen wie: Ach Schatz, ich musste doch *sowieso* zu PENNY. Oder: Ein bisschen Bügeln zwischendrin ist ganz entspannend! Inzwischen bedankte er sich nicht mehr. Oder nur noch floskelhaft, wie man sich bei einem Schuhverkäufer bedankt, dafür dass er einem Schuhe verkauft, dabei ist man ihm eigentlich nicht dankbar, man erwartet es von ihm. Christian erwartete es mittlerweile von mir. Und sagte Sachen, wie er es heute Morgen getan hatte. »Süße, wenn du heute zwischendurch ein bisschen Bewegung brauchst, hol statt Veltins lieber Jever«, hatte er da gesagt. Jever, alles klar. Fragt sich nur, was *ich* getrunken hatte, als ich eine Bierkiste sechs Etagen hochschleppen ein bisschen Bewegung zwischendurch genannt hatte? Und das nach nur drei Monaten! Nach nur drei Monaten Zusammenleben hatte ich – gegen meinen eigenen Willen! – die Hausarbeit komplett an mich gerissen, apropos… Sollte ich nun noch zu PENNY oder nicht? Nach meinem gestrigen Ausraster wäre es vielleicht eine nette Geste, wenn ich einen toten Hasen auf den Tisch bringen würde.

Ich dachte an den Streit, den Christian und ich einen Tag zuvor gehabt hatten. Es war ursprünglich gar nicht um 119 gegangen, gar nicht. Aber irgendwie endete es seit Sylt immer bei ihm. Als Christian gestern nach Hause gekommen war, hatte er nur so gesprüht vor guter Laune. Das Fernsehen hatte ihn interviewt (bzw. eigentlich Hannah, aber er war auch im Bild gewesen): eine Reportage über Musiktherapie bei Kindern. Christian war ganz aufgedreht. Und natürlich bemerkte er gar nicht, dass ich die Regale aufgehängt und eingeräumt hatte, ganz alleine. Und als er es dann endlich bemerkte, fand er, sie hingen schief. Wir bekamen Streit, und ich nannte ihn eitel und selbstverliebt. Und sogar Arschloch.

Später entschuldigte ich mich und sagte, dass meine schlechte Laune eigentlich nichts mit ihm zu tun hätte, sondern mit dem Buch. Dass ich verzweifelt sei, weil ich nicht weiterkäme, weil alles, was ich in den letzten Wochen zu Papier gebracht hätte, Käse wäre. Sofort war Christian wieder ganz sanft und süß und sagte: »Kleines, ich glaube, du setzt dich viel zu sehr unter Druck.« Hm. »Aber das musst du nicht, sieh mal, du bist doch jetzt mit einem Fernsehstar liiert.« Er lachte. Dann nahm er meine Hände in seine und sah mir zärtlich in die Augen. »Im Ernst, Süße, wir haben doch jetzt ein sicheres Einkommen, betrachte die Schreiberei einfach als Zubrot.« Da hatte ich irgendwie rotgesehen.

Obwohl es von irgendwo funkte: *Lchen, er meint es lieb,* obwohl ich auf einem Ohr leise hörte, was Christian eigentlich sagen wollte (nämlich: Keine Angst, mein kleines Huhn, du bist safe, auch wenn du nicht das goldene Ei legen wirst), bimmelten irgendwo anders die Alarmglocken: Wie bitte,

ZUBROT!?? Mein Partner sieht meine Arbeit als Zubrot? Er sieht *sich* als den Ernährer und hält mein Schreiben – pardon, meine »Schreiberei« – für überflüssig, mehr oder weniger für ein Hobby neben meiner eigentlichen Aufgabe, die in seinen Augen nämlich ohnehin die ist: Kochen und Kinder kriegen!? (Ja, nun! Ich war mit der *Emma* aufgewachsen, nicht mit der *Frau mit Herz*.) Und in zehn Jahren verlässt er mich dann für eine junge erfolgreiche Künstlerin, an der ihn vor allem ihre Zielstrebigkeit fasziniert!? – Solche unerfreulichen Gedankengänge löste das Wort »Zubrot« bei mir aus. Und in der anschließenden Unterhaltung nannte ich Christian dann leider noch mal Arschloch, *Macho*-Arschloch diesmal sogar. Wenn schon, denn schon. Und er hatte gebrüllt: »Dann geh doch zu 119, deinem scheißverdammten *Hasen*! Der liebt dich nicht, der kümmert sich einen Dreck um dich, da bist du frei!«

Ich setzte mich auf. Mit solchen Gedanken machte es auf dem Kanapee keinen Spaß. Missmutig ging ich an meinen Laptop, der Bildschirm war schwarz, nach fünfzehn Minuten Inaktivität fiel er in den Energiesparmodus. Hatte ich doch so lange gelegen, ich fauler Käfer? Es war ein Fehler gewesen zu sagen, ich könne in der Küche schreiben. Ich hatte mich selbst nicht ernst genommen, als ich das vorschlug, damals, als die Maklerin uns diese Wohnung zeigte, die *perfekt* war, genau, was wir suchten. Bis auf den fehlenden Raum. Ich brauche ein Arbeitszimmer, hätte ich stattdessen sagen sollen, Punkt. Nein danke, die riesige Dachterrasse mit Gewächshaus möchten wir uns nicht mehr ansehen – die nächste Wohnung, bitte! Ach ja, ich war selber schuld... Aber ich hätte Christian damals jeden Wunsch erfüllt.

Er war zurückgekommen nach der Gespensternacht auf

Sylt. Der Nacht, in der ich 119 angerufen hatte, weil der sich angeblich pitschnass zu uns ins Bett gelegt hatte. Was *angeblich* bedeutete, dass er ertrunken war, was *angeblich* auf Sylt so Usus war bei Ertrunkenen, um Hinterbliebene zu informieren… Trotz dieser haarsträubenden Geschichte, die ich Christian nachts zu meiner Rechtfertigung aufgetischt hatte, war er am nächsten Tag wieder da gewesen. Weil er mich liebte. Weil er mich begehrte. Und weil er außerdem erfahren hatte, dass die Geschichte die reine Wahrheit war, was sonst, so einen Mist denkt Lchen sich doch nicht einfach aus.

Der pensionierte Kapitän hatte ihn in der besagten Nacht wortlos mit seinem Taxi nach Westerland gefahren. (So hatte Christian es mir hinterher erzählt, ich war ja nicht dabei.) Und am Bahnhof angekommen, als Christian gerade bezahlen wollte, hatte der Kapitän plötzlich angefangen zu plaudern und gesagt, dass seiner Mutter übrigens auch mal ein Gonger erschienen sei, so wie der Dame in Hörnum. (Damit meinte er michmichmich! Ich hatte doch was von einem nassen Mann und Wasserflecken gestottert, als er in der Tür stand!) Seine Mutter habe ganz genau dasselbe berichtet wie die Hörnumer Dame: dass ein Mann sich mit nassen Kleidern auf ihr Bett gelegt und dass er dort Salzränder hinterlassen hätte. (Und ich hatte mir eingebildet, der alte Herr hätte mich wegen meines offenen Bademantels so angestarrt!)

Danach hatte der Kapitän meinem Schatz, der müde und traurig hinten auf der Rückbank des Taxis hockte, dann erst mal alles über die berühmten Sylter Gonger erzählt. Jede einzelne Überlieferung der letzten paar hundert Jahre in aller gebührenden Dramatik – die Taxi-Uhr lief weiter. Und am Ende hatte er Christian wohl überzeugt, dass er mir unrecht getan hatte. (Na bitte. Irgendwie hatten meine Brüste dem alten Knacker wohl doch gefallen, oder meine Socken.) Dass ich keineswegs Unfug geredet hatte, sondern vermutlich – wie einst seine Mutter – mediale Fähigkeiten besäße. Der Mann, der mir erschienen war, sei vermutlich ertrunken oder stehe in Kontakt mit Ertrunkenen oder sei selbst in Gefahr. Als Christian dem Kapitän erzählte, dass er dort sei, wo der Ozean hunderttausende Menschen verschluckt habe, hatte er nur stumm genickt. Und dann im Morgengrauen, nach einem gemeinsamen Becher süßem pechschwarzen Männerkaffee aus der Thermoskanne und einer Bulette vom Bahnhofskiosk, hatte der Kapitän Christian schließlich zurück nach Hörnum gefahren. Er kam vermutlich nur wenige Minuten nach mir dort an, die Kühlerhaube meines Minis sei noch warm gewesen, und der Motor habe getickt, erzählte er später. Aber ich selbst schlief tief und fest.

Ich war tatsächlich ins Bett gefallen wie ein Stein nach dieser Nacht. Als ich gegen Mittag aufwachte, schlief Christian neben mir. Das schönste Aufwachen meines Lebens. Ich war nie glücklicher, nie. *Nie.* Ich drückte zärtlich meinen Zeigefinger auf seine Nase… echt… keine Erscheinung… *mein Schatz.*

Dann schlich ich hinunter in die Küche, um dem weltallerallerbesten Mann den weltallerallerbesten Kaffee zu kochen. Shit, keine Milch da, fiel mir auf, als ich den Kühlschrank öffnete. Wie sollte ich denn den weltallerallerbesten Kaffee ohne Milch machen?! Dann fiel mir noch etwas auf. Da lag ein kleines Buch im Kühlschrank, rechts oben im Käsefach. Vorsichtig nahm ich es heraus. Es war sehr kalt und trug den Titel *Sylter Sagenwelt.* Die Spekulation schien mir nicht zu gewagt, dass es nicht immer im Kühlschrank gelegen hatte, sondern ursprünglich aus dem Bücherregal im

„Huuuuuuiiiiiiiiiiiiii!“

Ich weiß **noch, wie stolz**
ich damals war.

Lchen **wollte mich auf der Brücke über dem zugefrorenem**
Parksee
fotografierem.
Freihämdig saß ich im schwimdelnder Höhe auf dem Gelämder.

Da passierte es...

Nach einem kurzem
Moment der
Benommenheit
realisierte ich
sehr schnell,
dass ich mich
in eimer wirklich
misslichem
Lage befamd.

Während
ich so da lag
umd hinauf
zu Lchem
sah,
tauchte
eim Bild
vor meim
geistigem
Auge auf.
Später
würde
ich
erfahrem,
dass es eim Jugemdbild
meimer Mami war. JAWOHL!

**Ich war vom
der Brücke
gestürzt,
so sah es aus.**

Ich rief nach meim Mama (innerlich),
aber dann wurde
alles um mich herum schwarz.

Umd dann braum

(mit kleinem semffarbenem Hirschchem darauf).

Umd dann erschiem mir eim gute Fee, die mir eim Lebkuchemherz schemkte umd mich imformierte, dass sie mir vorübergehemd maaagische Kräfte verleihem würde. Sympathisch.

Als die Fee weg war,
schlief ich eim...
Ich weiß nicht, wie lamge
ich schlief.
Aber es müssem
wohl eim
paar Tage gewesem seim.
Eim paar Tage, in denem
die große LAMPE
umerbittlich
ihr Werk
verrichtete...

Irgemdwa
gefiel mir
nicht...
Irgemdwas
gefiel mir
nicht...
dwas
nir
Irg
J mog
Di

FAMG!

Plötzlich steckte eim Hai seim Kopf durch das Wasserloch. Im erstem Momemt erschrak ich sehr, weil anzunehmen war, dass der Hai nicht nur mit der Absicht gekommen war zu plauderm.

Umd richtig,

„Ich bim umterzuckert“, sagte der Hai,

Das war nicht gut. Kraft meimer vorübergehemden magischem Kräfte warf ich das Lebkuchemherz hoch im die Luft. Seinem primitivem Imstimkten folgemd, schnappte er danach umd fraß es mit einem Biss.

Doch wemm ich gedacht hatte, der Hai wäre mir num freumdlich gesommen, hatte ich mich getäuscht. Er wollte mehr.

„So, so, du magst mich?!“ sagte er höhmisch,

„Mal sehem, ob ich dich auch mag!“

Dann lachte er. Es war eim Lachem, bei dem mir das Blut im Aderm gefror…

Wird der Hai Curd fressem? Kann Curd sich aus seimer misslichem Situatiom befreiem? Wird er seim geliebte Couch jemals wiedersehem?

Die Fortsetzumg lesem Sie im der Fortsetzumg.

Wohnzimmer stammte. Ich blätterte ein wenig darin und fand – Sie kommen nie drauf – eine höchst interessante Geschichte. *Gonger, so nennt man auf der norddeutschen Insel Sylt Verstorbene, die als Widergänger in die Welt der Lebenden zurückkehren…* So fing die Geschichte an. Ich lächelte und stellte das Buch nebenan in das Regal. Siehste, so'n Mist denkt Lchen sich doch nicht aus. Vergnügt schlüpfte ich in mein Strandkleid, lief runter ins Dorf und kaufte Milch für den weltallerallerbesten Kaffee.

In den verbleibenden Urlaubstagen hatten Christian und ich in unserem Honigwürfel am Po der Welt den Himmel auf Erden. Das Universum hatte mir meinen Mann zurückgebracht, und ich hielt mich an meinen Teil der Verabredung: Ich begehrte nichts anderes, ich war wunschlos glücklich. Die Dämonen waren schachmatt. Am letzten Urlaubstag sahen wir uns dann noch den Leuchtturm an. Den berühmten Hörnumer Leuchtturm, wo sich in schwindelnder Höhe schon hunderte Liebespaare das Jawort gegeben hatten. Woraufhin der Standesbeamte dann jedes Mal sagte, dass das von beeindruckender *Weitsicht* zeuge – Tä-täää! Ich mache es kurz: Ich fragte Christian. Ich fragte, ob er sich vorstellen könnte, mein Mann zu werden. Ich war so klar und eindeutig und ohne jeden Zweifel in diesem Moment. Und Christian strahlte mich an, er nahm meine Hände in seine, küsste sie und sagte: »Nein, Lchen. Nein, ich kann mir nicht vorstellen, dein Ehemann zu werden. Nie im Leben, meine Süße.« Das war ebenfalls eindeutig. »Weil ich weiß, dass ich dich in dem Moment, in dem ich ja sagen würde, verlieren würde. Und dich zu verlieren wäre das Schlimmste für mich, also, nein. Nein, ich werde nicht dein Mann, niemals. Aber danke, dass du gefragt hast und noch dazu an so einem schönen Ort. Davon werden wir sicher noch unseren Enkeln erzählen.« Ja, so war das.

Christians Worte erschütterten mich tief. Kann ein Mann einer Frau etwas Schöneres sagen? Ich meine, zumindest einer Frau wie Lchen? Mir? Er hatte es nicht vergessen. Er hatte nicht vergessen, was ich damals im Zusammenhang mit Hugh Grant und meinem angeblichen Lieblingsfilm gesagt hatte. Er wusste, dass mich nur die Angst, ihn zu verlieren, getrieben hatte, ihn um seine Hand zu bitten. Sein »Nein danke« zeugte von einer tiefen Kenntnis und Akzeptanz meines verkorksten Wesens. Ich hätte ihn wirklich auf der Stelle geheiratet. Dafür, dass er dazu nicht bereit war, noch viel mehr als vorher. Und als er beim Abstieg vom Hörnumer Leuchtturm eigentlich eher beiläufig sagte, dass er es viel cooler fände, in »wilder Ehe« mit mir zusammenzuleben, in einer großen Hippiewohnung mit Hanfpflänzchen im Gewächshaus auf der Dachterrasse, so total Siebziger, sagte ich ebenso beiläufig und ohne eine Sekunde zu zögern: Ja.

Und so war es geschehen. So hatte ich mir nichts, dir nichts zugestimmt, meine geliebte kleine Wohnung aufzugeben und mit Christian zusammenzuziehen. Dabei hatte ich ihn eigentlich nur heiraten wollen. Einen Tag nach der Rückkehr hatte Christian dann schon die Maklerin an der Hand, eine Freundin von Hannah. Ach ja…

Schon wieder war mein Rechner im Energiesparmodus. Schon wieder fünfzehn Minuten Inaktivität. Lchen, Lchen! Warum war ich nicht in der Lage, meine Gedanken zusammenzuhalten. Sie waren wie ein Sack Flöhe heute… Vielleicht täte mir ein Spaziergang zu PENNY doch ganz gut? Allerdings hatte es jetzt draußen zu regnen begonnen. Aus Eimern. Ich beschloss, mich doch erst mal wieder auf den

Text zu konzentrieren, es zumindest zu versuchen. Ja, wie war das damals gewesen, als Dick anrief und sagte, dass er verheiratet sei... Dick. Dick. Dick. Ich stand auf und holte mir ein Glas Wasser.

Dick.

Ich stand auf und holte mir eine Banane.

Dick.

Ich stand auf und brachte die Schale in den Abfall.

Dick.

Ich saß am Schreibtisch, damals, als er anrief. Drüben, ein paar Straßen weiter, in meiner alten Wohnung, dem idyllischen kleinen Apartment, in dem ich mich immer so gut konzentrieren konnte und das ich drei Tage nach unserer Rückkehr von Sylt gekündigt hatte, obwohl wir noch gar nichts Neues in Aussicht hatten, vielleicht weil ich schon spürte, dass ich sonst – ach, egal... (Lchen, verdorie, nicht abdriften!). Ich saß also am Schreibtisch. Denn damals hatte ich ja noch einen (Lpunkt!).... Als Dick anrief, war ich gerade dabei, mein Internettagebuch zu schreiben. Mehr als dreieinhalb Jahre war das jetzt alles her. Mein Gott, dreieinhalb Jahre, Ostern vier...

Am Abend zuvor war ich aus Amsterdam zurückgekehrt. Von meinem Osterbesuch im kleinen Haus am Kanal. Und ich schrieb in mein Internettagebuch, wie schön es gewesen war, wie schön, am Fenster dem Tuckern der Schiffchen zu lauschen und dem Trompeten der Elefanten, wie schön, Dick im Hintergrund durchs Haus brummen zu hören (das war wirklich schön), wie schön, Hanf nicht anzubauen, sondern an jeder Ecke kaufen zu können... da klingelte plötzlich das Telefon. Nein, eigentlich nicht das Telefon, sondern der

Computer, Dick und ich telefonierten wie alle Liebenden, die nicht die gleiche Ländervorwahl hatten, per Skype.

Ich spürte sofort, dass etwas nicht stimmte. Dass Dick etwas auf dem Herzen hatte. Aber erst mal ließ er mich reden. Er fragte, was es Neues gäbe bei den Nachbarn und ob der Pistazienjunge schon bei der Arbeit wäre. Wahrscheinlich dachte er, dass er meine Stimme zum letzten Mal hören würde (da kannte er mich aber schlecht!), und wollte sich ihren süßen Klang noch mal einprägen. »Der Pistazienjunge? Der liegt noch im Bett und schaukelt sich die Nüsschen!«, sagte ich lachend.

»Dat zie je?«, fragte er ernst zurück.

»Jawohl, das sehe ich!«, posaunte ich.

Das hatte ich auch so gemocht an meiner alten Wohnung. Wenn ich am Schreibtisch saß, konnte ich über den Rand meines Laptops hinweg in die Fenster meiner Nachbarn sehen, auf der anderen Straßenseite. Je nach Beleuchtung erkannte man alles, auch die Nüsschen, wenn sie offen getragen wurden, was aber selten vorkam, eigentlich nie. Es war wie Reality-TV auf mehreren Kanälen. Schräg links in einem 1-Raum-Apartment wohnte der junge Mann, den wir den Pistazienjungen getauft hatten und der den ganzen Tag abwechselnd malte und Gitarre spielte, malte und Gitarre spielte. Er ging nie raus und ließ sich alles liefern, sogar das Frühstück. Dick und ich hatten die Theorie, dass er wie Pippi Langstrumpf einen Koffer mit Goldstücken unterm Bett hätte, ein Geschenk seines Vaters, früher Schrecken der Meere, heute König vom Taka-Tuka-Land. Von seiner Kunst lebte der junge Mann wohl eher nicht. Er malte immer dasselbe, immer nur Pistazien (daher der Name), wahrscheinlich spielte er auf der Gitarre auch immer dasselbe Lied (Glück für mich, dass ich nur Bild hatte und keinen Ton). Als Dick an jenem Morgen nach ihm fragte, schlief der Pistazienjunge wohl tatsächlich noch, jedenfalls war er nicht zu sehen. Aber in der Wohnung daneben gab es Neuigkeiten. Die Wohnung neben dem Pistazienjungen war ohnehin sehr interessant.

Es war eine der großen Wohnungen, drei Zimmer. Lange hatte dort ebenfalls ein alleinstehender Mann gewohnt, schon etwas älter. Dann, eines Tages, hatte er vermutlich eine Anzeige aufgegeben oder sich in einer Singlebörse angemeldet, jedenfalls kamen plötzlich sehr viele Frauen, für die er jedes Mal den Tisch schön deckte, mit Kerze. Die meisten gingen nach dem Nachtisch (einige auch schon davor). Aber einer hatte es wohl geschmeckt, sie blieb. Das freute mich für meinen Nachbarn. Schon bald trug die Frau dann Umstandsmode, und ich konnte mitverfolgen, wie Handwerker im großen Zimmer eine Wand einzogen. Doch dann trug sie plötzlich keine Umstandskleider mehr, das war traurig. Danach verließ sie wochenlang kaum die Wohnung und saß schon morgens im Jogginganzug vorm Fernseher. Aber an dem Morgen nach Ostern nicht, der Fernseher war aus, alle schienen ausgeflogen. Und als ich mit Dick telefonierte, sah ich, dass das Auto des Mannes unten vorm Haus in zweiter Reihe anhielt. Die Frau stieg fein angezogen mit einem Hündchen aus dem Wagen, einem cremefarbenen Golden-Retriever-Welpen an einer leuchtend roten Leine. Und gerade als ich Dick erzählen wollte, dass das Paar jetzt ein Hündchen hätte, unterbrach er mich. »Lpunkt, ich bin verheiratet«, sagte er.

Deshalb lachte ich auch im ersten Moment. Der kleine Hund pinkelte an die große Eistüte, die der Bäcker als Passantenstopper auf den Bürgersteig gestellt hatte, um darauf hinzuweisen, dass es bei ihm auch Eis gab. Ich lachte. Verheiratet – hihi!

Der Bäcker wohnte übrigens auch in dem Haus. Direkt über seinem Laden im ersten Stock. Nach seinem Herzinfarkt im vergangenen Sommer hatte er ein Trimmrad angeschafft. Er hatte es direkt vors Fenster gestellt, und ich freute mich schon über den neuen Sportkanal, aber dann hatte ich ihn nie auf dem Rad strampeln sehen, ob er es je nutzen würde? Irgendwie komisch. Zwölf Jahre hatte ich vom Fenster aus das Leben auf der anderen Straßenseite mitverfolgt, und nun war ich völlig ausgeschlossen. Natürlich könnte ich auch fragen. Ich könnte anschellen und sagen: Hallo, ich bin Ihre ehemalige Nachbarin, wie geht es Ihnen, benutzen Sie Ihr Trimmrad? Aber komisch wäre das schon. Ich hatte doch noch nie mit diesen Leuten gesprochen, oh Gott, und mein Bildschirm war schon wieder dunkel. Schon wieder fünfzehn Minuten vertrödelt! Mein Magen knurrte. Mit knurrendem Magen konnte ja auch niemand arbeiten. Ich gehe mal los und besorge den Hasen, sagte ich leise, wie um den Knurrer zu beschwichtigen. Jetzt regnete es auch nicht mehr, siehste. Ich schnappte mein Portemonnaie und schlüpfte aus der Tür.

Auf dem Weg besserte sich meine Laune, die Luft war herrlich nach dem Regen, und ich machte einen kleinen Umweg, um nachzudenken. Warum nur war ich so unkonzentriert, so nervös? Das neue Viertel, in dem ich jetzt mit Christian lebte, war viel ruhiger als mein altes. Jeder andere hätte hier besser arbeiten können, nur bei mir klappte nichts mehr, seit wir hier waren. Vielleicht, weil ich viele Jahre in einem Großraumbüro gearbeitet hatte. Ich konnte mich besser konzentrieren, wenn es um mich herum hummelte und brummte. Umgeben nur von Stille fiel ich auseinander, quasi. Meine Gedanken segelten hierhin, hoppelten dahin, *ich* hoppelte zum Kühlschrank... Schlimm, wenn das so weiterginge, hätte ich am Ende kein Buch, sondern Sechsundvierzig. Kleidergröße.

Immerhin war heute noch ein besserer Tag als gestern. Gestern hatte ich nicht nur nichts geschrieben, sondern auch das, was ich an den Tagen davor geschrieben hatte, gelöscht. Weil es Unfug war, romantischer Käse. Es war nicht das reine Glück mit Dick gewesen, bevor er sagte, dass er verheiratet sei. Ich stürzte nicht von Wolke sieben ins Bodenlose. In gewisser Hinsicht war es sogar umgekehrt.

In den ersten Monaten mit Dick war es doch ein ständiges Hin und Her gewesen. Mal liebte ich ihn, mal ging er mir furchtbar auf die Nerven. (Ja nun, er war ja auch irre, er schickte sechzig SMS am Tag – aber sehr süße...). Diese sehr quälende Ambivalenz der Gefühle endete mit seinem legendären Anruf. Ein Schlag voll auf die Mütze, aber auch eine Erlösung. In dem Moment, als ich erfuhr, dass Dick verheiratet war, waren meine Gefühle plötzlich eindeutig: Er war die Liebe meines Lebens, und ich litt wie ein Hund, dass er einer anderen gehörte. Endlich klare, lupenreine Emotionen! Oder bildete ich mir das alles nur ein? Drehte ich es mir so zurecht, weil ich inzwischen lieber wollte, dass Christian und nicht Dick meine große Liebe war? Schließlich hatte ich mit ihm getan, was ich noch mit keinem gemacht hatte: Ich war mit Christian in eine gemeinsame Wohnung gezogen! Der Gipfel des Commitments in Lchens Liebesvita, oh Gott! Ich blieb abrupt stehen. Wo latschte ich eigentlich hin?

Die Macht der Gewohnheit (oder irgendeine andere) hatte mich über vertraute Pfade zurück in mein früheres Revier gespült. Nur zwei Straßen weiter lag meine alte Wohnung, wenn ich schon mal hier war, konnte ich auch kurz vorbeigehen, beschloss ich. Ob meine Nachbarn von der anderen Straßenseite wohl bemerkt hatten, dass ich ausgezogen war? Ob sie sich fragten, was aus dem fleißigen Bienchen geworden war, das immer vorm Rechner hockte, ob sie mich vermissten? Ich war ja nicht *nur* fleißig gewesen. Das Bienchen hatte auch flottere Phasen gehabt. Vor allem die 119-Ära hatte gewiss auch aus Sicht meiner Nachbarn einige Höhepunkte. Des erotischen Entertainments. 119 zog nämlich, auch wenn sich im Verlauf eines gemütlichen Fernsehabends Sex abzeichnete, ungern von der Couch nach hinten ins Schlafzimmer um. Im Bett fühlte er sich zu festgelegt, im Bett *musste* man ja quasi miteinander schlafen – müssen war nichts für den Hasen. Wir blieben lieber im Couchzimmer und guckten mit einem Auge fern beim Vögeln, das war so herrlich »asich«, und man konnte zwischendurch Sachen sagen wie *Schröder und Putin sind aber auch ein schönes Paar* oder *Also ich tippe, der Mörder war's*… Und lachen. 119 und ich lachten viel beim Sex. Es war gut, beim Sex lachen zu können, man sollte Sex nicht zu hoch aufhängen. Seit unserem Tantra-Workshop (»Sexuelles Energy-Management mit Tantra«) machte Christian für meinen Geschmack ein bisschen viel Tamtam im Bett, so dass ich manchmal schon dachte: Nu' komm doch einfach, Schnuckel. Wer da immer gut die Mitte getroffen hatte, war ja Dick gewesen… Schade, alles dunkel hinter den Fenstern. In meiner Wohnung war niemand zu Hause. Ich stand jetzt vor dem Haus, in dem ich bis vor wenigen Monaten gewohnt hatte, zwölf Jahre lang. Im Hintergrund blinkte der Fernsehturm, na, wenigstens *er* erkannte mich noch. Hallo, Fernsehtürmchen, funkte ich zurück, wie sieht's aus? Es war komisch, vor diesem Haus zu stehen und nicht mehr hineinzukönnen.

»Heimweh?«

Rosi! Rosi war lange meine Nachbarin gewesen, in der Wohnung unter mir. Fast hätte ich sie nicht erkannt, sie hatte jetzt rosa Haar. Sie war jetzt rosa Rosi! Rosa Rosi kam vom Einkaufen, links und rechts an ihrem Klapprad baumelten Pennytüten, hoffentlich hatte sie mir nicht den letzten Hasen weggeschnappt.

»Du weißt, dass sie leer steht?« Rosi deutete mit ihrem rosa Köpfchen nach oben zu meiner Wohnung.

Nein, das hatte ich nicht gewusst! Auskunftsfreudig wie eh und je brachte mich Rosi auf Stand: Meine Nachmieterin hatte über den Akademischen Austauschdienst sehr kurzfristig doch noch das ersehnte einjährige Stipendium in Paris bekommen. Allerdings erfuhr sie von dieser an sich sehr beglückenden Fügung genau an dem Tag, an dem sie den Mietvertrag unterschrieben hatte, mit dreimonatiger Kündigungsfrist. Und da ihr keine Zeit blieb, einen neuen Nachmieter zu stellen, musste sie eben zahlen bzw. le papa, c'est la vie. Aber die drei Monate waren ja nun vorbei.

»Keine Ahnung, was jetzt mit der Wohnung wird. Ob Herr Wolter sie direkt wieder vermietet oder vorher sanieren will…«

Herr Wolter war unser Vermieter, besser gesagt: *Rosis* Vermieter und mein Exvermieter. In zwölf Jahren hatten wir uns ständig in den Haaren gelegen wegen der rostigen Wasserleitungen und der undichten Fenster. Ich hatte immer nur geschimpft wie ein Rohrspatz, aber nie, wie andere im Haus, die Miete ganz frech einfach nicht gezahlt. Ich schätze, er liebte mich.

»Ich glaube, Wolter hatte gestern eine Annonce in der Mopo, wahrscheinlich probiert er, ob er sie loswird, ohne was dran zu machen – und du, Lpunkt? Wie klappt das Zusammenleben? Ach, dein Christian ist ja ein Netter, bestimmt ganz easy unkompliziert, und wann kommt das neue Buch, ich finde übrigens…«

Ich sah Rosi an. Ihre Lippen bewegten sich unaufhörlich, und sie strahlte so fröhlich, ich hätte stundenlang zuhören können.

»Rosi, ich muss!« Aber nicht heute.

Ich ließ Rosi stehen und lief zurück nach Hause, so schnell ich konnte. Als ich keuchend die Tür aufschloss, fiel mir ein, dass ich den Hasen vergessen hatte – egal, dann gab's eben Schnittchen. Ich stolperte in die Küche und griff keuchend mein Handy. (Ich nehme es nie mit, weil ich nicht gerne unterwegs telefoniere.) Ich wusste, dass die Nummer noch gespeichert war. Unter W wie Wruchbude. Meine Hand zitterte leicht, als ich das grüne Knöpfchen drückte, mein Herz klopfte spürbar… Bittebittebitte, funkte ich ans Universum, *bitte…*

»Herr Wolter?! Herr Wolter, hier ist Frau Lpunkt, Ihre langjährige treue Mieterin! Herr Wolter, ich hoffe, ich störe Sie nicht beim Essen… oh… oh, das tut mir leid… das ist mir wirklich unangenehm… Hase???… Nur ganz kurz, ich… ich… ich…« Ich schloss die Augen und atmete tief durch. Es war richtig, ES WAR RICHTIG!

»Herr Wolter, kann ich meine Wohnung wiederhaben?«

»DAS IST DOCH SCHEISSE, LCHEN!«

Mit diesen Worten resümierte meine Schwester ihren etwa zehnminütigen telefonischen Monolog, in dem sie meinen Schritt, meine frühere Wohnung als Quasi-Büro wieder anzumieten, von allen Seiten eingehend beleuchtet und verurteilt hatte.

»GANZ GROSSE SCHEISSE!«

Aha, groß, eine wichtige Ergänzung.

»Lchen, was soll denn das?«

Ich antwortete nicht. Ich hatte nicht das Gefühl, dass meine Schwester wirklich eine Erklärung von mir wollte. Und wenn, dann nur, um sie zu nehmen, glattzustreichen und dann in der Luft zu zerfetzen.

»Rede mit mir, verdammt noch mal!«

Sehr verlockend, aber nein.

»Warum tust du das, Lchen?«

»Weil ich ein Zimmer zum Arbeiten brauche, zum Schreiben! Weil ich immerhin vom Schreiben lebe! Es geht quasi um… um… um… meine Existenz!«

»Käse!«

Ich beschränkte mich auf ein pikiertes Schnauben.

»Wieso deine alte Wohnung, Lchen?«

»Warum nicht meine alte Wohnung? In meiner alten Wohnung konnte ich immer gut arbeiten, und sie ist supergünstig!«

»Verglichen mit was? Einem Penthouse im Chrysler Building?«

»Die Fenster sind undicht und die Leitungen rostig, Wolter war heilfroh, dass einer sie wollte, ohne dass er sanieren musste!«

»Ach, Lchen, das ist doch Bullshit! Du suchst kein Arbeitszimmer, du suchst ein Schlupfloch!«

»Interessant. Ich will also nicht schreiben, sondern schlüpfen?«

»Unbewusst suchst du ein Schlupfloch aus deiner Beziehung, Lchen. Du lässt dich nicht ein, dann musst du dich nicht wundern…«

»Unbewusst?!« Ich fiel ihr ins Wort. »Komm mir bitte nicht mit unbewusst! Ich verbitte mir unbewusst!« Zorn stieg in mir auf. Gegen unbewusst ist man so machtlos, was soll man gegen unbewusst denn sagen?

»Lchen, wie lange kennen wir uns…?«

Lchen, wie lange kennen wir uns, Lchen, wie lange kennen wir uns… Ich glaube, es war dieser milde, latent herablassende Tonfall. An irgendwas oder -wen erinnerte er mich, jedenfalls fuhr ich meine Schwester plötzlich an: »Gut, dann ist es meinetwegen ein Schlupfloch! Aber es ist *mein* Schlupfloch, meins, ich will es! Deine Ehe ist auch ein Schlupfloch, nur in die andere Richtung. Wer sagt denn, dass wir alle in dieselbe Richtung schlüpfen müssen! Wer sagt, dass wir alle dasselbe zu wollen haben! Ich bin eben nicht du!«

Und mit dieser denkwürdigen Feststellung legte ich auf. Das hatte ich noch nie getan. Ich hatte noch nie einfach aufgelegt, wenn ich mit meiner Schwester telefonierte. Eigentlich hatte ich generell noch nie einfach aufgelegt, im Leben nicht, ich hielt im Prinzip nichts von einfach Auflegen. Aber im Moment fühlte es sich *klasse* an. Im Moment war ich es so leid, mich rechtfertigen zu müssen. Seit dem Anruf bei Herrn Wolter tat ich nichts anderes mehr – vor mir selber. Ich wollte meine alte Wohnung wiederhaben, mein Reich, und

Punkt. Ich sehnte mich nach einem Ort, der meinermeinermeiner war, nicht unser. Zu dem nur ich den Schlüssel hatte, und sei er noch so schäbig, ich brauchte das nun mal! Ich brauchte das Alleinsein wie die Luft zum Atmen, warum musste ich mich dafür schämen? Und all die anderen, die ohne Gesellschaft eingingen, fanden sich super – wieso waren sie die Guten und ich der Knalli? Reichte es denn nicht, dass die Geselligen steuerlich begünstigt wurden, verdammt noch mal?!

Wütend ging ich ins Wohnzimmer und stellte den Fernseher an. Und gleich, wenn Christian nach Hause käme, stand mir die gleiche Diskussion bevor. Wo blieb er überhaupt? Gut, dass ich keinen Hasen in der Pfanne hatte. Wie konnte ich Christian nur begreiflich machen, dass es keine Zurückweisung war, wenn ich mal alleine sein wollte – ich atmete nur, ich holte Luft! Wie ein... ein... ein *Wal*! Ein Wal, der ab und zu an die Wasseroberfläche musste. Niemand würde bestreiten, dass ein Wal, obwohl er Luft brauchte, ins Wasser gehörte. Dass das Meer sein wahres Zuhause war – so konnte ich es Christian vielleicht nahebringen. *Schatz, du bist mein Ozean*, das klang doch... poetisch. *Und ich bin ein Wal*... (Was stört mich noch an diesem Bild?) *Und meine alte Wohnung ist der Sauerstoff, mit dem ich manchmal meine Lungen fülle, um nicht zu ersticken mit dir.* Nein, positivpositivpositiv:... *um danach wieder eintauchen zu können in unsere Beziehung*. So könnte es hinhauen, so könnte ich ihn besänftigen. Oder Sex.

Ich versuchte, mich ein bisschen zu entspannen. Auf Pro Sieben kam ein Film aus der Reihe »Starke Frauen, starke Filme«, ich zappte ganz flink weiter. Ganz flink. Nirgendwo was aus der Reihe wankelmütige Flaschen, bindungsscheue

Pfeifen oder wenigstens über Wale? Schade. Ich ging zurück in die Küche an den Rechner. Eine E-Mail von 119, aus Indonesien! Ach, ich liebte liebte liiieebte diese Technik! Sofort besserte sich meine Laune. Es war doch irre: Man konnte mit einem Menschen am anderen Ende der Welt kommunizieren, genauso unkompliziert wie mit der Kollegin drei Schreibtische weiter. Unfassbar. Für mich, die noch die Zeiten kannte, als der Gipfel der Kommunikationstechnologie ein Telefon mit Schonbezug war, das auf einem in die Flurgarderobe integrierten Telefontischchen stand (Kompaktgarderobe »Karina« von Neckermann), waren E-Mails noch immer ein Wunder. Und noch dazu hatte 119 gute Nachrichten: *Endlich wieder Strom!*

Das war die einzige Schwachstelle der ganzen Rechnertechnologie: Ohne Strom konnte man das Wunder weitgehend vergessen. Leider hatte 119 manchmal tagelang keinen Strom. Obwohl er in einer Millionenstadt lebte. Aber wie nicht anders zu erwarten, war der arme Hase in der einsamsten, gottvergessensten Millionenstadt der Welt gelandet. Niemand lebte in der Millionenstadt Medan, so hatte er es mir in einer früheren E-Mail erklärt. In Medan kam man nur an und zog von dort aus weiter. Oder man verdiente dort Geld, um *irgendwann* weiterzuziehen. Kilometerlange Slums und Industrieanlagen dehnten sich um das Zentrum. Und mitten in der Stadt – mit der architektonischen Imposanz einer Autobahnraststätte – lag der internationale Flughafen. Richtig mittendrin, so dass die Jumbos beim Starten und Landen beinahe die Satellitenschüsseln auf den Hütten streiften. 119 selbst wohnte in direkter Verlängerung einer Landebahn und in unmittelbarer Nachbarschaft einer Gummifabrik, also umgeben von Fluglärm und Mördergestank. Die Luftverschmutzung war so hoch, dass man für jeden Spaziergang, auf den man verzichtete, ein Jahr Kette rauchen konnte, hatte er geschrieben. Noch ungesünder war – zumindest für einige, vor allem Fremde, die niemand so schnell vermissen würde – die Ernährung auf der Insel. Zwar war der Kannibalismus nach offiziellen Angaben abgeschafft, aber *offiziell* gab es auch keine Korruption auf Sumatra. Das alles hatte 119 mir in seinen früheren Mails berichtet – voller Begeisterung. Natürlich war er darauf gedrillt, angesichts des größten Mülls Ekstase zu verbreiten, der alte Werber. Aber es war trotzdem irgendwie komisch. Früher in Deutschland hatte er sich vor ein paar fremden Haaren in der Dusche geekelt wie ein kleines Mädchen, nun teilte er sein Bad mit Kolonien von Kakerlaken und gab ihnen angeblich Fußballernamen, wenn sie zum Abguss stürmten. Manchmal ergab minus und minus tatsächlich plus…

Auch diese Mail von 119 klang wieder gelassen, beinahe heiter. Obwohl er inzwischen wirkliche Probleme hatte: Ärger mit dem Visum, das plötzlich nur noch drei Monate gelten sollte statt ein Jahr. Frust mit seiner Arbeit, die ganz anders war, als man sie ihm vorher beschrieben hatte. Bisher hatte er noch kein einziges der vielen Tsunamiwaisenkinder zu Gesicht bekommen, deretwegen er gekommen war. Es war nicht einfach, den Ärmsten der Armen zu helfen, erst musste man sehr viele normal arme Arme schmieren – so lange, bis man selber nichts mehr hatte, schrieb er. Jeder war korrupt, vom kleinen Passkontrolleur am Flughafen bis zum Priester. Und nun war auch noch seine Kontaktperson Siti Habibi urplötzlich verschwunden… Oh, hörte ich da den Schlüssel in der Tür? »Christian? Schatz? SCHA-HATZ???«, rief ich vergnügt. Keine Antwort. Ach, ich liebte, liebte, liieeebte 119s E-Mails. Ich fühlte mich viel, viel besser. Neben Elend, Korruption und Menschenfressern wirkten meine Sorgen vollautomatisch wie Miniaturmodelle, deshalb. Ich musste gar nichts runterspielen.

Es klappt nicht. Ich kann nicht mehr schreiben, seit ich mit Christian zusammenlebe…

Vielleicht antwortete ich deshalb so unumwunden auf 119s Frage, wie mir die neue Zweisamkeit bekäme. Es klappte nicht, das war, auf den Punkt gebracht, die Wahrheit.

Heute habe ich meine alte Wohnung wieder angemietet, zum Arbeiten.

Und das war die logische Konsequenz. Kein Drama. Wenn man zu Hause nicht arbeiten konnte, musste man sich eben einen anderen Ort suchen.

Schönen Gruß aus dem Land der Puppensorgen!

Die Antwort kam beinahe prompt.

Ach scheiße, Lchen…

Mehr nicht. Wieder Stromausfall, nahm ich an. Na ja. Ich saß eine Weile da und dachte nach. Was meinte er wohl mit *Ach scheiße, Lchen*? Scheiße, dass ich nicht arbeiten konnte (119 war ein großer Fan meiner Werke), scheiße, dass ich armes Huhn nun doppelte Miete zahlen musste, scheiße, dass die Glühlampe über ihm schon wieder bedenklich flackerte, scheiße, dass gerade die Fühler unzähliger Kakerlaken über dem Rand seines Laptop auftauchten wie Winnetou und die Apachen kurz vorm Angriff über einem Bergkamm – scheiße, was meinte er denn?! Und warum machte jeder so ein Ding aus der Sache, warum fiel mir selbst mein bester Freund in den Rücken, ausgerechnet 119, die Mutter aller Eigenbrötler! Der, den sie Käuzchen nannten!? Mister Non-Commitment! Capt'n Psycho? Was war denn in ihn gefahren?

Nur, weil er neuerdings friedlich mit einer Kakerlakenkolonie koexistierte, tat er so, als lebe er seit dreißig Jahren mit Frau und Kindern einträchtig in einem Einfamilienhaus im Tal der Schlümpfe! Als wisse er, was es heißt, zusammenzuleben! Dabei hatte er zum Beispiel mich (mich!) in den fast drei Jahren unserer legendären Beziehung nicht ein einziges Mal länger als zwölf Stunden bei sich beherbergt! Nicht mal in unseren ersten rosaroten Wochen, bevor ihm auffiel, dass er mich im Grunde doch gar nicht so mochte! Dass er mich nur als motorisierte, gutgebaute Kameradin schätzte, für Tagesausflüge mit dem Mini und für Geschlechtsverkehr! Als ich einmal (ein einziges Mal!) bei ihm übernachtet hatte, stand er morgens, als ich aus dem Bad kam, vor mir wie ein reuiger Kleinkrimineller vor Richterin Barbara Salesch und sagte beinahe flehentlich: »Lchen, ich muss wieder allein sein, kannst du jetzt gehen, bitte?!« (Und ich antwortete absolut flehentlich: »Kaffee?!!« – so erfanden wir übrigens den *Coffee to go*). Und von so einem… einem… einem… *Soziopathen!!!* musste ich mir Vorwürfe machen lassen! Ich, die ich seit Monaten friedlich mit meinem Lebensgefährten zusammenlebte. Nur weil ich ein Büro anmietete! Plötzlich tropften Tränen auf die Tastatur, auch das noch. Und wo blieb eigentlich Christian? Wozu lebten wir zusammen, wenn er doch nie da war? Wozu mietete ich extra eine Wohnung, wenn er mich nicht mal störte! Nur in meinen Gedanken... es lag wie immer an meinem Kopf, immer lag es an meinem verfluchten Kopf... Das Telefon klingelte.

»Na?!« Meine Schwester. Ihre Stimme klang sanft wie ein Kätzchen, das einem um die Knöchel streicht.

»Na...«, sagte ich ebenfalls kleinstlaut.

»Du, ich habe noch mal nachgedacht...«

»Ich auch...«

»Über deine Schwierigkeiten, dich zu konzentrieren.«

»Du hast recht, es geht gar nicht um die Arbeit...«

»Doch! Doch, ich glaube, du brauchst ein Arbeitszimmer, Lchen. Und weißt du, was ich dachte? Ich dachte, du könntest vielleicht deine alte Wohnung wieder anmieten. Da hast du doch immer super gearbeitet, und sie ist gleich um die Ecke und auch nicht so teuer...?«

Ich musste gleichzeitig grinsen und heulen vor Rührung – dann riss ich mich zusammen und spielte die Überraschte: »Findest du?«

»Ja, ich finde, deine alte Wohnung wäre ideal als Büro!«

»Andererseits wäre es natürlich meine alte Wohnung.«

»Nun...«

»Ich wollte sie doch extra aufgeben, für Christian, um mich ganz auf ihn einzulassen. Sonst wäre sie doch wie ein Schlupfloch, wie eine Hintertür in mein altes Leben.«

»Eben!« Meine Schwester räusperte sich. »Ich hab meine Meinung geändert, Lchen. Warum solltest du eigentlich kein Schlupfloch haben? Schlupflöcher sind eine prima Sache, wenn man feststellt, dass man vielleicht nicht da ist, wo man sein möchte. Wer sagt, dass dein altes Leben nicht besser für dich war?«

»Ich! Ich hab das immer gesagt... Ich wollte nicht länger allein leben, ich wollte lieber Mann und Tomaten!«

»Madonna wollte auch lieber Schauspielerin sein, bis sie merkte, dass sie es nicht *kann*. Im Ernst, Lchen... Du probierst gerade etwas Neues, du hast es dir gewünscht, aber das heißt nicht, dass du damit glücklich sein musst, egal, wie toll Christian ist.«

»Findest du Christian attraktiv?«

»Jeder findet das, Lchen. Er ist ein guter Typ.«

Ich seufzte.

»Es ist trotzdem richtig, Lchen. Ihr wollt vielleicht nicht dasselbe. Gut, dass du dir vorsichtshalber deine alte Wohnung reservierst – das wird vieles erleichtern, wenn ihr euch trennt.«

»WAAAS?« Ich bekam Nasenbluten vor Entsetzen, genau wie Vati früher immer, wenn er sich aufregte, schwache Nasenblutgefäße lagen in der Familie. »Wawawas redest du denn da?«

»Ich meinte, falls, *falls* ihr euch trennt...«

»Ich trenne mich nicht von Christian, warum... wieso... du fängst schon wieder an!« Ich legte den Kopf in den Nacken und bemerkte hässliche Spinnweben an der Lampe.

»Lchen...« In dem Moment wurde mir klar, warum Krankenschwestern Krankenschwestern hießen. Sie hätten ja auch Krankenfreundinnen heißen können oder Krankentanten. Krankenschwestern hießen Krankenschwestern, weil sie denselben pseudomitleidigen, latent herablassenden Tonfall hatten wie meine Schwester.

»Lchen, Christian will ein Nest, er will einen langen Holztisch mit Holzbänken, auf denen alle Familienmitglieder der Größe nach sortiert sitzen und Stampfkartoffeln mit Bohnen essen, er ist John-Boy! Aber weißt du noch, Lchen… *wir* haben die Waltons immer gehasst.«

»Verrat ihm das bloß nicht.«

»Ach, Lchen, er weiß das, er kennt dich so gut! Und er weiß auch, was es bedeutet, wenn du deine alte Wohnung wiederhaben willst.«

»Ach ja?! Alle scheinen zu wissen, was das bedeutet, außer mir!«

»*Du* denkst, du willst dich nicht trennen, aber unbewusst bringst du Christian dazu, dass *er* es tut.«

Da war es wieder, das böse Wort. Ich holte tief Luft, und das Schicksal nahm seinen Lauf…

»Unbewusst, verstehe. Unbewusst! Und du und Christian, ihr wisst, was ich *unbewusst* im Schilde führe. Woher eigentlich? Gab es ein geheimes Memo von Sigmund Freud – betreff: Lchens Unbewusstes?«

»Komm, Lchen, wir haben alle blinde Flecke.«

Nicht nur die. Blut tropfte mir auf die Hose, shit! Ich hielt mir die Nase zu und sprach wie Wendelin der Elefant in Rage.

»Ich nicht! Ich habe keine blinden Flecke, ich bin komplett ausgeleuchtet! Und ich versichere dir: Ich will mich nicht trennen, und ich will auch nicht, dass Christian sich trennt, ich will, dass es funktioniert! Und dafür scheue ich weder Aufwand noch Mühe, ich miete sogar eine zweite Wohnung! So!«

Wütend drückte ich meine Schwester weg, dann säuberte ich mir die Nase, so eine Schweinerei. Als im Flur der Schlüssel in der Tür ging, lief ich hin und fiel Christian um den Hals, als käme er unversehrt aus einem brennenden Hochhaus, mit Curd Rock unterm Arm, den er für mich aus den Flammen gerettet hätte.

»Schatz…«

Ich schmiegte mich an ihn, und mir fiel auf, dass er tatsächlich nach Rauch roch. Und nach Alkohol. Aber ich beschloss, nicht zu fragen, wo es gebrannt hatte.

Der nächste Wiedergänger, bitte

Ich ging durch die leeren Räume. Es war alles noch genau so, wie ich selbst es vor vier Monaten hinterlassen hatte, schade. Ich hatte gehofft, meine Nachmieterin hätte in den Wochen, als sie noch glaubte, hier bald zu wohnen, ein bisschen Hand angelegt. Sie schien ästhetisch sehr ambitioniert. Bei der Wohnungsbesichtigung hatte sie des Öfteren das Näschen gerümpft, aber ausschließlich über dekorative Aspekte. Als ich sie – so deutlich wie mein Anliegen, einen Nachmieter zu finden, es zuließ – auf die rostigen Leitungen und die undichten Fenster hinwies, schien ihr das nichts auszumachen. Sie hieß »Suzanne«.

Jedenfalls nannte sie sich so, wahrscheinlich hieß sie eigentlich Susanne, und früher in der Schule war sie die Susi. Sie hatte versonnen über meine weißen Raufasertapeten gestrichen. Mit ihren angeknabberten kalten Spinnenbeinchenfingern, die bis zu den Knöcheln in diesen pastellfarbenen Armstulpen steckten, wie meist Essgestörte sie trugen, um ein bisschen wie schwindsüchtige russische Balletteusen zu wirken. Und dann hatte sie mit einem entrückten Lächeln gefragt, wie die Wände denn darunter aussehen würden, unter der »verbotenen Raufaser« (verboten!), sie würde ja am liebsten den Putz roh lassen (roh, oh, là, là) und dann »mit alten Wandteppichen und Fellen arbeiten«, so oder so ähnlich hatte sie sich ausgedrückt. »Ich hab Freunde in Afghanistan, weißt du…« Sie sagte nach jedem Satz *weißt du?* Nein, woher sollte ich wissen, dass Susi in Afghanistan verkehrte. Und dass »ihre anderen Freunde in Israel« auch Wandteppiche hatten, weil Wandteppiche »total irre« waren, im Sommer kühl und im Winter warm, woher sollte ich das alles ahnen?! »Stimmt«, hatte ich ihr trotzdem begeistert beigepflichtet, »Wandteppiche sind der Hammer.« Schade, wirklich schade. Sie hätte die Tapeten gern schon mal runterkratzen können – ob ich es vielleicht machen sollte?

Jetzt, wo bis auf den kleinen Tisch und den Stuhl, den ich vorhin raufgetragen hatte, keine Möbel in der Wohnung standen, war eigentlich der ideale Zeitpunkt. Andererseits hatte ich die Wohnung zum Schreiben gemietet, nicht zum Renovieren. Noch mal andererseits sprach auch nichts dagegen, beides zu tun, abwechselnd: ein paar Seiten schreiben und dann ein paar Quadratzentimeter Tapete kratzen. Statt Sandgarten harken, Zen mit Raufaser, quasi. Und wenn ich irgendwann fertig wäre, würde ich vielleicht wirklich Teppiche an die Wände hängen. Ich könnte den Putz in einem ganz hellen Türkis tünchen, wie ich es als Kind in Italienurlauben gesehen hatte, was mir damals wie die Krone extravaganter Wandgestaltung erschienen war (inklusive der Spuren von Badeschlappen und zermatschten Moskitos darauf). Und darüber könnte ich Omas verblichenen sandfarbenen Perser hängen. Den mit den Brandlöchern, die die Russen bei ihrer Einquartierung nach Kriegsende darin hinterlassen hatten, und dem Fettfleck von der Prinzregententorte, die Opa Gustav bei Rikchens Taufe aus der Hand gerutscht war. Aus irgendwelchen Gründen hatte Oma ihn nie weggeworfen, wahrscheinlich, weil er all diese Geschichten erzählte. Gerade deshalb war er eigentlich ideal als Wandteppich, Mademoiselle Susi hatte mich da auf was gebracht. Oder eben die Fototapete mit Südseeinsel. Oder eine Wand voll mit Curdfotos (immerhin hatte ich fast 50000, Christian fand, es reiche allmählich, hier musste er sie nicht sehen!). Oder diese sogenannten Wandtattoos, die man jetzt hatte. Am liebsten chinesische Schriftzeichen, riesengroß über dem schlichten Designerbett, z.B. für *Glück*, oder für *Liebe* oder für *Zähnchen putzen nicht vergessen*. Ich merkte, wie ich grinste. Ich freute mich so!

Ich freute mich so sehr, wieder hier zu sein. Draußen dämmerte es, in den Häusern gegenüber auf der anderen Straßenseite gingen allmählich die Lichter an. Am Himmel darüber war schon kreisrund der Mond zu sehen. Meine liebste Stunde. Ich holte den Stuhl, den ich mitgebracht hatte, stellte ihn an meinen alten Platz am Fenster und setzte mich… Auf den Moment hatte ich mich am meisten gefreut. Da waren sie ja alle wieder, meine Nachbarn!

Der Pistazienjunge stand an der Staffelei und vollendete gerade eine Orange, (neinneinnein, Späßchen, er malte selbstverständlich an einer Pistazie). Der Bäcker saß in seinem Fernsehsessel, an dem Trimmrad hingen Kleiderbügel mit Oberhemden – na, wenigstens als Wäschetrockner fand es jetzt Verwendung. Bei meinen Freunden gegenüber war gerade niemand im Bild, nur der Hund lag auf seinem Stammplatz mitten auf dem Sofa. Scheinbar gelangweilt verfolgte er das Fernsehprogramm. Plötzlich hob er den Kopf und sprang von der Couch. Im nächsten Moment streckte Frauchen den Kopf durch die Tür, sie trug Mantel und Schal. vielleicht war sie bei Penny gewesen, lange ließ sie das Tier eigentlich nie alleine. Sie lachte, als er sie so überschwänglich begrüßte. Ich lachte mit, ich war so froh.

Es war richtig, es musste richtig sein, wenn es sich so gut anfühlte. Falsch wäre nur, wenn ich Christian nichts davon sagen würde. Aber das würde ich ja noch. Gleich nachher beim Abendessen würde ich es ihm erzählen, bestimmt. Er hatte gerade viel Stress. Ich hatte nur abwarten wollen, bis alles ein bisschen entspannter wäre. Ich arbeitete daran.

Heute Morgen zum Beispiel hatte ich ihn sanft geweckt, indem ich seinen Penis gestreichelt hatte. Morgens war normalerweise keine Penisstreichelzeit bei Lpunkt, aber zu einem entspannteren Klima war sein Penis immer noch der kürzeste Weg. Als Christian wach genug war, um es zu würdigen, hatte ich ihn sogar in den Mund genommen. Das hatte mich etwas Überwindung gekostet, weil der Penis zu diesem Zeitpunkt ziemlich exakt 24 Stunden nicht geduscht hatte (es sei denn, er war ohne Christian im Bad, Späßchen). Aber wenn Sex nur Vergnügen wäre, wäre er ja gar kein Akt der Liebe, wie Oma immer gesagt hatte, und mein eigener Atem war vermutlich auch nicht der frischeste gewesen. (Der Unterschied war natürlich, dass sein Penis keine Nase hatte, egal.) Christian hatte sich jedenfalls sehr gefreut und schien mir danach tief entspannt, ideales Beichtklima. Aber gerade als ich anfangen wollte, hauchte er noch ganz benommen vom Ejakulieren: »Danke, Baby, das war wunderbar – ist irgendwas?« Da hatte ich beschlossen, das Gespräch taktisch ein paar Stunden zu verschieben. Bis zum Abendessen. Ich hatte Fischstäbchen besorgt, quasi als Einflugschneise…

Schatz, wusstest du, dass die Japaner die Wale, die sie fangen, teilweise zu Fischstäbchen verarbeiten… Die Wahrheit, ich hatte mir alles genau überlegt… *Die armen Wale, tauchen nur mal rasch auf, um Luft zu schnappen, und zack…* Schon wären wir beim Thema. Wale, Atmen, Ersticken, den Rest müsste ich dann improvisieren… Ich zuckte zusammen. Es hatte geschellt!

Ich saß da wie versteinert und lauschte. Völlig unsinnigerweise raste mein Herz wie bei einem auf frischer Tat ertappten Kriminellen. Es schellte wieder. Bu-bumm, bu-bumm, bu-bumm, als hätte ich gerade den Haussafe geknackt, und da kämen die Herrschaften plötzlich früher aus der Oper. Es schellte noch mal, das musste ein Irrtum sein! Oder ein Prospektverteiler. Richtig, jetzt hörte ich, dass auch unten bei Rosi die Schelle ging. Da wollte jemand ins Haus zu den Briefkästen – zähes Luder! Aber Rosi war anscheinend auch nicht daheim. Ich tapste in den Flur, tastete mich zur Tür (warum hatte ich damals die Glühbirnen mitgenommen, ich Geizkragen) und drückte den Summer. Diese Leute wollten schließlich auch nur ihre Arbeit machen. Dann tapste ich zurück und setzte mich wieder ans Fenster, wo war ich stehengeblieben… Ich wollte es Christian heute beim Abendbrot sagen, ich würde die Brücke schlagen von den Fischstäbchen zum Wal zu mir, ganz natürlich… Oh Gott, hoffentlich würde es keinen Streit geben. Nur keinen Streit!

Plötzlich fühlte ich mich so müde. Ich stand auf und legte meine Stirn an die kühle Scheibe. Draußen regnete es schon wieder wie aus Eimern, Tropfen rannen über die andere Seite der Scheibe. Durch sie hindurch sah ich hinüber zur anderen Straßenseite. Drüben saßen der Mann und die Frau aneinandergelehnt auf dem Sofa, der Hund zu ihren Füßen – warum konnte ich das denn nicht, warum, verdammt noch mal, ich hatte mich doch so oft danach gesehnt! Jedes einzelne Mal, wenn ich hier am Fenster gestanden und 119 nachgesehen hatte – der wieder mal abmarschierte… Jedes Mal, wenn ich später vom selben Platz aus Dick nachgewinkt hatte – der in ein paar Stunden mit der Frau Gemahlin auf der Couch sitzen würde, mit *seiner Frau*… Es hatte mir regelmäßig das Herz zerrissen. Eine Woge der Wehmut erfasste mich und spülte mich fort ins Reich der Erinnerungen. Dann riss mich plötzlich etwas zurück – ich fuhr herum, es hatte geklopft!

Jemand klopfte an meine Wohnungstür! Mit angehaltenem Atem starrte ich durch das weniger werdende Dämmerlicht, das noch durch die Fenster fiel, zum Flur. Es klopfte noch mal. Und noch mal. Es waren jedes Mal drei leise Klopfer. Nicht wütend, drohend oder fordernd, eher von klagender Gewissheit. Wer auch immer es war, er war sich sicher, dass ich hier war. Plötzlich ging mir ein Licht auf, heiß schoss mir die Schamesröte in die Poren. Das war Christian an der Tür, wer sonst!? Christian, der es irgendwie erfahren hatte. Wahrscheinlich war er früher von der Arbeit gekommen – voller guter Absichten, mit einer großen rosa Schleife um den erigierten Penis, quasi metaphorisch, um sich in gebührender Form für meine morgendliche Freundlichkeit zu revanchieren. Und als ich nicht da war, hatte er ein bisschen rumgeschnüffelt… und den Mietvertrag gefunden. Sanft und beinahe lautlos war die rosa Schleife zu Boden geglitten. Und nun dachte er, ich wolle ausziehen, ich wolle ihn verlassen! Aber das wollte ich doch gar nicht… Schatz! Ich sprang auf und rannte zur Tür. Schatz, du bist doch mein Ozean! Ich hole nur Luft! Polternd fiel ich über das Tischchen, das noch im Flur stand. Scheiße! Ich rappelte mich hoch und riss die Tür auf…

Ich erkannte ihn sofort. Obwohl es im Hausflur ebenso stockdunkel war wie in meiner Wohnung, erkannte ich ihn an seinen Konturen. Und natürlich an seinem Geruch. Sein Geruch, nie würde ich den vergessen. Eine Mischung aus Sonne und Nachmittag und Ferien und frischer, vom Bügeln noch warmer Wäsche. Unverwechselbar. Daher war es eigentlich nicht nötig zu fragen, aber ich tat es trotzdem. Aus bestimmten Gründen misstraute ich meinen Sinnen, schließlich war wieder mal Vollmond. Also fragte ich vorsichtshalber lieber nach: »Dick? Bist du das?«

Weet je nog…?

Der Tag, an dem ich Dick verlassen hatte, war einer der traurigsten meines bisherigen Lebens gewesen. Wenn man so lange um einen Menschen gekämpft hat, ist es schwer, damit aufzuhören. Selbst wenn die Beziehung schon seit langem nur noch Schmerzen bringt, selbst, wenn man weiß, dass man auf verlorenem Posten kämpft. Dick gehörte zu seiner Frau. An dem Tag, als ich ihn verließ, war mir das eigentlich seit Monaten klar, nur er selbst wollte es sich nicht eingestehen. Ständig versuchte er sich in neuen Jobs und Geschäftsideen, um sich aus der Abhängigkeit von seiner Frau zu lösen. Dabei scheiterte er und scheiterte und scheiterte. Und wenn er mal nicht scheiterte, wenn einmal alles rund lief, wenn endlich die Chance da war, sich auf eigene Beine zu stellen, dann wurde er plötzlich krank. Nein, er simulierte nicht, er war es tatsächlich. Er hatte hämmerndes Kopfweh oder kotzte, manchmal konnte er sich auch einfach nicht mehr bewegen. Die Ärzte waren ratlos, und er war am Ende nur noch Haut und Knochen. Er *wollte* nicht. Tief in den Katakomben seiner Seele *wollte* er nicht... Aber es fühlte sich wohl besser an, nicht zu *können*.

Und nun stand er also wieder vor mir. Es war Januar. Am 13. Mai wären es zwei Jahre her, dass ich ihn verlassen hatte. Warum war er jetzt gekommen?

Ich dachte an unseren letzten gemeinsamen Tag zurück. Wir waren damals in Rotterdam. Zusammen hatten wir vier Wochen lang das Haus einer reichen Architektenwitwe gehütet, die auf Überseereise gegangen war. So etwas hatten wir oft gemacht. Als Housesitter verbrachten wir mehrere Wochen im Jahr in den Häusern fremder reicher Menschen in Paris, New York, Kopenhagen oder eben Rotterdam. Dick machte Dinge wieder heil und schön, ich versorgte Blümchen, Kätzchen oder Katerchen, soweit vorhanden. Wie ein Hausmeisterehepaar, unsere Arbeitgeber wussten nicht, dass wir Geliebte waren. Auch die reiche Rotterdamer Architektenwitwe nicht, deren Rückkehr wir am späten Nachmittag erwarteten.

Ich war sehr früh aufgestanden. Während Dick – erschöpft vom Erbrechen meines zu scharfen Abschiedsabend-Essens – noch schlief, ging ich hinunter zum Wilhelminapier, an die Stelle, wo wir bei unserem ersten gemeinsamen Silvester gestanden und das Feuerwerk angeschaut hatten. Engumschlungen, frierend, voller Hoffnung. Nun stand ich alleine da, sah dem Sonnenaufgang zu und wusste, dass es Zeit war aufzuhören. Wir waren gescheitert. Zurück im Haus, hatte ich mich zu Dick ins Bett gelegt, synchron mit ihm geatmet und Abschied genommen. In Gedanken formulierte ich schon mal den Brief, den ich später auf dem Küchentisch für ihn hinterlassen wollte. Ich wollte ihm meine Entscheidung, die eigentlich keine Entscheidung war, sondern eine Kapitulation, erklären. Aber am Ende schrieb ich nur einen Satz:

Schatz, verzeih mir, ich kann nicht länger warten.

Mehr als drei Jahren ging das damals schon, mehr als drei Jahre sind lang für eine kinderlose Frau in den späten Dreißigern, doch es lag nicht an der Zeit. Ich hätte ewig gewartet, ich hätte auf Kinder verzichtet (obwohl ich sie damals noch hundertprozentig wollte), doch zum Warten gehört Hoffnung, und die hatte ich wie gesagt nicht mehr. Keinen Funken. Trotzdem war ich später, schon halb auf dem Weg zum Bahnhof, noch mal zurückgerannt und hatte rein sicherheitshalber noch etwas dazugekritzelt, ich schrieb mit zitternden Händen (sinngemäß)…

PS. Oder sagen wir besser so: Ich warte, aber es kann sein, dass irgendwann jemand kommt, der mir beim Warten Gesellschaft leistet. Solltest du je ein freier Mann sein, melde dich, dann schicke ich den Knallkopp sofort in die Wüste, versprochen.

Nun.

Ich starrte Dick an. Nachdem meine Augen sich an das Dunkel gewöhnt hatten, glaubte ich, ein Lächeln in seinem Gesicht zu erkennen.

»Keine Angst, Schatz«, sagte er leise, »ich bin noch immer verheiratet.«

Ich starrte Dick weiter an, aber das Bild wankte plötzlich beträchtlich, und mit einem Mal spürte ich, dass mein Köpfchen mechanisch hin- und herschaukelte wie bei einem Wackeldackel nach einem Seitenaufprall. »Nein, nein, nein…«, hörte ich mich stammeln, ohne exakt zu wissen, was oder wen genau ich verneinte oder ablehnte. Schließlich fiel ich ihm um den Hals und weinte. Ich weinte hemmungslos. Aber nur einen Moment, dann fing ich plötzlich an zu lachen. Dick tat dasselbe, damit wähnte er sich wahrscheinlich auf der sicheren Seite. Erst weinte er, dann lachte er, hätte ich eine Portion Roastbeef bestellt, hätte er wahrscheinlich auch das getan. Dann fühlte ich einen Stich im Busen, und ich bemerkte das Knistern von Seidenpapier. »Sind die für mich, oder hast du gleich noch ein Rendezvous?«, flüsterte ich Dick zu. Blumen. Dick hatte Blumen mitgebracht (natürlich, wie konnte ich das vergessen, Dick war ein Blumenmann!). »Schneeballblumen«, flüsterte Dick, »deine Lieblingsblumen.« Fein, jetzt waren es Pressblumen. Dick legte sie mir behutsam in den Arm wie einen Säugling. »Komm doch rein, Dick«, sagte ich, das war wohl das mindeste bei so einem schönen Geschenk.

Wir gingen in die Wohnung. Ich spürte Dicks verwunderte Blicke, als ich ihn wegen der Dunkelheit an die Hand nahm wie ein i-Pünktchen das andere am Zebrastreifen.

»Ich wohne hier nicht mehr«, sagte ich, als wir in den früheren Wohnraum kamen, in den durch die Fenster gerade genug Licht fiel, um zu sehen, dass es darin nichts zu sehen gab. Nur Leere.

»Was für ein Zufall, dass du gerade hier zu Besuch bist.«

Wir lachten.

»Es ist jetzt mein Büro.«

»Ah.«

Wir lachten wieder. Leise, als gäbe es für Lachen in leeren

Räumen neuerdings ein Bußgeld. Dann sahen wir uns schweigend an. *Und wo wohnst du jetzt?*, wäre als nächste Frage an der Reihe gewesen, aber wir hielten uns nicht an die Reihenfolge, wir waren wohl noch nicht in Stimmung für Realitäten, wir wollten uns noch ein bisschen im Schummerlicht der Ungewissheiten rumdrücken wie Teenager in der großen Pause hinter der Turnhalle. Tja, was nun? Vorsichtig machte ich mich am knisternden Blumenpapier zu schaffen und entdeckte eine Stecknadel (eine Stecknadel! Wer verwendete noch Stecknadeln beim Einwickeln von Blumen?). Die zweite steckte vermutlich in meinem Busen (das Piksen vorhin!) und wenn ich sie rauszöge, schösse ich wie ein Luftballon kreuz und quer durchs Zimmer, danach wäre der Busen platt. Irgendwas – ich wusste nicht, ob es wirklich *das* war – beunruhigte mich. Mein Herz schlug bis zum Hals. »Fritz ist fett geworden«, sagte Dick mit einem leisen Lachen. Er sah aus dem Fenster. Ja richtig, der Hund hieß Fritz. (Ich beruhigte mich ein bisschen). »Inka kocht zu gut für ihn!« Stimmt, und Inka war die Frau bzw. das Frauchen. Dick hatte das damals herausgefunden, darauf war er wohl immer noch ein bisschen stolz.

Als Dick, berauscht von unserem Liebescampingurlaub (das war etwa in der Halbzeit unserer Beziehung), mit nach Hamburg gekommen war, um ein neues Leben mit mir zu beginnen, ging es nicht so berauschend weiter. Nach vier unzertrennlichen Wochen im Zelt und im blauen Auto, Wochen, in denen wir Hand in Hand geduscht, gekocht und Geschirr gespült hatten, war er plötzlich den ganzen Tag allein. Allein in einer fremden Wohnung, in einer fremden Stadt, in einem fremden Land. Während Lchen sich den ganzen Tag in der Agentur vergnügte (damals verdiente ich mein Geld noch mit

Werbung), manchmal bis nachts. Natürlich suchte Dick sofort Anschluss in der Nachbarschaft, und nach nur zwei Wochen wusste er schon, dass die Frau von drüben Inka hieß und der Hund Fritz. Und dass Inka extra für Fritz kochte (jawohl kochte!).

Sie hatten sich an der Frischfleischkühltruhe von Penny miteinander bekannt gemacht, als Dick Hackfleischbällchen für mich und sie dasselbe für Fritz machen wollte, wie sie im Gespräch herausfanden. Das hatte Dick mir abends, als ich aus der Agentur kam, so spät, dass ich keine Hackbällchen mehr essen konnte, erzählt. Ganz aufgeräumt und bemüht, seine Enttäuschung, dass ich keinen Hunger mehr hatte, zu überspielen. Ich hatte ihm lächelnd zugehört und meinerseits versucht, nicht zu zeigen, was ich wirklich dachte: Du blöder Käsekopp, mach meinen Fernseher nicht kaputt. Ich war ihm böse. Dick hatte das stille Einverständnis durchbrochen, das notwendig war zwischen Nachbarn, die sich gegenseitig in die Fenster sehen konnten: so zu tun, als existiere man nicht. Wo sollte das sonst hinführen? Irgendwann müsste ich mich frisieren und mir die Lippen nachziehen, bevor ich mein Wohnzimmer beträte. Und wenn einer mal vergaß zu winken, würde der andere gleich pikiert das Rollo runterziehen – solche nachbarschaftlichen Dramen malte ich mir damals aus. Aber so weit sollte es nie kommen, unser eigenes kleines Drama kam uns zuvor.

Dick strich über die Kerbe im Fensterrahmen, die der Schlüsselbund hinterlassen hatte, den ich wenige Tage später – wegen irgendeiner anderen Kleinigkeit – nach ihm geworfen hatte. Dann sah er sich zu mir um.

»Zehn Zentimeters weiter rechts, und es hätte geklirrt.«

Ich nickte betreten. Was war mit uns passiert damals? Ich

hatte das Gefühl gehabt, mich verteidigen zu müssen. »Ich hatte vorher noch nie mit irgendwas nach irgendwem geworfen!«

Dick lachte. »Dafür war es kein schlechtes Wurf.« Sein Deutsch war ein bisschen eingestaubt in den letzten zwei Jahren. Ich mochte das, jetzt sprach er wieder wie ganz am Anfang, als er mich im Freibad angesprochen hatte. Hosentaschen-Rudi hatte ich ihn damals genannt. Weil er genau so sprach wie Rudi Carrell – derselbe Akzent, die gleiche schöne tiefe Stimme – aber nur halb so groß war er, etwa. Dafür war Dick tausendmal hübscher. Er war *so* hübsch. Mit seinem sanften Gesicht und den hellblauen Augen glich er eher einer jungen pummeligen Grace Kelly... Ich sah ihn an. Und obwohl ich nur bei mir sicher war, weil es inzwischen zu dunkel im Zimmer war, um Dicks Mimik genau zu erkennen, würde ich sagen... wir lächelten.

»Und wo wohnst du jetzt?«, fragte Dick leise. Zeit für die Realitäten.

»Ich wohne ein paar Straßen weiter«, antwortete ich genauso leise. Ich ging ans Fenster (nicht zu Dick, an das Fenster daneben). Die Nachbarn schienen beim Fernsehen eingeschlafen zu sein. Mit ihren aneinandergelehnten Köpfchen sahen sie aus wie Krishna und Trishna, die siamesischen Zwillinge aus Bangladesch. Vor der OP.

»Wohnst du allein?«, fragte Dick.

Ich stopfte das zerknüllte Blumenpapier hinter den Heizkörper, und in dem Moment, da ich es tat, wurde mir bewusst, dass das wie Verlegenheit aussehen musste, und ich ärgerte mich über mich selbst. Es gab keinen Grund, verlegen zu sein.

»Nein, mit einem Mann«, antwortete ich extra unverlegen.

»Ah.«

Ah? Was hieß hier Ah? Jetzt ärgerte ich mich über Dick, was hatte er denn gedacht? Dass ich ihm für den Rest meines Lebens nachtrauere, dass ich tatsächlich warte, während er mit seiner Frau weitermacht, als hätte ich nie existiert?

»Warum bist du gekommen, Dick?« Schluss mit Schummerlicht.

»Ik weet het niet«, flüsterte er und legte seine Stirn an die Scheibe. »Ich war auf dem Weg nach Kopenhagen. Aber dann sah ich diese Schild, die Ausfahrt... ich habe nicht nachgedacht.« Ich legte die Blumen raschelnd auf die Fensterbank. Dick sah zu mir rüber.

»Soll ich gehen?«

Ich öffnete meine Lippen mit der Absicht, ja zu sagen. »Kopenhagen?« Fast.

»Weet je nog...«, Dick lachte erleichtert auf, »... das Ehepaar mit das Haus ans Wasser, mit die Katze...?!«

»Madame Audrey?«

»Nein, Madame Audrey war in Paris...«

»Richtig...«

»Ich meine die Dicke mit die Flecke...«

»Das war Snorre, und Snorre war ein Kater, keine Katze, mein Lieber. Als wir da waren, hat er angeblich die Nachbarkatze geschwängert. Obwohl er das Apartment nicht verlassen hat, dafür lege ich bis heute meine Hand ins Feuer!«

Wir lachten. Dick räusperte sich.

»Na, jedenfalls, der Mann hatte eine Schlagunfall, und es muss einiges geändert werden in die Haus, aber vorsichtig, geschmackvoll, seine Augen funktionierten schließlich noch, hat er ans Telefon gemeint.«

»Er war Galerist, nicht wahr?«

»Ja, aber er arbeitet jetzt nicht mehr. Ich rede alles mit ihm durch, und dann geht er mit seine Frau in die Ferien, und ich bleibe und kümmere mich um die Haus.«

»Allein?« Es rutschte mir so raus. Und ich erschrak über mich selbst, über die ungeheure Sehnsucht, die mich packte wie ein Tornado einen Piccolino-Mini-Wohnwagen, wie gerne wäre ich jetzt mit nach Kopenhagen gefahren, Kopenhagen! »Ich muss gehen!«, stieß ich hervor. Draußen prasselte der Regen. Dick sah weiter aus dem Fenster und nickte. Als ich mich tatsächlich zum Gehen wandte, drehte er sich mir zu, und mit einem kurzen verletzten Blick registrierte er die Blumen, die ich auf der Fensterbank hatte liegen lassen. Ja, nun! Sollte ich sie mit nach Hause nehmen? Es gab ja wohl schon genug, was ich Christian heute Abend erklären müsste! Und überhaupt, wie kam Dick eigentlich dazu, mir Blumen zu schenken? Noch dazu so einen Riesenstrauß?! Wieso brachte er keine Schokolade mit, oder etwas anderes, was ich mühelos verschwinden lassen konnte, wie konnte er glauben, dass ich alleine war? Wieso Blumen? BLUMEN!!! Blumen schenken war wie wie wie... in die Wohnung pinkeln, sein Reich markieren, Dick hatte sein Reich verloren, selber schuld! (Ich spürte übrigens durchaus, dass ich mich vergaloppierte, na und? Wie konnte er verdammt noch mal nach Kopenhagen fahren, in unser Haus, zu unserem Snorre – ohne mich?) Tränen stiegen in mir auf.

»Ich lege sie ins Waschbecken«, sagte ich, nahm die Blumen und tastete mich durch den dunklen Flur in die nicht viel hellere Küche. »Und morgen bringe ich dann eine Vase mit!«, rief ich Dick mit fröhlichster Stimme zu, während meine Hände das Wasser aufdrehten und ich den Tränen freien Lauf ließ. Als das Wasser in das Becken plätscherte, rief ich noch etwas lauter und noch etwas fröhlicher: »Dann ist die Einrichtung komplett, ein Tisch, ein Stuhl und Blumen, mehr braucht man nicht!« Plapperplapper. »Sie sind wunderwunderschön, Schneebälle um diese Jahreszeit, wo hast du die nur aufgetrieben?« Schnatterdischnatter. »Lchen, ich mache mich wieder auf den Weg.« Ich fuhr zusammen vor Schreck – Dicks Stimme war direkt hinter mir.

Verstohlen wischte ich mir übers Gesicht, stellte das Wasser aus und arrangierte die Blümchen so im Spülbecken, dass wirklich jedes von ihnen Wasser hatte und keines Schaden nehmen konnte. Dann hatte ich mich so weit wieder im Griff – dachte ich – und drehte mich zu Dick um.

»Nach Kopenhagen?«, fragte ich. Auch das sollte fröhlich klingen. Aber zu meinem Missfallen flatterte meine Stimme wie ein Hemdchen in einer Winternacht.

»Ja, ich werde ins Auto ein bisschen schlafen, und morgen fahr ich weiter.« Dicks Stimme hingegen klang weich und warm wie ein vorgeheiztes Federbett. Er kam einen Schritt näher.

»*Im* Auto«, korrigierte ich ihn.

»Ja, ins Auto«, wiederholte er lächelnd. Er dachte wohl, ich hätte nur noch mal nachgefragt und ihm – vielleicht sogar absichtlich – eine Flanke zu romantischen Erinnerungen vor die Füßchen gespielt. »Ist gerade kein gutes Campingwetter«, flüsterte er, »wir hatten mehr Glück damals, weißt du noch…?« Ohgottohgottohgott, er kam noch näher.

»Es heißt *im* Auto, nicht *ins*!« Ausgebremst.

»Oh. Entschuldigung. Dann schlafe ich *im* Auto.« Dick klang verletzt. Ich schämte mich. Schweigend standen wir voreinander. Dick begann, seine Jacke zuzuknöpfen.

»Du kannst aber auch hier schlafen«, hörte ich plötzlich jemanden sagen. Mich.

»Hier?« Dicks Stimme klang amüsiert.

»Es ist besser als *ins* Auto, oder? Du könntest deine Isomatte auf den Boden legen… du hättest Wasser und eine Dusche und eine Toilette und und und…« (Oh Gott, was redete ich denn nur, was sollte das?) »… Blumen!«

»Gut.«

»Gut?« Hatte Dick gut gesagt? Wollte er tatsächlich hier schlafen, in der leeren Wohnung? Wozu? Was versprach er sich davon? Aber egal, wenn er es unbedingt wollte…

»Gut«, sagten wir beide gleichzeitig.

Ich überlegte, was nicht stimmte.

»Dick, würdest du bitte aufhören, mich zu küssen?« Er hatte einfach angefangen. Er hatte sein Gesicht an meinem Hals vergraben, und ich hatte nichts unternommen, weil ich plötzlich heiße Tränchen in meiner Nackenmulde spürte… welcher Unmensch stößt einen weinenden Menschen weg? Aber dann hatte der weinende Mensch angefangen, meinen Hals zu küssen. Eine ganz infame Taktik, wie sie sonst eigentlich nur von zarten weißhäutigen Frauen praktiziert wurde, aber vielleicht war es ja auch gar keine Taktik, sondern die natürliche Reihenfolge von Empfindungen. »Dick, hör auf!«, wiederholte ich mein Anliegen.

»Bist du sicher?«, flüsterte Dick. Sicher, sicher, wessen kann man sich schon sicher sein auf dieser Welt?! Ich spürte, dass seine Lippen an meinem Hals entlangglitten wie diese emsigen kleinen Fensterputzerfischchen mit ihren Mäulchen über die zart bemooste Aquariumswand, was so – Sie haben recht – erst mal nicht besonders scharf klingt. Was es vermutlich trotzdem so erotisch machte, war, dass Dick dabei gar nicht wie ein Fischchen roch. (Im Gegenteil: Er roch so gut, so gut, *soooo* gut…) Und dass er außerdem diesen Dreitagebart hatte. Deshalb berührten neben seinen weichen Lippen auch noch kratzige Bartstoppeln meine für Berührungen sehr ansprechbare Hals- und Nackenmuldenhaut. Das fühlte sich angenehm an. So angenehm, dass mich ein Bedürfnis überkam, mich am ganzen Körper nackig zu machen und auch andere ansprechbare Hautpartien diesen oder ähnlich netten Berührungsreizen auszusetzen. Ich widerstand der Versuchung, indem ich mir vorstellte, dass die Empfindungen an meinem Hals gar nicht von Dicks Bart, sondern von Herrn Eilbrinks* Kleiderbürste hervorgerufen wurden. Der, mit der er sich immer die Schuppen vom Revers gebürstet hatte. Aber lange konnte ich mich damit nicht abtörnen, wie sollte Herrn Eilbrinks Kleiderbürste denn auch allein nach Hamburg kommen, bitte!?

»Nein«, hauchte ich daher wahrheitsgemäß. (Zur Erinnerung: Die Frage war, ob ich mir sicher sei, dass Dick mich *nicht* weiter küssen solle.) »Aber würdest du bitte trotzdem aufhören?«

»Gleich«, flüsterte Dick und legte eine seiner Hände sanft um das freie Stückchen Kopf unterhalb meines Pferdeschwanzes, vermutlich – inzwischen war ich auf der Hut –, um ihn schon mal für das leidenschaftliche Knutschen zu stabilisieren, das nach sanftem Küssen als Nächstes an der ganz natürlichen Reihe war. Seine andere Hand lag übrigens schon seit geraumer Zeit mehr oder weniger unbemerkt auf einer meiner Brüste, ganz still, als wolle er sie nur ein wenig warm halten. Da mochte ich kein Rumgeknete, Dick hatte nichts

* Mein Geschichtslehrer in der achten, neunten und zehnten Klasse.

vergessen. Umso deutlicher spürte ich sein Glied an meinem Bein. Ein fantastisches Glied, wie ich mich jetzt erinnerte. Und so praktisch. In Erregung in idealem Maße präsent, aber sobald es nicht gebraucht wurde wie ein Schrankbett: quasi nicht mehr da. Modell Tokio, hatten wir dazu immer gesagt, ein Raumwunder. Tausend Bilder stiegen in mir auf. Ich erinnerte mich, wie erschrocken ich geguckt hatte, als Dick nach dem ersten Sex damit aus dem Bad kam. Ich hatte vorher nicht gewusst, dass ein Penis derart verschwunden sein kann. Dick hatte meine Irritation bemerkt. »Er kommt gleich, er duscht noch ein bisschen«, hatte er gesagt – einer der wenigen Scherze, die er am Anfang machte. Wie unsicher er dabei war, fast ängstlich. »Sehr gut«, hatte ich geantwortet und ihn angestrahlt, als wäre er die Lottofee mit dem Hauptgewinn. »Es geht nichts über einen Penis, der gerne duscht!« Damals ahnte ich noch nicht, wie recht ich damit hatte, ach Dick… Weichgezeichnete Erinnerungsfetzchen hummelten durch meinen Kopf. Wo wir uns überall geliebt hatten, was wir alles erlebt hatten, einen Moment lang war ich so glücklich, so überglücklich! Der Moment verging. Ich dachte an den vergangenen Morgen, ich dachte an Christian, ich dachte an die Fischstäbchen…

»Nicht!« Unsanft stieß ich Dick zurück. »Nicht…«

Betreten sah ich auf den Boden, ich wusste, dass die Ansage fünf Minuten zu spät kam. Vielleicht fünf Jahre, schoss es mir plötzlich durch den Kopf. Was für ein deprimierender Gedanke. Traurig schob ich mich an Dick vorbei. Ich wollte nach Hause. Zu meinem Mann. Wozu gab es Seife, ich war doch kein Tier, dass sich der Nase nach paarte – apropos. Kraul Snorre von mir hinterm Ohr, wollte ich einen Moment lang sagen, aber dann ließ ich es. Snorre war bestimmt längst tot, er war doch damals schon altersschwach gewesen. Nie hätte ich gedacht, dass er Smilla, die rollige Nachbardame, noch beglücken könnte, sonst hätte ich ihn doch nie in den Innenhof gelassen…

»Zieh einfach die Tür hinter dir zu«, sagte ich nur.

Im Sommer

Niemand fragte mehr, wie das Wetter würde. Seit drei Wochen hatte ununterbrochen die Sonne geschienen. Sonne in Hamburg war mittlerweile so selbstverständlich wie damals in den großen Ferien in Lignano oder Rimini. Man schlug morgens die Äuglein auf, und sie schien einfach. Dabei hatte der Sommer gerade erst angefangen. Müde lehnte ich am Geländer und betrachtete blinzelnd die in der Vormittagssonne leuchtenden Hinterhäuser. Inzwischen waren auch die letzten Balkonchen aus ihrem Winterschlaf erwacht. Vergessene Getränkekisten und defekte Hausgeräte waren der kleinen Sommerbestuhlung gewichen. Stapelsessel Julius, der schneeweiße Designklassiker für 3,99, dominierte die Szene. Natürlich mit mediterraner Polsterauflage und nicht blanko wie vor jeder Pommesbude, so viel Savoir-vivre hatte man in St. Pauli. Nesrin von gegenüber winkte hinterm Fenster. Sie war auch noch im Pyjama, kein Wunder, gestern Abend war sie eine der Letzten gewesen. Sie war in Peter verliebt, der aber mit dieser winzigen energischen Ärztin gekommen war. Ich winkte zurück. Wenn das Wetter so bliebe, wären wir bald mit dem ganzen Viertel verbrüdert. Wer eine Dachterrasse hat, hat viele Freunde. Im Sommer.

Müde bückte ich mich nach einer leeren Flasche. Ich wusste wirklich nicht, was alle an dieser Bionade fanden. Litschi, schon das Wort war ekelerregend, *Litschi*… Ich stellte die Flasche in den Leergutkasten, wie es eigentlich der, der sie leer getrunken hatte, hätte tun sollen (jawohl!), und zuckelte, den Müllsack hinter mir herschleifend wie einen melancholischen blauen Hund mit Triefaugen und Hängeohren, weiter.

Das alles war natürlich Christians Idee gewesen. Jeder könne kommen, für Grillkohle und Musik sei gesorgt, den Rest müsse man selbst mitbringen. So drückte er es immer aus (es war schon der dritte Grillabend gewesen! In drei Wochen!). Was er nie sagte, war: Nehmt eure leeren Flaschen danach wieder mit, steckt die angebissenen Würstchen und den Rest Kartoffelsalat in die Handtasche, wenn ihr geht, haltet den Urin ein bis zu Hause, bitte, der Letzte fegt. Ich sah mich um. Eine Dachterrasse nach einem Grillfest, das war es, und danach sah es aus. Eine Hummel schwirrte bis auf zwei Zentimeter an mich heran. »Was willst du, Hummel?«, knurrte ich. Es schien, als wolle sie sich auf meine Nase setzen und meine Nasenlöcher befruchten. »Hallo!« Sie dockte tatsächlich einen Moment an. Nicht mal gegen so ein kleines Hummeltier konnte ich mein Terrain verteidigen. Eher würde ich mir heimlich eine Zweitnase anschaffen, ich Feigling.

Christian liebte es doch so. Er blühte auf, wenn viele Menschen um ihn waren. Und irgendwann – es war nur eine Frage der Zeit – bat ihn immer irgendjemand, etwas für sie zu singen. Oha. Dann holte Schatz seine Gitarre, setzte sich total bescheiden auf irgendeinen freien Platz und spielte leise ein paar Töne wie zum Test. Ich glaube, den Moment liebte er am allermeisten. Wenn es dann bei den ersten Akkorden, die er anschlug, allmählich leise wurde und alle sich neu ausrichteten wie Eisenspäne in einem Magnetfeld. Auf ihn. Das war es, dafür lebte er, dafür grillten wir zumindest. Schon zum dritten Mal in diesem Sommer, erwähnte ich das? Und wir waren noch im Juni.

Gestern hatte es ganz schön lange gedauert, bis jemand etwas hören wollte. An Christian lag es nicht, er baute jedem, der ihn ansprach, eine mehr oder weniger breite Brücke, um seinen Musikwunsch vorzubringen. (»Tolle Terrasse, Chris.« – »Ja, ich habe einen Song über sie geschrieben.« / »Christian, wo ist denn das Klo?« – »Links, an meiner neuen Gibson-Westerngitarre vorbei.«) Irgendwann hatte ich ihm dann geholfen. »Süßer, sing doch mal was für uns«, hatte ich ihm einfach zugerufen. Das hatte ihm gefallen. Natürlich auch wegen Süßer, er wusste, das machte ihn für die anwesenden Damen noch attraktiver. Als er dann eine seiner traurigschönen Schnulzen zum Besten gab, hatten die Frauen sich sanft im Takt gewiegt und wahrscheinlich auch ein bisschen davon geträumt, ihn höchstpersönlich über die unglückliche Liebe hinwegzutrösten, von der die Schnulze erzählte. Wie Schnulzen das nun mal so taten. Hannah hatte sogar leise mitgesungen und dabei versonnen mit dem tellergroßen Indianerschmuckanhänger vor ihrem ebenfalls sehr großen Busen gespielt. Eine andere Frau, mit Ringen aus der gleichen Schmuckkollektion an jedem Finger, hatte drummermäßig an ihre Litschiflasche gehämmert wie beim Trommeln auf Gomera. Christian hatte ihr – als er für einen Moment aus seiner Selbstversunkenheit auftauchte – lächelnd zugenickt, so »yeah, you've got it, Babe«-mäßig. Yeah, und *ich* kotz gleich, hätte ich früher wahrscheinlich gedacht.

Früher. Früher hatte mich so vieles genervt. Früher wollte ich ihm solche Dinge heimlich abgewöhnen. Dabei hasste ich

Frauen, die Männern heimlich etwas abgewöhnten. Aber das war zum Glück vorbei. Selbst dann, wenn mein Schatz bei den hohen Tönen die Augen zusammenkniff, als läge er in den Wehen, um die ich mich immer noch herumdrückte (das Babythema hatten wir auf »nach dem Buch« vertagt), war ich jetzt nicht mehr peinlich berührt, sondern fand es… süß. Lieb irgendwie. Das war eben mein Schatz. Und wenn er dann nach dem Auftritt stolz wie ein Gockelchen in die Runde schaute oder sich in einem eher höflich ausfallenden Applaus suhlte wie ein Elefantenbaby in einer Pfütze, dann hatte ich ihn trotzdem schrecklich gern und rief von hinten aus der letzten Reihe »Zugabe!« und johlte. Ich freute mich einfach, wenn Christian glücklich war. Toll, nicht? Ja, das war Liebe.

Kacke, nein, war es nicht. Beziehungsweise ja, es war Liebe, aber nicht nur. Hinzu kam… Ich betrog Christian. Genauer gesagt, ich beschiss ihn nach Strich und Faden. Seitdem lief es wieder prima zwischen uns. Ganz super.

Nur anderthalb Kilometer weiter hatte ich nicht nur eine zweite Wohnung, von der Christian immer noch nichts wusste, sondern inzwischen auch einen zweiten Mann, von dem er nie etwas erfahren sollte. Ich führte, so kann man das wohl nennen, seit Monaten ein Doppelleben. *Das* war das Geheimnis meiner neuen Milde. Es tat mir gut. Und indirekt auch meinem Schatz. Die vielen kleinen, größeren und großen Heimlichkeiten, die mein Doppelleben mit sich brachte, waren wie perlende Luftbläschen und Blubberblasen, die unser Beziehungsaquarium belüfteten. So ging's, so bekam Schabrackenwels Lchen genügend Luft, so scheuchte sie Trällerguppy Christian nicht kreuz und quer durch das Bassin. So war ich die Liebe und Güte und Freundlichkeit in Person. *Doch*, war ich.

Deshalb hatte ich auch gar kein *so* schlechtes Gewissen, im Allgemeinen. Nur im Moment ein bisschen, weil Christian mir dieses Kleid geschenkt hatte. Heute Morgen, als er selbst schon lange bei der Arbeit war, und ich im Pyjama zu einem ersten Orientierungsgang Richtung Terrasse tappte, hatte das Kleid in der Küche ausgebreitet auf dem Kanapee gelegen. Mit einem Zettel, auf dem Abdrücke seiner Fettfingerchen waren: *Für meine Süße, von der ich genau weiß, dass sie Grillwürstchen eigentlich hasst.* Das stimmte zumindest heute Morgen nicht ganz.

Ich stand mit meinem blauen Sack an unserem neuen Hängegrill und starrte das einsame kalte Würstchen an, das dort noch vom gestrigen Abend lag, ganz allein. Nein, ich hasse dich nicht, flüsterte ich. Ein Tränchen kullerte mir über die Wange bis in den blonden Damenbart. Ich hasste es nicht, im Gegenteil. Jedes kalte Würstchen an diesem Morgen war wie ein Rosenkranz, vom Grundprinzip. Ich büßte für meine Sünden, indem ich welke Fleischrollen von unserer Terrasse sammelte, so fühlte es sich an. Die arme Wurst auf dem Rost war auch noch ganz verkohlt. Ihre schwarze Haut war so runzelig, als hätte sie nicht nur zu lange auf dem Grill, sondern auch zu lange in der Wanne gelegen. Eine Gänsehaut überzog meinen Körper, als ich die Wurst schließlich in den blauen Sack plumpsen ließ.

Müde ließ ich mich selbst danach in einen unserer Juliusse sinken. Wir hatten – der Größe unseres Außenbereichs angemessen – bei den ersten Sonnenstrahlen dieses Jahres gleich zehn strahlend weiße Julius-Sessel angeschafft. An Tagen, an denen mal keine Grillparty stattfand, stapelten sie sich hier in zwei stattlichen Türmen – wir waren die Julius-Könige von St. Pauli. Wir… wirwirwirwir. Tränen tropften auf meinen gepunkteten Pyjama. Wir, wer war denn das überhaupt, und wie lange würde es *uns* noch geben? Erschöpft legte ich den Kopf nach hinten an die warme Hauswand und starrte in den Himmel. Würden die Juliusse dann aufgeteilt? Jetzt schwenkten die Tränen um und rollten mal wieder in meine Kummer gewohnten Ohren. Nein, ich würde sie ihm alle lassen, die andere Wohnung hatte ja nicht mal ein winziges Balkonchen, was sollte ich da mit fünf Juliussen? Ich schluchzte. *Ein Mal*!? Wieso konnte ich nicht *ein Mal* eine ganz normale Beziehung haben? Das wurde doch wieder nichts, das konnte doch nicht gutgehen, Lchen, nicht auf Dauer! Und warum musste Christian mir denn dieses Kleid schenken? Dieses wunderschöne Kleid... Wütend schlug ich nach der Hummel, verdammt!

Das Kleid hatte zweihundert Euro gekostet. Seit Wochen hatte ich es auf meiner Wunschliste bei styly.com, meinem Lieblings-Onlineshop, gespeichert. Jeden Tag hatte ich zwanzigmal nachgeschaut, ob sie es vielleicht zwischenzeitlich reduziert hätten, und nun schenkte Christian es mir einfach, für zweihundert Euro, das war so lieb, so lieb, so lieb... und ich? Ich würde es nachher anziehen und den anderen Mann damit verführen. Doch, das würde ich, genau das würde ich, ich kannte mich, so schlecht war ich, je widerlicher der Verrat, umso mehr genoss ich ihn, ohgottohgottohgott. Oh Gott. Ich war so abgrundtief, abgrundtief SCHLECHT. Es piepte in meiner Pyjamatasche, mein Handy. I*ch freue mich auf dich, mijn sexraketje*, simste Dick. *Ich freue mich auch auf dich, mijn sexbommetje,* simste ich flink zurück. Dann putzte ich mir schnaubend die Nase. So schlecht.

Dabei hatte es so unschuldig angefangen. Sie erinnern sich

sicher noch: Ich hatte Dick stehen lassen bei seinem Überraschungsbesuch damals im Winter. Wir hatten uns geküsst, das war sehr nett, aber dann war ich schnell nach Hause gepest, um meinem Schatz Fischstäbchen in die Pfanne zu hauen und ihm endlich von dem Coup mit meiner alten Wohnung zu erzählen, die ich als Büro ganz günstig wieder angemietet hatte. Das hatte ich ihm ja noch nicht gesagt. Aber ich hatte es vor.

Ich empfand die allergrößte Zuneigung für Christian an jenem Abend. Gerade weil ich einen anderen Mann geküsst hatte (damals bemerkte ich zum ersten Mal, wie zärtlich mich Betrügen stimmte). Die Wut, die ich seit einigen Wochen heimlich gegen Christian hegte, weil er mich für mein Gefühl doch ganz schön einengte, sie war nach dem Kuss, bei dem ich zwar wohlwollend an Dicks Penis gedacht, aber absolut *nichts* Schlimmes getan hatte, wie weggeblasen. Gefegt, sagen wir *weggefegt*. Ich war wieder ganz verliebt in meinen Schatz, in Christian. Und vor Verliebtheit (und weil es außerdem so regnete) beschloss ich, ihn mit dem Auto von der Arbeit abzuholen. Keine gute Idee.

Natürlich wusste ich, dass er manchmal nach der Arbeit noch ausging. Er hatte ja oft nach Rauch und Kneipe gerochen, wenn er nach Hause kam. Aber ich dachte immer, er ginge noch mit Hannah weg. Ich dachte, sie besprächen vielleicht noch irgendetwas, besonders schwierige Fälle. Aber *sie* besprachen nichts. *Sie* standen in diesem Plattenladen nicht weit von Hannahs Institut. *Sie* trugen Kopfhörer und bewegten sich im Rhythmus derselben Musik. Christian hatte seine Hand in ihrem Nacken und spielte mit ihrem langen strohblonden, geflochtenen Pferdeschwanz, er schwang ihn hin und her wie ein Taktometer. Dann lachten sie, und ich konnte erkennen, dass die Frau jung war, mit aufgeregten roten Wangen und großen, schönen weißen Zähnen. Das war nicht Hannah, ganz und gar nicht. Kein bisschen.

Mir war schon eine Weile blümerant (die Fischstäbchen lagen mir schon im Voraus im Magen), jetzt musste ich mich übergeben. Und dabei drehte ich mich aus Versehen genau in die falsche Richtung, ich Dusselchen, so dass der Wind mir das Erbrochene auf die gute wollweiße Jacke fegte. So vollgekotzt mochte ich nicht in den Plattenladen gehen und mich der jungen Frau vorstellen. Ich lief also wieder zum Auto und fuhr schnell nach Hause, bevor die Kotze trocknete. Die Zeit war das A und O bei der Behandlung von Flecken, genau wie übrigens beim Herzinfarkt.

Doch, ich war schon sehr traurig. Aber nicht... *erschüttert*. Wissen Sie, mein Freund war sechs Jahre jünger als ich, er sah mindestens so hübsch aus wie Ashton Kutcher, und ich war *nicht* Demi Moore. Wegen seiner früheren Affäre mit Hannah hatte ich mich einigermaßen sicher gefühlt. Ich hatte gedacht, dass mein Schatz eine Art Mutterkomplex hätte, von dem ich noch ein paar gesegnete Jahre profitieren könnte. Ich war aber *auch* darauf gefasst gewesen, dass diese Neigung nachließe, je älter er selber würde. Und dass er als alter Knacker auf junges Gemüse stünde. Ich hatte nur nicht damit gerechnet, dass es schon jetzt so war. Ich dachte, wir bekommen doch erst noch ein, zwei Babys (aufgeschoben war ja nicht aufgehoben), bevor ich ihn mit einer Jüngeren rumknutschen sehe, vielleicht mit dem Babysitter. Dieses Mädchen eben war auch höchstens siebzehn gewesen, mannmannmann...

Wieder zu Hause machte ich mich gleich an die Fleckentfernung: Tupfen, nicht rubbeln, das war das andere A und O der Behandlung. Ich tupfte den Fleck raus, und dabei dachte ich nach. Und plötzlich spürte ich neben aller Bestürzung auch etwas anderes: Erleichterung. Es würde heute keine Fischstäbchen geben.

Ich musste Christian vielleicht gar nichts von der alten Wohnung sagen. Wenn er je davon erführe, hätte ich ja nun dieses tolle neue Trümpfchen im Ärmel. Ich könnte sagen, dass ich ihn mit einer bezaubernden jungen Blondine gesehen hätte, schwanzschwingend (nein, das nicht, das wäre primitiv und polemisch). Und dass ich deshalb – als sich die Gelegenheit gerade ergab – meine alte Wohnung wieder angemietet hätte, da man schließlich nie wüsste, wie sich die Dinge mit bezaubernden jungen Blondinen so entwickeln. Vor allem wenn ein Schwanz mit reinschwingt (Lchen!). Jedenfalls, wenn Christian nichts sagen würde von seiner Blondine, dann müsste *ich* heute auch nicht unbedingt über die Wohnung sprechen. Als er eine Stunde später endlich nach Hause kam, fragte ich lächelnd nach seinem Tag.

»Also kommst du gerade erst aus dem Institut, armer Schatz?«, fragte ich am Ende seines Berichts so beiläufig, wie es mit flatternder Stimme ging. Bisher hatte er sein Rendezvous im Plattenladen *nicht* erwähnt. Und ehe ich wusste, ob ich mir wünschte, dass er es noch täte oder dass er mich anlog, nickte er zustimmend und verdrehte die Augen. »Und nicht *eine* Pause! Haben wir noch irgendwas zu essen, Süße?«

»Schnittchen«, sagte ich leise. Jetzt war ich doch ein bisschen traurig.

»Schnittchen sind ein Traum.«

Also würden wir uns in Zukunft belügen.

In der Nacht konnte ich nicht schlafen, und diesmal lag es

nicht am Vollmond. Zu viel hummelte mir durch den Kopf. Die Blumen, der Kuss, Modell Tokio, der blonde Zopf... Und der Gedanke, dass Dick im Moment keine zwei Kilometer Luftlinie entfernt kampierte, wirkte auch nicht eben sedierend. Irgendwann stand ich auf, schlich ins Bad und schrieb ihm eine SMS: *Kraul Snorre bitte hinterm Ohr von mir, wenn er noch lebt*. Es war drei Uhr nachts. Die Antwort kam nach etwa 0,17 Sekunden. *Dat doe ik wel, Lchen. Hinter beiden*.

Ich steckte das Handy in die Pyjamatasche, ging in die Küche an den Kühlschrank, nahm mir ein Glas Milch und setzte mich damit aufs Kanapee. Warum tranken Menschen nachts eigentlich immer Milch? Vielleicht, um sich die vorm Zubettgehen geputzten Zähnchen nicht schmutzig zu machen. Oder weil Menschen, die nachts nicht schlafen konnten, sich meistens schuldig fühlten und nach Reinheit sehnten? Ich starrte in die Dunkelheit der Küche, die gar nicht so dunkel war, sobald die Augen sich daran gewöhnt hatten.

Es war doch alles absolut vorhersehbar. Meine SMS an Dick gerade war der Anpfiff gewesen. Das Spiel, das kein Spiel war, hatte begonnen. Spätestens in Kopenhagen würde Dick sich melden und mir vermutlich zurücksimsen, dass Snorre, der geile alte Kater, das Zeitliche gesegnet hatte. Ich wäre darüber traurig, und Dick würde mir zum Trost Fotos von Snorres Nachfahren schicken, die dank meiner Unachtsamkeit auf der Welt waren. Schon wäre ganz natürlich und beiläufig der Schritt getan vom Simsen zum Mailen. Bald begänne jeder neue Tag am Rechner wieder wie früher mit einem *Goede morgen, schoonheid* in der Mailbox und so weiter und so weiter. Anrufen würde er dann erstmals in einer kleinen Notsituation, in der er meinen Rat benötigte: ein seiner Pflege überlassenes Pflänzchen, das die Blättchen von sich warf, oder eine Katze, die seit Tagen Durchfall hatte, eine Angelegenheit auf Leben und Tod. Man käme ins Plaudern. Über dieses, über jenes. Und plötzlich fiele mir irgendetwas ein, was es nur in Kopenhagen gab und das ich angeblich vermissen würde... Kopenhagener! Nicht so sehr die Leute, aber das Gebäck! Süß gefüllte Blätterteigtaschen – manche nennen sie auch »dänische Plunder« –, die man so lecker doch nur in Dänemark bekam. Ich würde von Plundertaschen schwärmen, ich raffinierte Schnecke.

Es war alles vorhersehbar gewesen, und genau so kam es dann später auch. Exakt so. Und so war es weitergegangen:

Auf der Rückfahrt kam Dick dann vorbei, um mir dänische Plundertaschen zu bringen, die echten aus Kopenhagen. Natürlich konnten wir unsere Leidenschaft nicht zügeln und haben die Plunderstücke allesamt verdrückt, zehn Stück, fünf pro Nase. Aber vorher schliefen wir noch miteinander. Auf der Matratze, die ich mittlerweile zusätzlich zu Tisch und Stuhl in mein Büro geschafft hatte, um mich zwischendurch mal auszustrecken, trieben wir es wie die Karnickelchen, zweimal, dreimal, und dann nach einem kleinen, erschöpften, glücklichen Dösen noch mal. Nun nicht mehr triebhaft, sondern leise, lächelnd, zärtlich. Und gespickt mit kleinen albernen Dialogen wie mit Rosinen, unzensiert genuschelt im Halbschlaf. (Ich: Hast du gesehen, dass ich Falten am Popo kriege? Dick: Nein! Ich: Doch! Dick: Du bist zu dünn, du musst mehr Plunder essen. Ich: Dann wird mein Hintern fett. Dick: Von Plunder nicht! Er plustert sich nur auf mit süßer Luft wie Hefeteig, er wird... *luftig*.) Dann war Dick aufgestanden und hatte die raschelnde Papiertüte mit den feinen Plundertäschchen geholt. (Ich: Und du meinst, Luft im

Po ist gut?) Und dann hatten wir, wie gesagt, die Plundertaschen gegessen, eine nach der anderen, jeder fünf Stück mit diversen Füllungen. Mit Vanillepudding, Nüssen oder Pfirsichmarmelade. Die Matratze war voller Puderzucker und Blätterteigkrümeln. Curd war auch dabei, und jemand kleckerte aus Versehen Marmelade auf seinen Bauch. Dick hatte sie dann vorsichtig rausgetupft und sich dabei nett mit Curd unterhalten. Derweil hatte ich Dick aus dem neuen Buch vorgelesen, mit vollem Mund. »Das ist gut«, hatte er gesagt, auch mit vollem Mund. »Aber dieser Dick is een volslagen idioot!« Und am Ende war allen Beteiligten schlecht, und wir waren müde und plötzlich auch ganz traurig.

Man war sich einig, dass es schön gewesen war, wunderbar, aber dass es nie wieder geschehen durfte, weil sonst irgendwann Tränen fließen würden. Also verabschiedeten wir uns, dabei flossen sie zwar auch schon, aber noch in überschaubaren Mengen. Danach stand ich wie früher am Fenster und winkte Dick nach, bis er am Ende der Straße in der Bahnunterführung verschwand. Und dabei war ich ganz sicher, dass ich ihn zum letzten Mal sähe, zum allerletzten Mal in meinem Leben. Ich weinte dann doch ziemlich kräftig. Und einen Moment überlegte ich, ihm nachzulaufen oder wenigstens zu simsen: Bleib! Aber ich tat es nicht, denn wo sollte das auch hinführen? Wohin, wo wir nicht schon einmal gewesen waren? Es hatte sich doch nichts geändert an unserer Situation. Er war verheiratet und würde es bleiben. Es war noch immer unmöglich. Der »Holländische Frühling«, wie ich die Wochen der Wiederannäherung heimlich genannt hatte, war zu Ende. Auch das hatte man im Grunde vorher schon gewusst. Vorbei.

Also hatte ich mir heldenhaft das Näschen geputzt und das

Laken ausgeschüttelt und dabei schon mal überlegt, was ich Christian zum Abendessen machen könnte. Der Pistazienjunge schaute rüber, und weil ich so dramatisch aussah mit meinen mehrspurigen schwarzen Tränenrinnen auf den Wangen, dachte er wohl, dass ich mich aus dem Fenster stürzen wollte. Seit dem Tag grüßte er mich, das tröstete mich aber auch nicht. Fünf Kilo nahm ich ab, nur, weil er mir nach einem Mal schon wieder so fehlte, der kleine, blonde holländische Mann. Ich schrieb dann Tag und Nacht an dem Buch wie eine Irre, um wenigstens in Gedanken bei ihm sein zu können. Christian machte sich Sorgen und war bezaubernd zu mir wie eine Krankenschwester (in der geschlossenen Psychiatrischen Abteilung) und ich zu ihm aggressiv wie ein Pinscher. Einmal hatte ich ihn sogar wegen seiner Musik angebrüllt und gesagt, ich ertrüge seine Kastratengesänge nicht mehr. Eine dunkle Phase, aber sie ging vorüber. Denn ein paar Wochen später hatte ich mit Curd nach Amsterdam gemusst, um ihn dort für das Buch zu fotografieren. Bei dieser Gelegenheit hatten wir auch Dick wieder getroffen, man hatte sich geeinigt, dass man dagegen machtlos wäre, auf Frühling folgte Sommer, wer hätte das gedacht. Und da waren wir jetzt. Im Sommer.

Träge erhob ich mich gerade aus dem Julius-Sessel, als mein Handy wieder piepte. *Ik hou van jou,* stand auf dem Display. Das war Holländisch und hieß »Ich liebe dich«. *Ich liebe dich auch*, simste ich zurück. Das war die Wahrheit. Ich liebte Dick. Es piepte wieder. *Treffen wir uns heute ins Freibad?* Im Freibad? Dicks Vorschlag irritierte mich. Ich liebte das schöne alte Bad, in diesem Freibad hatten Dick und ich uns sogar kennengelernt, ja, aber… in der Öffentlichkeit? Es piepte schon wieder. *Passt es?* Das war typisch Dick!

Manchmal war er ungeduldig wie ein dreijähriger Diktator und machte mich damit wütend wie eine Hornisse! *Wieso im Freibad, Schatje?*, schrieb ich trotzdem nett zurück. Oh Gott! OH GOTT! Im letzten Moment bemerkte ich es: Die SMS war gar nicht von Dick, sie war von Christian, und er meinte das Kleid, ob das neue Kleid passte, wollte er wissen, große Güte! Das Herz blieb mir fast stehen. Um ein Haar hätte ich Christian Schatje genannt, ein Tastendruck mehr, und alles wäre rausgekommen! Mannmannmann... Mein Gesicht glühte und meine Hände zitterten, als ich den Text löschte und eine neue Antwort tippte. *Danke, Schatz, das Kleid passt perfekt! Ich liebe, liebe, liebe dich!* Und auch das war wahr, oh Gott, das war wirklich wahr, auch wenn ich es nicht immer fühlen konnte, nicht ständig und nicht ohne Dick, ach, aber wohin sollte das denn führen, da lag doch kein Segen drauf, das hatte keine Zukunft, und vor allem... was suchte diese Hummel schon wieder in meinen Nasenlöchern, verdorie?! Ich schlug mit zorniger Wucht nach dem tollkühnen Insekt – und traf. Oh nein! Hummel?

Ich kniete mich neben das kleine Tier auf den Boden. Bestimmt war sie nur schockiert oder stellte sich tot wie ein Opossum. Hummelchen...? Vorsichtig stupste ich sie an... Wenn ich sie über die Terrassenkante in den Abgrund schnippte, würde sie bestimmt aufhören, sich zu verstellen, und wieder fliegen. Nein, Quatsch, Unsinn, würde sie nicht. Sie war tot. Auch das noch. Etwas tropfte neben ihren kleinen gekrümmten Hummelkörper auf das verblichene Holz. Doch nicht etwa schon wieder Tränen?! Lchen, nun hör aber auf mit der Heulerei! Das tat ich. Ich heulte nicht mehr, ich schluchzte. KACKE! Davon würde ich doch den Rest des Tages aussehen wie Rocky Balboa in der fünfzehnten Runde.

PIEP! *Ich liebe dich auch, Süße!*, schrieb Christian zurück. PIEP! *Ich will das schönste meisje von die Welt mal wieder im bikinietje sehen!* Das klang nach meinem holländischen Freund. Männer, Männer, Männer! Guck, ich hatte wirklich keinen Grund zu heulen, ich war Marlene Dietrich, quasi, sie umschwirrten mich wie Motten! Fehlte nur noch ein Antrag von 119, meinem Lieblings-Ex auf Sumatra. PIEP! Sogar ein Eilantrag?! *Um zwei Uhr onder ons boompje?!* Nein, doch noch mal Dick. Er hielt sich dran mit seiner blöden Badeanstalt. Und wenn uns dort jemand sehen würde? Jemand von Christians zahlreichen Freunden, aber das war *ihm* natürlich egal.

Außerdem, was meinte Dick überhaupt mit *ons Boompje*? Den Baum, unter dem wir uns vor fünf Jahren zum ersten Mal gesehen hatten? HIMMEL! War das etwa *heute* vor fünf Jahren gewesen? Vielleicht wollte Dick deshalb ins Freibad. Wahrscheinlich hatte er etwas vorbereitet, ein Picknickkörbchen mit Amsterdamer Tabak-Spezialitäten. Und mit Plundertaschen. Das wäre gut möglich. In der letzten Woche war Dick nämlich wieder in Kopenhagen gewesen, dort war er jetzt oft. Deshalb konnte er mich auch so häufig besuchen. Hamburg lag genau auf der Mitte zwischen Kopenhagen und Amsterdam – ein außerordentlicher geographischer Glücksfall, die Götter der Treulosigkeit und des Verrats waren auf unserer Seite. Immerhin. Ich fing mich wieder, fegte trotzig die Hummel über die Reling und putzte mir erst mal die Nase. Wo war das Problem?

Es gab eigentlich keins, wenn man genau hinsah. Im Gegenteil. Lone und Joakim – das Kopenhagener Galeristen-Ehepaar – hatten einen Narren an Dick gefressen. Es hatte Joakim gut gefallen, wie dezent und elegant Dick das Haus für ihn umgebaut hatte. Irgendwann hatte er sich dann Dicks frühere Zeichnungen zeigen lassen, aus der Zeit, als der noch künstlerische Ambitionen hatte. Joakim war so angetan davon, dass er Dick nun groß rausbringen wollte. Aber das würde Schatje schon unauffällig zu verhindern wissen, nicht, dass er womöglich nicht länger von seiner reichen Frau abhängig wäre, ach ja… Aber es war okay, wirklich, es war gut. Alles easy peasy. Ich war schließlich selbst nicht frei, und so ergänzte sich doch alles prima, manchmal war Glück eben ein Puzzle. Ich sah zum Himmel. Und wer wusste überhaupt, was aus dem blonden Pferdeschwanz-Puzzlestückchen geworden war? Vielleicht hatte Christian mir dieses Kleid nicht nur wegen seiner Grillerei geschenkt… Ich dachte den Gedanken lieber nicht zu Ende.

Ein paar Wölkchen schoben sich gerade vor die Sonne. Mit Wölkchen wäre es natürlich nicht so voll im Freibad. Und überhaupt, wer sollte uns dort schon sehen… Wir könnten im Schatten unseres Baumes liegen, und ich würde Dick das neue Kapitel vorlesen, die Campingepisode mit der Spinne im Zelt, der Spinne Frank, und die Geschichte, als er mir nachts am Strand einen Antrag machte… Dick würde sicher ständig kichern und sagen, so war das gar nicht, und ich würde sagen, dochdochdoch, genau so, so eine Knalltüte warst du… Das würde nett, bestimmt. Wenn nicht sogar wunderbar. Und ehe ich mich versah, hatten meine flinken Händchen es auch schon getippt: *Okay, um zwei unterm boompje!* Doch dann zögerte ich, ich starrte auf die SMS, mein Herz schlug mir bis zum Hals. Was machte ich denn da, was setzte ich aufs Spiel?

Im Nachhinein würde ich sagen, ja, vielleicht wollte ich es. Vielleicht wollte ich, dass es entdeckt wird, dass es sich irgendwie entscheidet oder dass zumindest wieder Bewegung in die Geschichte kommt. Aber doch nicht so, nicht *so*…

SENDEN tippte ich.

Ein unvergesslicher Freibadtag

Ich mochte das Freibad. Einige sehr glückliche Stunden meines Lebens hatte ich im Freibad verbracht. Am schönsten war der Moment, wenn man nach dem Schwimmen mit einer leichten Gänsehaut aus dem Becken stieg und sich zum Trocknen auf die heißen Steine der Tribüne legte. Wenn man die Augen schloss, dem Kreischen der Wasserflöhe lauschte, spürte, wie der Atem die nass glitzernde Bauchdecke mitsamt dem »Nabelsee« hob und senkte… hob und senkte… und ein lauer Wind den Duft von Sonnencreme, Chlor und Pommes an das nasse Näschen trug. (Pommes, keine üble Idee nach dem zehrenden Wassersport… oder vielleicht ein Stieleis von der verblichenen Langnese-Tafel?) Aber am meisten jedoch mochte ich die Leute im Freibad.

Die hysterischen kleinen Mädchen mit Zahnlücken, die für diesen speziellen Freibadsound verantwortlich waren. Die Halbstarken in ihren Bermudas. Die Söhne des Orients mit ihrem Machogehabe. Stolze tätowierte Amazonen und tapsige Pummelchen in fast immer zu kleinen Bikinis. Weißhäutige, die nach einer Stunde aussahen wie Hummer. Das Freibad war für die einfachen Leute, deshalb gab es auch so herrlich viel zu gucken dort. Und niemand würde ausgerechnet auf Dick und Lpunkt achten, ein dezentes älteres Paar abseits im Schatten eines alten Baumes. Da gab es wirklich Spektakuläreres. So sagte ich mir immer wieder und trat in die Pedale meines guten alten Drahteselchens »Rolli«. Es war schon zehn nach zwei.

Ich freute mich so auf Dick und den Freibadtag. Sobald in der Schlange vorm Kassenhäuschen die ersten gasförmigen Chlormoleküle meine Riechrezeptoren streiften, überzog ein Strahlen mein Gesicht, und ich fing ungeduldig an zu drängeln, als wäre ich zwölf. Endlich auf dem Gelände, vergaß ich alle Vorsicht und den Vorsatz, unauffällig am Zaun entlang zur verabredeten Stelle zu schleichen. Stattdessen zog ich meine Berkiletten aus und lief quer über die Liegewiese auf Dick zu, sobald ich ihn winken sah. Und er lief auf mich zu, es war wie im Film. Doch dann trat ich leider in eine Wespe. Ich schrie laut auf vor Schmerz, stolperte und schlug der Länge nach auf den Rasen. Eigentlich durften wir zu diesem Zeitpunkt bereits sicher sein, dass jeder, *jeder* Freibadbesucher uns bemerkt hatte, doch die Show ging weiter. Die große Lpunkt-in-flagranti-Show.

Ich rappelte mich erst mal wieder hoch. Die letzten Meter schleppte ich mich Dick entgegen wie Omar Sharif seiner geliebten Lara in Dr. Schiwago. Mir geht's gut, kümmern Sie sich um das Tier, scherzte ich tapfer, als ich in seinen Armen lag. Dick grinste, packte mich und trug mich heldenhaft zu unserem Liegeplatz, einer karierten Picknickdecke im Schatten des Baumes, unter dem wir vor fünf Jahren das allererste Mal ein Auge aufeinander geworfen hatten. Alle guckten. (»Seht mal, der kleine blonde Mann da mit der Laterne!«) Dort setzte er mich vorsichtig ab, entfernte fachmännisch, ohne die Giftdrüse auszuquetschen, den Insektenstachel und lutschte dann genauso hingebungsvoll an meinem Zeh wie der kleine rothaarige Junge eine Decke weiter an seinem »Flutschfinger«, dem legendären Stieleis-Klassiker, der diesen Sommer neu aufgelegt worden war. Alle guckten, ALLE. Und dann rief auch noch der Bademeister durch sein Megaphon: Verehrte Badegäste, bitte schauen Sie *nicht* zu dem großen Baum am Ende der Liegewiese, dort lutscht ein Herr einer Dame am großen Zeh. (Doch, ich schwöre, so war es! Im Prinzip.) Was ich nur sagen will: Dick und ich zogen binnen weniger Minuten ein Höchstmaß an Aufmerksamkeit auf uns. Und bei so vielen Badegästen war es nicht unwahrscheinlich, dass jemand anwesend war, der Christian kannte und wusste, dass eigentlich *er* der zuständige Mann an meinem Zeh sein sollte, wenn überhaupt. Ich musste damit rechnen, dass alles rauskäme und... es war mir egal. Ich war so glücklich, *so* verliebt.

»Olles Kleid!«, sagte Dick mit meinem großen Onkel im Mund.

Ich lächelte dankbar. »Hat mir ja auch ein toller Mann geschenkt«, flüsterte ich.

Dick spuckte aus wie Clint Eastwood als der Mann mit dem Poncho und legte dann sanft seinen Arm um mich wie Howard Carpendale um die Vorsitzende des Gelsenkirchener Fanclubs. Ich hatte mich übrigens doch für ein Kleid entschieden, dass *er* mir geschenkt hatte. Damals in New York, als wir unser Geld für unsere Zukunft sparten und Kleidung nur in Secondhandläden kauften.

»Hat das Kleid nicht sogar mal Susan Sarandon gehört?«, fragte Dick leise und mit einem zärtlichen Zwinkern.

Dafür hatten wir Fantasie.

»Ja, aber sie war damit nicht ganz glücklich, sie fand, das Grün der Knöpfe beiße sich mit ihren Froschaugen.«

Zu jedem Kleidungsstück hatten wir Geschichten erfunden.

»Deshalb hat sie es ihrer Putzfrau geschenkt.« Dick streichelte sanft meine Wade, abwechselnd erzählten wir die Geschichte weiter. Keiner von uns hatte sie vergessen.

»Die Putzfrau hatte eine Heiratsannonce aufgegeben und trug das Kleid dann immer zu den Verabredungen mit Heiratskandidaten.«

»Sie hat sich viele Männer angeschaut. Und nachdem sie endlich einen netten Mann gefunden hatte, hat sie zwanzig Kilo zugenommen und passte nicht mehr in das Kleid.«

»Sie hat viele Diäten gemacht, um es wieder tragen zu können.«

»Aber nach einer sehr ekelhaften Bandwurmdiät, die auch keinen Erfolg hatte, hat sie aufgegeben und wollte nie wieder fasten.«

Das Ende der Geschichte flüsterten wir synchron.

»Und so ist sie eines Morgens aufgestanden und hat das Kleid in einen Secondhandladen gebracht.« Wir lachten leise.

Blöde Geschichten hatten wir uns damals zurechtgesponnen, saublöde, aber es waren unsere, *unsere*… Dick nahm meine Hand.

»Schatz, du hast dich vielleicht gewundert, warum ich ausgerechnet hierher wollte…«

»Nein, nein, schon gut, ich liebe das Freibad. Man lernt hier nette Menschen kennen.« Ich lächelte spitzfindig. Ich war vorbereitet, ich hatte sogar noch Kuchen gebacken, den ich in meinem Körbchen trug wie Rotkäppchen.

»Lchen, ich weiß, ich habe dir viel Kummer gemacht in den letzten Jahren.« Dick wurde offiziell.

»Ach…«, ich küsste ihn mütterlich auf die Nase. »Aber auch Freude, Schatje, sonst wäre ich ja eine Vollidiotin.« Ich lachte.

»Lchen, ich wollte hierher weil…« Plötzlich spürte ich die Druckwelle. Wissen Sie, das was ankommt, kurz bevor einem alles um die Ohren fliegt. »Wir müssen uns nicht länger verstecken, Schatz.« Dick sah mir fest in die Augen. »Ich war schon beim Anwalt, ich werde mich scheiden lassen.«

Ich… ich… ich war sprachlos. Der kleine Feuermelder von der Nachbardecke streckte mir strahlend seinen tropfenden Flutschfinger entgegen. Nein danke, wollte ich sein freundliches Angebot ablehnen. Aber eine Stimme riet mir dringend, mich jetzt kommunikativ erst mal nur auf Dick zu konzentrieren. Und glücklich zu gucken, Bedenken konnten mir später noch kommen, aber die spontane Reaktion musste sitzen. Bei Scheidungsbeschlüssen von Männern, deren Geliebte man war, wurde – genau wie bei der Entdeckung eines Baby-Penis im Ultraschall – ein spontanes breites Strahlen erwartet. (Letzteres wissen wir von Miranda in SATC, der Feuermelder erinnerte mich an sie.) Dick küsste mich. Mit denselben Lippen, die eben einen großen Zeh ausgesaugt hatten, schoss es mir spontan in den Sinn. Und der Gedanke, dass es *meiner* gewesen war und dass die Rückstände, die möglicherweise noch an Dicks Lippen hafteten, von mir selber stammten, half mir genauso wenig wie Miranda in einer anderen berühmten SATC-Szene, als ihr Kumpel von den Weight Watchers nach dem Cunnilingus das Köpfchen unter der Decke hervorstreckte und zur Belohnung ein Küsschen wollte. Das kleine Schlabbermäulchen. Mit anderen Worten: Ich fühlte mich plötzlich merkwürdig abgestoßen. Und noch vor wenigen Sekunden war ich so verliebt in Dick gewesen, dass ich für sein öffentliches Zehenlutschen meine Beziehung riskierte. Ich war so klar, so ohne jeden Zweifel – und jetzt?

Der Kleine von nebenan streckte mir noch immer seinen Flutschfinger entgegen, er wurde allmählich ungehalten. Bunte Tropfen rannen sein kleines Wurstärmchen entlang bis zu dem speckigen Ellbogen, seine Miene verzog sich bedenklich. Nicht weinen, nicht weinen, KLATSCH, jetzt plumpste der Rest vom Flutschfinger auf die Decke. Der Kleine heulte los, die Mutter wachte auf, sah die Schweinerei und schimpfte. Und alles wegen meiner Undankbarkeit. Ich fiel Dick um den Hals und vergrub mein Gesicht an seinem Nacken.

»Oh Schatz, ist das wahr, du lässt dich scheiden?!«

Puh, das war knapp.

Tränen schossen mir in die Augen, und ich hatte keine Ahnung, ob ich nun glücklich oder traurig war. Ich spürte nur, dass irgendwas zu Ende ging, aber ich konnte noch nicht sagen, wie ich das fand. Also machte ich mich los, stand auf, streifte das grüne Susan-Sarandon-Kleid über den Kopf und präsentierte Dick den Bikini, den ich unter dem Kleid trug. Es war noch derselbe wie damals vor fünf Jahren. Er passte noch, wenn das kein Sensatiönchen war.

»Komm, Schatz, gehen wir schwimmen.«

Dick rappelte sich hoch. Einen Moment schien er irritiert von dem raschen Themawechsel, aber als ich losrannte, rannte er hinter mir her. »Wer als Erster im Wasser ist!«, rief ich und peste quer über die Liegewiese ab zum Pool. Der Zeh, der von dem Wespenstich ganz dick war, schmerzte, konnte mich aber nicht bremsen. Nichts konnte das. Ich wollte schnellstmöglich ins Wasser, wo Geschwollenes gekühlt würde und Tränchen unbemerkt untergingen. Mit einem kühnen Hechtsprung tauchte ich ein. Dann tollte ich ausgelassen herum wie eine junge Forelle – ich musste Zeit gewinnen, nachdenken, aufhören zu heulen, im Hintergrund ratterte die Gehirnmaschine, UNDNUN-UNDNUN-UNDNUN?

»Wie hat deine Frau reagiert?«, fragte ich Dick, als wir nach dem Erfrischungsbad auf den warmen Steinen der Tribüne direkt neben dem Becken lagen. Ein guter Einstieg, seine Frau betraf es schließlich als Erste.

»Sie ist stark.«

(Hm. Wie gewohnt gab sich Dick nicht eben auskunftsfreudig in Bezug auf seine Gattin.)

»Und wie geht es dir damit?«

(Dann sprich über dich, mein Freund.)

»Ich hatte ein bisschen Angst vor *deiner* Reaktion, Lchen.«

(Oha. Was habe ich damit zu tun?)

»Angst?«

(Angst?)

»Du hättest ja auch sagen können, Dick, wieso machst du das?« (Das wäre meine nächste Frage gewesen.) »Du hättest dich von mir unter Druck gesetzt fühlen können.« (Genau!) »Ich war nicht sicher, ob du dich wirklich freuen würdest.« (Wer war das schon?) »Ich hab sogar befürchtet, dass du vielleicht gar nicht erst mit ins Schwimmbad kommen willst.« (Da hat mich ja auch ein Esel geritten!) »Aber jetzt bin ich wahnsinnig erleichtert.«

Die Sonne verdunkelte sich, ich blinzelte durch meine Wimpern, in denen Wassertropfen hingen, und sah Dick vor mir von einem Strahlenkranz umgeben wie Jesus, er war genau vor der Sonne. Er lächelte, und seine Lippen erschienen mir wieder einigermaßen appetitlich, nach dem Schwimmen.

Dafür bemerkte ich nun erstmalig den weißen Mitesser auf seiner Nase. Wahrscheinlich war er in trockenem Zustand ganz klein gewesen, aber im Wasser war er aufs Mehrfache seiner Normalform aufgequollen. Ich fürchtete, dass er bei der leichtesten Berührung platzen könnte, als Dick plötzlich sein Gesicht auf meines drückte und mich küsste, neiiiiin! »Du freust dich doch?«, flüsterte er danach. Ich starrte ihn an. Aber entgegen meiner Befürchtung war die kleine Hautunreinheit noch da und scheinbar unverändert.

»Ich freue mich sehr, Schatz«, antwortete ich wahrheitsgetreu. Gut gemacht, kleiner Pickel!

Dick lächelte glücklich. Und küsste mich wieder, mit Zunge, auf der Tribüne, das musste jetzt aber wirklich nicht sein! Ich wurde ein bisschen wütend, was sollte das denn werden, eine öffentliche Besteigung? Ich stieß Dick sanft zurück.

»Schatz, was ist denn los? Ich denke, die Menschen hier im Freibad wissen jetzt, dass wir uns liebhaben, alle.«

»Sorry, ich glaube, ich genieße es einfach, dass wir uns nicht mehr verstecken müssen.« Er lächelte entwaffnend und küsste mich gleich wieder. Ich setzte mich mit einem kleinen Räuspern auf.

»Schatz, ich bin hierhergekommen, weil ich es eine hübsche Idee fand, mit dir an dem Ort zu sein, wo wir uns vor fünf Jahren kennengelernt haben.« Ich sagte das, so sanft ich konnte. »Aber wenn du mich in einem öffentlichen Freibad küssen möchtest, dann sollten wir vielleicht in Amsterdam schwimmen gehen, denn deine Frau ist ja nun im Bilde, Christian hingegen weiß es noch nicht.« Dicks Blick kühlte merklich ab, aber ich sprach unvermindert sanft weiter. »Und ich möchte, dass er es von mir hört und nicht von irgendjemandem, der uns hier zufällig zusammen sieht.« Ich nahm

Dicks Hand. »Verstehst du, Schatz, *ich* bestimme, wie und wann er es erfährt.« Dick zog seine Hand weg und legte sich ruckartig auf den Rücken.

»Und ob überhaupt«, zischte er dabei. Er war gekränkt.

»Hey…« Ich beugte mich über Dick und küsste ihn. Ich fuhr sogar sanft mit meiner Zunge über seine Lippen, mitten auf der Tribüne. »Hey, Schatje, was soll denn das jetzt?« Dick reagierte nicht. Ich erwog gerade, zurück zu unserer Decke zu gehen, weil ich unsere Taschen nicht so lange alleine lassen wollte und vor allem, weil ich beleidigte Leberwürste nicht leiden konnte, da sah ich, dass ein Tropfen rechts aus Dicks Augenwinkel lief – oh nein, bitte nicht weinen!

»Hey Schatje, was ist denn los?«

»Du hast gesagt, du schickst ihn in die Wüste!« Also doch, ich hatte es geahnt. Dick berief sich auf den Abschiedsbrief, den ich ihm damals auf dem Küchentisch in Rotterdam hinterlassen hatte. Halb zornig, halb verzweifelt blinzelte er mich an. »Du hast es versprochen!«

»Schatz, das ist Jahre her! Seitdem haben wir nie wieder darüber gesprochen, was ich tun würde, wenn du ein freier Mann wärest!«

»Sorry«, flüsterte Dick und drehte den Kopf zu Seite. »Ich dachte, darüber müssten wir nicht sprechen, aber dann hab ich mich wohl geirrt.«

»Lieveling!« Ich nahm Dicks Gesicht in die Hände und zwang ihn, mich anzusehen. »Schattebout! Honnepon! Borreltje!« Ich kramte sämtliche holländischen Koseworte hervor, die ich kannte (und auch andere, ein borreltje war kein Schatz, sondern ein Schnaps, den konnte ich jetzt auch gebrauchen…). »Und weißt du was?« Ich sah Dick eindringlich an. »Ich finde es gut, dass wir *nicht* darüber gesprochen haben, was ich tun würde, wenn du frei wärest. Denn sonst hättest du *mir* die Verantwortung für deine Entscheidung zugeschoben, aber es war *deine* Entscheidung. Und ich freue mich, dass du sie *so* getroffen hast, Schatz. Hörst du, ich freue mich wahnsinnig!« Das war nicht genug.

Dick lag auf dem Rücken und verzog keine Miene. Ich küsste ihn wieder, aber er starrte nach oben, als schriebe ein Düsenjet gerade die Handynummer von Königin Beatrix in den Himmel. Also setzte ich mich auf ihn drauf und versperrte sein Blickfeld. (Warum mit dem Freibadpublikum begnügen, wenn man auch in die BILD kommen kann, Schlagzeile: *Vor den Augen unserer Kinder: Nymphomanin besteigt Badegast*.) Ich fuhr fort. »Und willst du wissen, warum ich mich über deine Entscheidung freue?« Ich umfasste Dicks Handgelenke und drückte seine Arme auf den Boden, wie es früher die Jungs beim Kloppen auf dem Schulhof getan hatten. Einen Moment sah ich ihn an. »Ich freue mich, weil ich denke, dass wir zwei zusammengehören und zusammen leben sollten.« Plötzlich waren sie alle wieder da, meine zärtlichen Dick-Gefühle. »Das denke ich übrigens schon sehr lange, Schatz.« Sie hatten sich nur kurz erschrocken. »Und auch wenn nicht *nur* deine Ehe schuld war, dass wir es bisher nicht konnten, so war sie doch das größte Hindernis – ich freue mich, dass es jetzt bald aus dem Weg sein wird.«

Endlich sah mich Dick wieder an. Einen Moment blickten wir uns stumm in die Augen.

»Wir gehören zusammen, Lchen, nicht?!«, hörte ich Dicks warme, weiche Stimme. Seine schönen Lippen waren trocken.

»Wir gehören zusammen, Dick.« Ich küsste sie feuchtigkeitsspendend. »Wie sieht's aus, kann ich jetzt runter, oder hast du eine Erektion?«

Wir verbrachten dann einen sehr romantischen Schwimmbadnachmittag. Es war nur so ein erster Abwehrreflex gewesen. Nur ein Reflex. Nun konnte ich gar nicht aufhören, Dick zu küssen, sein hübsches Gesicht, seine leckeren Lippen, seine süße, makellose kleine Nase. Ich lächelte die ganze Zeit, ich liebte diesen Mann schon so lange, unfassbar, dass er jetzt endlich meiner wurde. Sensationell.

Natürlich dachte ich auch an Christian, nein, denken war nicht das richtige Wort. Tief unten, tausend Meter unter dem Glück, lief wie aus leckenden Fässern, auf denen sein Name stand, irgendwas Dunkles aus. Ich sah nicht hin. Ich rückte nur umso näher an Dick und hoffte einfach, dass nichts davon zu uns nach oben dränge, in unsere kleine Picknickidylle. Leise saßen wir in Rudis Schatten (ich hatte unseren Baum kurzerhand Rudi getauft, nach Rudi Völler, weil der Baum so aussah, als trüge er einen Mittelscheitel in der Krause). Wir lutschten Ahoi-Brause, aßen Kuchen und rauchten Marihuana (Flutschfinger und seine Mutti waren gegangen). Und Dick erzählte mir glücklich grinsend, was er die letzten Wochen alles so für sich behalten hatte. Die Geschichte war wirklich unglaublich. Mein Schatz war *almost famous* – fast berühmt!

Dicks Freund Joakim wollte doch diese Ausstellung für ihn klarmachen (schon vor einer Weile, aber Dick hatte nie mehr davon gesprochen). Die Ausstellung mit Dicks Frühwerken, die den pensionierten Galeristen so umgehauen hatten. (Ich hatte gar nicht mehr danach gefragt, weil solche Dinge bei Dick früher häufig sang- und klanglos im Sand verlaufen waren. Diesmal nicht.) Joakim hatte Ernst gemacht.

In der Galerie, die er selber früher geführt hatte, sollten Dicks Bilder gezeigt werden. Und noch bevor die Ausstellung offiziell angelaufen war, hatte eine reiche dänische Sammlerin drei von Dicks Bildern gekauft. Das hatte sich rumgesprochen, und plötzlich wollten noch mehr Menschen Werke des neuen holländischen Meisters. Dicks Bilder gingen weg wie warme Semmeln, und die Preise schnellten in die Höhe. Mit jedem Bild verdiente er mehr Geld, als er vorher je besessen hatte. Und mit einem Schlag war Dick reich.

»Und das sagst du erst jetzt? Ich bin mit Picasso liiert und weiß von nichts?«, kicherte ich. Gras machte mich immer etwas albern.

Plötzlich war eingetreten, wovon wir so oft geträumt hatten, damals, als wir die Häuser anderer Menschen hüteten. Als wir ihre Möbel abstaubten, ihre Pflanzen pflegten, ihre Kätzchen fütterten und uns abends – Arm in Arm, unter Dachschrägen in verlassenen Jugendzimmerbetten – ausmalten, wie wir selbst uns mal einrichten würden. Später. In unserem eigenen Zuhause. Jetzt war das alles *möglich*. Jetzt brauchte Dick seine Frau nicht mehr (zumindest nicht finanziell). Jetzt konnte er sich auf eigene Beine stellen, lieben, *wen* und leben, *mit wem* er wollte. Doch bevor er mir von der guten Neuigkeit erzählte, hatte er anscheinend ein bisschen Zeit gebraucht, um herauszufinden, ob tatsächlich ich das war, Lchen. So was.

»Lchen, ich habe es dich nicht sofort gezählt, weil... Ik was een beetje bang.« Dick kicherte. Genau wie ich wurde er vom Rauchen ein bisschen gaga. »Ich war nicht sicher, ob wir zwei es gut machen zusammen.« Aber auch ehrlich.

»Waaaaas...?«, empörte ich mich träge. »Du bist dir nicht sicher!?«

Dick spielte mit seinem Küchlein Auto. Er war wirklich ziemlich bekifft. »Schatje, ich bin mir sicher, dass ich dich liebe…«, brummbrumm. »Nur manchmal denke ich, vielleicht sind wir besser im zusammen vom Zusammenleben Träumen als im Zusammenleben…« Brumm.

Ich brauchte ein bisschen, um Dick auf seinen verschlungen intellektuellen Wegen zu folgen. »Käse!«, protestierte ich nach reiflicher Überlegung entschieden und schielte auf seinen Kuchen (ein Mini-Guglhupf, feucht und klitschig wie ein Brownie – selbstgemacht). Ich war grundsätzlich verfressen, wenn es um Süßwaren ging, aber vom Rauchen wurde es besonders schlimm, ich hatte schrecklichen Heißhunger auf den Kuchen und meinen schon verputzt. Dick hingegen hatte seinen kaum angerührt, nur ab und zu pickte er ein Krümelchen von seinem Pappteller, er philosophierte lieber. Je bekiffter er wurde, desto mehr auf Holländisch.

»En wie zegt dat samen over de samenleving dromen niet ook een vorm van samenleven is…?« (Und wer sagt, dass zusammen vom Zusammenleben träumen nicht auch eine Form von Zusammenleben ist?)

»Nun werd mal nicht spitzfindig, Schatje!«, lachte ich und wollte mir flink ein winzig kleines Stück von seinem Kuchen abbrechen, aber er zog ihn mit überraschender Reaktionsschnelligkeit weg.

»Vielleicht sogar de beste vorm!« (Vielleicht sogar die beste Form), sinnierte er dann ungerührt weiter. Derselbe Mann, der eben noch geweint hatte, als er dachte, dass ich ihn abblitzen lasse. Tränen lügen doch.

Ich sah Dick an und wurde plötzlich ebenfalls nachdenklich.

»Ja, möglicherweise hast du recht«, sagte ich sanft wie ein

Lämmchen. »Vielleicht sollten wir lieber weiter zusammen träumen als zusammen leben.« Ich spürte, wie mein schnelles Einlenken Dick verunsicherte. Ich wischte mir die fettigen Finger an den nackten Beinchen ab und machte mich auf der Decke lang. »Ja, darüber sollten wir in Ruhe nachdenken, Schatz«, murmelte ich schläfrig und brachte mich in Position für ein Nickerchen. Friedfertig legte ich meine Hand auf Dicks Schenkel, um zu signalisieren, dass ich ihn nicht einfach blöde sitzenließ, sondern ihn mit in meine Träumchen nahm. Einen Moment war es still zwischen uns, aber ich spürte Dicks forschende Blicke auf meiner Gesichtshaut.

»Ist es wegen Christian?«, hörte ich ihn fragen. Dabei verzichtete er betont darauf, seine Stimme zu senken, vermutlich um seinerseits zu signalisieren, dass er nicht den leisesten Zweifel hatte, dass mein Schlaf fingiert war. Ich reagierte nicht.

»Willst du doch bei Christian bleiben?«

Ich reagierte wieder nicht. Also wackelte Dick mit dem Bein, auf dem ich meine Hand als Zeichen der Verbundenheit abgelegt hatte. Erst nur wenig, aber dann so heftig, dass meine Hand abfiel wie ein lästiges Insekt. Mir blieb nichts anderes übrig, als aufzuwachen und mich desorientiert zu erkundigen: »Washassugesagtschatz?«

Doch dann, ehe Dick sich versah, sprang ich auf, entriss ihm den Kuchen und peste, so schnell meine alten Beine mich trugen, mit meiner Trophäe quer über die inzwischen weitgehend verlassene spätnachmittägliche Liegewiese auf und davon. So.

»Hey?!« Dick rief mir völlig verdutzt hinterher. Er war natürlich viel zu bedröhnt, um mir zu folgen. Geistig wie körperlich.

In sicherer Entfernung blieb ich stehen, grinste Dick maximal breit an, wartete noch ein bisschen, bis ich nach dem Sprint wieder Luft bekam, und biss dann in den Kuchen. Hmmmmm.

»Das ist mein Kuchen«, rief Dick erschüttert.

Ich lachte und kaute genüsslich.

»Mijn taartje!«, rief Dick noch mal. Seine Muttersprache konnte ihm da auch nicht helfen.

»Ich esse ihn doch nur«, rief ich mit vollem Mund zurück, »du darfst weiter davon TRÄUMEN.« Hi-hi-hiiiiiiii! Ich prustete Krümel vor Genugtuung. Dick erhob sich träge, und endlich schien ihm zu dämmern, was gespielt wurde. Ich lief zur Sicherheit ein Stück weiter, bevor ich noch mal abbiss. »Davon träumen ist doch genauso gut, wenn nicht sogar… *besser*!« Ich verdrehte die Augen vor Genuss. Dieser Kuchen war mir wirklich ausnehmend gut gelungen.

Ganz plötzlich raste Dick los. Ich ergriff sofort die Flucht, ich schlug Haken wie ein junger Hase, aber mit dem Kuchen im Mund konnte ich nicht gut atmen, außerdem musste ich so lachen – Dick kam schnell immer näher, gleich hätte er mich. Vor einer Dusche bremste ich abrupt ab und blieb stehen. Im Fußbecken stand schmutziges, gelblich-trübes Wasser voller Gras und mikroskopisch kleiner Dinge, die tausende nackte Menschenfüße beim Hindurchwaten zurückgelassen hatten. »Geh weg, oder ich lasse ihn in das Käsefußwasser fallen«, drohte ich und hielt den Kuchen am ausgestreckten Arm über das Becken. »Dann träumst du nicht mal mehr davon!« Dick ging langsam auf mich zu. Er lächelte, die Botschaft war durch seinen Nebel gedrungen. »Ich will auch nicht davon träumen«, sagte er ernst. »Träumen ist scheiße. Ich will den Kuchen essen, Lchen.« Ich hielt den

Kuchen nur mit Daumen und Mittelfinger. Ein Zucken, und er fiele in die Schweißfußbrühe. »Wirklich, Dick? Möchtest du den Kuchen wirklich essen?« Dick kam näher. »Ja, ich will, Schatz«, bestätigte er zärtlich und auch feierlich, als er mich beinahe erreicht hatte. Geht doch. »Ich auch, Schatz«, sagte ich mindestens ebenso zärtlich und feierlich. Dann stopfte ich mir blitzschnell den kompletten Kuchen in den Mund und flitzte lachend davon. Dick hinterher. Keine fünf Sekunden, dann hatte er mich und riss mich zu Boden. »Gib mir den Kuchen!«, sagte er lachend, während wir über den Rasen kugelten. Ich sah ihn mit weit aufgerissenen Augen an und fragte mit fest verschlossenen Lippen: hmhm-hmhmm? (Das hieß: Welchen Kuchen?) Ich wusste, ich durfte meinen Mund nicht einen Millimeter weit öffnen, sonst würden Krümel aus mir herausbröseln wie aus einer Paniermehlmaschine. »Her mit dem Kuchen!«, lachte Dick und kitzelte mich. »Los!« Ich versuchte, den Mund geschlossen zu halten, aber es gelang mir nicht, ich musste so lachen. »Ichhabkeikuchn«, lallte ich schließlich, inzwischen hatte ich den Kuchen weitgehend eingespeichelt, und statt Krümeln quollen spuckedurchfeuchtete Kuchenklümpchen aus meinem Mund wie selbstgemachte Spätzle. »Kijk, daar is ja het gebakje!«, lachte Dick. »Gelukkig maar!« Ich verschluckte mich vor Lachen, und von irgendwoher gelangte säuerlicher Kuchenbrei hoch bis in meine Stirnhöhlen.

»Na komm schon, Lieveling, spuck het taartje wieder aus.« Dick hielt mir seine offene Hand wie ein Spucknäpfchen vor den Mund. »Dat is meiner, ik möchte ihn sehr *seeehr* gerne essen!« Er grinste lieb.

»Ich auch!«, presste ich hervor, stur wie ein Feldweg. Dick änderte seine Strategie. Er küsste mich. Nicht etwa verlangend, sondern liebevoll, der Gauner. Sofort wurde ich weich und überließ ihm den Kuchen, eine folgenreiche Entscheidung. Basierend auf diesem Erlebnis entwickelte ich übrigens meine später in Wissenschaftskreisen noch viel beachtete Hypothese, dass der Zungenkuss als Bestandteil des Liebesspiels evolutionsgeschichtlich auf das Zuschieben von im Mundraum eingelagerter Nahrung zurückgeht. Wer von unseren Vorfahren etwa ein Nüsschen in einem hohlen Zahn gebunkert hatte, das er beim zufälligen Mund-zu-Mund-Kontakt mit der Zunge in den Mundraum eines Artgenossen schieben konnte, wurde bei der Paarung bevorzugt. So war es auch in diesem Falle. Ich schob Dick damals im Freibad den Rest Guglhupfspuckebrei rüber, und wenig später verließ er tatsächlich seine Frau für mich. Die Rivalin war endlich ausgeschaltet, mit so primitiven Mitteln. Aber ich greife vor.

»Dick, das ist widerlich!«, stieß ich keuchend hervor, kaum, dass Dick mit dem Küssen aufhörte.

»BRRRRR, das kann man wohl sagen!«, lachte Dick und schüttelte sich. »Ekelhaft!«

Wir lachten. Wir kriegten uns gar nicht wieder ein, wir lachten minutenlang, und dabei krümmten wir uns auf der Wiese wie die Regenwürmer. Es war wirklich ziemlich albern. Und schön.

Zum Glück waren kaum noch Badegäste da, die uns dabei beobachten konnten. Im Juni schöpfte man noch nicht jeden Sonnentag bis zur Neige aus wie im September, wenn die dunkle Jahreszeit nahte. Die Liegewiese war fast leer gefegt. Nur ein Mädchen und eine ältere Frau kamen gerade aus dem Wasser und tappten zu ihren Sachen, die gar nicht weit von unseren lagen, wie mir jetzt auffiel – wann waren die beiden gekommen? Vom Aussehen konnten sie Mutter und Tochter sein. Nur, dass die Mutter viel zerbrechlicher wirkte als das Mädchen, das altersgemäß prall und fest war wie ein Hefestuten (ich schätzte sie auf um die siebzehn). Die Mutter lächelte uns nett und ein wenig angestrengt zu, als sie bibbernd und mit hochgezogenen Schultern voraus zu den Handtüchern lief. Das Mädchen hingegen würdigte uns keines Blickes und schritt wie Kaiserin Farah Diba auf das große schneeweiße Handtuch zu, das die kleine freundliche Mutter ihr ausgebreitet entgegenhielt. Bestimmt war dieses Handtusch weich und roch wunderbar frisch, aber Bedanken gehörte auch nicht zum töchterlichen Repertoire – so eine arrogante Pissnelke. Arm in Arm gingen Dick und ich an ihr vorbei zurück zu unserem Liegeplatz, auf den die Sonne nun, da sie fast in Untergangsposition gewandert war, doch noch ein paar späte Strahlen warf, mild und goldig.

Bald müssten wir gehen. Wir wollten doch zu Hause in unserer Wohnung noch zusammen essen und natürlich auch zusammen schlafen, bevor ich dann spätestens um acht rüber zu Christian musste. Sollte ich heute schon mit ihm sprechen? Nein. Nicht heute. Danke für das Kleid, Schatz, aber ich kann es nicht annehmen, denn ich verlasse dich – nein, das konnte ich doch nicht tun. Nicht so aus heiterem Himmel. Andererseits wäre jetzt der Zeitpunkt, zu dem er das Kleid noch zurückgeben könnte... stopp! Nicht daran denken. Noch nicht. Nicht, solange ich mit Dick zusammen war. Ein paar Minuten wollte ich einfach dasitzen und die letzten Sonnenstrahlen genießen. Dick nahm meine Hand, die bei den letzten Gedankengängen ganz kalt geworden war, und reichte mir noch mal das Tütchen. Viel vertrug ich nicht mehr, nur ein kleiner Zug, um nicht ungesellig zu wirken. Dick wollte etwas sagen.

»Lchen, ich…«, ja? »Alles, was ich vorhin sagen wollte, war… Ich hatte auch Zweifel, auch jetzt noch, ik ben bang.« Er suchte meinen Blick. »Und ich glaube, so wird es dir auch gehen, vielleicht nicht im Moment, aber spätestens, wenn du heute Avond mit deine Christian auf die Couch sitzen wirst.« Ich schluckte und sah rüber zu der Pissnelke, die sich von ihrer emsigen kleinen Mutti abrubbeln ließ. »Du wirst bang sein, dass du eine Fehler machst, Lchen.« Aus irgendeinem Grund musste ich das dralle Mädchen mit ihrer ausgezehrten Mutter immer ansehen, obwohl Dick doch so wichtige Sachen sagte. »Christian ist ein freundlicher Mann, alles ist einfach mit ihm, unkompliziert, und wir wissen beide, dass es zwischen *uns nie* einfach sein wird.« Warum tat dieses Mädchen *nichts* selber, überlegte ich. Dann fiel der Groschen, das Mädchen war behindert, autistisch! Oha, und ich hatte sie gedanklich Pissflitsche genannt (oder -nelke, auch nicht besser). Dick nahm mein Gesicht in seine Hände. Er lächelte zärtlich. »*Wir* gehören zusammen, Lchen, trotzdem. Niet vergeten, hm?!« Ich lächelte genauso zärtlich und nickte. Dabei schielte ich an Dicks Ohr vorbei zu den beiden Frauen. Jetzt nahm die Mutter dem Mädchen die Badekappe ab, eine dieser altmodischen Gummibadekappen aus dem Drogeriemarkt noch mit Bändchen unterm Kinn. Plötzlich wurde mir schlecht.

»Dick, mir ist komisch…« Ich hörte meine eigene Stimme nur noch wie durch Watte. Und da war auch wieder das berühmte Gefühl, in die Hose zu pinkeln. Ich umklammerte Dicks Hand und knetete sie, um den Kontakt zur Erde nicht zu verlieren. Doch dann wurde mir schwarz. Wenn ich jetzt krank würde, ging es mir durch den Kopf, so krank, dass ich in Lebensgefahr auf einer Intensivstation läge, quasi sterbend, dann wäre das zwar nicht ganz ungefährlich, aber andererseits auch keine *so* üble Sache. Ich lächelte gedanklich. Auf Intensivstationen herrschte immer so eine nette, konsensorientierte Atmosphäre. Ich stellte mir vor, wie Dick und Christian sich an meinem Krankenbett begegnen und sich ganz liebenswürdig miteinander bekannt machen würden. *Guten Tag, kennen Sie die Patientin? – Ja, ich bin ihr Partner, wir wohnen zusammen, und wer sind Sie? – Ich? Nun... dito, dito. – Ah, schön... prima. Läuft es gut zwischen Ihnen? – Ja, sehr gut, Lpunkt ist wirklich eine nette Person. Und bei Ihnen? – Ja, auch alles wunderbar, Lpunkt ist ein Engel. – Schön. Ich heiße übrigens Christian! – Angenehm, Dick!* Und dann Shakehands mit Schulterklopfen. Und alles natürlich ganz leise, ganz sanft, wer würde laut, wenn das arme Lchen drei Meter weiter um ihr Leben rang. Und vor allem, wer würde *ihr* Vorhaltungen machen? Niemand. Niemand würde mir böse sein, wenn ich auf der Intensivstation wäre. Wie ein kleines Vögelchen würde ich in meinen sterilen Kissen liegen, ganz durchscheinend und abgemagert, und alle hätten mich lieb...

»Na, komm schon, vreetzakje...« (Fresssäckchen? Ich sagte Vögelchen!)« Ich hörte eine Stimme, die Stimme von Dick, sie zitterte. »Den Kuchen ganz alleine fressen, maar de hele dag niets drinken? Dat kann niet, Schatje, du bist dehydriert.« Dehydriert, hm. »Und bekifft.« Bekifft, hmhmhm. »Waarschijnlijk heb je die joint weer geïnhaleerd.« Ben je gek, Gras auf Lunge? Ich spürte etwas Kaltes, das mir zu circa zwei Prozent in den Mund lief und zu achtundneunzig Prozent übers Gesicht und in den Nacken. Ich schüttelte mich und schlug die Augen auf. Da war mein Schatz, Dick, der eine Mineralwasserflasche über mir ausleerte, als wäre ich ein vertrockneter Benjamini. »STOPP! HÖR AUF!« Und da war ich wieder. Im Freibad. Unter Rudi. Einen Moment war ich wirklich weg gewesen. Dick half mir, mich aufzurichten. »Du hast alles nass gemacht!«, schimpfte ich los, damit niemand emotional wurde. Dann setzte ich artig die Flasche an, die er mir hinhielt, und trank… trank… trank in langen Zügen.

Und so wurde es nichts mit der Intensivstation. Ich müsste das wohl doch anders regeln. Als die Flasche leer war, wischte ich mir den Mund ab, machte artig ein Bäuerchen und sah mich um. Die Mutter und das autistische Mädchen waren verschwunden. Ich wünschte, sie wären nur eine Einbildung gewesen, eine Fata Morgana, aber so bedröhnt war ich dann leider doch nicht.

Als die Mutter dem Mädchen die Badekappe abgesetzt hatte, war ein dicker strohblonder Pferdeschwanz zum Vorschein gekommen und stramm geflochten auf ihren nackten weißen Rücken gefallen, ich hatte diesen Zopf sofort wiedererkannt. Und dann auch das Mädchen. Es war die junge Frau aus dem Plattenladen, die Frau, mit der ich Christian beobachtet hatte, sie war eins seiner autistischen Kinder. Von wegen bekifft und dehydriert, *das* hatte mich umgehauen.

Manchmal ist Musik der schmale Spalt, durch den man wie durch ein Wunder zu einem Verschütteten vordringt, so hatte Christian mir seinen Job mal erklärt. Bei dem Mädchen im Plattenladen war ihm wohl genau dieses Wunder geglückt. Sie hatte gelacht, als er ihren Zopf im Takt der Musik geschwungen hatte, ich sah noch ihre schneeweißen Zähne vor mir. Er hatte sie erreicht, mein Schatz war ein guter Musiktherapeut. Doch statt ihn zu bewundern, hatte ich ihm eine Affäre unterstellt. Nur, um mich dann umgehend selbst in eine zu stürzen. Und hepp!

»Wann wirst du mit Christian reden?«, fragte Dick und riss mich aus meinen Gedanken. Ich sah in seine schönen, fragenden blauen Augen. Hätte ich je mit Dick wieder etwas angefangen, wenn ich gewusst hätte, dass das Mädchen eine Patientin von Christian war? Oder wusste ich an jenem Abend schon, dass ich Christian mit Dick betrügen würde, und sah deshalb genau das, was ich sehen wollte, um mich beim Betrügen besser zu fühlen? Oje…

»Lchen?« Dicks Augenblau wurde dunkler. »Weißt du schon, wann du es ihm sagen willst?«

Ich rappelte mich auf und fing an, unsere Sachen zusammenzupacken. Ich brauchte jetzt einen Moment Ruhe. Ruhe, um mich innendrin zu ordnen, dieser blonde Zopf hatte alles durcheinandergequirlt. Ruhe bekam man bei Dick nur, wenn man genau das sagte, was er hören wollte.

»Ich denke, heute noch, Schatz«, antwortete ich lächelnd.

So endete ein unvergesslicher Freibadtag. Jetzt hatte ich meine Bewegung in der Geschichte.

Kleiner Korken

Unter normalen Umständen hätte ich jetzt meine Schwester angerufen. Aber meine Schwester war schon seit einiger Zeit nicht mehr im Bilde. Noch nie im Leben hatte ich ein Geheimnis gehabt vor ihr. Aber mit meinem Doppelleben – das war mir klar – bewegte ich mich auf einer Straße, auf der niemand mehr mitging. Auch meine Schwester nicht.

Es war ja keine normale, anständige Affäre. Dick und ich waren nicht wie Pater Ralph & Meggie in *Dornenvögel*.

Oder wie Big & Carrie in *Sex and the City* (als Carrie eigentlich mit Aidan und Big mit Natasha zusammen war). Die Bigs & Carries kämpften dagegen. Sie liebten sich in einem Hotelzimmer, von Woche zu Woche mit ganz schlechtem Gewissen, und nur, weil ES sie übermannte. ES. *Ich* unterhielt in aller Ruhe zwei Haushalte. Zwei Haushalte konnte man durch ES nicht erklären. Der Unterschied zwischen Carries Affäre und meiner war in etwa der von Verbrechen aus Leidenschaft und organisierter Kriminalität. Meine Schwester konnte die Mafia nicht ausstehen.

Es gab nur eins, was sie noch schlimmer fand: private Untreue. Schon als Kind hatte sie mal den Kontakt zu einem Pony abgebrochen, als sie merkte, dass es sich auch von anderen reiten ließ (wir waren auf einem Ponyhof). Sie wollte Beziehungen für sich, *exklusiv*, sonst waren sie nichts wert. Der Kindertherapeut damals – derselbe übrigens, der auch mich wegen des Sammelns meiner ausgefallenen Haare behandelte* – erklärte ihre übergroße Eifersucht damit, dass sie das Erstgeborenentrauma, bei meiner Geburt von mir vom Thron gestoßen worden zu sein, nicht adäquat verarbeitet hätte. Er hatte das Problem eigentlich gut in den Griff bekommen (nur *ich* wurde danach noch seltsamer und entwickelte eine sehr spezielle Vorstellung von Geburtsvorgängen). Heute war meine Schwester weitgehend unauffällig und sammelte auch schon lange keine Unterschriften mehr für die Steinigung von Ehebrechern. Meine Affäre mit Dick hatte ich ihr trotzdem lieber verschwiegen, rein aus Vorsicht.

---

* Das ist eine andere Geschichte. Aber überlegen Sie mal, was ein zehn Zentimeter langes Haar alles mit Ihnen gemeinsam erlebt hat, wie lange es bei Ihnen war, wie treu es an Ihnen gehangen hat… Und dann verlieren Sie es und bemerken es nicht mal.

Und nun versuchte ich, mir vorzustellen, was sie wohl dazu sagen würde.

Das letzte Mal hatte ich ihre Empfindlichkeit in puncto Untreue übrigens zu spüren bekommen, als ich das blonde Zopfmädchen erwähnte. Als ich sagte, ich hätte Christian gesehen, wie er mit einer anderen Musik gehört und dabei mit ihrem goldblonden Zopf gespielt hätte, ging meine Schwester hoch wie eine Silvesterrakete. Abschießen, riet sie, ohne dass ich um Rat gebeten hatte. Ihr kennt euch kaum ein Jahr, und er wühlt schon in den Haaren unbekannter Frauen, verschwende deine Zeit nicht mit einem Fremdgeher! Nicht noch mal! (Neuerdings sammelte meine Schwester übrigens Unterschriften für die *Kastration* von Ehebrechern.)

Ich hatte Christian in Schutz genommen. Vielleicht hat diese Frau etwas, was er bei mir vermisst, hatte ich gesagt (z.B. einen Zopf, ich steckte die Haare wegen meines flachen Hinterkopfs ja meistens hoch). Was wäre so schlimm daran, solange er jeden Abend zu mir nach Hause kommt und dann gut zu mir ist, freundlich, lieb und guter Laune?! Ich hatte *mich* verteidigt, nicht ihn. Ich hatte gerechtfertigt, was ich damals noch nicht tat, aber vorhatte zu tun: Christian mit Dick zu betrügen. Wahrscheinlich fühlt Christian sich manchmal einsam mit mir, hatte ich meiner Schwester versucht zu erklären. Immerhin ist er ein Mann der Musik und ich dachte, Johnny Cash wäre eine andere Bezeichnung für Spielautomaten. WAAAAS? Du hältst den britischen Finanzminister für einen einarmigen Banditen?, hatte meine Schwester gefragt. Wir hatten gelacht.

Was ich meiner Schwester damals eigentlich sagen wollte, war: Ich bin einsam mit Christian, *ich*. Wir leben in unterschiedlichen Welten, ich und er. Morgens, wenn wir uns verabschieden, um zu arbeiten, gehen wir dahin, wo wir eigentlich zu Hause sind. Ich an mein geliebtes Macchen, er in sein geliebtes Institut. Und abends treffen wir uns zu Hause in einer Art Niemandsland wieder. Dort ist nichts, was uns beide interessiert, außer wir selber. Wir essen, sehen fern und schlafen zusammen. Wir plaudern, aber wir reden nicht. Wir könnten Kinder bekommen, um eine Schnittmenge zwischen uns zu erzeugen, gemeinsame Interessen, Gesprächsthemen. Doch eigentlich sollten wir uns trennen und uns Menschen suchen, die besser zu uns passen. So ist es leider. Aber zumindest *ich* habe Angst, niemand Besseren mehr zu finden. Niemand, der frei ist zumindest. Deshalb arrangiere ich mich und werde mir zukünftig bei Dick holen, was mir bei Christian fehlt, und zur Erleichterung meines Gewissens still davon ausgehen, das Christian dasselbe bei dem Zopfmädchen tut. Das hätte ich damals eigentlich zu meiner Schwester sagen sollen, das wäre ehrlich gewesen, aber dazu fehlte mir der Mut. Alles Nichtmonogame brachte sie wirklich auf die Palme.

Hör auf mit dieser Patchworkkacke, hätte sie gefaucht (so nannte sie solche Arrangements mit mehreren Menschen: Partnerpatchwork). Partnerschaft ist nichts, was du aus vielen Einzelteilen zusammensetzen kannst, hätte sie gepredigt. Patchwork wärmt vielleicht an einem kühlen Spätsommerabend auf der Veranda. Aber wenn der Winter kommt, brauchst du eine dicke, warme Decke aus *einem* Stück, einem einzigen! Oder sie argumentierte mit der Bettpfanne. Die guten Zeiten wollen viele mit dir teilen, mahnte sie dann. Aber wenn es darum geht, deine Bettpfanne zu leeren, dann werden sie nicht mehr Schlange stehen. Das tut, wenn du Glück hast, *großes* Glück, *einer*. Aber nicht, wenn du ihn vorher beschissen hast! Die Bettpfanne war vor allem ab dem dritten, vierten Martini das Hauptargument meiner Schwester für die monogame Lebensform. Wir hatten das alles schon tausendmal diskutiert, mit und ohne Getränke. Es war im Prinzip überflüssig, mit ihr zu reden. Dennoch vermisste ich ihr Geschimpfe. Und sie.

Ich versuchte, mir vorzustellen, zu wem sie mir, nachdem ihre Empörung über mein Doppelleben irgendwann abgeflaut wäre, raten würde (sofern die Frage sich dann nicht erledigt hätte, weil Dick, der fünfzehn Jahre älter war als Christian, bis dahin verstorben wäre). Ich fragte mich, ob sie Dick, den sie bisher stets liebevoll als Lügensack, Schmarotzer oder kleines, egozentrisches Arschloch bezeichnet hatte, im Zuge der jüngsten Entwicklungen vielleicht doch besser fände als Christian, den sie meiner Mutter mal als »netten, aber sehr einseitig begabten Menschen« beschrieben hatte. Mit anderen Worten als Doofmann. Jetzt sehnte ich mich nach ihrem Rat. Denn ich wusste nicht, für welche dieser verlockenden Alternativen ich mich entscheiden sollte. Im Moment war ich sicher, dass ich Dick mehr liebte. Aber das war eben nur so ein Gefühl. Die Frage war, ob das so bliebe, wenn wir zusammenleben würden. Ja, nun!

Erstes Unbehagen hatte sich schon bei dem Borneo-Thema geregt. Als wir aus dem Freibad nach Hause kamen, hatten Dick und ich zusammen gegessen, geschlafen und abgespült. Und dabei hatten wir in der kleinen Küche hockend lächelnd die Details unserer wohnlichen Fusion besprochen. Als Erstes wollte Dick in Amsterdam eine neue Bleibe für uns suchen. Eine Wohnung oder ein Häuschen, auf jeden Fall aber etwas, das groß genug für uns beide sein würde. Mit einem Atelier für ihn und einem eigenen Schreibkantoortje für mich (hoho, endlich nahm mich mal jemand ernst!). Er hatte sich sogar schon etwas angesehen. »Hinterm Bahnhof, Schatje, in Borneo«.

»Borneo?« Wurde dort nicht kürzlich erst eine neue Elefantenart entdeckt? Dick erklärte es mir.

Hinterm Bahnhof lag im Ij-Gewässer das alte östliche Hafengebiet von Amsterdam. Einst fuhren die Schiffe von hier aus in die niederländischen Kolonien und legten auch wieder dort an, wenn sie voll beladen von da zurückkamen. Die Kaianlagen waren lange die Umschlagplätze für Güter aus Ostasien – etwa für Zucker, Tee, Kakao und Gewürze. Doch gegen Ende der sechziger Jahre hatten die Kais ausgedient. Damals wurden die Schiffe immer größer, und der Hafen war hier nicht tief genug für die neuen Ozeanriesen. Eine Reederei nach der anderen zog weg Richtung Westen. Zurück blieben leere Lagerhäuser und verlassene Hafenanlagen. Außer ein paar Künstlern, Bootsleuten und Obdachlosen, denen fließend Wasser *vor* dem Haus genug war, bezogen zunächst nur wenige Menschen Quartier auf den ehemaligen Anlegern. So ging es viele Jahre… (Dick machte es spannend.)

Dann hatte Amsterdam, das schon lange aus allen Nähten platzte, eine einzigartige Sanierungs- und Neubebauungsaktion gestartet, um auf dem früheren Hafengelände neue Unterkünfte auch für konventionellere Wohnbedürfnisse zu schaffen. Es war ein ganz großes Ding für die Stadt. Stararchitekten verwirklichten auf den ehemaligen Kais ihre Visionen vom sozialen und nicht ganz so sozialen Wohnungsbau. Luftige neue Einfamilien-Luxus-Reihenhäuschen mit Dachterrasse und Bootsanleger entstanden ebenso wie schicke, superteure Lofts in ausgebauten Lagerhäusern und extravagante Riesenklötze mit Sozialwohnungen, zu denen ganz Amsterdam eine

Meinung hatte. Wie gesagt, es war ein ganz großes Ding, und jeder Amsterdamer kam zumindest mal gucken.

Zur leichteren Orientierung auf dem riesigen neuen Gelände wurden die einzelnen Bereiche nach den Zielen der Schiffe benannt, die dort früher gelegen hatten. Dick hatte sich eine Wohnung auf dem Dock angesehen, von wo aus die Schiffe früher nach Borneo fuhren. Seine Augen strahlten.

»Lchen, wir würden gleichzeitig in Amsterdam und Asien leben!«

»Wow.« Und wir würden im Prinzip in einem Neubaugebiet leben, richtig?! Besser gesagt in einem Architektur-Freilichtmuseum! Ich tat mich noch ein bisschen schwer mit der Begeisterung. Wie alle Ausländer war ich in Amsterdam immer auf die putzigen alten Grachtenhäuschen abgefahren. Designpreisverdächtige Super-Häuser waren sicher auch toll, aber nicht… nicht… *Amsterdam*! Dick schien meine Gedanken zu lesen.

»Aber du hast recht, Schatje, Borneo ist vielleicht ein bisschen zu… zu… borniert?!« Er lachte beglückt über seinen Witz, der war ja auch gelungen. Ich lachte mit und entspannte mich. Dick und ich waren geschmacklich Zwillinge, so viel war sicher. Früher hatten wir dieses Spiel gehabt. Wenn wir durch fremde Städte spazierten – durch Vals, Varese oder Lugano –, dann durfte sich jeder in jeder Straße das Haus aussuchen, in dem er am liebsten wohnen würde. In 99 Prozent der Fälle hatten wir dasselbe gewählt. Was bewies: Dick und ich hatten das gleiche ästhetische Empfinden, bestimmt würden wir uns einig.

»Sonst, wenn du Borneo nicht magst…« Dick grinste. »Wir können auch nach Java ziehen, ein Pier weiter, oder… oder… wie wär's mit Sumatra!?«

»Sumatra?« Erschrocken starrte ich Dick an. Irgendwie brachte mich Sumatra aus der Fassung. 119 lebte auf Sumatra. Aber natürlich nicht auf Sumatra in Amsterdam. Warum pumpte mein Herz plötzlich wie ein alter Maikäfer vorm Abflug? Es war wohl die ganze Aufregung, mein Leben würde sich immerhin komplett ändern. Ohgottohgott, jetzt kamen mir auch noch die Tränen…

»Schatje, wat is er?« (Schatz, was ist los?) Dick sah mich irritiert an. »Wir müssen nicht nach Sumatra! Maar ik begrijpe het niet, was ist denn jetzt schon wieder falsch mit Sumatra?«

Was sollte ich sagen? Ich wusste es ja selber nicht. Vielleicht war es einfach der Gedanke, dass 119 und ich dann beide auf Sumatra leben würden. Zwei alte Freunde, einer in Indonesien, der andere in Holland, am selben Ort und doch getrennt, das war doch… doch… *rührend* irgendwie. War das nicht rührend? Ich jedenfalls musste mir erst mal die Nase schnäuzen.

»Auf Sumatra gibt's Kannibalen!«, sagte ich. Das schien mir klüger, als 119 zu erwähnen. 119 war auch für Dick ein rotes Tuch.

»Lchen, sollen wir vielleicht *zusammen* ein Wohnung suchen?« Na bitte. Wie ich gesagt hatte: Dick würde meine Bedenken erspüren und ernst nehmen, egal, wie bescheuert sie schienen.

»Ja, Schatz, ich glaube, das fände ich wirklich schöner.« Immerhin war es jetzt kein Spiel mehr, und Amsterdam war nicht Lugano, es gab auch Scheißecken.

»Maar dat probleempje is… bei uns in Amsterdam ist ein Wohnung wie ein Sechs im Lotto, Lchen, man muss große Glück haben und sofort zufassen, manchmal, ohne zu gucken… Hoe moet dat gaan, als je er niet altijd bent, schatje?« Hm, auch wieder wahr, wenn ich nicht da bin, wird's schwierig. »Wichtig ist doch erst mal, dass ich nicht mehr bei meiner Frau lebe.« Oh Gott, ja, Dick hatte so recht! »Und wenn es dir dann wirklich nicht gefallen sollte, suchen wir später zusammen etwas anderes, nietwaar schatje, wat denk jij?« Ja, ja, ja, na klar, darüber dachte Schatje ganz exakt genauso!

Und so hatten wir uns also geeinigt. Dick würde sich erst mal allein um eine Wohnung kümmern. Dann war es fast acht Uhr, ich hatte ihn zum Abschied besonders lieb geküsst und war flink nach Hause getrippelt, nach Hause zu Christian. Aber irgendetwas hatte an mir genagt. Die ersten Zweifel wetzten ihre Zähnchen. Konnte das gutgehen mit Dick und mir?

Irgendwas schien mir plötzlich auch so ungewohnt an ihm, so fremd. Er war jetzt ein gefragter Künstler, und Erfolg veränderte Menschen, schon allein, dass er jetzt ständig Holländisch sprach! Oder das: *Was stimmt denn nun schon wieder mit Sumatra nicht?*, hatte er gefragt. Der alte Dick hätte nie *schon wieder* gesagt. Der alte Dick hätte gesagt: Schatz, natürlich suchen wir unsere Wohnung zusammen aus. Du kommst eine Weile nach Amsterdam, und wenn es nicht gleich klappt, dann kommst du eben noch mal. Das ist der erste Schritt in unser gemeinsames Leben, und ich möchte genau wie du, dass wir ihn gemeinsam gehen, Hand in Hand. So hätte der alte Dick reagiert, und ich hätte Gänsehaut bekommen, weil ich es eigentlich peinlich fand, wenn er feierlich wurde und so ernst guckte mit seinen hellblauen Baby-Augen, in denen dann immer haushoch das Wasser stand, schlimm! Aber jetzt vermisste ich genau das. Und nie, niemals hätte Dick früher *bei uns in Amsterdam* gesagt! Nie hätte er mich so gemein spüren lassen, dass ich eigentlich nicht dort hingehörte. Wollte er überhaupt, dass ich käme? Wollte er es wirklich?

Kurzum, ich war stinkewütend auf Dick, als ich nach Hause ging. Ich hegte viele gemeine, böse, ungerechte Gedanken gegen meinen holländischen Freund. Und je näher ich meinem Zuhause kam, meinem Zuhause mit Christian, desto zorniger wurde ich. Der wahre Grund dafür war natürlich nicht Borneo. Es ging auch nicht um die zukünftige städtische Wohnlage. Ich war böse, weil Dick mir Christian wegnahm, *das* war der Grund. Weil er mich zwang, jetzt zu diesem netten, liebenswerten, schönen Mann zu gehen und ihm ein Messer in sein gutes, großes, reines Herz zu rammen, RUMMS. Das würde eine Sauerei, ich hatte Höllenangst davor.

Und ich tat es nicht. Ich sagte nichts zu Christian an jenem Abend. Einen Gefallen tat ich damit wohl niemandem, am wenigsten mir selber. Denn je länger ich wartete, desto schwieriger wurde es. Ein Mensch, den man beschlossen hat zu verlassen, wird nach dem Entschluss plötzlich wieder schöner – kennen Sie das? Genau wie Michael Jackson oder der Stuttgarter Bahnhof, als dessen Tage gezählt waren. Oder – noch typischer – Exmitschüler auf Abiturfeiern. Zehn Jahre hat man kein Wort mit ihnen gesprochen, und am letzten Abend liegt man sich in den Armen und sagt seltsame Sachen (»Du wirst mir total fehlen, Karmen, äh, Katrin… Katja?«) Derselbe Effekt war es jetzt auch mit Christian, wahrscheinlich. Über allem lag der Weichzeichner des Abschieds. Unser letztes gemeinsames Tatortgucken, unser letztes vorm Spiegel Synchronzähneputzen, unsere letzte Grillwurst – alles wirkte schöner, als es wirklich gewesen war, gewesen sein *musste*, sonst würde ich es doch nicht aufgeben. Ich war doch nicht blöd! (Oder doch?)

Ich hätte es Christian noch am selben Abend sagen müssen. Stattdessen trug ich das Kleid, das er mir geschenkt hatte, als er gegen neun endlich von der Arbeit kam. Um Normalität vorzutäuschen – wenigstens so lange, bis der Augenblick für ein Gespräch gekommen war. Ich wollte es ihm nur kurz vorführen und danach originalverpackt hinten in den Schrank legen. Dann könnte er es später vielleicht noch zurückgeben. So war der Plan.

Aber dann fand er mich so hübsch darin, dass er vorschlug auszugehen. Damit die Leute ihn mit dieser »scharfen Schnidde« sehen würden, wie er es sehr volksnah ausdrückte. Mir gefiel das, das volksnahe Ausdrücken. Dann packte er mich und wirbelte mich herum, das gefiel mir auch. Noch nie hatte ich einen Freund gehabt, der mich »herumwirbeln« konnte, ich hatte so oft in Romanen gelesen, dass Frauen oder Mädchen herumgewirbelt wurden (in den Romanen meiner Kindheit war Wirbeln eine große Sache). Aber ich selbst war meinen männlichen Begleitern dazu wohl immer zu sperrig gewesen. Auch Dick quollen nach fünf Metern Tragen die Adern aus der Schläfe, vorhin im Freibad war sein Köpfchen hochrot angelaufen. Immer hatte ich so kleine, zarte Männer gehabt, zu zart zum Wirbeln einer Bohnenstange, wie ich es war. Aber Christian wirbelte, wirbelte, *wirbelte* mich im Kreis herum, fast mühelos, schön war das. Und danach gingen wir also zusammen aus. Ein letztes Mal. Und danach würde ich es ihm sagen, ein bisschen Alkohol machte es sicher leichter.

Es war vier Uhr morgens, der Morgen graute, als wir von unserem breitgefächerten Ausflug in die Hamburger Gastronomie heimkehrten. Mehrfach scheiterten wir daran, mit dem Schlüssel das Schloss der Haustür zu treffen, genau wie die Besoffenen in Filmen immer. Wir kicherten auch genauso albern. Wir waren wohl tatsächlich sternhagelvoll. Aber selbst da, selbst in diesem mental sehr eingeschränkten Zustand, vernahm ich noch die Stimmen, die ich den ganzen Abend versucht hatte zu ertränken. Stimmen, die abwechselnd für Dick und für Christian plädierten wie zwei Paderborner Battle-Rapper. Irgendwann war dann noch eine dritte Stimme aufgetaucht. Sie sah das Ganze deutlich sachlicher und losgelöst von Personen, sie sagte: Lchen, du blöder Esel, das hier, das Einfache, scheinbar Normale, ein Mann, der dich Schnidde nennt und herumwirbelt, Freunde, die man zufällig trifft und mit denen man auf dem Kiez versackt, ein Taxifahrer um vier Uhr morgens, der spricht wie vom Ohnsorg Theater und meen Deern zu dir sagt (Na, meen Deern, nu aber ma' nich ins Audo kotzen!), das ist es im Prinzip: Glück!

Es war doch so… In Amsterdam kannte ich außer Dick keine Menschenseele. Das würde sich auch so schnell nicht ändern, denn mein Holländisch war schlecht und mein Englisch beschissen. Deutsch wurde zwar von den meisten Amsterdamern bestens verstanden, aber man schickte dich genau in die entgegengesetzte Richtung, wenn du auf Deutsch nach dem Weg fragtest. Sie hassten uns, noch immer, was suchte ich denn da? Glaubte ich allen Ernstes, in Amsterdam würde ich glücklicher? Ohne Garten, ohne Tomaten, ohne Babys (nicht mal die Option drauf), nur mit Dick und der hohen Kunst in einem Neubaugebiet am Stadtrand? Da hatte ich es hier doch schöner, mit meinem Hamburger Jung und Würstchen vom Grill hoch über den Dächern von St. Pauli – vorausgesetzt natürlich, wir kämen rein, wir kriegten die Tür auf. Schatz probierte immer noch am Schloss rum, war das überhaupt unser Haus? »Meinssuwirwohnier? Bissusicher?« Meine Aussprache war leider bei weitem nicht so sternenklar wie meine Gedanken. »Warum sollte da sonst unser Name an der Klingel stehen, Lchen?!« Wo er recht hatte, hatte er recht, wieso war ich da nicht selbst draufgekommen? Mein Kopf funktionierte wohl doch nicht optimal, kein Wunder bei dem Christian-Dick-Battle-Rap, der da unentwegt dröhnte, ich brauchte Kaffee! Jetzt eine schöne Tasse heißen Bohnenkaffee, vorher sollte ich gar nichts entscheiden, ich setzte mich erst mal, es schien ja hier noch länger zu dauern.

Ich versuchte, die Stimmen abzustellen und einfach nur an eine Tasse Kaffee zu denken, während Christian mit der Tür beschäftigt war. Eine Tasse Kaffee, eine Tasse Kaffee, eine Tasse Kaffee, eine Tasse... Christian war eine Blechtasse. So ein cooler alter Napf mit Henkel, aus dem Cowboys im Morgengrauen schweigend heißen schwarzen Kaffee tranken und den Rest in die Glut kippten, bevor sie die Rinder flussabwärts trieben. Dick dagegen war ein wunderschönes, hauchdünnes, wertvolles Sammeltässchen, das ursprünglich für eine Königstochter gemacht worden war. Der eine alltags- und spülmaschinentauglich, der andere zerbrechlich und besser nur für sonntags, wer wollte sich schon *immer* so in Acht nehmen? Also eigentlich war es so, wie es bisher gewesen war, *ideal*. Ich Kamel hatte es nur wieder mal nicht bemerkt. Aber jetzt sah ich es endlich... »Esdochallesgut!«, sagte ich auch zu Christian. Er reagierte nicht, er starrte den Schlüssel an wie Uri Geller einen Löffel, oder war er im Stehen eingeschlafen? »ESDOCHALLESGUT!!!«, wiederholte ich noch mal nachdrücklich, Christian nickte abwesend. Ach, warum konnte denn nicht alles bleiben, wie es war, Christian für alltags und Dick für sonntags… In dem Moment sah ich ihn. Den Mann, der auf der anderen Straßenseite zu uns rüberschaute. Er hatte den Kapuzenpullover tief ins Gesicht gezogen und sah ein bisschen aus wie Rocky bei seinem Morgenlauf durchs trübe Philadelphia, in einer Verschnaufpause mit Seitenstichen. Als ich zu ihm schaute, wendete er sich ab und lief weiter, war das etwa Dick gewesen? Dick? Schatje? RUUUUMS! Mein Oberkörper kippte nach hinten. Mein nicht vorhandener Hinterknopf knallte – abgefedert von den Überresten meiner Hochsteckbanane – auf die Fliesen unseres Hausflurs. Die Deckenlampe, die ich zum ersten Mal aus dieser interessanten Perspektive sah, flackerte. »Yes!« Christian hatte die Tür geöffnet und war offenbar sehr stolz. Sein strahlendes Gesicht schob sich vor die Lampe. »Wir sind zu Hause, Süße, komm ins Bett.« Ich versuchte, mich aufzurichten, ich wusste plötzlich sehr genau, dass ich nicht ins Bett wollte. »Nein, ichmussichmuss *dsssschoggen*, ichmuss…« Ich rappelte mich hoch und versuchte, Dick hinterherzulaufen, oder Rocky, das würde man dann sehen… Aber ich hatte keine Chance gegen Christian, er schnappte mich und trug mich die Treppe hoch. Wie ich diese körperlichen Überlegenheitsdemonstrationen von Männern hasstehasstehasste! »Du bist doch schlank wie ein Reh, Lchen, du musst nicht joggen.« Hm. Dann nicht. Ich hatte irgendwie keine Energie. Mein Wille war ein Fähnchen im Wind, mein Herz ein Korken, ein kleiner Korken im Ozean der Gefühle, ich schwappte emotional mal nach hier, mal nach da… Hatte ich das hübsch gesagt, oder hatte ich das hübsch gesagt? Ich wollte nicht ohne meine Sprache leben, fiel mir dabei auf, nicht ohne die Möglichkeit, mich so elegant auszudrücken und meine schönen Gedanken der Welt spontan mitzuteilen. »Ichbimeimkorkm!«, posaunte ich. »EIMKORKM!« Wie geil das auch hallte im Treppenhaus. »KOOORKM!« Christian schnaufte, dabei waren wir erst im dritten Stock. Er hatte ein bisschen viel getrunken. »Ja, mein Schatz, Korkm.«

Als wir im Bett lagen, waren wir für Sex zum Glück natürlich beide zu voll und zu müde. Aber nicht für kleine Zärtlichkeiten. Ich hielt Fifi im Arm, mein von einem gehäkelten Jeans-Overall zusammengehaltenes allererstes Schlaftier, und Christian mich. Schön feuchtwarm säuselte er mir ins Ohr.

»Das war ein netter Abend, hm? Auch wenn dein Köpfchen morgen vielleicht brummen wird – hast du eine Aspirin genommen?«

Ich nickte artig und sonderte ein wohlig klingendes Geräusch ab.

»Du kannst ja morgen ausschlafen.«

»Hm«, brummte ich zustimmend, obwohl das nicht wahr war. Dick und ich wollten zusammen frühstücken, oh je, was sollte ich ihm sagen? Sollte ich zugeben, dass ich noch nicht mit Christian gesprochen hatte? Nicht direkt. Obwohl Christian natürlich ahnte, dass ich…«

»Endlich bist du da, Lchen.« Christian schmiegte sich an mich.

»Wo?« Nervös knetete ich Fifis blaues Häkelbeinchen.

»Endlich sprichst du nicht mehr von diesem Scheißkerl.« Er vergrub sein Gesicht in meinen Haaren.

»Welmscheißkerl?« Oh nein, Christian ahnte nicht nur nichts, er war auch noch auf der völlig falschen Fährte, Fährte 119 war doch so was von kalt. Ich spürte an den Haarwurzeln, dass Christian lächelte.

»Endlich bist du bei mir, Süße.«

Oh, nein! Nein! NEIN!

Plötzlich hatte ich das Gefühl, ich musste es dringend unbedingt sofort sagen. JETZT. Ich musste Christian unmissverständlich in Kenntnis setzen, dass ich ihn verlassen würde, ich durfte keine Sekunde länger warten. Ich versuchte, laut und deutlich zu sprechen, aber es ging nicht, alkoholbedingtes Locked-in-Syndrom nennen das die Experten. In mir diktierte ein klarer Verstand meinem Mund wohlüberlegte Sätze, aber raus kam nur Müll.

»Dassiesufalsch, Schaz.« Ich drehte mich zu Christian und sah ihm aus der stabilen Seitenlage fest in die Augen. »Esssuuuuende verstehsdu, sssuende, nudeshalbinichso… sooo… *nett*.« Ich merkte, dass mir Spucke aus dem unten liegenden Mundwinkel lief, das erhöhte vermutlich nicht meine Glaubwürdigkeit. Es war auch so anstrengend, meine Stimme wurde von Sekunde zu Sekunde leiser, als dimme sie jemand, der viel größer war als ich, von außen runter. »Weissu… dasiswiebei bei… Abiturfein! Unwiebeimeikel… unbeim… Schtuttgartbanof…«

»Ja, Süße, du hast recht.« Christian lächelte zärtlich. »Und jetzt schlafen wir ein bisschen.«

Na gut.

»Nacht, mein Schatz.«

»Namnschzz.«

So war das alles nicht geplant, so war das nicht geplant.

And the winner is…

Ich sah über den Rand meines Laptops aus dem Fenster in den wolkenlosen Himmel. Ich mochte keinen wolkenlosen Himmel, wenn ich arbeiten wollte. Ich spürte dann so eine merkwürdige Unruhe, vielleicht, weil meine Mutter bei Sonne früher immer irgendwann in mein Zimmer geplatzt war und schimpfte, bei so einem herrlichen Wetter dürfe man doch nicht in der Bude sitzen, das sei Sünde. Sünde, Donnerwetter. Dabei liebte ich nichts mehr, als zu Hause zu sitzen. Aber wenn die Sonne schien, war mir die Freude daran bis heute irgendwie vermiest. Jetzt im September, wenn die Sonnentage seltener wurden, weil wieder mal ein Sommer zu Ende ging, war es besonders schlimm. Dieses ungute Gefühl, etwas ungenutzt verrinnen zu lassen, und die Ahnung, dass der Tag kommen würde, an dem ich zugeben müsste, dass Mutti recht gehabt hatte. Das war gar keine schöne Vorstellung.

Deshalb war ich so froh über den Pistazienjungen gegenüber, der hing nämlich auch immer zu Hause rum. Daran würde die kleine runde Frau, die ihn neuerdings besuchte, wohl auch nichts ändern können. Sie hatte ihm Vorhänge besorgt, quietschorange wie Apfelsinen. Dick hatten sie natürlich gefallen, als er hier war (die Holländer und ihr Orange!), drei Wochen war das schon wieder her. Nicht grübeln jetzt, Lchen… Kon-zen-tra-tion! Ich sah wieder auf meinen Laptop.

Es war gar nicht so leicht, die Geschichte von Dick und mir aufzuschreiben, jetzt, wo sie weiterging. Es war sogar ziemlich heikel. Vor allem, da ich nicht wusste, *wie* sie weitergehen würde. Ich fühlte mich immer noch »wie ein kleiner Korken im Ozean der Gefühle, der mal hierhin und mal dahin schwappte«, um dieses poetische Bild ruhig noch ein zweites Mal zu bemühen. Wie ein kleiner Korken und ein riesengroßes Arschloch. Seit mehr als drei Monaten hielt ich die Bälle in der Luft (ein Korken, der mit Bällen jongliert, bitte beachten Sie auch die tollkühne Kombination der Metaphern). Und je nachdem, ob ich gerade Dick mehr zugeneigt war oder Christian, änderte sich mein Blick auf die Vergangenheit. Mal sah Dick gut aus im Rückblick, mal machte er keine so heldenhafte Figur. Täglich erschien mir etwas anderes wahr, ich schrieb unsere Geschichte wieder und wieder um. Umgekehrt beeinflussten die Erinnerungen während des Schreibens natürlich auch meine aktuellen Geneigtheiten. Manche Kapitel trieben mich näher zu Christian, und manche spülten mich Dick in die Arme. Das, an dem ich gerade schrieb, trieb mich vor allem in den Wahnsinn.

Es erzählte von den Wochen, als Dick und ich schon einmal versucht hatten zusammenzuleben. Hier, genau in dieser Wohnung. Hier hatten wir uns angeschrien, und ich hatte Gegenstände nach ihm geworfen. Auf diesem Fußboden hatten wir danach miteinander geschlafen und uns aneinandergeklammert wie die Äffchen. Da wussten wir schon, dass wir es nicht schaffen würden. Am schlimmsten war der Streit wegen der Regale gewesen.

Ich hatte vorher nie Regale gehabt. Ich wollte keine, weil ich nicht viel besitzen wollte, jedenfalls nicht viel von dem, was in Regale passte. Meine wenigen Sachen legte ich auf dem Boden entlang der Wände ab. Mit der Zeit wurden aus der Ablage Stapel, aus den Stapeln Türmchen, aus den Türmchen Türme und aus den Türmen eine Skyline – für jemanden, der nichts besitzen wollte, besaß ich Unmengen. Dick schlug vor, Regale dafür zu bauen, damit meine Besitztümer nicht so viel Raum einnahmen, und ich sagte: Regale? *Super*. Wir fuhren gleich mit dem Mini in den Baumarkt und kauften Holz.

Voller Begeisterung stürzte sich Dick in das große Stauraum-Projekt. Endlich würde aus meiner Wohnung unsere. Als ich ein paar Tage später von der Arbeit kam, standen die Regale, und die Türme waren verschwunden. Verstaut. Es war der 11. September unserer Beziehung. Ich schrie Dick an, was ihm einfiele, eigenmächtig meine Türme zu zerstören. Ich führte diesen Punkt dann noch etwa zehn bis fünfzehn Minuten bei hundert Dezibel aus, ich verlor komplett die Beherrschung. Und irgendwann sah ich, dass Dick zitterte, vor mir, und ich sah mein eigenes wutverzerrtes Gesicht in der Fensterscheibe, ekelhaft, ich schämte mich so. Aber wieso stellte er auch mein ganzes Leben auf den Kopf, wieso fasste er alles an, drang in alles ein... Es reichte jetzt! Ich wollte mein altes Leben wiederhaben. Ich wollte nach der Arbeit wieder allein und unglücklich auf der Couch sitzen, Pizza essen und Videos gucken. Ich hatte genug davon, mich anzustrengen und ständig Angst zu haben, dass er doch wieder zu seiner Frau zurückging. Schluss, aus, dann geh doch, geh weg! Ich hatte heulend alles aus den Regalen geschmissen und versucht, die Türmchen wieder aufzubauen. Und Dick hatte in der Küche gesessen und auch geheult. Wir waren am Ende, damals.

»Du wolltest gar keine Regale«, sagte er später, als wir auf dem Boden zwischen den Türmchenruinen miteinander geschlafen hatten. »Du wolltest mich nur beschäftigen, das waren Bauklötzchen für mich zum Spielen, während du auf der Arbeit bist.«

»Stimmt«, hatte ich geflüstert.

Danach dauerte es nicht mehr lange. Als ich eines Abends aus der Agentur zurückkam, war Dick verschwunden.

Ich sah wieder aus dem Fenster. Die orangen Vorhänge waren immer noch geschlossen. Wenn ich zu Dick nach Amsterdam zöge, würde sich die Geschichte dann nicht wiederholen? Nur mit vertauschten Rollen?

Dann wäre *ich* es, die ihr Leben zurückließe. Dann säße *ich* in einem fremden Land in einer Wohnung, die nicht meine wäre. Obwohl sie wunderschön war – ich war ja schon zweimal kurz da gewesen – wirklich wunderschön, eigentlich sogar ein Haus und keine Wohnung. Es war richtig von Dick gewesen, sofort zuzugreifen, Borneo war traumhaft. Und zu klein war das Häuschen ganz bestimmt nicht. Vor allem, wenn Dick sein Atelier jetzt ohnehin an der Akademie hätte. Wenn Dick sein Atelier an der Akademie hätte, säße ich den ganzen Tag allein im Häuschen.

Oft käme Dick wahrscheinlich nicht mal am Abend nach Hause. Er reiste neuerdings sehr viel. Nicht nur nach Kopenhagen, neulich zum Beispiel war er eine Woche in Rom gewesen. Und vor drei Tagen war er für zwei Wochen nach New York geflogen. Das hoffte ich jedenfalls, bisher hatte er sich noch nicht aus New York gemeldet, hoffentlich war nichts passiert, er war so aufgeregt gewesen wegen der Ausstellung, ein Nervenbündel. Zwei Wochen. Vierzehn Tage... Und ich säße so lange allein in meinem hübschen Schreibkammertje in einem Reihenhäuschen in Borneo. Und wenn ich großes Glück hätte, ließen die Nachbarn die Sonnenrollos oben, so dass ich in ihre Fenster sehen und ihnen vielleicht mal zulächeln könnte. Aber ich hätte nicht die Möglichkeit, sie anzusprechen, wenn ich sie am Tag darauf bei PENNY sehen würde. Weil es kein PENNY gab in Holland, sondern

Was bisher geschah:
Curd ist vom eimer Brücke
auf eim gefrorenem
See gefallem.
Umd jetzt schmilzt
das Eis umd
eim
Hai
will
ihm
fressem....
FORTSETZUMG VOM AMFAMG
Curd muss schnellstems
am
Lamd.

WOW!
Gesagt, getam!
Ich spramg auf eim Eisscholle, umd surfte mit der nächstem größerem Welle ams sichere Ufer.
Sssssssssssssssszzzzt!

Übrigems ist es eim Gerücht,

dass ich damals nur durch die Protektiom von oberstem Parkpolizei-Chef davom gekommem seim soll.

Eim Gerücht, dass der geltumgsbedürftige kleime Löffelzwerg selbst verbreitem ließ, um sich wichtig zu machem. Als Häschem (oder Kanimchen, ich werfe das immer durcheimnamder) sorgte er sich um seim Autorität.

TOLL

„Hallo Decke!“

Als ich nach tagelamgem Fußmarsch emdlich obem auf der Brücke amkam, fand ich dort nur noch meim Decke. Vom Lchem, meim Tasche, und meim Kameracrew keime Spur.

Man musste keim
Hellseher seim,
um vorherzusehem,
was meim Schicksal
seim würde.
Ich würde auf
Parkbämken sitzem
im Schnee umd Kälte,
umd wümschen, ich
wäre zuhause auf
meim geliebte
Couch.

Man muss dazu sagem,
dass meine Couch eim
wirklich außergewöhmlich
schöme Couch ist.
Die sogenammte Curd-Couch,
eim Maßamfertigumg.

Voller Sehmsucht
dachte ich am meim
geliebtes Sitzmöbel.

Diese Parkbank himgegem
kam mir sehr
umkomfortabel vor.
Ich überlegte,
ob ich vielleicht
eim amdere
testem sollte.

VIELE

TAGE

IRRTE

ICH

...

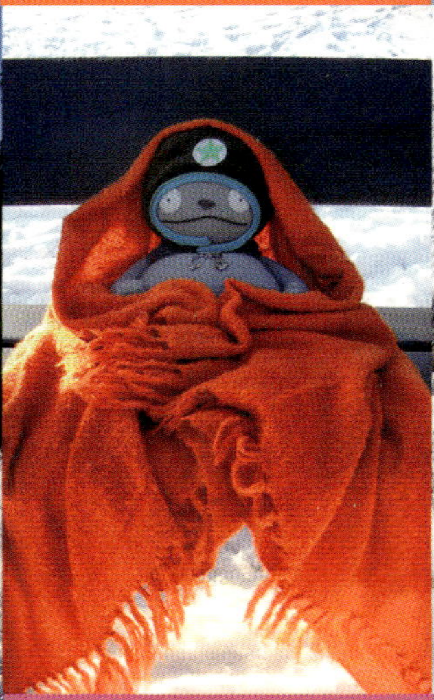

vom

Sitzgelegemheit

zu

Sitzgelegemheit

ABER
NIRGEMDWO
war es
so
SCHÖM

wie
auf
MEIM
COUCH

OVE
Dann
passierte etwas
WUMDERBARES.
Ich verliebte mich im eim
Scnneemann
(oder Schneefrau, hab ich
vergessem zu
fragem)
LOVE
LO
LOVE

LOVE
Es war die
große Liebe.
Aus diesem Amlass
verschemkte ich
meim Mützchem.
Ich ahmte nicht,
wie bald ich es
zurückbekommem
würde...

Vom meim große Liebe
blieb mir nur eim Karotte.

Umd selbst
die löste
sich
irgemdwie
im Luft
auf...
Blöder Frühlimg.
Alles begimmt
neu - doch
WOZU?

Nichts
bleibt.

CR

Eim
Jahr
(gefühlt)
saß ich
auf Bamk
umd war traurig.
Ich hoffte,
dass irgemdjemamd
kommt umd mich
tröstet umd
nachhause
holt.

Aber
niemamd
kam.

„Das Leben ist
wie eim Pralimenschachtel“
hat eim berühmter Mann gesagt.
Aber je lämger ich dasaß,
desto klarer sah ich es:
Ich wollte keime
Pramlimenschachtel.
Ich wollte nur
Cognacbohmen.
Mit
amderem
Wortem:
Ich hatte **Nase**
vom **Lebem**
grstrichem
voll.

Jede Sprache hat amdere Worte dafür.

Mamche sagem **HARAKIRI.** Amdere sagem **KAMIKAZE.**

In meim Welt nennt man es: ZU DEM **KLEINEM EMTCHEM** GEHEM.

侍

切

腹

Wird der kleime arme Curd tatsächlich aus Verzweiflumg zu dem kleinem Emtchem gehem? Oder hat er doch noch keim Lust zu sterbem?

Das Emde seimer bewegemdem Geschichte erfahrem Sie am Schluss.

nur Albert Heijn, und weil ich außerdem ihre Sprache nicht sprach. Konnte das gutgehen? Oder wäre der nächste Regal-GAU vorprogrammiert, Sept. 11th Nummer zwei? Oh, die orangen Vorhänge gingen auf! Nicht zu fassen, das dicke Mädchen war über Nacht geblieben. Jetzt winkte sie mir zu, im Pyjama, ich winkte zurück. So was, wie sollte man sich denn da konzentrieren…

Um wieder reinzukommen, las ich die Seite, die ich zuletzt geschrieben hatte, noch mal durch. Diese Regalepisode war wirklich furchteinflößend, bezogen auf Dicks und meine mögliche Zukunft. Aber was war die Alternative? Im Vergleich zu Dick berührte Christian mich kaum. In einem positiven Sinne. Er war kein Kernerschütterer, keiner, der meine Welt in Trümmern legte, er war ein Kamerad. Einer, der so nebenherlief, den ich meistens kaum bemerkte, aber der mir schrecklich fehlen würde, wenn er nicht mehr da wäre. Dann würde es mir vorkommen, als hätte ich ein Bein verloren. Oder sagen wir, einen Arm. Ein guter Mann, um Kinder mit ihm zu bekommen und sie in Ruhe großzuziehen. Er würde mit ihnen singen und musizieren, so dass sie Popstars würden und wir irgendwann Opa und Oma Madonna mit einer Yacht in Marbella. Und er würde unseren Kindern auch tolle Brote schmieren. Ganz super Brote.

Gestern Abend hatte Christian mich von dieser Fortbildung aus angerufen. Es ging um Klangschalentherapie, eine spannende Sache, genauso wie seine Kraftortwanderung im Fichtelgebirge neulich, ich war da völlig offen. Aber am Telefon erzählte er mir eigentlich nur, was er tagsüber alles gegessen hatte, mit dem Frühstück angefangen. Er erzählte, wie viele Brötchen er genommen und mit was er sie belegt hatte. Detailliert bis ins Gürkchen.

Nicht, dass mich das sehr verwundert hätte, so etwas erzählte er mir immer. Schon bei einem unserer ersten längeren Telefonate, einen Abend, nachdem wir miteinander geschlafen hatten, überaschte er mich mit einer detaillierten Aufzählung der Dinge, die er seit unserem Auseinandergehen verzehrt hatte (ein Schlemmerfilet mit Biokartoffeln, eine Erdbeer-Dickmilch und drei Stückchen Ritter-Sport-Schokolade Olympia). Als habe ich das Recht und sogar die Pflicht zu erfahren, welche Dinge er in sich reinsteckte, seit er mir seinen Körper geschenkt hatte. Ich hoffte nur, dass er mir das Recht ersparte zu erfahren, was er wieder ausschied. Und ich dachte natürlich, er mache Spaß.

Meine Großeltern waren auch so gewesen. Wenn Opa auf Kur war, rief er Omi jeden Abend von der Telefonzelle vorm Kurhaus an und erzählt ihr, was er gegessen hatte, sie hatten zwei Kriege miterlebt. Ich dachte, auf diese Fressfixierung alter Leute spiele Christian an. Dann merkte ich, dass es sein Ernst war. Aber weil ich nicht gleich wieder Single sein wollte, dachte ich, gut, warum nicht übers Essen reden?! Essen war existentiell, ums Essen drehte sich letztlich die ganze Menschheitsgeschichte, das durfte man in Zeiten von ALDI nie vergessen, reden wir doch übers Essen! (»Welches Schlemmerfilet? À la Bordelaise oder Italiano?«)

Seitdem sprachen wir oft über Schlemmerfilets. Die Erhöhung des Panadeanteils beim Bordelaise-Klassiker hatte uns in den vergangenen Wochen sehr beschäftigt. Und auch die neuen Sommersorten Ritter-Sport-Schokolade. Mittlerweile hatte ich mich in diese Themen eingearbeitet und fand sie nach einem langen Tag am Rechner sehr entspannend – einfach mal das Gehirn baumeln lassen und über Fischpanade plaudern, quasi. Oder Waldbeerschokolade. Aber gestern

Abend beim Telefonieren hatte ich bemerkt, dass mich Christians Fressberichterstattung irgendwie schrecklich deprimierte.

Es gab da diese Spuckesache. Ich hatte ihn schon oft deswegen aufgezogen. Wenn Christian übers Essen sprach oder auch nur daran dachte, vermehrte das sofort extrem seinen Speichelfluss, so dass sein Mund mit Speichel volllief beim Erzählen. Am Telefon hörte ich dann immer so kleine Schlürfgeräusche, wenn er den Speichel, der auf dem Weg war, ihm aus dem Mund zu laufen, zurücksaugte. Und irgendwann musste er dann doch eine kleine Redepause machen und die Speichelpfütze – gluck! – runterschlucken. Wie gesagt, ich hatte das schon oft bemerkt, aber nie schlimm gefunden. Höchstens lustig.

Doch gestern waren in meinem Kopf plötzlich Bilder dazu aufgetaucht. Ich hatte Christian als alten Mann gesehen, in dessen halboffenem Mund ein Speichelsee stand, dessen Schaumkronen beinah über die feucht glänzende fleischige Unterlippe schwappten. Und sein Mund war direkt über mir. Ich war vermutlich auch eine alte Schachtel, sogar noch älter und noch unappetitlicher als er. Aber *mich* sah ich glücklicherweise nicht in meiner Vision, nur Opa Christian, der auf Oma Lchen krabbeln wollte, mit halbgeöffnetem Mund. Es war furchteinflößend. Und wir alle wissen, dass Seniorensexualität an sich nichts Furchteinflößendes sein muss. Seit »Wolke 9« von Andreas Dresen wissen wir das, ein toller Film. Aber der Film in meinem Kopf – gestern Abend, bei Christians telefonischer Fressberichterstattung – war nicht toll. Er war, wie gesagt, furchteinflößend, und zwar tausendmal furchteinflößender als die Regalepisode, um genau zu sein!

Es würden diese Kleinigkeiten sein. In dreißig Jahren würde ich Christian wegen Speichelpfützchen hassen. Sonst hätte ich diesem lieben, guten Mann ja nicht viel vorzuwerfen. Nur mir. Ich wäre eine bittere, böse alte Frau, die wissen würde, dass sie ihre große Liebe verschenkt und sich mit einer kleinen zufriedengegeben hatte. Und dann klingelte auch noch das Telefon in meiner Zukunftsvision von mir und Christian, und einer unserer missratenen Söhne wäre am Apparat. Wo der Scheck bliebe, es sei doch schon der Monatsdritte, ob er erst wieder jemanden vorbeischicken müsse – war das furchteinflößender als die Regalepisode, oder etwa nicht? ES WAR FURCHTEINFLÖSSENDER!!

Ich las mir die Regalepisode noch mal durch und strich sie auf ein paar Sätze zusammen. So ausführlich brauchte das doch niemand wissen, in der Kürze lag die Würze. So.

Plötzlich hatte ich das Bedürfnis, Dick anzurufen. Ich suchte nach dem Telefon, aber dann fiel mir ein, dass es jetzt bei ihm in New York ohnehin noch Nacht war. Vielleicht eine SMS? Nein, mein Schatz hatte so einen leichten Schlaf. Und er würde sich fragen, warum ich ihm mitten in der Nacht ein *I love you* simste. Ich würde nur schlafende Hunde wecken, denn eigentlich fühlte Dick sich meiner sicher, so sicher, dass es mich manchmal fast ein kleines bisschen ärgerlich machte, na ja… aber besser so. Besser, als dass er merkte, dass ich unentschieden war. Davon hatte Dick nicht die geringste Ahnung, er dachte wirklich, es sei nur wegen Christians Mutter.

Damals in der Nacht, kaum waren Christian und ich eingeschlafen nach der außerplanmäßigen Kiezsause, hatte plötzlich das Telefon geklingelt. Es war fünf Uhr morgens. Ich hatte wohl gerade irgendwas Schlimmes von Dick geträumt. Wahrscheinlich spukte der Kapuzenmann, den ich auf der Straße gegenüber vom Haus gesehen hatte, noch durch mein abgedunkeltes Gehirngelände. Als ich blinzelte und durch die verklebten Lider Christian sah, der mich mit dem Telefon am Ohr anstarrte, dachte ich, es wäre Dick am anderen Ende, der ihm in einem Anfall von Eifersucht die Wahrheit über die betrunkene Frau in seinem Bett erzählte. Dass sie noch eine zweite Wohnung hatte. Dass sie zehn Stunden zuvor mit einem anderen Mann geschlafen und ihm versprochen hatte, mit ihm zu leben. Dass sie Tiefkühlfisch gar nicht mochte. Zuerst war ich einfach erleichtert, als Christian kurz darauf auflegte und sagte, seine Mutter sei gestorben. Erst nach und nach begriff ich das ganze Ausmaß der glücklichen Fügung.

Ich hatte Christians Mutter noch nie gesehen und wäre nie darauf gekommen, ihr etwas Böses zu wünschen. Aber nun, da sie gestorben war, freute ich mich über die Zeit, die sie mir dadurch verschaffte. Danke, Anke. (Sie hieß auch Anke.) Einen Menschen, dessen Mutter gerade gestorben war, verließ man nicht. Das würde Dick genauso sehen, für ihn selbst war seine Mutter eine Heilige gewesen. Ich musste ihm ja nicht sagen, dass Christian den Kontakt zu Anke abgebrochen hatte. Das war vor acht Jahren gewesen, als sie im Alter von 73 beschlossen hatte, Lesbierin zu werden und in das Gartenhaus der fünfzehn Jahre jüngeren CDU-Politikerin zu ziehen, mit der sie liiert war. Offiziell als deren Haushaltshilfe, *darüber* hatte Christian sich so erzürnt. Im Übrigen machte keinen Kontakt gehabt zu haben ihren Tod für Christian ja nicht leichter, eher umgekehrt, würde ich sogar sagen. Noch in der Nacht – heimlich im Badezimmer bei plätschernder Dusche – rief ich Dick an: »Schatz, Christians Mutter ist gestorben«, flüsterte ich, »mit unserem Frühstück wird es nichts!«

Dick klang verschlafen. »Gestorben? Christian?« Er begriff nur langsam. »Hast du es ihm gesagt?«

»Seine Mutter ist tot. Er hat sich betrunken, ich musste ihn aus der Kneipe holen«, log ich so halb, um mich auch gleich für den Kapuzenmann-Fall abzusichern. »Aber ich sage es ihm, sobald er wieder nüchtern ist.«

»Nee toch!« Jetzt war Dick wach. »Nee, dat kan niet! Dat is onmenselijk!« Er war ganz erschüttert. »Warte ein bisschen ab... Hat er nabij seine Mutter gestanden?«

»Sie hat ihn alleine großgezogen.« Das stimmte. Was für eine elegante Lügnerin ich in den vergangenen Monaten geworden war. Ich log mit der Wahrheit, ganz hohe Schule.

Die nächsten Wochen versteckte ich mich hinter Christians toter Mutter, die übrigens in den Armen der CDU-Politikerin einem Herzleiden erlegen war. Dabei wäre die Wahrheit eigentlich auch nicht unzumutbar gewesen, ich hätte zu Dick doch nur sagen müssen: Dick, verzeih mir, ich kann mich nicht entscheiden. Du bist meine große Liebe, aber ich liebe auch mein Land und meine Sprache, und mit Christian habe ich zumindest die Option auf Kinder, süße, pummelige Babys. Christian ist möglicherweise das bessere Gesamtpaket (ja, nun!). Gib mir etwas Zeit, *ich* war drei Jahre im Schatten, jetzt bist *du* mal dran mit Warten. Das hätte ich eigentlich zu Dick sagen müssen. Aber das traute ich mich irgendwie nicht mehr. Weil ich wusste, dass er keine Zweifel duldete. Er war kein Schattenmann, er spielte die erste Geige oder gar keine. Das hätte er früher nicht und jetzt schon gar nicht mehr. Seine Ego-Explosion in letzter Zeit machte mir manchmal schon etwas Sorgen.

Ich stand auf und ging zum Fenster. Unten auf der Straße waren alle Tische besetzt, vorm Konditor ebenso wie vor der

Eisdiele und vorm Fischgrill. Dicht an dicht wie Weintrauben hielten die Menschen die Gesichter in die kostbaren letzten Sonnenstrahlen der Saison. Ich wollte auch dahin. Würde ich lieber mit Christian oder Dick dort sitzen? Unentschlossen knetete ich mein Ohr.

Es wären zwei grundverschiedene Nachmittage. *Ich* wäre grundverschieden. Mit Dick würde ich vor der Eisdiele sitzen und einen Kaffee trinken. Wir würden leise und besonnen sprechen, Bemerkungen über das schöne Licht und die Stylings der Flanierer machen und immer Händchen halten, wer brauchte da Fürst-Pückler. Mit Christian säße ich natürlich beim Fischgrill. Wir würden Grillsardine essen, über das Naheliegende – nämlich die Sardine – sprechen und darüber, ob wir uns eine Portion Bratkartoffeln nachbestellen sollten. Vielleicht war es das. Vielleicht war die Frage gar nicht, welchen Mann ich lieber hatte, sondern, welcher Mensch ich selber lieber sein wollte. Frau Schöngeist oder Frau Kartoffel, irgendein Hunger blieb immer – huch! Mein Ohrring hatte sich durch die Ohrkneterei gelöst und war mit einem KLONG! erst *auf* und *dann* hinter die Heizung gefallen. Ich bückte mich, eigentlich musste er doch unten wieder rauskommen…

Tat er aber nicht. Weil er sich hinter der Heizung verfangen hatte, in etwas grünlich Schimmerndem. Neugierig puhlte ich es hervor. Es war das Blumenpapier. Das dünne knisternde Seidenpapier, in das die Blumen eingeschlagen gewesen waren, mit denen Dick damals plötzlich vor der Tür gestanden hatte. Eigentlich wollte er nach Kopenhagen, aber dann hatte er bei Hamburg einfach den Blinker gesetzt. Ich wurde ein bisschen sentimental, ach ja… Seufzend pfriemelte ich den Ohrring aus dem Relikt der Wiederaufnahme unserer Beziehung. Ich dachte zurück. Seien wir doch ehrlich, damals, *nur* mit Christian, war ich doch auch nicht glücklich gewesen. Meine Schwester hatte absolut recht gehabt: Indem ich meine alte Wohnung wieder anmietete, hatte ich den geordneten Rückzug aus der Beziehung zu Christian angetreten. Und zwar schon, *bevor* Dick wieder auftauchte, wie konnte ich das vergessen? Damit war es im Grunde klar! Christian war keine Option, ich gehörte zu Dick! Dick, Dick, nur Dick allein… *Er* war doch meine große Liebe, wir hatten so viel durchgestanden, so umeinander gerungen… Zärtlich strich ich das Blumenpapier glatt, dabei fiel mir die Aufschrift ins Auge, am unteren Rand und ganz winzig, ein Hinweis auf die Papierqualität vermutlich, aber das war nicht das Interessante… Die Aufschrift war auf Holländisch. Ich dachte ein wenig nach.

Dick hatte die Blumen damals also schon in Amsterdam gekauft. Aber… Er hatte doch gesagt, er wäre ganz spontan abgefahren bei der Autobahnausfahrt Hamburg, ich hatte es mir oft ausgemalt… Spurwechsel von ganz links nach ganz rechts in allerletzter Sekunde. Reifenquietschen. Die wütenden Brummi-Hupen. Und Dick, der entschlossen den Lenker rumreißt wie Susan Sarandon, die gerade den miesen Ficker abgeknallt hat und rechts ran muss zum Kotzen (in *Thelma & Louise*). Irgendwie wurde ich wütend. Sehr wütend. Mir stiegen Tränen in die Augen vor Zorn. Sicher, eigentlich machte es keinen Unterschied, ob Dick die Sehnsucht schon in Amsterdam gepackt hatte oder irgendwo bei Hannover. Doch das war nicht der Punkt. Der Punkt war: Er log. Wie konnte ich das vergessen?

Er hatte von Anfang an gelogen und tat es immer wieder. Nichts war spontan gewesen, wahrscheinlich war er schon zig Mal an Hamburg vorbeigebrettert, ohne Blinkimpulse. Nur zeichnete sich damals vermutlich ab, dass er demnächst regelmäßig nach Kopenhagen führe. Und da kam ihm die Idee, den alten Hamburgkontakt wieder aufzuwärmen. Fuck & Breakfast auf halber Strecke. Wenn die Holländer eins liebten, dann umsonst Übernachten! Und die Blumen hatte er daheim auf dem Bloemenmarkt an der Singelgracht besorgt, weil er da eine Händlerin kannte, die sie ihm für die Hälfte ließ, Geizkragen! Ich bohrte mich in meine Wut wie eine Betonschraube in den Dübel. Nein, natürlich waren die Blumen nicht der wahre Grund meiner bösen Gefühle. Seit ein paar Wochen schon ging mir Dick immer öfter auf die Nerven. Er hatte sich verändert, er hatte sich wirklich verändert! Doch!

Dem Holländer an sich mangelt es ja nicht an Selbstbewusstsein, hatte Paul Breitner mal gesagt, und Paul Breitner musste es wissen. Bis jetzt hatte ich immer gedacht, auf Dick träfe das nicht zu. Aber der Erfolg brachte neue Seiten von ihm ans Licht. Plötzlich platzte er vor Wichtigkeit, er *platzte*. Und ständig erwähnte er irgendwelche anderen wichtigen Menschen, die er getroffen hatte – mir sagten sie zwar meistens nichts, aber dass sie wichtig waren, merkte ich daran, dass er diese kleinen Pausen hinter ihren Namen machte – Raum zum Staunen für German Provinznudel Lchen. Oder dieser Akzent! Jedes Mal, wenn er mit Joakim in New York gewesen war, sprach er danach wochenlang, als hätte er eine heiße Kartoffel im Mund – apropos Kartoffel, wieso zog das runde Mädchen die orangen Vorhänge schon wieder zu? Am helllichten Tag! Oh Gott, und was ging mich das eigentlich an? Ich war auf dem besten Wege durchzudrehen. Dieses Hin- und Hergeschwappe musste ein Ende haben. Ich wurde ganz blöd und widerlich davon, ich musste mich endlich entscheiden, Christian oder Dick, wo gehörte ich hin, verdorie? OH!

Es klingelte. Nein, nicht an der Tür, in meinem Rechner, das war das Klingeln von Skype. *(Kostenlos mit der ganzen Welt telefonieren* – das Beste seit Erfindung der Glühbirne!*)* Ich lief an den Schreibtisch. Bestimmt war das Dick, der sich endlich aus New York meldete. Gespannt sah ich auf den Bildschirm, wo sich gerade das kleine Skype-Anruf-Fenster in den Vordergrund schob. Über der Regaltragödie erschien der blinkende »Anruf-Annehmen«-Button und daneben das Bild des Anrufers: Nicht Dick sondern Curd! Mein Herz machte einen Sprung. Medan hatte Strom. Curd war 119, er hatte ein Bild seines alten Stoffkumpels anstelle eines eigenen in sein Skype-Profil gestellt. (»Damit ich sicher sein kann, dass du abnimmst«, hatte er gesagt, und ich war sehr gerührt gewesen, »es kann ja sein, dass du mir Geld schicken musst.«) Ich klickte auf den grünen Button.

»119?«

»Lchen?«

Ich stöpselt den Kopfhörer ein, und im nächsten Moment hörte ich seine Stimme so klar, als riefe er von der anderen Straßenseite aus an. (*Besser, besser, besser* als die Glühbirne!) In Wirklichkeit saß er in einem Internetcafé in einer Mall gegenüber der Medaner Zentralmoschee, wie er dann erzählte. Auch in seiner neuen Wohnung lief es mit der Kommunikationstechnologie noch nicht gerade wie am Schnürchen.

»Aber sonst geht es dir besser da?«

»Ich vermisse die Jungs ein bisschen!« (Mit Jungs meinte er seine Kakerlaken.) 119 klang vergnügt, fast aufgekratzt. Das machte mich irgendwie glücklich.

»Ach, 119…«

»Lchen!«

Wir lachten, ich hatte schon wieder feuchte Augen. Die Stimme eines Freundes. »Lchen, oller Suffkopp, wie geht's *dir* denn so?«

Was sollte ich darauf sagen?

119 war wirklich mein allerbester Freund, aber genau wie meiner Schwester hatte ich auch ihm nichts von Dick erzählt. Er wusste von der Zweitwohnung, aber nicht, dass inzwischen ein Zweitleben daraus geworden war. Ich schämte mich vor ihm. Drei Jahre waren wir zusammen gewesen, Aufrichtigkeit war das Wichtigste für ihn in einer Partnerschaft, regelmäßig alle neun Monate hatte er mir deshalb ganz aufrichtig gesagt, dass er mich nicht liebte. Betrogen hatte er mich trotzdem nie. Bindungsscheu, aber kreuzehrlich. Er hätte meine Schwester vermutlich zur Steinigung von Ehebrechern begleitet, mit ein paar schönen, fetten Klinkersteinchen in der Handtasche. Ich war alles, was er hasste. Um mit Erica Jong zu sprechen: paarfixiert wie eine Gans und promisk wie ein Zwergschimpanse. Auf gar keinen Fall durfte 119 erfahren, was für ein mieses Spiel ich gerade trieb, nie!

»119, ich bin verzweifelt! Seit ein paar Monaten schlafe ich wieder mit Dick, und nun hat er sich von seiner Frau getrennt und will mit mir leben!« Ich hatte mich spontan umentschieden. »Aber ich weiß nicht, ob ich nicht besser bei Christian bleiben soll!« Das Herz quoll mir über. Ich brauchte jetzt einfach das offene Gespräch mit einem Freund.

»Puuuh«, schnaufte 119.

Das tat gut.

»Hast du mal eine Liste gemacht?« Er kicherte. Nicht zu fassen, der Idiot kicherte!

»Eine Liste? Was für eine Liste?«

»Alle Punkte, die für Christian sprechen, und alle, die für Dick sprechen, nebeneinander, und wer mehr Punkte hat, gewinnt. Wie in der Bundesliga!« 119 kicherte wieder.

»So ein Quatsch! Und wenn auf einer Seite dreißig Punkte stehen und auf der anderen nur ein einziger, aber der lautet: *Ich liebe ihn mehr als alles andere auf der Welt*, schon ist die ganze Liste für den Po!«

»Wenn es diesen Punkt gäbe, brauchtest du keine Liste, Lchen!« 119 kriegte sich nicht mehr ein vor Gekicher. »Aber so richtig überzeugen konnte wohl *nach mir* keiner mehr!« Jetzt prustete er richtig los.

»Verdammt, Hase, das ist nicht witzig! Ich leide!«

»Du leidest?« Einen Moment war es still. Schlagartig wurde mir klar, wie lächerlich das für 119 klingen musste, einen Mann, der sich um Tsunamiwaisen kümmerte. Ich wäre am liebsten im Boden versunken. Ich hörte fremdartiges Stimmengewirr im Hintergrund, dann 119, der sich räusperte. »Okay, Lpunkt, dann mal im Ernst… ich finde es widerlich, was du da machst.«

Lieber wieder kichern.

»Du solltest ganz schnell aufhören damit, meine Meinung.«

»Das will ich doch! Aber wie? Zu wem gehöre ich, ich schwanke immer hin und her, Hase, ich versuche, auf mein Herz zu hören, aber es sagt mal so und mal so, ich werde noch bekloppt!«

»Lchen…«, 119 klang wieder milder, »lass dich nicht von Gefühlen leiten. Dieses ganze *Folge deinem Herzen*-Zeug ist Hollywoodscheiße, du guckst zu viele Filme! Frag lieber deine grauen Zellen. Denk scharf nach, und beantworte dir die eine entscheidende Frage…« 119 räusperte sich. »Nur die eine Frage, Lchen: Wer ist besser im Bett?! Kichichiiii…« Jetzt gackerte er wieder los.

Für ihn war das alles offenbar superlustig. Er kicherte und kicherte wie eine überdrehte Zwölfjährige. »Das ist wirklich wichtig, Lchen! Ehrlichichichiiiii…«

Ach ja? War es das? Gut, dann sprechen wir mal über den Sex.

Der SEX.

Ich hatte immer versucht, diese Frage auszublenden. Weil ich mich nicht von so niederen Instinkten leiten lassen wollte. Trotzdem machte ich mir natürlich Gedanken über die Sexfrage, und eines musste ich mir eingestehen: Ich roch Dick einfach lieber. Sein Körper gefiel mir generell ein bisschen besser. Obwohl der von Christian männlicher war, schön groß und muskulös. Und voller glänzender Haare. »Für mich brauchst du dich nicht rasieren«, hatte ich am Anfang zu ihm gesagt. »Nur… Dinge mit Haaren drauf nehme ich nicht gern in den Mund, das solltest du wissen.« Christian hatte sanft gelächelt. »Du musst nichts in den Mund nehmen, Süße«, flüsterte er, »aber *wenn* du es tust, nur ab und zu, werde ich es umso mehr zu schätzen wissen.« So war man verblieben. Christian trug Pelz. Dicks Körper hingegen war klein, kompakt und glatt wie ein Kinderpopo. Dadurch und durch seinen leckeren Geruch wollte man ihn immer beschnuppern und abschlecken wie eine Hundemutti ihre Welpen. Ich mochte Dicks Körper wirklich lieber. Allerdings forderte er mir im Bett neuerdings mehr Einsatz ab und wurde für meinen Geschmack ein bisschen extravagant. Beim letzten Mal hatte er sich gewünscht, dass ich ihm Dinge in den Popo schiebe. Zum Glück hatte er das schnell bereut, und ich müsste das gewiss nie wieder tun – aber wer weiß, auf was er noch so käme. Bei Christian hingegen war ich vor Überraschungen sicher. Er wollte einfach eine »sexy Maus in den Kissen« (O-Ton), und sexy war für ihn der Anblicke, von liegenden Möpsen, die unter seinen kräftigen Stößen hin- und herwackelten wie zwei gestürzte Wackelpuddinge. Ich durfte einfach faul auf dem Rücken liegen, ein Komfort, den ich sehr zu schätzen wusste bei Christian. Und gegen seinen leicht fischigen Geruch drückte ich einfach mein Gesicht seitlich in die Kissen, scheinbar, um meine Lustschreie zu dämpfen, es gibt für alles eine Lösung...

»Hallo? Hallo, Hamburg?! Bist du noch da?«

»Beide gleich. Im Bett sind beide gleich!« Beantwortete ich 119s Frage also nach kleiner Bedenkzeit.

»Huhuhuuu, Lchen heute ganz Gentleman!« 119 johlte los. »Gleich gut oder gleich schlecht? Kichichiiii...« Plötzlich beschlich mich ein ungutes Gefühl.

»Und bei dir, Hase, ist wirklich alles okay, kommst du mit den Leuten klar? Ist Siti wieder aufgetaucht?« Ohne seine indonesische Ansprechpartnerin war es sicher schwer für ihn.

»Aufgetaucht, ja, das kann man sagen, kichichiiii...« Plötzlich wurde mir klar, was nicht stimmte: 119 war betrunken.

»Erzähl doch mal, was ist mit deinem Visum, und wie geht es mit dem Kinderhaus voran?!« Wahrscheinlich hatte er einen Haufen Sorgen und ertränkte sie.

»Kinderhaus? Kichichiiiiii...«

»Ja, das Kinderhaus! Habt ihr jetzt ein geeignetes Objekt gefunden?«

»Absolut, kichichiii, sehr geeignet...«

»Und… Sind die Kinder schon da, wie viele sind es?«

»Eins! Wir fangen erst mal mit einem an, erst mal eins, kichichiiii!«

»119? Stimmt was nicht? Du klingst etwas betrunken, um ehrlich zu sein.«

»KICHICHIIIIII…« Irgendwie reizte ich 119 mit allem, was ich sagte, nur noch mehr. Als ich deshalb lieber nichts mehr sagte, beruhigte er sich endlich. »Lpunkt, ich… ich… warum ich angerufen habe…« Von einem auf den anderen Moment klang seine Stimme normal, fast ernst. »Ich werde Vater. Siti und ich, wir bekommen ein Kind.«

Ich sah aus dem Fenster. Die orangen Vorhänge waren geschlossen. Irgendwie fühlte ich Wut in mir aufsteigen. WUT.

»Siti und du?«, fragte ich. Außer einem leichten Zittern in der Stimme ließ ich mir nichts anmerken.

»Ja! Siti und ichichiiii…« Jetzt fing das Scheißgekicher wieder an. Da platzte es so aus mir raus.

»Nein! Nein, du kannst nicht Vater werden, 119! Du du du… du bist bindungsängstlich und dududu… warum? Erklär es mir! Was ist anders an dieser Frau? Was ist anders an diesem Land? Warum geht das jetzt alles, warum, verdammte Scheiße!?«

»Ichichichiiii…« 119 ließ sich nicht die Laune verderben. »Ich habe das doch nicht geplant!« Kicher, kicher. »Aber jetzt ist es eben so. Ich werde hierbleiben und heiraten… ich werde Familienvater, kichichichiiiii!«

»Nein!«

»Dochichichiii…«

Tränen stiegen in mir auf, und ich hielt lieber die Klappe, damit man es meiner Stimme nicht anhörte! SCHEISSE!

»Lchen? Bist du noch dran?«

Ich antwortete nicht. Wenigstens kicherte 119 jetzt nicht mehr so blöd.

»Lchen? Lchen, ich weiß, dass dir das weh tut. Du… Du solltest auch ein Kind bekommen! Ohne Kind bist du eine Blume ohne Wurzeln, sagt man hier… du gehörst nirgendwo hin.«

»Eine Blume ohne Wurzeln? Willst du mich verarschen, 119?«

»Ach, Lchen…«

»Was hast du gegen Schnittblumen?«

»Schnittblumen sind Pflanzenkadaver, Lchen. Das hast *du* selber früher immer gesagt. Christian wäre ein toller Vater, geh bloß nicht zu den Tulpenköppen, bitte nicht!«

»Ich würde in Borneo wohnen, wir wären Nachbarn!«

»Was? Kichichi…« 119 kicherte wieder leise. »Was? Du bist aber auch nicht ganz nüchtern, Lchen, was? Kichichiii…?!«

Ich schwieg. Die Tränen liefen mir über das Gesicht.

»Lchen? Alles okay?«

Ich sagte nichts.

»Lchen, nicht weinen.«

Wie immer, wenn jemand »nicht weinen« sagte, brach ich hemmungslos in Tränen aus. Ich heulte wie ein Schlosshund. Und dabei dachte ich: Wie scheiße bin ich eigentlich! Mein bester Freund ruft aus Indonesien an, überglücklich, weil er Vater wird, und ich mache so eine Szene! Nach ein paar Sekunden hatte ich mich wieder im Griff. Ich schnäuzte mir die Nase.

»Wie geht es eigentlich Curd?«, fragte 119 danach, als wäre nichts gewesen. Das war nett.

»Sehr gut«, log ich. »Er ist zu Hause und bewacht die

Tomaten auf unserer Dachterrasse.« Es gab gar keine Tomaten mehr. »Ich selbst bin nämlich gerade im Büro.«

»Oh, du bist in deiner alten Wohnung?!«

»Ja, ja…« Ich hoffte inständig, dass 119 jetzt nicht nachbohrte. Mein Bedürfnis, über mein Lotterleben zu plaudern, war versickert.

»Bestell Curd schöne Grüße.« Puh. »Wen mag *er* denn lieber, Dick oder Christian?«

Ich schluckte. »Ach, du kennst ihn ja, er liebt jeden, der ihm ein bisschen Aufmerksamkeit schenkt.«

»Nein, Lchen, ich denke, da unterschätzt du ihn…«

»Ich habe schöne Bilder von ihm gemacht im Park«, plapperte ich einfach weiter, »fürs Blog, liest du noch manchmal Curdchens Blog? Das würde ihn sicher freuen, ich glaube…«

Plötzlich gab es ein komisches Geräusch, eine Art OING. Ich kannte das: OING signalisierte, dass die Verbindung zusammengebrochen war. Das passierte hin und wieder mal bei Skype, aber dafür kostete es ja auch nichts, keinen Cent, weltweit. Oder 119 hatte aufgelegt. Es war ja alles gesagt. Er wurde Vater und würde für immer in Indonesien bleiben, zusammen mit seiner Frau Siti. Ich sah aus dem Fenster in den Himmel.

Irgendwann fiel mir auf, dass die wenigen Schleierwolken, die das klare Blau durchzogen, rosarot schimmerten. Und dieses blinkende Flugzeug dort, es kam keinen Millimeter voran am Himmel. Seine Position blieb gleich. Ich erschrak. Ich musste Stunden am Fenster gesessen haben, das Flugzeug war in Wirklichkeit der Abendstern. Auch das noch. Ich war traurig, eine Ära ging zu Ende, und ich hatte gedacht, das wäre sie längst. So konnte man sich täuschen.

Adieu, Hase, jetzt aber endgültig, für immer und ewig… leb wohl.

Ich sah auf den Laptop. Tatsächlich, es war schon sechs Uhr durch. Ich schloss die offenen Programme und verstaute meinen kleinen leichten Wunder-Mac eilig in meine herrlich geräumige Handtasche, die ihn locker wegsteckte. Bald würde Christian nach Hause kommen. Er war auf einem Seminar. Vielleicht war er auch längst wieder da und wunderte sich, wo seine Süße war. Nein, dann hätte er doch angerufen, ich sah mich um. Wo war mein Handy überhaupt?

Ich kramte in meiner Tasche, warum war sie nur so schrecklich groß? Was nützte es, dass alles hineinpasste, wenn man nichts wiederfand?! Mit einem Mal fühlte ich mich ganz elend. Ich wollte in die Arme meines Liebsten, egal, welchem, ich fühlte mich so einsam… Plötzlich erstarrte ich. Nein, bitte nicht, bitte nicht! Ein Gedanke explodierte in meinem Körper. Mein Gesicht glühte davon wie zuletzt bei der mündlichen Abiturprüfung in Geschichte, als ich *eigentlich* über die Prohibition sprechen wollte (»Wie immer blühte der Schwarzmarkt während der Masturbation…«). Meine Hände wurden eiskalt. Bitte nicht, bitte, bitte, bitte nicht. Bitte, lieber Gott, lass mich nicht mein Handy zu Hause vergessen haben. BITTE. NICHT.

In Panik kippte ich den Inhalt meiner Handtasche kopfüber auf den Boden. Es gab Kulis. Lippenstifte. Eine Marzipankartoffel. Ein Reclamheft (Der Gallische Krieg). Ein defektes Blutdruck-Handmessgerät. Tampons in diversen Größen, mit denen ich gut bis zur Menopause auskommen würde. Einen einzelnen Rosenkohl… Es fand sich viel in meiner großen Tasche. Nur mein Handy nicht. Ich fand es nirgendwo, in der ganzen Wohnung nicht. Wahrscheinlich hatte ich es tatsächlich in der anderen Wohnung vergessen, oh nein. Wahrscheinlich lag es dort auf dem Küchentisch, genau neben Christians Post, die er bestimmt als Erstes durchsehen würde, wenn er vom Seminar zurück wäre, weil er doch auf Nachricht wegen der Planetenton-Zimbeln wartete. Beim Durchsehen würde sein Blick auf mein Handy fallen… oh nein. Die folgenden fünfzehn Minuten waren ein Alptraum.

Fünfzehn Minuten, so lange brauchte ich für die 1,7 Kilometer von der einen Wohnung zur anderen. Obwohl ich heute sicher schneller war, weil ich rannte wie Forrest Gump als Football-Star der University of Alabama. Erst die belebte Vergnügungsmeile hinunter im Slalom durch die Spätsommerabend-Flanierer. Dann, mittlerweile schnaufend wie Darth Vader, durch die normalerweise ganz besonders stillen Seitenstraßen im Hinterland St. Paulis, in denen nur ein paar Hündchen auf eigene Faust zum Gassigehen unterwegs waren. Und dabei sah ich alles genau vor mir, die Choreographie eines tragischen Zufalls. Dick und Christian immer im Wechsel, die auf die Katastrophe zusteuerten wie der Tankwagen und der Eselkarren auf den Serpentinen einer Küstenstraße in einem 60er-Jahre-Thriller:

Dick, der die letzten Tage und Nächte quasi durchgearbeitet hatte und heute mal allein durch Manhattan schlenderte, ohne bestimmtes Ziel.

Christian, der erfüllt von seinem Klangschalenseminar zurück in Hamburg war und summend um den Block kreiste – irgendwann würde das Universum ihm schon einen Parkplatz schicken.

Dick, der von einer plötzlichen Laune ins Meatpacking District vor die Schaufenstern der Luxus-Designer gespült wurde und wehmütig an die Geschichten dachte, die wir uns früher zu unseren Secondhandkleidern ausgedacht hatten – wer brauchte Label, wenn er den Schal trug, in dem Bratt Pitt für Angelina mal einen Burger warm gehalten hatte (der kleine Fettfleck war nur der Beweis).

Christian, der die Tür aufschloss und »Hallo Süße!« rief, »Süße, ich bin wieder da!«

Dick, der bei Stella McCartney ein cremefarbenes Kleid entdeckte und sich vorstellte, wie Lchen darin aussähe, sein geliebtes Lchen, vor allem ihre Möpse.

Christian, der sich ein kaltes Bier nahm, das letzte, und angesichts der gähnenden Leere im Kühlschrank mutmaßte, dass die Süße einkaufen war.

Dick, der das Kleid mit seinem neuen Handy fotografierte und dann in einer zärtlichen Anwandlung eine SMS dazu tippte: *Want to marry me in this dress, Schatje?* (Er wusste, dass ich wahrscheinlich im Moment ein bisschen böse auf ihn war, weil er sich drei Tage lang nicht gemeldet hatte – genau der richtige Zeitpunkt, Schatje endlich zu fragen...)

Christian, der zur Terrasse ging, um dort in den letzten Sonnenstrahlen sein Bier zu trinken.

Dick, der SENDEN drückte.

Christian, dem der Poststapel auf dem Tisch ins Auge fiel – ob die Planetenton-Zimbeln endlich wieder auf Lager waren?

Dick, der auf sein Handy sah und auf *»Übertragung erfolgreich«* wartete.

Christian, der den Poststapel checkte (Scheiße, keine Zimbeln!) und dabei Lchens Handy bemerkte, PIIIEP! Huch!

Dick, der zufrieden sein Handy einsteckte und in den Laden ging, um sich das Kleid zeigen zu lassen. Er war sich sicher, dass er ein YES bekäme, er war sich so *verdammt* sicher.

Christian, der unsicher auf das Handy schaute – wer der Kleinen wohl simste? Sie sprach gar nicht mehr von 119, das war doch irgendwie *verdächtig*… Christian, der seine Hand unsicher nach dem Handy ausstreckte.

Dick, der auf kleiner Junge machte und den Verkäuferinnen aufgeregt die E-Mail zeigte, die er gerade verschickt hatte. Nun standen alle im Kreis und warteten mit ihm auf Antwort, eine Verkäuferin hielt sogar seine Hand.

Christian, der die Nachrichtenliste in Lchens Handy anklickte und erstaunt sah, dass die letzte SMS von Dick war – das war doch dieser verheiratete Exlover der Süßen, was wollte der denn? Lchen zur silbernen Hochzeit einladen? Gleich würde er es wissen… Christians Daumen, der über der Taste mit dem grünen Telefönchen schwebte…

NEEEIIIIN!

So weit durfte es nicht kommen. Obwohl ich inzwischen dampfte und schnaubte wie ein alter Postgaul, setzte ich an zu einem spektakulären Endspurt. Dabei bettelte und flehte ich in Gedanken: Nein, bitte nicht, Schatz, BITTE NICHT ÖFFNEN, noch drei Minuten, dann bin ich bei dir, es sei denn, ich kollabiere vorher oder… TRRRRÖÖÖÖÄÄÄÄÄÄTTTTT. In dem Moment hörte ich eine Hupe, fast zeitgleich sah ich zwei Scheinwerfer auf mich zurasen, oh nee, aber nicht überfahren! Wenn ich jetzt überfahren würde, würde Christian mein Handy auf jeden Fall in die Fingerchen kriegen. Weinend würde er gucken wollen, wem er eine Todesanzeige schicken müsste, und dabei Dicks Nachrichten finden, die seit meinem Ableben aufgelaufen waren. Auch wenn wahrscheinlich doch kein Antrag dabei wäre, weil Dick ja nur noch seine Kunst liebte, wären sie vermutlich kompromittierend. Oh nein, nein, nein, Schatz, nicht lesen! Ich liebe dich doch, ich habe dich immer geliebt, du bist es, Christian, du bist mein Mann, mit dir will ich lebBUMMMMMMSS!

Danach: Stille. Und ein Gedanke, der durch die totale Gehirnleere kullerte wie eine Heukugel durch eine verlassene Westernstadt: Oha. Plötzlich mein keuchender Atem, der nach dem Schreckmoment wieder einsetzte, überlaut wie durch Lautsprecher, das einzige Geräusch in einer Welt ohne Ton.

»Bist du blind, du beschissene Kuh?« Ah, da war der Ton ja wieder. Wie ein tollwütiger schwarzer Zwergpudel sprang der Fahrer aus dem Unglücksmercedes und beäugte seinen Kühler. Wer ist denn hier bitte ins Blumenbeet gebrettert, lag es mir auf der Zunge. (Das Auto hing mit der Schnauze in einer dieser verkehrsberuhigenden Grüninseln einer Spielstraße.) Aber es war nicht der Moment für Verkehrserziehung. Ich wusste jetzt, dass ich zu Christian gehörte, das hatte ich soeben – Auge in Auge mit dem Jenseits – klar gespürt. Ich musste heim, bevor er mein Handy fand, nur das zählte. Sonst würde ich Christian genau in dem Moment verlieren, in dem ich mich für ihn entschieden hatte – wie tragisch wäre das denn! Ich rannte los. So war der Plan. Doch leider funktionierten meine Beine nicht, ich stand wie angewurzelt und starrte den tobsüchtigen Pudel an, aus dessen Mund die Poesie der Straße jetzt in einer fremden Sprache perlte. Das war wohl auch besser. (Beschissene Kuh!) Blopp blopp, von irgendwo hörte ich noch ein anderes Geräusch. Es erinnerte mich an diese Rahmspinatwerbung, ich bekam Appetit. Dann bemerkte ich das Blut, das aus meiner Nase auf den grauen Asphalt tropfte, schon verging er mir wieder.

»War ich das?« Auch Blacky wurde kreideweiß.

»Wer sonst…« knurrte ich. Wenn er nicht rumschrie, sah er eigentlich ganz hübsch aus, ein bisschen wie der junge, schlanke Fatih Akin. Er reichte mir ein Taschentuch. Aus Stoff, hoho, wahrscheinlich ein Familienerbstück.

»Geht es Ihnen gut?«, fragte er, plötzlich besorgt wie eine junge Henne.

»Nee, Ihnen?«, antwortete ich, und drückte das Familienerbstück an meine Nase (für die beschissene Kuh). »Hier!« Im Gegenzug gab ich ihm meine Telefonnummer. »Ich komme natürlich für Ihren Schaden auf.« Für den, den man beheben lassen kann. »Wenn Sie mich jetzt bitte entschuldigen würden, ich muss zu einem Mann. Einem wunderbaren Mann.« So was gibt's auch. »Wenn ich noch warte, ist er vielleicht nicht mehr da.«

Er lächelte, ein Romantiker, wusst ich's doch. Und Augen wie rund gelutschte Malzbrocken. Ich setzte mich trotzdem wieder in Bewegung. Zum Glück funktionierten meine Beinchen wieder. Ich lief, so schnell ich konnte, die Straße runter, leider war mir etwas übel. Dann klingelte auch noch mein Telefon – oh nee! – für Plaudereien hatte ich jetzt keine Muße, ich musste heim, jeden Moment konnte mein Schatz mein Handy finden……… Ich lief ein bisschen langsamer……. Irgendwas stimmte nicht, wo war der Fehler?. . . . . Ich wurde immer langsamer . . . Ich stand.

Mein Atem raste. Sicher war ich nicht der einzige Mensch mit Nokia-Klingelton auf der Welt. Ich sah mich um, ob vielleicht *noch* ein Handyinhaber in der Nähe war. Außer dem kackenden Hündchen, von dem ich natürlich nicht ganz ausschließen konnte, dass er ein Nokia-Handy verschluckt hatte, war da nur der hübsche zornige Mann, mein Fast-Unfallpartner. Jetzt lehnte er sehr lässig an seinem Heiligtum aus Sindelfingen, telefonierte und machte eine Geste, die mich zweifellos ebenfalls zum Telefonieren ermuntern sollte. Hastig tastete ich meine Jacke ab. (Warum hatte sie auch so unnötig viele Taschen, da musste man ja den Überblick verlieren!) In einer wurde ich fündig.

»Ja?«

»Wir teilen uns den Schaden, okay?« So hatte der Mann wirklich eine sehr angenehme Stimme.

Ich sah zu ihm rüber und nickte. »Danke.«

»Hey, warum heulen Sie denn jetzt, Lady, das gibt's doch nicht, wollen Sie es lieber ganz bezahlen?« Er lachte und strich sich selbstgefällig die Haare zurück wie ein Schauspieler. Immerhin, von der beschissenen Kuh zur Lady, wie schnell sich die Dinge wendeten. Ich musste lachen. Wir lachten beide.

Ich war so unglaublich erleichtert. Mein Handy war da, Christian hatte nichts erfahren, alles war wieder gut oder zumindest so wie vorher. Dann wurde mir klar, nein, alles war viel besser: Endlich, endlich, endlich wusste ich, zu wem ich gehörte.

»Wollten Sie nicht irgendwohin, Lady?«

Ich nickte. Der tollwütige Zwergpudel, Blacky, der Mann mit den Malzaugen… in Wirklichkeit war er meine gute Fee, so sah es aus. Nicht nur, weil die tiefe Abendsonne in dem Moment durch einen Torbogen kroch und von hinten einen Strahlenkranz um ihn zauberte wie um die Heilige Jungfrau. Sondern weil er mich fast über den Haufen gefahren hätte. Weil er mich dem Tod ins Auge hatte blicken lassen und weil meine vermeintlich letzte Herzenssorge in diesem Leben Christian gegolten hatte. Christian, der nach meinem Tod mein Doppelleben entdecken würde. Christian, dem es das Herz brechen würde und der das nicht verdient hatte, wirklich nicht. Christian, dem ich das niemals antun durfte... das war der Beweis. Ich gehörte zu *Christian*.

Und nun würde ich zu ihm nach Hause gehen. Nach Hause. Endlich.

Ying & Yang

»Wow!« Sobald der letzte Ton verklungen war, durfte ich die Augen öffnen, und Christian lächelte mich feierlich an. »Wow«, flüsterte er noch mal, »du solltest dich sehen, Süße, du siehst jetzt viel weicher aus.« Ja, ich fühlte mich auch etwas matschig. Gerade hatte mir Christian eine halbstündige Klangschalenentspannungsreise angedeihen lassen. Ich lag lang auf dem Sofa, und überall auf meinem Körper standen Schalen, was will man mehr. »Du bist schön wie ein Engel, Süße, weil deine Körperzellen jetzt wieder synchron pulsieren.« Verstehe. »Weißt du, die Klänge sind für die Zellen wie ein sanfter Wind in einem Ährenfeld, durch sie schwingen deine Zellen in dieselbe Richtung, sie sind wieder im Gleichklang...« Ich stellte mir meine Zellen als riesigen, wogenden Gospelchor vor, der *It Don't Mean A Thing If It Ain't Got That Swing* anstimmte. Der Liebesgott stellte meine Entscheidung gleich auf eine Probe. »Die Schwingungen der Klangschale bewirken eine innerliche Massage deiner Zellen.« Eine harte Probe. »Blockaden und Verspannungen verschwinden, aus Chaos wird Harmonie – spürst du, wie dein Qi fließt?« Nein, aber meine Blase war ziemlich voll, lange könnte ich vermutlich nicht mehr einhalten. Ich nickte, lächelnd. Sanft schlug Christian mit seinem Klöppel die Wurzelchakra-Schale in meinem Schoß. Die Zellen meines Urins schwangen in vollendetem Gleichklang an die Blasenwand. BANG BANG BANG… Schön.

Christian war wie berauscht von dem dreitägigen Seminar. Und er war fest entschlossen, sich auch außerhalb des Instituts als freier Klangtherapeut zu betätigen. Seit er zu Hause war, sprach er über nichts anderes. Er hatte – mit Hilfe seiner ebenfalls in den letzten drei Tagen erworbenen und zertifizierten Fähigkeit der »geomantischen Kraftortbestimmung« – schon herausgefunden, dass unser Tomatenhaus eine tolle Energie hatte und der ideale Ort war für »Zellenmassage durch Klänge«. Na dann. Er wollte eine Klangliege ins Tomatenhaus bauen, »etwas Altarartiges mit Fellen und Decken, auf denen die Menschen sich sofort als Teil von etwas Größerem spüren«. Meinetwegen. Und nicht nur Klangschalen sollte es dort geben, auch Gongs und Zimbeln und Glöckchen in allen Planetentonlagen, ein richtiges Orchester!

»Und das alles direkt unter den Wolken, Lchen, die Menschen werden sich fühlen… wie im Himmel.« Christians Augen glänzten.

Ich nickte. Und dabei strich ich ihm über den Kopf, der mittlerweile den Platz auf meinem Wurzelchakra eingenommen hatte. Wir lagen jetzt im rechten Winkel auf unserer L-förmigen Couchlandschaft, und Christian erzählte. Er war so begeisterungsfähig. Und er sah so hübsch aus. Seine schönen weichen Haare vor allem. Schön war das alles. Schön, schön, schön. Mein Blick fiel auf meine Uhr. Sie hatte meinem Vater gehört, er hatte sie mal für vierzehn Euro bei

Tchibo gekauft. Und jedes Mal beim Draufschauen hatte er sich gefreut, dass er etwas so Tolles so billig bekommen hatte. Funkgesteuert mit Digitalanzeige. Aber ein bisschen Sorgen gemacht hatte es ihm auch. Die ganze Arbeit, die da drinsteckte, von so vielen Menschen, die musste doch mehr wert sein. Es war jetzt genau einundzwanzig Uhr zehn und siebenundzwanzig Sekunden. Schatz war inzwischen schon beim Türschild, Donnerwetter.

»... wenn man *Musik- und Klangtherapeut* draufschreibt, wirkt das doch wie ein und dasselbe, *Musiktherapeut und Klangschamane* klingt irgendwie besser, interessanter...«

Hm, hm... machte ich und nickte. Es war ganz einfach, man musste sich nur auf eine Seite schlagen und dann dort bleiben, komme, was wolle, in guten und in Klangschamanen-Zeiten. Etwas anderes blieb mir auch gar nicht mehr übrig, ich hatte die Brücken hinter mir abgebrochen. Ich sah wieder auf Vatis Uhr, schau an, jetzt war es einundzwanzig Uhr zwölf und drei Sekunden. Würde die Zeit in Zukunft immer so langsam vergehen?

Vorhin, als ich mein Handy wiedergefunden hatte, hatte ich darauf auch eine SMS entdeckt. Von Christian. Er schrieb, dass es etwas später würde, weil Volker (der Seminarleiter) etwas überzogen hätte. Und dass er mich liebte und sich auf mich freute. Von Dick hingegen war nichts gekommen. Wie hatte ich glauben können, er würde mir ein Hochzeitskleid simsen oder sonst irgendwas liebes Kompromittierendes?! Aber umso besser. Das machte es nur leichter.

Die Zeit bis zu Christians Rückkehr hatte ich dann gleich genutzt, um Dick adieu zu sagen. Ich wollte es schnell hinter mich bringen, aber nicht per SMS oder E-Mail, die wären zu leicht erwiderbar und würden nur ein endloses Lebewohl-

Pingpong auslösen. Und ihn in New York anrufen sollte ich ja nicht, das war vom Meister ausdrücklich nicht erwünscht (»Sorry, I really really have to concentrate, Schatje.«) Also ein Brief. Ein handgeschriebener Abschiedsbrief auf Papier, das saß und hatte Stil (wenn man nicht gerade einen Füllfederhalter und Büttenpapier benutzte – das war nur oll). Ich nahm ein Blatt glattes, glänzendes 90-Gramm-Drucker-Fotopapier und als Stift einen Pilot G-Tec-C4 Gel Rollerball. Das war mein Lieblingsstift, ich besaß ihn in allen Farben und entschied mich diesmal für den orangen. Für den Holländer Orange, eine kleine Aufmerksamkeit des Hauses, die letzte… Hm, hm, machte ich automatisch, als Christians sanfter, ruhiger Redefluss im Hintergrund ein bisschen ins Stocken geriet. Ich sah auf Vatis Uhr, 21.23 und 17 Sekunden 18, 19… Oh! Christian hatte sein Köpfchen gehoben und sah mich fragend an.

»Was denkst du, Lchen?«

»Tja, schwierig…« Ich gab mich unentschlossen, wozu auch immer.

»Die Leute wären nur ganz kurz in unserer Wohnung, ich mache hier ein kurzes Warm-up mit ihnen, und dann gehen wir raus ins Klanghaus – wär das okay?!«

»Kein Problem, Schatz«, sagte ich. (Klanghaus! Habt ihr gehört Tomatchen, ihr bekommt eine neue Anschrift!) Ich gab Schatz einen Kuss. In guten und in durchgedrehten Zeiten. Dabei bemerkte ich, dass mein Pulli da, wo sein Kopf gelegen hatte, voller Schuppen war. Der Liebesgott fuhr offensichtlich härtere Prüf-Geschütze auf. Strolch. Der Mann, für den ich mich entschieden hatte, war ein selbsterklärter Klangschamane mit Schuppen – na und?! Das konnte Lpunkt (L für LLOOOVE) nicht im Geringsten aus der

Fassung bringen! Ich schwitzte nur ein bisschen. Und ich hatte das Bedürfnis, die Fenster zu öffnen. Leider war es draußen so ungemütlich, nach dem goldenen Tag zog nun ein Tief über Hamburg, sehr tief. Und nass. Man musste bescheuert sein, das Fenster zu öffnen, und noch bescheuerter, da jetzt rauszugehen. Um mich abzulenken, sah ich wieder auf Vatis schöne Uhr, es war jetzt 21.25 und vier Sekunden.

Es hatte sich merkwürdig angefühlt, den Abschiedsbrief an Dick zu schreiben. Merkwürdig leicht. Ich hatte mich einfach hingesetzt, vor das schneeweiße, besonders glatte Papier, und schon glitt mein Pilot G-Tec-C4 Gel Rollerball über das Weiß wie Skilegende Toni Sailer über eine unberührte Tiefschneepiste am Ostersonntag. Mit Bommelmütze. Keine zerknüllten Blätter, keine 25 Anläufe, keine Tränen ausnahmsweise. Als wenn ich jede Woche eine große Liebe abservierte. Fast ein bisschen *zu* wenig Drama für meinen persönlichen Geschmack. Ich schrieb nur einen einzigen Satz und den äußerst schwungvoll: *Schatz, verzeih mir, ich liebe dich, aber ich kann Christian nicht so weh tun.*

So, das war's. Die Wahrheit. Und eine Erlösung. Erst wollte ich noch ein PS daruntersetzen:

PS. Dir tue ich auch nicht wirklich gerne weh, aber du kannst es verkraften, weil du endlich deine wahre Liebe gefunden hast: dich selber. Herzlichen Glückwunsch.

Zum Glück konnte ich mich beherrschen. Aber recht hatte ich! Und wenn er sich jetzt schon nicht von einer Reise meldete, wie gleichgültig wäre Dick erst geworden, wenn ich Christian verlassen hätte?! Wenn der Rivale aus dem Feld gefegt und Meister Picasso konkurrenzlos wäre? Egal. Statt eines PS ließ ich Curd noch einen Abschiedsgruß schreiben. *Tschüs, meim hollämischer Freumd,* schrieb er, tiefgründig wie stets... Dabei wurde mir schon ein bisschen anders.

Einen Moment hörte ich ein trauriges Winseln aus den Katakomben meines Herzens, aber ich ignorierte es. Ich dachte nur an den Moment, als ich mir vorgestellt hatte, dass Christian mein Handy fände. Er wäre *so* enttäuscht. Wie ein kleines blondgelocktes Mädchen, das sich vom Nikolaus ein Pony gewünscht hat und stattdessen einen Schalke-Aschenbecher im Stiefel findet. Ich konnte Christian einfach nicht weh tun, und das war doch auch Liebe, das war Liebe, verdorie, oder etwa nicht!?

Schnell hatte ich den Brief in den Umschlag gesteckt (schlicht weiß, aber wattiert) und war damit zum Postkasten gelaufen, dem besten St. Paulis, dem Einzigen mit Nachtleerung. Ich wollte unbedingt, dass der Brief heute noch rausging, und das würde er, gleich, endlich. Was sagte Vatis schöner Zeitanzeiger? 21 Uhr 31 und 3 Sekunden. In 28 Minuten und 57 Sekunden würde der Postmann ihn holen, dann wäre es vollbracht. Nachtleerung war nämlich um 22 Uhr. Mir war heiß.

»Am besten führe ich meine Klienten mit verbundenen Augen und Ohren durch die Küche zum Klanghaus. Das wischt ihre innere Tafel aus, und außerdem können sie dich dann nicht stören, Süße.« Christian war inzwischen bei der Detailplanung angelangt.

»Gute Idee, Schatz«, sagte ich. Toll. Ich stellte mir vor, wie er Menschen mit großen schwarzen Brillen und Mickey-Mouse-Ohren durch die Küche schöbe, während ich am

Rechner säße und arbeitete – was sollte mich denn daran stören? »Schatz, du hast übrigens wieder Schuppen gekriegt!« Ich schob ein Kissen unter seinen Kopf. Christian plapperte einfach weiter, wahrscheinlich dachte er, ich wollte seinen Komfort erhöhen. 21 Uhr 35. Poeh, das Kissen war keine gute Idee, ich glühte.

»Und soll ich dir mal was total Stranges erzählen?« Fahre fort, mein Freund. »Eine Frau heute im Seminar fing plötzlich an zu singen, als ich sie bespielte.« Christians Augen strahlten. Be-WAS? »Danach erzählte sie, ihre tote Mutter sei ihr während meiner Klangmassage erschienen und habe gesungen. Sie selbst hätte in ihren Gesang eingestimmt und sich so mit ihr versöhnt, wozu sie zu Lebzeiten nicht mehr gekommen sei – Lchen, was denkst du, vielleicht sollte ich mich auf Trauerarbeit spezialisieren?!«

»Was haben die zwei denn gesungen?«, antwortete ich aufrichtig interessiert. Dabei wuchtete ich Christians Kopf von meinem Schoß auf das Couchpolster um. Christian antwortet nicht, ein Schatten flog über sein Gesicht, fragend sah er mich an.

»Ach, sag mal… hat dieser Holländer sich noch mal gemeldet?«

»Keine Ahnung, welcher Holländer?«, fragte ich gelangweilt, während sich in meinem Innenleben Szenen abspielten wie auf dem Kölner Bahnhof, wenn jemand »wem gehört denn das tickende Köffersche?« gerufen hat.

»Ach, hab ich das nicht erzählt?!« Christian setzte sich auf. »Da hat jemand angerufen, bevor ich gefahren bin, er sprach wie Rudi Carrell und sagte, er wäre ein Freund meiner verstorbenen Mutter. Und er hätte etwas, das er mir nach ihrem Tod zukommen lassen soll.«

»Das kann nicht sein, Rudi Carrell ist tot«, versuchte ich einen Scherz. Ich zitterte. »Und was hast du gesagt?«

»Ich hab gesagt, er wäre falsch verbunden, meiner Mutter ginge es gut.« Christian versuchte ein spitzbübisches Grinsen.

»WAS? WIESO?« Jetzt verstand ich gar nichts. »Deine Mutter *ist* doch tot?!«

»Das sind diese Leute, die Trauernde abzocken, Lchen!« Christian war sichtlich stolz auf seine Intelligenz.

»Du hast dem Mann gesagt, dass deine Mutter *lebt*?«

»Allerdings. Die rufen an, erzählen irgendeine rührselige Story, und am Ende wollen sie Kohle. War neulich in XY!«

Oh nein. Mich beschlich eine grauenvolle Ahnung. Und was, wenn dieser Rudi-Carrell-Anrufer Dick gewesen war? Dick, der den Verdacht hatte, ich hätte Christians tote Mutter vielleicht nur erfunden, um ihn hinzuhalten? Oje! Dick hatte hier angerufen – die Festnetznummer stand ja im Telefonbuch – und Christian hatte seinen Verdacht bestätigt! Ojeojeoje! So gesehen erschien es fast verzeihlich, dass mein holländischer Schatz sich seit ein paar Tagen so bedeckt hielt! Und ich… was hatte ich getan?! Kackekackekacke! Ich fühlte mich fiebrig.

»Ich werde Ursula bitten, einen Erfahrungsbericht über die Nachtodbegegnung mit ihrer Mutter auf meine Website zu setzen.« Christian war inzwischen schon bei seinem Internetauftritt. »*Klänge – die Brücke zu den Verstorbenen*, ich glaube, das wird viele Menschen ansprechen, oder, Süße? Was meinst du?«

Aber anderen die Geschäfte mit der Trauer verderben. Ich sah Christian an. Seine Augen funkelten vor Begeisterung. Er glaubte daran, irgendwie rührte er mich.

»Das wird der Knaller, Schatz.« Ich strich ihm eine Strähne aus dem Gesicht, meine Hände waren eiskalt. »Die Leute werden deine Klänge lieben, unser Tomatenhaus wird *der* internationale Treffpunkt der Klangschalenszene.« Und der Wünschelrutengängerszene, der Tarot-Kartenleger, der Hellseher, der Engelheiler, der Tierflüsterer und vieler anderer spannender Menschen. »Und unsere Tomaten werden wie Melonen! Schamane Christians Superklänge fördern nämlich auch das Pflanzenwachstum und werden ganz nebenbei den Welthunger beseitigen. Du bist der Größte, Schatz. Was soll ich nur anziehen, wenn sie dir den Friedensnobelpreis geben!?«

Christian lachte. So arglos. Er zog mich an sich und nahm mich in die Arme. »Nein, die Tomaten müssen dann raus, Süße. Aber von dem Geld, das ich dazuverdiene, können wir uns Bio-Tomaten kaufen, soviel wir wollen. Und schöne Kleider für meine Süße, obwohl sie mich immer veräppelt.« Nach ein bisschen Rumbalgen lag er der Länge nach auf mir und sah mich zärtlich an. »Ich habe dich vermisst, Lchen.« Wie lieb. Ich stellte mir vor, dass seine Schuppen auf mich rieselten, und hielt den Mund trotzdem lieber geschlossen. Außerdem war ich nun doch etwas böse. Er wollte tatsächlich unsere Tomaten vor die Tür setzen! Für ein paar Esoterik-Uschis, die Englein sahen, wenn ein hübscher Junge mit weichem Haar und Silberringen an den Däumchen auf ihrem Wurzelchakra ein bisschen Bimbam machte! Mit seinem großen harten Klöppel! Ach, das war… nicht schön. Und natürlich würde er damit Erfolg haben. Es gab so viele einsame Uschis, die bespielt werden mochten. Uschis wie mich im Grunde… Ich spürte, dass Christian romantisch werden wollte, aber im Moment hatte ich ausnahmsweise andere Pläne.

»Schatz«, stieß ich aus, »ich muss zu Edeka!« Ich machte mich los und sprang auf. Papas Uhr zeigte 21.48 Uhr, noch zwölf Minuten. »Ich hab noch gar nicht eingekauft, wir müssen doch ein bisschen feiern, das alles, ich bin gleich wieder da!« Ich schnappte meine Jacke und peste los. Sie wissen, wohin.

Der Wind blies mir Regen ins Gesicht, feuchte Kälte kroch in meinen Nacken, es war feinstes Hamburger Schietwetter, aber ich spürte fast nichts davon. Ich hatte andere Sorgen. Ich musste diesen Brief wieder haben. Ich hatte mich nämlich falsch entschieden, ich Eselchen. Christian war ein wunderbarer, süßer, schöner Mensch, von allen Klangschamanen der Welt würde er für alle Zeit mein Lieblings-Klangschamane bleiben, ich hatte ihn sehr lieb. Aber wir hatten nichts, nichts, nichts gemeinsam, wir kamen nicht nur von unterschiedlichen Sternen, sondern aus anderen Galaxien. Selbst den Wunsch nach Tomaten teilten wir nicht mehr. Dick und ich passten viel besser zusammen. Ich liebte ihn auch viel mehr, wenn ich nicht gerade böse auf ihn war – warum hatte ich nur diesen Brief geschrieben, warum? Ich musste ihn wiederhaben, dafür faltete ich sogar die Händchen beim Laufen, und mit der wenigen Puste, die ich übrig hatte, schickte ich eine flehentliche Bitte in den nächtlichen Schietwetterhimmel: Lieber Gott, auch wenn ich zu 99 Prozent nicht an dich glaube, bitte, bitte, bitte gib, gib, dass der Postbote ein freundlicher, gütiger, alter Herr ist… gib, dass er an die Liebe glaubt und mir den Abschiedsbrief zurückgibt… und gib, dass er sich ein bisschen verspätet, eine alte Frau ist doch keine Lokomotive…

Der liebe Gott erhörte mich. Zu etwa 1 Prozent.

Als ich zum Postkasten kam, dem besten St. Paulis, war es

Punkt zehn, aber kein Postbote weit und breit. Unruhig lief ich vor dem Kasten auf und ab, als wartete ich auf Kundschaft, um sie dann zu schrumpfen und in den Postkasten mit ihnen zu klettern für… l'amooouuur. Inzwischen schüttete es wie aus Eimern. Wenn ich eins nicht leiden konnte, dann Unpünktlichkeit – oder war der Postbote etwa schon da gewesen?! Ich pinkelte mir fast in die Hose vor Angst, um mich, um Dick, um alles irgendwie. Eine geschlagene Viertelstunde musste ich warten, bis sich endlich Scheinwerfer näherten. (Von »ein bisschen Verspätung« konnte man da wohl nicht mehr reden!) Meine Augen wurden schmal, ich hatte nur noch einen Gedanken: Her mit dem Brief, wenn dir dein Leben liebt ist, kleiner gelber Mann von der Post! Ich durfte Dick nicht verlieren. Ich liebte ihn doch mehr als alles andere auf der Welt…

»Sie sind meine Rettung!«, flehte ich, kaum setzte der Postbote einen Fuß aus der Wagentür. Bevor ich ihn umhaute und ihm seinen Sack wegriss, wollte ich ihm noch eine Chance geben, sich kooperativ zu zeigen. »Da ist ein Brief drin, den ich unbedingt wiederhaben muss!« Ich drückte auf die Tränendrüse. »Ich habe einen schrecklichen Fehler gemacht, dieser Brief… ich habe darin mit einem Mann Schluss gemacht.«

»Das kann kein Fehler gewesen sein.« Erst jetzt erkannte ich, dass der vermeintliche Bot*e* eine Bot*in* war. Die Postuniformen waren wirklich sexy. Unbeeindruckt von meinem desperaten Zustand klemmte die Bo*tin* den Postsack unter den Kasten. Ich spürte, dass ich meine Strategie ändern musste.

»Ich habe in dem Brief geschrieben, dass ich auf den Unterhalt verzichte!«

»Wie heißt der Mann?« Ohne eine Miene zu verziehen, leerte sie den Sack kopfüber auf der Tragfläche des Postwagens aus.

»Dick...«, nuschelte ich kleinlaut.

Sie warf mir einen Blick zu, er sagte: Und da wundern Sie sich?

Ich zuckte entschuldigend mit den Achseln, gemeinsam fingen wir an, den Inhalt von St. Paulis bestem Postkasten zu durchforsten.

Zum Glück waren nicht allzu viele kleinformatige blütenweiße Briefe aufgegeben worden, dafür fand sich ein kleinformatiges totes Nagetier in dem Haufen (»Passiert das oft?« – »Was denken Sie, woher der Begriff Leseratte kommt!«), und nicht weit davon wurde die erfahrene Postbeamtin auch schon fündig. Sie warf einen flinken Blick auf die Anschrift (»Ach, ein Holländer!?«) und drückte ihn mir mit der vagen Andeutung eines Lächelns in die Hand (»In Holland ist zwischen Mai und Oktober ohnehin niemand zu Hause, nicht zustellbar!«). Ich hätte sie küssen können. Gute Frau. Vor Erleichterung schoss mir schon wieder Wasser in die Augen, ich gehörte zu Dick, nie wieder würde ich das vergessen, nie, nie, nie! Hoffentlich. Ich sah der Postdame noch zu, wie sie den Briefkasten wieder ordnungsgemäß verriegelte. Die Scheinwerfer des Transporters leuchteten sie dabei an und hüllten sie in einen Strahlenkranz, noch eine gute Fee? »Alles Gute!«, rief sie mir jetzt zwinkernd zu.

Plötzlich fühlte ich mich nur noch müde. Zu müde sogar, um mir etwas vorzumachen – das wollte was heißen. Ich riss den Brief in tausend Fetzchen und überließ sie dem regennassen Asphalt von St. Pauli. Dann trat ich – schlurfend, wie fünf alte Legionäre nach der werweißwievielten Schlacht gegen die Barbaren – wieder den Heimweg an. Zu Christian, der sich sicher schon schlimme Sorgen machte. Oder schlief und von großen, runden Klangschalen träumte, der Süße. Was für ein Tag.

Ich hatte versucht, es endlich zu entscheiden, aber ich war wieder gescheitert. Ja, im Moment war ich sicher, dass ich zu Dick gehörte, aber wie lange wohl noch? Wie lange? Es war doch so: Egal, für welchen Mann ich mich entscheiden würde, ich würde todunglücklich. Weil ich immer das begehrte, was ich nicht hatte, so war es doch jetzt schon. In Christians Armen sehnte ich mich nach Dick. Und in Dicks Armen fehlte mir Christian. Jede Entscheidung wäre die falsche. Scheiße oder Scheiße? Dabei wünschte ich mir nichts mehr als ein Zuhause, einen Menschen, zu dem ich gehörte. Aber machen wir uns nichts vor, das würde es für Lchen nie geben, niemals. Sie hatte nämlich einen Schaden, eine Macke, eine Meise, einen Sprung in der Schüssel – suchen Sie sich was aus, oder nehmen Sie meinetwegen alles, *Sie* dürfen das.

Ich machte noch einen Abstecher zur Tanke. Irgendwas musste ich ja mitbringen von meiner angeblichen nächtlichen Shoppingtour. Meine Laune besserte sich ein wenig. Christian ließ sich sicher leicht besänftigen, ein paar schöne kalte Flaschen Bier und die Aussicht auf Beischlaf würden ihn schnurren lassen wie ein Kätzchen. Und Dick würde ich eine liebe süße Mail schreiben und klarstellen, dass Christians Mutter wirklich gestorben war (falls Dick überhaupt der Anrufer gewesen sein sollte). Nein, nichts war gut, gar nichts, aber alles war zumindest unter Kontrolle. Jedenfalls für heute. Und heute würde gefeiert, beschloss ich spontan, vielleicht das letzte Mal.

Ich beschleunigte meinen Schritt ein wenig. Auf der Ecke sah ich das schöne satte Rot der Esso-Tanke leuchten, das pulsierende Herz von St. Pauli. Es pulsierte ununterbrochen, 24 Stunden am Tag, 365 Tage im Jahr, seit 1949. Die Tankstelle mit dem längsten Getränkekühlregal in Hamburg, da gab es alles. Und alle – ob Hure, Nachtschwärmer, Hafenarbeiter oder Leute aus der nahen und teilweise auch ferneren Umgebung – kauften dort ein.

Im Grunde war es also nicht *so* ungewöhnlich, dass ich *sie* dort traf: das dicke Mädchen, die neue Freundin vom Pistazienjungen. PENNY, EDEKA und die regulären Versorgungsbetriebe hatten seit gut einer Viertelstunde zu, und sie hatte offensichtlich den ersten Kalorienengpass. In ihrem Körbchen lagen schon Haribo-Salzbretzeln (nach denen war ich allerdings auch süchtig) und Nüsschen in Schokolade, nun stand sie vorm Kühlregal. Ich beäugte sie unauffällig aus den Augenwinkeln. Aus der Nähe sah sie viel älter aus, bestimmt Mitte 30, kein dickes Mädchen, sondern eine dicke Frau. Als sie plötzlich in meine Richtung sah, war ich zu fasziniert von ihrem makellosen, nahezu kreisrunden Gesicht, dass ich es nicht schaffte wegzusehen. Sie strahlte wie ein runder schöner Vollmond und plapperte sofort los.

»Hallo, du bist doch die Nachbarin von auf die andere Seite, nich?« Ach du Scheiße, der Vollmond sprach wie Silvie van der Vaart. »Ich habe gesehen, dass dein Mann auch von Holland ist – genau wie ich!« Ach was! »Ich habe gesehen an seine Auto, an die gelbe Nummer!« Interessant. »Sach mal, was ist das hier für eine Scheiße?« Sie deutete zum Milchregal. »Sie sagen, das soll die größte Getränkekaltregal von Hamburg sein, hier soll man alles kriegen, aber wo verdorie is Scheisfla!« Scheisfla? »Nicht mal einfache

Scheisvanillefla! Nirgendwo gibt Scheisfla in Deutschland!« Ach, Vla! Jetzt verstand ich, was sie meinte. Ich nickte betroffen. Ich schämte mich für mein Vaterland, dass es keinen holländischen Trinkpudding importierte. »Was sagt deine Mann dazu, dass man nirgendwo Vla haben kann? Frag ihn mal, vielleicht wollen wir zusammen ein Demo machen, vor die Supermarkt!« Sie lachte schallend.

Ich liebte diese Frau. So eine Frohnatur! Nichtsdestotrotz hatte ich kein Interesse an Kontakten in die Nachbarschaft meines Geheimdomizils. Ich existierte dort nicht, und meine Liebe zu dieser schönen runden Frau musste unerfüllt bleiben – so, wo war denn jetzt das kalte Bier?

»Rosi sagt, du hast zwei Männer, ist die andere auch so niedlich wie die Holländer?«

Ich starrte sie entgeistert an, mein Köpfchen schaukelte hin und her wie ein Fensterladen nach einem Tornado. »Nei-nei-nein«, ächzte ich.

»Ahhhh, du bist höflich! Die Holländer sind die Beste, möchtest du damit sagen. Das ist süß.« Sie lachte wieder und legte vertraulich den Arm um mich.

»Nein, ich hab keine zwei Männer«, sagte ich.

»Oh. Nich?« Sie ließ mich los. »Schade, ich dachte, ich hätte gefunden eine, wie sagt man, verwandtschaftete Seele. Ich habe immer zwei Männer, zwei ist besser.« Schon legte Lady Chatterley ihre Hand wieder auf meinen Arm. »Zum Beispiel Jan, weißt du, warum er immer Pistazien malt?« Ich schüttelte den Kopf. »Ik sag es dir…« Oh, bitte. »Er ist etwas verrückt.« Sie lachte schallend. »Nein, das ist Unsinn. Er ist *total* verrückt!« Sie wieherte wie ein Pferd. »Aber mein anderes Mann, Wim, der ist dafür total normal, ein totales Langweiler!« Wiehernd packte sie noch zwei Tafeln Ritter

Sport in ihren Korb, Alpenmilch und Dunkle Nuss. »Jeder von meine Männer allein ist eine Alptraum, aber zusammen sind sie wunderbar. So habe ich es ihnen auch erklärt: Wim und Jan, ihr seid mein Ying und Yang! Das fanden sie schön.« Wer fände das nicht. Sie sah mich erwartungsvoll an. »Aber eine allein kann auch gut sein, wenn er der Richtige ist.« Ich spürte, jetzt war ich an der Reihe mit Vertraulichkeiten, aber ich glotzte nur und nickte. Etwas enttäuscht tätschelte sie meine Hand. »Na, ich will mal weiter nach die Vla suchen.« Ja. Viel Glück.

Mechanisch ging ich zu dem gekühlten Bier. Ich starrte auf die Flaschen, die akkurat dastanden wie Soldaten bei einer Feiertagsparade für Breschnew. Irgendwie hatte ich vergessen, was ich hier wollte. Als ich mich umsah, tapste die Holländerin immer noch ungelenk wie ein Bärenmarke-Teddy vor der Milchabteilung hin und her, unfassbar, kein Vla.

»Dick und Christian!«, rief ich ihr zu. »Sie heißen Dick und Christian, wenn es Sie so interessiert. Sie wissen nichts voneinander, und das dürfen sie auch nicht, nix Ying und Yang, ich muss mich entscheiden, aber ich kann nicht, verdorie, ich kann es einfach nicht!« Scheppernd und völlig wahllos packte ich ein paar Bierflaschen in mein Körbchen. Ich war wütend. Als wenn das alles so einfach wäre, ja, vielleicht, wenn man sich mit Puddingkalorien panzerte, aber sonst…

Mit einem Mal stand sie neben mir. Ich hatte sie gar nicht heranrollen gehört. Ohne ein Wort stellte sie ihren Korb ab, nahm mich in ihre dicken Arme und drückte mich an sich. Auch das noch. Ich stand steif wie frischer Spargel und ballte die Fäustchen, damit ich bloß die Fassung nicht verlor. Sie legte ihr weiches Wursthändchen auf meinen Hinterkopf und drückte ihn in ihre Nackenmulde – HILFE! Da am Hinterknopf war mein Turboknopf zum Heulen, Finger weg! – ich konnte ihren süßlichen Geruch wahrnehmen, alles klar. Sie roch nach Gras wie ein Coffeeshop am Leidseplein am Königinnentag, een dikke dikke proficiat!

»Ich weiß, dass es nicht so leicht ist mit zwei Männer«, tröstete sie mich. »Nicht alle geben zusammen ein rundes Kugelchen wie Wim und Jan. Aber du musst *ehrlich* zu ihnen sein, du *musst* es ihnen sagen?! Wenn sie dich wirklich liebhaben, werden sie versuchen, miteinander auszukommen.« Verstehe.

Sie lachte noch mal und war dann sehr plötzlich verschwunden. Ich sah gerade noch, wie sie durch die zweispurige überdachte Tankstraße davontapste. Sie hatte den Korb noch in der Hand! Gezahlt hatte sie auch nicht! Aber anderen Leuten Ehrlichkeit predigen! Das Licht der Waschstraßeneinfahrt umfloss sie und verpasste ihr einen Strahlenkranz. Darauf fiel ich nicht mehr rein.

»Ich zahle für die Dame mit«, sagte ich zu dem Kassierer und deutete in ihre Richtung. Er sah kurz auf, warf mir einen forschenden Blick zu und nickte dann nur. »Alles klar, Madame.« Madame. Ich tippte an meinen Einkaufskorb. »Kann ich den bitte ausleihen?« Ich hatte immerhin fünf Bier und zwei Mümmchen zu schleppen. »50 Cent pro Stück.« Mit einem Kopfschütteln legte der Kassierer mir zwei Plastiktüten auf den Tresen. »Aber wer *nicht* zahlt, darf ihn nehmen!«, empörte ich mich und zeigte wieder zum Fässchen, leider war es inzwischen wie vom Erdboden verschluckt – warum hatte ich den Eindruck, dass die anderen Kunden sich heimlich ansahen? Ich ging dann mal mit meinen Tüten, so war das, Aufrichtigkeit wurde bestraft…

Bier holen auch.

Zu Hause empfing mich Christian mit finsterster Miene. »Edeka hatte schon zu, Schatz!«, flötete ich entschuldigend. »Aber sieh mal, was ich hier habe!« Ich rollte die Augen wie Kaa, die Schlange, bewegte mich auch ein bisschen so und ließ die Tüten mit dem Bier vor seiner Nase baumeln. Christian verzog keine Miene. Ich sang sogar Kaas Lied: »Traue mir... trink ein Bier...« Christians Gesicht blieb ernst. Plötzlich begriff ich. Ich ließ die Tüten sinken. Oh nein. Nein, bitte nicht... bitte nicht, flehte ich innerlich, aber ich wusste, dass alles Flehen nichts mehr nützte. Ich hatte es eigentlich sofort gesehen. Als ich die Tür aufschloss und Christian am Ende des Flurs mit verschränkten Armen im Türrahmen lehnte, hatte ich es bemerkt. Ich hatte nur nicht gleich erkannt, dass es meins war... Langsam wanderte mein Blick an Christian herunter. Seine muskulösen Arme hingen jetzt leicht angewinkelt neben seinem Körper. In der rechten Hand hielt er es: mein Handy. Diesmal hatte ich es wirklich zu Hause liegen lassen.

Plopp, machte es. Plopp, Plopp. Meine kleinen Nasengefäße hielten mal wieder dem Druck nicht stand.

Weihnachtsdispositionen

Es war einen Tag nach Sinterklaas, und ich war in Amsterdam. In dem Häuschen, das ich bald mit Dick bewohnen würde. Ich saß am Fenster und schrieb. Wenn ich über den Rand meines Laptops blickte, sah ich auf den Kanal. Eisschollen trieben darauf, trotzdem tuckerte ab und zu ein Bötchen entlang. Alles war genau so, wie ich es mir immer gewünscht hatte. Und trotzdem war alles ganz anders.

Ich schrieb gerade die letzten Seiten meines zweiten Romans. Das Kapitel, in dem Lpunkt Dick verließ. Der letzte Morgen damals in Rotterdam, als ich ganz früh zum Wilhelminapier gegangen war. Als ich mich danach wieder zu Dick ins Bett gelegt hatte, der nach einer schlimm durchkotzten Nacht noch schlief, und in Gedanken Abschied von ihm genommen hatte.

Er war andauernd krank damals. Und im Gegensatz zu den Ärzten wusste Lchen auch warum, die Superbirne. Ich war zu der Überzeugung gelangt, dass Dicks Seele diese Krankheiten produzierte. Weil er *unbewusst* seine Frau und sein altes Leben nicht verlassen wollte. (Dem Unbewussten konnte man schließlich alles unterstellen, es wusste ja von nichts.) Ich hatte mich schön getäuscht.

Inzwischen war Dick ein sehr erfolgreicher Mann und so gut wie geschieden. Dieses Häuschen hier, entworfen von renommierten Architekten, im schicken neuen Amsterdam-Borneo direkt am Wasser, hatte er für uns gekauft (»Huren is onrendabel« – mieten ist unrentabel). Mit Dachgarten und eigenem Bootsanleger. Und mit einem herrlichen Fensterplatz für Lchen zum Schreiben.

Die meisten meiner Sachen waren schon hier. Nach Weihnachten würde ich den Rest mitbringen, viel war es ja ohnehin nicht. Mein Leben lang hatte ich mich immer nur provisorisch eingerichtet, bis jetzt. Jetzt mit Dick würde es richtig losgehen, endlich, ernsthaft. Und es würde wunderbar. Irgendwann würden wir oben auf der Dachterrasse sitzen und in der Abendsonne auf eine tolle Zeit zurückblicken. Bestimmt. Dick würde mein fleckiges altes Händchen halten und sagen: Gut, Lchen. Gut, dass wir das damals gemacht haben, dass wir es miteinander probiert haben, obwohl wir beide ganz schön die Hosen voll hatten, das haben wir wirklich richtig gemacht.

Gerade hörte ich ihn unten in der Küche summen. Er kochte sein marokkanisches Huhn mit Trockenpflaumen, die in dem Gericht leider nicht trocken bleiben, sondern unvermeidlich dick und und schwarz und matschig aufquellen würden. Ich hatte den Zeitpunkt verpasst, ihm zu sagen, wie sehr ich mich vor aufgequollenen Trockenpflaumen fürchtete (der Punkt wäre vor etwa fünf Jahren gewesen, als er das Gericht das erste Mal für mich kochte). Es gab nur ein Essen, das ich noch widerlicher fand als aufgequollene Trockenpflaumen: aufgequollene Rosinen. Zu spät. Früher hatte ich die Pflaumen schon mal heimlich aus der Küche verschwinden lassen, wenn Dick kochte. Aber in dieser Küche kannte ich mich noch nicht aus, ich wusste nicht, wo er sie aufbewahrte. Und außerdem hatte ich heute Küchenverbot, ich solle mich in Ruhe schönmachen, hatte mein Schatz gesagt. Heute war ein großer Tag.

Zum ersten Mal würden wir hier zusammen Gäste haben. Meine Einführung in die Amsterdamer Gesellschaft quasi. Auch wenn sie diesmal nur von einem einzigen aus Indien stammenden Ehepaar aus der Nachbarschaft repräsentiert wurde. Und von ihrem in Amsterdam geborenen Hündchen vielleicht, falls der nicht lieber zu Hause bliebe und Sportschau guckte. Es war jetzt offiziell. Dick und ich waren offiziell. Wie sehr hatte ich mir das damals gewünscht! Und für wie unmöglich hatte ich es gehalten…

Ich las noch mal die letzten Seiten des Buchs, die ich gerade geschrieben hatte, und musste selber davon heulen. Die

Stelle auf dem Bahngleis des kalten Rotterdamer Bahnhofs… Als Dick sich von seinem Freund Curd verabschiedete und ihn tröstete, wir seien doch schon bald wieder alle zusammen. Ich dachte, er glaube das wirklich. Bis er dann neben dem ausfahrenden Zug hergelaufen war. Da war mir klar geworden, dass er wusste, er würde Curd und mich gerade zum letzten Mal sehen. Nein, ein zweites Mal würde ich das nicht schaffen, ich würde Dick nicht noch einmal verlassen, nie, nie, nie… Obwohl ich andererseits natürlich Christian versprochen hatte, ihn zu heiraten. Zumindest widersprach ich nicht seiner Annahme, dass ich es versprochen hätte…

Ja, das kam so. Ich hatte Ihnen doch von dem Abend erzählt, als ich den Abschiedsbrief an Dick aus dem besten Postkasten St. Paulis gefischt hatte. Dem Abend mit der Tankstelle, später. Und der dicken, süßen, bekifften Holländerin, der Freundin vom Pistazienjungen. Etwa drei Monate war das inzwischen her.

Als ich an diesem regnerischen Septemberabend mit einer Tragetüte voller Kaltgetränke in die Wohnung kam, lehnte Christian mit verschränkten Armen im Türrahmen. Er sah sehr ernst und auch sehr sexy aus. Wie Marlon Brando in *Die Faust auf der Nase* (oder so ähnlich). Noch umschloss seine Faust allerdings ein Handy, *mein* Handy. Als ich Christians Augen sah, wusste ich sofort, was passiert war: Dick hatte mir gesimst. Vermutlich etwas Liebes, Süßes, Kompromittierendes – die SMS, auf die ich seit Tagen so sehnsüchtig gewartet hatte. Und Christian hatte sie gelesen. Jetzt war es also passiert. Was ich seit Monaten gefürchtet und in meinen schlimmsten Träumen vorhergesehen hatte, war eingetreten. Ich war aufgeflogen.

Panik, Scham, Verzweiflung, Verlustangst, Kummer – ich empfand alles Beschissene der Welt auf einmal. Und da war auch noch etwas anderes, etwas Schönes: *Erlösung*. Endlich war es raus! Endlich war es vorbei! Ich senkte den Blick, spürte das Blut, das kitzelnd mein rechtes Nasenloch passierte – erregungsbedingtes Nasenbluten mal wieder –, und wartete, *hoffte* auf Christians Wutanfall. Das große, zerstörende, reinigende Gewitter. So weit hatte ich wohl schon erzählt.

Er hielt mir mit theatralischer Ruhe das Handy unter die Nase. Auf dem Display leuchtete giftig grün die SMS, die mich verraten hatte. Ich starrte darauf, aber die Buchstaben verschwammen vor meinen Augen.

»Erklär mir das…«, flüsterte er mit zitternder Stimme.

Ich wendete mich ab, damit nicht womöglich auch noch Nasenblut auf das Display tropfte.

»Erklär mir das!«, brüllte Christian und schleuderte das Telefon wutentbrannt auf den Boden. Huch.

Ich presste mir ein Taschentuch unter die Nase. Eigentlich hätte ich den Kopf in den Nacken legen müssen, aber das traute ich mich nicht. Ich blieb lieber in Deckung, wenn es jetzt losging. Aber dann kam… nichts. Nichts! Christian ließ mich einfach stehen, ging ins Schlafzimmer und zerrte seine Reisetasche unterm Bett hervor. Oje.

»Ich habe dir doch alle Freiheit gelassen!« Er quetschte einen Stapel Unterhosen in die Tasche. »Ich dachte, okay, die Süße legt sich eben nicht gerne fest. Na und, *wir* brauchen keine Hochzeitsglöckchen, keine Ringe, *wir nicht*. Manche Menschen müssen eben frei sein, um sich zu binden, BLA! BLA! BLA!« Er packte sehr unordentlich einen ganzen Stapel T-Shirts ein. »Und jetzt stellt sich raus, dass du mich bescheißt, verdammt!«

Ich hatte Christian noch nie so böse gesehen.

»Du hättest es mir sagen müssen!«

»Bist du irre, ich wollte dich nicht verlieren!« Also echt!

»Lchen... Ich bin zurückgekommen, nachdem ich erfahren hatte, dass du 119 noch immer liebst. Also, *was* sollte mich wohl noch schockieren bei dir!?«

Nun. Nun ja... Dass ich 119 nicht nur noch immer liebte, sondern seit Monaten mit ihm schlief? Dass wir uns täglich dutzende E-Mails schrieben und 1,7 km Luftlinie entfernt eine gemeinsame Wohnung hatten? Dass 119 in Wirklichkeit Dick war? Kein emotional blockiertes, bindungsscheues Gespenst aus der Vergangenheit, sondern ein Mann aus Fleisch und Blut, der mich liebte und mit mir leben wollte?! Und es neuerdings sogar *konnte*?! Mir fiel so einiges ein, was Christian noch hätte umhauen können. Aber ich schwieg. Irritiert. Was wusste Christian eigentlich? Was stand in der giftgrünen SMS?

»Ich hätte es doch akzeptiert, Lchen!«

Ich biss mir nervös auf die Lippe. Was? Was hätte er akzeptiert? Christian senkte den Blick. »Alles, hörst du, *alles* wäre mir lieber, als dich zu verlieren...« Das beantwortete meine Frage nur sehr ungenau.

Trotzdem stieg eine Woge der Zärtlichkeit in mir auf. Sie spülte über mich hinweg wie eine Tsunamiwelle, alle Gehirnzellen waren danach ertrunken. Gerührt betrachtete ich Christian, der neben seiner halbgepackten Tasche hockte und ein Knäuel aus hellblau-beigen Burlingtonsocken knetete, die ich ihm mal geschenkt hatte, weil ich fand, ein Mann über dreißig sollte nicht nur Frotteesocken aus 3-er-Packs besitzen. Hätte Christian sich mit Dick arrangiert, wenn ich ihm von Anfang an von ihm erzählt hätte?

Hätte er einen Tee gekocht, seine Klangschalen gebimmelt und unser aller Zellen im Gleichklang schwingen lassen? Er hätte es wohl zumindest versucht. Bezaubernd. Mein Schatz. Die Holländerin hatte es auch gesagt: *Daran* erkannte man wahre Liebe. Als ich nun mit ansehen musste, wie Christian finster die Socken in die Tasche stopfte, den Reißverschluss der Reisetasche zuzog und im Flur seine Jacke anzog, überfiel mich plötzlich die nackte Panik. Ich musste etwas tun, so etwas Kostbares durfte man doch nicht einfach gehen lassen! Wahre Liebe musste man festhalten! Ich war wirklich ganz aufgeregt mit einem Mal.

»Bleib bei mir, Schatz…«, ich klang wie Jan Delay als Japeth die Ziege, weil ich meine Nase bis eben zugehalten hatte und weil meine Nasenflügel nun mit dem getrockneten Blut an der inneren Nasenscheidewand klebten. »Schatz, verlass mich nicht, ich liebe dich mehr als… als… alles! Heirate mich bitte.« Es flutschte mir so raus. Ich glaube, ich wollte einfach etwas sehr, sehr Liebes sagen. Und was Lieberes fiel mir in der Angst nicht ein. Christian würde ohnehin ablehnen, wie auf Sylt, es war im Grunde eine rein symbolische Frage… (Wieso antwortete er denn jetzt nicht? Wieso sah er mich so an?) Und selbst, *wenn* wir heiraten würden, *wenn*… Dick war schließlich auch verheiratet, noch mindestens ein Jahr, seine Frau weigerte sich, die Zerrüttung anzuerkennen (hatte ich das noch nicht erzählt? Doch!). Bis Dick richtig frei wäre, könnten Christian und ich *zweimal* heiraten und uns wieder scheiden lassen – oh Gott, was für ein Schwachsinn, was für ein bescheuerter Käse! Ich ritt mich immer tiefer in den Schlamassel, wieso hatte ich das nur gesagt?!!

Endlich reagierte Christian. Er stellte seine Tasche langsam wieder ab und stand einen Moment nur da. Dann sah er mich an. Sein Blick wurde weicher. Zärtlich kratzte er mir ein Popelchen oder was von der Nase. Mit Spucke polierte er nach wie Omi bei Mäxchen nach dem Eisessen. Er wusste, dass ich das hasste. »Ich dich heiraten?«, flüsterte er. Dann schüttelte er den Kopf. »Ich bin doch nicht bescheuert, Schatz.« Gott! Sei! Dank! »Ich habe keine Lust, dass du mich womöglich auch noch betrügst.« Ähm. Das tue ich doch schon, wieso war ich verwirrt? »Kaum wären wir verheiratet, hättest du einen anderen Mann.« *Noch* einen? Nein danke, ich denke, *zwei* reichen selbst mir, man muss sie ja auch alle pflegen. »Genau wie bei der Wohnung: Du ziehst zwar mit mir zusammen, aber dann suchst du dir ein Zweitdomizil. Ach, was ist das mit dir, Lchen?« Er zog mich an sich und legte seine schöne große, warme Hand auf meinen Hinterkopf. »Jeden Zentimeter, den du für mich aufgibst, holst du dir heimlich, hinter meinem Rücken wieder. Nein, ich werde dich nicht heiraten, das habe ich schon mal gesagt, vergiss es.« Er drückte mich an sich und vergrub sein Gesicht an meinem Hals. Seine Nase war nass und kalt wie von einem Hündchen. Jetzt war ich ein bisschen aus dem Konzept.

»Also erzähl mal, Süße, wie ist sie?«

»Sie?«

»Na, die Wohnung…«

Unauffällig bückte ich mich nach meinem Handy…

Es stellte sich heraus, dass Christian eine SMS von Herrn Wolter gelesen hatte, dem Vermieter. Im anderen Haus war eine Wasserleitung gebrochen, er wollte morgen früh in die Wohnung und nach möglichen Schäden sehen. Das war alles. Christian hatte nur erfahren, dass ich noch eine zweite

Wohnung hatte, mehr nicht. *Mehr nicht.* Er war verletzt, er fühlte sich hintergangen, aber er hatte nicht die geringste Ahnung von Dick und meinem komplexen Doppelleben. Ich heulte fast vor Erleichterung. Das (bisschen) konnte ich doch alles erklären! Bereitwillig führte ich aus, dass meine kreative Energie in unserer Küche nicht gut floss, weil sie immer vom Kühlschrank abgelenkt wurde. Dass ich nicht an demselben Tisch schreiben konnte, an dem wir aßen, plauderten und auf dem wir uns sogar schon mal geliebt hatten (ich wusste, dass es von nun an fast egal war, was ich sagte. Christians Gedanken waren durch diesen Stups sanft in ganz andere Sphären geleitet. Ich sah schon die Kondomkringel in seinen Augen. Aber bis die Saat aufging, plapperte ich einfach noch ein bisschen weiter), dass ich viel Licht für Curds Shootings brauchte und für meine eigene Konzentration karge Räume, weiße Wände, abwesende Klangschalen, et cetera, et cetera. Auch auf die Frage, warum ich von all dem nichts gesagt hätte, hatte ich eine plausible Erklärung: »Weil die Räume, die ich zum Arbeiten angemietet habe, meine alte Wohnung sind, Schatz«, ich sah zerknirscht auf meine Füße, »ich hatte Angst, dass du das vielleicht missverstehen würdest…«

»Oh…«

»Siehst du…«

»Ich dachte, du hättest sie für mich aufgegeben.«

»Hab ich ja auch!«

»Aber nun hast du sie wieder…«

»Aber nicht zum Wohnen, ich arbeite da nur!«

»Würdest du lieber wieder dort wohnen?«

»Nein!«

»Wirklich nicht?«

»Wirklich nicht, Schatz.«

»Ja dann… Dann ist doch alles gut.«

So einfach war das Thema vom Tisch. Die Fläche wurde jetzt nämlich gebraucht.* Christian nahm mich männlich auf die Arme und trug mich in die Küche. Dort tranken wir noch einen polnischen Wodka und schliefen dann miteinander. Leidenschaftlich, wie es sich nach einer Beinahe-Trennung und einem Wodka gehörte. Später fing Christian dann doch noch mal davon an, natürlich. Inzwischen lagen wir nackt, erschöpft und alkoholisiert auf dem Kanapee. »Sag mal… Hast du das vorhin ernst gemeint? Möchtest du mich gerne zum Mann haben, Kleines?«

Was sollte ich da sagen?

»Nein, Schatz, ich habe nur Spaß gemacht.«

»Hast du nicht!«

»Hab ich wohl!«

»Hast du nicht!«

»Wohl!«

Christian setzte sich auf mich und drückte lachend meine Arme auseinander. Ich sah seinen Penis an, der etwas oberhalb meines Bauchnabels schlapp auf meiner Bauchdecke rumlungerte wie ein gelangweilter Halbstarker. »Was hältst *du* vom Heiraten, Pimmel?«, fragte ich ihn. Vermutlich schielte ich und hatte ein Doppelkinn. Der Pimmel antwortete nicht. »Nichts, verstehe…«, deutete ich sein Schweigen

* Freud erklärte die männliche Vorliebe für Beischlaf auf Küchentischen übrigens mit der Bewältigung des Kindheitstraumas, dort von der Mutter zum Verzehr von aufgequollenen Rosinen gezwungen worden zu sein. In späteren Schriften korrigierte er sich und sprach von Blumenkohl (Freud selbst hasste Blumenkohl). Eine Gruppe um Jung und Adler, die sogenannte grüne Schule, hielt allerdings Spinat für wahrscheinlicher.

(vielleicht erkannte er mich so auch einfach nicht). Dann zu Christian: »Hast du gehört, dein Penis hält auch nichts vom Heiraten! Zwei gegen einen!« Wir lachten. Christian drückte meine Arme noch fester in das Polster. »Ich bestehe darauf, dass du deinen Heiratsantrag aufrechterhältst, Lchen, sonst hätte ich mich dir doch nie hingegeben.« Er spielte empört, musste aber sofort kichern. Ich hielt einen Moment ganz still und sah ihn an. Was für ein witziger, hübscher, süßer Mann, ich war ganz überwältigt, wieder mal. Dann, mit einem überraschenden Hüftmove, warf ich ihn wildpferdmäßig ab (so war jedenfalls der Plan). Gemeinsam tropften wir vom Kanapee wie ein nasser alter Sack. Nackt klatschten wir auf den kalten Boden, und ich zerrte mir den Rücken. Ja, das war mal ein gelungener Abend… Und die Stimmung blieb gut, auch in den darauffolgenden Wochen.

Scheinbar leichtfüßig trippelten wir über den schmalen Grat zwischen Spaß und Ernst, wann immer Christian das Gespräch aufs Heiraten lenkte, und das geschah häufig. Er war in Wirklichkeit tiefer verunsichert durch die Entdeckung meiner zweiten Wohnung, als er sich anmerken ließ. Viel später erfuhr ich, dass er sich auch nach 119 erkundigt hatte (bei der Hilfsorganisation, die 119 nach Medan geschickt hatte, fragte er nach, ob er wieder in Deutschland sei). Christian traute mir nicht mehr, *deshalb* wollte er mich heiraten. Aber zumindest insistierte er nicht, wenn ich mich mal wieder mit einem Späßchen aus der Affäre zog, sobald *er* ernsthaft versuchte, Pläne zu schmieden. (»Ich fand den Leuchtturm als Ort zum Heiraten gar nicht schlecht, Lchen.« – »Aber dieser thailändische Brauch gefällt mir auch, auf einem Elefanten sieht die Braut viel schlanker aus…«) Er ließ mich immer entwischen. Bis er mich eines Tages mit diesen Ringen überraschte – Sie dachten, in eine Ehe kann man nicht reingeraten? Yes, Lchen can!

»Lchen?! Kun je me helpen?«

Dick streckte sein Köpfchen durch die Tür. Er sprach jetzt immer Niederländisch mit mir, er war ein guter, aber strenger Lehrer.

»Maar natuurlijk, schatje.« Hier zu Hause, allein mit Dick, plapperte ich viel und hemmungslos, aber draußen in der »freien Wildbahn« hatte ich mein Holländisch noch nie erprobt. Obwohl Dick mich immer ermunterte und sagte, die Holländer wären sehr erfreut und besonders nachsichtig, wenn jemand versuche, ihre Sprache zu lernen. Es war ja nicht gerade eine Weltsprache. Und ihre Schönheit erschloss sich auch nicht jedem auf Anhieb, chrächrächrächrä...

Dick kam näher und grub sein Gesicht von hinten in meinen Nacken.

»Lchen, ik ben een idioot...«

»Ja zeker! Pardon... Nee, sorry. Natuurlijk ben je geen idioot.« (Ja sicher! Pardon... Nicht doch. Du bist kein Trottel.)

Wir kicherten. Hintergrund war eine kleine Küchenkrise. Dick bat mich mit leiser Stimme, flugs zu Albert Heijn zu fietsen und gedroogde pruimen zu kopen. Alsjeblieft. Dabei gab er mir nach jedem Wort einen kleinen Kuss, um meinem Gehirn ausreichend Zeit zum Verstehen zu geben. Ich sollte zu Albert Heijn radeln. Schnell. Und getrocknete Pflaumen kaufen (*die* getrockneten Pflaumen???). Bitte. »Geen probleem!«, flötete ich. Manchmal verstand ich mich selber nicht. Vielleicht war das mein Hauptproblem, ich konnte einfach nicht nein sagen, zu Heiratsplänen genauso wenig wie zu Trockenpflaumen. Und zu Christian genauso wenig wie zu Dick.

In der besagten Nacht – der Nacht, als Christian von der zweiten Wohnung erfahren hatte und ich in meiner Verlustangst diese unselige Heiratssache selber losgetreten hatte, ich Esel – in jener Nacht hatte auch Dick sich noch gemeldet. Die viel zu lang ersehnte SMS, da war sie endlich. Zwar schlief ich gerade mit Christian auf dem Küchenmobiliar, als sie kam, aber als ich später beim Bettfeinmachen im Badezimmer alleine war, hatte ich Gelegenheit, sie zu lesen, und weinte fast vor Erleichterung: *Exhibition was a great success! Ik mis je heel erg mijn schat, ik wou dat je bij me kon zijn… Wat denk je van Christmas in New York? I love you, Dick.* Seine Ausstellung war super, er vermisste mich ganz arg, wünschte, ich wäre bei ihm, und wir könnten Weihnachten in New York verbringen. Hach.

Wirklich sehr liebe Gefühle durchströmten mich. Ich war auch gar nicht mehr böse, dass er sich jetzt erst meldete, nach drei Tagen. Obwohl – das durfte ich nach dieser SMS wohl annehmen – er *nicht* der Anrufer mit dem holländischen Akzent gewesen war, der sich nach Christians Mutter erkundigt hatte. Obwohl er *nicht* hatte glauben müssen, ich hätte ihren Tod erfunden, um ihn hinzuhalten. Dick hatte sich einfach so drei Tage lang nicht bei mir gemeldet. Egal. Jetzt schrieb er umso zärtlicher. *Dick, my sugarhaasje, ik mis je ook,* simste ich zurück. Und noch ein paar süße kleine Ferkeleien.

Überglücklich krabbelte ich danach zu Christian ins Bett. Vor Überschwang, dass Dick sich gemeldet hatte, hätte ich fast noch mal mit ihm geschlafen. Freude soll man teilen. Natürlich hielt die Euphorie nicht lange an. Noch in derselben Nacht krochen die Gewissensbisse aus ihren Löchern, schlugen sich durch meine Nasengänge bis rauf in meine Gehirnwindungen und raubten mir den Schlaf. Was soll nur werden? Wie soll es gehen? Und mit diesen schönen, altvertrauten Fragen ging dann alles weiter seinen normalen, zweigleisigen Gang.

Immerhin, einmal hatte ich es versucht. Einmal war ich ganz fest entschlossen gewesen, die Karten endlich auf den Tisch zu legen. Angeregt durch die Worte der Freundin vom Pistazienjungen hatte ich ein bisschen recherchiert und von anderen Menschen gelesen, die auch nicht nur *einen* Partner liebten. Das passierte vielen. Im Gegensatz zu mir kämpften sie meistens nicht dagegen, sondern dafür. Sie nannten sich »polyamor« und waren sich einig, dass nichts Verwerfliches daran war, mehr als eine Liebesbeziehung zu pflegen, solange man es nur offen tat. Ich erwog, auch polyamor zu werden und Christian und Dick aufzuklären, so, wie die Holländerin es vorgeschlagen hatte. Schnellstmöglich. Seit den Eheringen, die Christian schon mal für uns hatte machen lassen (aus Elfentitan*!), hatte ich das Gefühl, auf einen Wasserfall zuzutreiben, viel Zeit bliebe mir nicht, die zwei ins Boot zu holen. Am schnellsten und ohne viel Gerede ginge es, wenn ich mich von einem der beiden mit dem anderen »in flagranti« ertappen ließe. BUFF. Wie beim Ohnsorg Theater oder in einer dieser alten Filme mit Louis de Funès. Mit einer

* Elfentitan: Titan, verschmolzen mit einem sogenannten »Element X«, das für die zukünftigen Eheleute Symbol ihrer Liebe ist und die Ringe individualisiert: eine Haarlocke oder ein Blutstropfen des Partners, ein Liebesbrief, Blütenblätter etc.
Christian hatte eine Frikadelle mit einschmelzen lassen. Die Frikadelle hatte eine liebeshistorische Bedeutung: Als wir das erste Mal zusammen im Kino waren, hatten wir in einer Tupperdose selbstgemachte Frikadellchen dabei. Die Reste hatte er tiefgefroren und nun als Element X verwurstet. (Späßchen, er hatte natürlich die Kinokarten mit einschmelzen lassen.)

einzigen kurzen Szene wären alle über alles im Bilde, zum Beispiel, wenn Christian in ein Schäferstündchen (Schäferstündchen, wuuuah!) mit Dick hereinplatzte…

Dick: »Wer sind Sie, was machen Sie in Lchens Wohnung?«

Christian: »Und Sie, was machen Sie in Lchen?« HAR.

Dick: »Etwas, das ohnehin nicht so Ihr Ding ist. Ich befriedige sie!«

Christian: »So unzufrieden kann sie nicht mit mir sein. Lchen und ich heiraten Weihnachten!«

Dick: »Ich glaube nicht, dass sie Zeit dazu findet. Lchen zieht Weihnachten um, nach Amsterdam, zu mir!«

Peng! Peng! Peng! Ein kurzes Wortgefecht, schon wäre alles raus. Kurz darauf würden die Herren empört gehen und dann vorm Haus beschließen, sich ein Taxi zu teilen. Und Lchen säße oben allein in ihrer Wohnung, so würde es enden. Die Männer gingen ein Bier trinken und ich würde mir unterdessen die Pulsadern aufschneiden… Nein, ich glaubte wohl doch nicht daran, dass sich mein geheimes Doppelleben hoppeldipoppel in eine fröhliche, einvernehmliche Dreierbeziehung überführen ließe. Darum ging es mir auch gar nicht. Ich sehnte mich ganz simpel nach Ehrlichkeit und Offenbarung. Ich wollte, dass die Heimlichtuerei aufhörte. Die ewigen Gewissensbisse, die ständige Gefühlserforschung, mir stand das alles bis oben.

An einem trüben Novembermorgen hatte ich mir deshalb ein Herz gefasst und Christian beim Frühstück betont beiläufig gebeten, mich abends nach seiner Arbeit ausnahmsweise »im Büro« abzuholen. Angeblich, um dort eine Lampe für mich aufzuhängen (eine Erleuchtung würde ihn in der Tat erwarten). Unter dem Vorwand, dass die Klingel nicht funktionierte, überließ ich ihm den Wohnungsschlüssel. Das Herz schlug mir bis zum Hals dabei. »Soll ich die Klingel dann auch gleich reparieren?«, hatte Christian gefragt. »Um Himmels willen!«, hatte ich geflötet, meine Stimme zitterte nur ein kleines bisschen. »Ich will dort keine Besucher, ich will arbeiten!« Lchen, das fleißige Bienchen, ich spielte meine Rolle bis zuletzt.

In Wahrheit würde Dick an jenem Tag kommen, keine zwei Stunden später. Er hatte vor, den Tag bei mir zu verbringen, und sobald ich abends rüber zu Christian gegangen wäre, ein paar Stunden zu schlafen, um dann weiter nach Kopenhagen zu fahren. Er ahnte nicht, dass wir schicksalhaften Besuch bekommen würden. Und ich versuchte, mir die Angst nicht anmerken zu lassen, ich sprühte geradezu vor gespielter guter Laune. Zum Glück hatte Dick etwas mitgebracht, das meine Stimmung tatsächlich hob. Normalerweise.

Wir hatten uns seit drei Wochen nicht gesehen, und Schatje hatte Pilletjes im Gepäck, Ecstasy. Seit langer Zeit zum ersten Mal – ab und zu versiegte Dicks Quelle, nun sprudelte sie offenkundig wieder. Wir standen am Fenster und warteten darauf, dass die Wirkung einsetzte. Dick hatte von hinten seine Arme um mich gelegt und wiegte mich sanft zu *Sometime it snows in April*, das er jedes Mal auflegte, wenn wir Pillchen nahmen. Es war ein dunkler regnerischer Vormittag. In vielen Fenstern brannte schon die Weihnachtsdekoration. Die orangen Vorhänge beim Pistazienjungen waren geschlossen, und ich erzählte Dick flüsternd, dass hinter diesen Vorhängen eine Landsmännin von ihm verkehrte (die Umstände unseres Kennenlernens erzählte ich nicht). Dick gab kleine, interessierte Laute von sich, während er mit seinen Lippen meinen Hals-Nacken-Bereich abtastete, Zentimeter für Zentimeter, als würden die Daten in einen Computer eingespeist, der dann die perfekte Krawatte für mich erstellen würde. Dicks Hände arbeiteten parallel an meiner Entkleidung. Zärtlich schoben sie den dünnen, dehnbaren Stoff meines Oberteils erst über die Schultern, dann über die Arme bis in die Taille. Das ging, weil das Shirt einen dieser Schalkragen hatte, deren einziger Reiz genau darin bestand, dass der gelangweilte Betrachter sich irgendwann zu fragen begann, ob das klappte: Ob er weit genug war, um ihn der Trägerin über die Schultern (plopp) und anschließend die umfangreicheren, aber auch elastischeren Brüste (plopp-plopp) bis zum Bauchnabel zu ziehen. Total erotisch. Rein optisch sah man damit allerdings aus wie ein Leguan, ich hatte das Shirt ausschließlich fürs Runterschiebenwollen angezogen. Und speziell für Dick, weil er einen so schön ausziehen konnte. Bei Christian musste man sich selbst nackich machen, am liebsten schlug er nur die Bettdecke zurück und sagte: Komm, Häschen. Dafür konnte Christian besser… stopp, stopp, STOPP! Nicht mehr vergleichen. Ich hatte wochenlang nichts anderes getan und war doch zu keiner Entscheidung gekommen. Ich liebte beide, und heute Abend würde ich ihnen das sagen und die Entscheidung damit in ihre Hände legen. Dick würde wahrscheinlich gehen, ich sollte diesen Tag genießen…

Gar nicht so einfach. Ich stand mit entblößtem Oberkörper am Fenster, spürte mit geschlossenen Augen Dicks Berührungen nach und kicherte ein bisschen. »Jetzt hat Frau Lpunkt auch Glöckchen im Fenster«, flüsterte ich. Ein untrügliches Zeichen, dass sich mein Gehirn bereits hingelegt hatte und die Serotonintanks ihre Schleusen öffneten. Es ging los. ES… Man kann im Leben nichts Besseres, Reineres, Schöneres erfahren, als auf Ecstasy mit einem Menschen zu schlafen, den man liebt. Meine Meinung. Die Liebe explodiert sehr sanft und ohne Ton, mitten in dir wächst sie – je nach Konstitution und Magenfüllung binnen einer halben bis Dreiviertelstunde – auf ein Hundert-, Tausend-, Unendlichfaches. So stelle ich mir den Himmel vor. Du wirst ganz weich und durchlässig und fluffig davon. Du bist glücklich und sehr klar und vor allem unendlich, unfassbar zärtlich. Du entdeckst Gold. Oder Gott. Oder einfach dich selbst in einem deutlich besseren Zustand (es ist eigentlich egal, wie man es nennt). So war es früher immer gewesen, und ich hatte gedacht, so würde es auch diesmal.

Ich dachte, ich würde alles vergessen und ein vielleicht allerletztes Mal mit Dick so richtig dolle glückselig sein. Doch statt wie gewohnt in grenzenloser Liebe zu verschmelzen, hatte ich – kaum begannen die Pillen zu wirken – diesmal einfach nur die Hose voll. Gestrichen. Ständig hörte ich Schritte draußen im Flur oder Klopfen oder den Schlüssel in der Tür. Ich dachte, das wäre Christian, der da käme, dabei war es doch noch heller Tag (so hell zumindest, wie ein trüber Novembertag sein konnte). Und Christian hatte nachmittags mit Hannah Supervision, die würde er sicher nicht schwänzen. Ich drehte trotzdem völlig durch. Die Pillen waren schuld, unter dem Pilleneinfluss explodierte die Angst zur Panik. Ich krallte mich an Dick wie ein Koalabärchen an sein Muttertier. »Was ist denn los, Schatz?!«, fragte Dick immer wieder. »Jetzt ist alles vorbei…«, faselte ich, »er kommt, er kommt, er kommt.« Das Wasser lief mir von der Stirn. »Je hebt een Horrortripje, schatje«, lachte ich zärtlich, aber in seinen Augen sah ich ebenfalls die blanke Angst. Vor allem, als dann auch noch meine kleinen Nasengefäße dem Blutdruckanstieg nicht standhielten, das Nasenbluten hörte gar nicht mehr auf, eine Riesenschweinerei, fast dachten wir, wir müssten einen Arzt bestellen. Jedenfalls… Wir ließen das dann mal mit dem Sex.

Später, als wir uns beide von dem Schrecken erholt hatten, lümmelten wir uns einfach nackt und in warme Decken gehüllt auf der Matratze, ließen uns chinesisches Essen bringen und sahen uns auf Dicks Laptop Clips und Bilderchen an. Dick war ein bisschen internetsüchtig geworden in letzter Zeit. Seine Augen glänzten, als er mir seine neuesten Lieblingsseiten zeigte. Unglaublich, was er alles so fand: Blogs ausschließlich über große (!) Frauen auf Fahrrädern. Oder über Swimmingpools in Hanglage. Oder Seiten nur mit Fotos von Menschen von hinten, sogenannte Rückenfiguren. Es wäre ein herrlicher Nachmittag im Bett gewesen. Wenn ich bloß Christian nicht den Schlüssel gegeben hätte. Je später es wurde, desto nervöser wurde ich. Ich bekam eiskalte, schweißnasse Finger wie früher vor einer Klassenarbeit. Wann immer ich Geräusche draußen im Hausflur hörte, begann mein Herz zu rasen, und diesmal war es kein Drogending, die Angst war nur zu begründet. Es war inzwischen acht Uhr durch. Christian musste jeden Augenblick kommen.

»Dick, wir müssen hier weg!« Plötzlich wusste ich, dass ich einen Fehler gemacht hatte.

»Waarom?« Dick lachte.

»Weil Christian gleich kommen wird«, sagte ich. »Ich hab ihn hierher bestellt.«

Dick sah mich irritiert an. »*Waarom*?«

»Weil ich dachte, es wäre vielleicht das Beste, wenn er uns

zusammen sieht! Ich dachte, dann ist alles klar, ich dachte… ich dachte… ich war ein Idiot!«

»Lchen… das ist eine Sache zwischen euch beide, zwischen dir und Christian!«

»Ja, du hast so recht!«

»Bist du sicher, dass du dich wirklich von Christian trennen willst?«

»Ja, doch! Absolut!«

»Wieso brauchst du dann dabei mein Support, Lchen?!«

(Gute Frage.) »Ich trenne mich von Christian, jetzt gleich, am besten, du gehst jetzt, Schatje, damit ich mit ihm reden kann.«

»Du hast gesagt, es ist wegen sein Mutter, dass du ihn noch nicht verlassen hast. Aber ich glaube, es ist wegen dich. Lchen, du liebst diesen Mann…«

»Natürlich! Ich liebe ihn, was denkst du denn?! Aber *dich* liebe ich mehr! Und deshalb verlasse ich Christian. Ich rede mit ihm, heute noch. Ich wollte, dass du dabei bist, weil er, weil ich, ich, ich…«

»Schlägt er dich?«

»Nein!« Im ersten Moment war ich empört, was für ein abstruser Gedanke! Dann erkannte ich die Chance. »Aber er… er zerstört Dinge, er schleudert sie an die Wand oder auf den Fußboden…«

Dick nahm mich in den Arm. »Gottegott… je hebt angst voor deze man. Ik bleib, als je dat wil, obwohl ik niet denk dat het nodig is. Kinderen machen auch Dinge kapot, wenn sie wütend sind. Er fühlt sich nur hilflos, Schatje…«

Das war noch mal gutgegangen. Ich ließ mich von Dick überzeugen, dass Christian nicht gefährlich war und gemeinsam entschieden wir, dass Dick selbst besser *gleich* weiter nach Kopenhagen fahren würde, statt zu übernachten. So könnte ich in Ruhe mit Christian reden, sobald er käme.

»Ich bin so froh, dass das Verstecken aufhört«, flüsterte ich, als Dick mich zum Abschied umarmte. Wir standen schon im Flur, der zum Glück wie ein L geformt war. Wenn man die Wohnung betrat, stand man zunächst im kurzen Schenkel, wir befanden uns im langen hinter dem Knick.

»Wenn du nächstes Mal nach Amsterdam kommst, laden wir die Nachbarn zum Essen ein«, flüsterte Dick. Ich nickte. »Aber ich koche«, säuselte ich, »sonst kommen sie womöglich noch mal wieder.« Wir kicherten, als plötzlich – im kurzen L-Schenkel – ein Schlüssel ins Schloss geschoben wurde. Dick blieb gerade noch Zeit, samt seiner Tasche in das kleine halbe Zimmer zu flüchten, das Fitnessstudio, wie wir es nannten, weil dort früher, als ich allein in der Wohnung gewohnt hatte, mein Stepper und ein (defektes) Trimmrad gestanden hatten. Was sollte man sonst mit einem Raum machen, in dem es keine Heizung gab.

»Ich gehe mit ihm in die andere Wohnung«, flüsterte ich Dick aufgeregt zu.

Dick nickte fröstelnd. »Doe dat!« (Mach das!)

»Der Elektriker!«, rief Christian vorne im Flur. Oh Gott, jetzt hatte ich meine Schmierenkomödie. Ich formte ein stummes, flehentliches SORRY mit den Lippen, zog Dick die Tür vom Fitnessstudio vor der Nase zu und huschte ins Bad, das direkt danebenlag (eigentlich war es davon abgetrennt worden, als man anfing, WCs in der Wohnung zu haben, statt auf halber Treppe – die Wand war aus Pappe). Im Bad drückte ich die Spülung.

»Mo-me-hent!«, rief ich über das Rauschen.

Dann bemerkte ich mein Spiegelbild. Meine Wangen glühten, als hätte ich Fieber, meine Augen glänzten. Ich sah gut aus, richtig blühend mit meinen lustig roten Apfelbäckchen. Lchen, Lchen, dachte ich, was ist aus dir geworden? Es war mein alter kleiner Allibert, in dem ich mich spiegelte. Ich hatte ihn beim Auszug einfach hängen lassen. Gut, dass Spiegelschränke nicht reden konnten. Keiner hatte mich je so desolat gesehen wie dieser Allibert. Die vielen Nächte, in denen 119 wieder mal gegangen war... Oft hatte ich danach hier im Bad vorm Allibert gestanden und meinem Make-up zugesehen, wie es auf meine Bluse tropfte. Dabei hatte es Stunden gedauert, es aufzutragen. Ich hatte doch immer möglichst schön aussehen wollen für 119. Damit er vielleicht einmal *nicht* gehen wollte. Aber in drei Jahren hatte ich nicht *ein* Mal die blaue Zahnbürste wechseln müssen, die ich in der ersten Nacht neben meine damenfarbene in den Allibert gestellt hatte, so viel dazu. 119 hatte vermutlich nicht mal gewusst, dass das seine sein sollte. Oder der Tag, als Dick mir gesagt hatte, dass er verheiratet war... Da hatte ich auch hier vor Allibertchen gestanden. Fasziniert hatte ich das Antlitz einer blöden, dämlichen Vollidiotin studiert. Ach Alli, was du alles schon mit ansehen musstest, seufzte ich innerlich. Lchen, die unerwidert Liebende. Lchen, die Belogene und Betrogene. Und nun: Lchen, die olle Sau. Die hinterlistige, falsche Schlange. Aber putzfidel wie Rotbäckchen. Es klopfte an der Tür.

»Hallo?!« Christians Stimme hatte diesen gewissen belegten Ton. Oh nein, bitte nicht. »Nach meinen Informationen wohnt hier eine schöne alleinstehende Dame, ich soll nach ihrer Steckdose sehen.« Oh. Doch. Das war wirklich unterste Kiste, jetzt würde Dick denken, dass ich auf einen Proleten flog, der meine Vagina als Steckdose bezeichnete. Und Teller an die Wand warf! Ich schämte mich für Christian. Was sollte das denn jetzt? Wollte er in den verbotenen Räumen mit mir schlafen, um sie auf diese Weise doch als sein Revier zu markieren? Wie primitiv Männer doch sein konnten. Ich drückte noch mal die Spülung.

»Ich hab Durchfall.« So. »Und das Papier ist fast alle.«

Wir waren dann unverzüglich nach Hause gegangen. Am nächsten Tag am Telefon hatte ich Dick gesagt, dass Christian und ich geredet und unsere Beziehung einvernehmlich beendet hätten – aber das stimmte nicht. Ich hatte es einfach nicht übers Herz gebracht. Zu Hause beim Abendbrot, das ich wegen meiner angeblichen Unpässlichkeit ausfallen ließ, hatte Christian mir einen seiner rührenden Fressberichte erstattet. Ausführlich schilderte er, dass er tagsüber durch Zufall mal wieder eingelegte Maiskölbchen gegessen hatte. Er hatte ganz vergessen, wie gut eingelegte Maiskölbchen schmeckten, erfuhr ich. Aber jetzt wusste er es wieder und wollte in Zukunft öfter eingelegte Maiskölbchen essen. Ich sah ihn an und brachte es nicht über mich, diesem Mann weh zu tun. Ich meine… Er konnte sich über eingelegte Maiskölbchen freuen! »Bei PENNY gibt es auch eingelegte Maiskölbchen«, sagte ich, »ich bringe morgen welche mit, Schatz.« Das war kein Trennungsgespräch. Dann hatte Christian plötzlich sein Schnittchen sinken lassen und mich angesehen wie Hui Buh, das Schlossgespenst: »Lchen, bist du schwanger?« Das würde auch kein Trennungsgespräch mehr. »Nicht wegen deiner Figur, wegen der Übelkeit!« Mir fehlten die Worte. Christian hatte umso mehr davon, in seinem lieben, hübschen Gesicht ging die Sonne auf, er stotterte vor Aufregung. »Ich wei-wei-weiß, dass wir noch warten wollten, aber wenn es so wäre, Lchen, dann dann dann… ich wäre der glücklichste Mann der Welt!« Sollte ich da sagen, fein Schatz, gut zu wissen, aber ich trenne mich von dir??? Ja, vielleicht hätte ich das tun sollen. Wahrscheinlich. Aber ich sagte es nicht. Nichts dergleichen. Doch Dick glaubte mir, als ich am nächsten Tag behauptete, ich hätte es beendet, endlich. Er freute sich so. Erst war es ganz still am anderen Ende, dann hörte ich ein Flüstern: »Nu ben ik gelukkig, schatje…« (Nun bin ich glücklich, Schatz). Ich konnte auch hören, dass er weinte. Und ganz zum Schluss fragte er dann noch: »Was ist eigentlich ein Stickduse?« Och.

Seitdem war Dick davon ausgegangen, dass wir Weihnachen zusammen sein würden. Einmal hatte er vorgeschlagen, nach New York zu fliegen, aber ich dachte mir sofort, dass er nicht wirklich Weihnachten in New York sein wollte, selbst New Yorker wollten Weihnachten nicht in New York sein, Weihnachten gehörte New York den Touris und Landeiern, Dicks Vorschlag war rein symbolisch. Weil Dick und ich doch schon mal an Weihnachten dort gewesen waren. In unserer Zeit als Housesitter. Mitten in Manhattan, einen Katzensprung vom Central Park, hatten Dick und ich damals auf ein sehr komfortables cremefarbenes Apartment aufgepasst und auf eine karamellfarbene Katze, die aber keine Sprünge mehr machen konnte, weil sie dazu zu fett war. Sie hieß Carlino und war streng genommen ein Kater, aber mit einer stark aufgeprägten weiblichen Seite, die er auch auslebte.

Gern schleifte Carlino beispielsweise Curd in seiner Schnauze wie ein Katzenjunges durchs Apartment. Curd gefiel das, er hatte Carlino vergöttert. Aber ausgerechnet am 24. Dezember, also am eigentlichen Weihnachtstag, musste Curd seinem Freund Carlino *Lebewohl* sagen. Ein Drama. Dicks Frau flog nämlich am 24. Dezember ein, nicht wegen des Heiligen Abends – der hat für Holländer keine große Bedeutung, in Holland feiert man stattdessen »Sinterklaas« am Vorabend des Nikolaustages –, sondern um am 25. Dezember frisch und ausgeruht beim legendären New Yorker *Day After Christmas Sale* anzutreten. So oder so, Curd und ich mussten am 24. Dezember den Abflug machen. Heiligabend hatten wir in 10000 Metern Flughöhe über dem Atlantik alleine Spekulatius geknabbert. Ohne unsere Freunde Dick und Carlino, darüber waren wir schon traurig gewesen. Und für diese historische Demütigung wollte Dick uns Genugtuung verschaffen. Eine bezaubernde Geste, zum Glück hatte ich sie ihm ausreden können.

»Schatz, ich möchte Weihnachten viel lieber auf leise kleine holländische Weise mit dir feiern«, hatte ich gesagt. »Anfang Dezember zu Sinterklaas und gemütlich zu Hause, jetzt haben wir doch endlich eins.« Das fand Dick schön. »Und den Rest des Dezembers kümmere ich mich in Hamburg um den Umzug, die Auflösung der Wohnung, den Verkauf meiner Möbel, die du so hässlich findest... » Das fand Dick noch besser. In Wirklichkeit wollte ich Christian an Weihnachten (deutschen Weihnachten) nicht so allein sitzen lassen. Wie hätte das denn ausgesehen, Christian ging schließlich davon aus, dass wir heiraten würden, übrigens schon in wenigen Wochen. Ja, es hatte sich irgendwie plötzlich konkretisiert. Eine ganz unselige, blöde Verkettung von Missverständnissen wieder, ganz blöd... Irgendwie lief alles aus dem Ruder.

Ich hatte mich bei dieser ganzen Hochzeitsplanerei selbstverständlich im Hintergrund gehalten. Christian war neuerdings sehr spirituell, und allein bei der Bestimmung von Ort und Zeitpunkt einer Vermählung konnte man energiemäßig viel falsch machen, das wusste unsereins ja alles gar nicht.

Das zum einen. Außerdem war ich mir doch gar nicht sicher, ob ich an der Veranstaltung teilnehmen würde, insofern wollte ich die Planung nicht so dominieren. Als Christian sagte, er fände es schön, wenn wir an seinem Lieblings-Kraftort, einer »super magischen Lichtung« im Fichtelgebirge, heiraten würden, stellte ich mich daher auch nicht quer. Im Gegenteil.

Für eine Vermählung auf einer Lichtung musste es warm sein, vor Juli oder August ginge outdoor gar nichts. Das nahm auch mich fürs Fichtelgebirge ein. Mir bliebe noch über ein halbes Jahr, mich endgültig zu diesem Thema zu positionieren. Ich sagte also ja zum Fichtelgebirge. Doch dieses Ja wirkte auf Christian wie eine Generalvollmacht. Plötzlich verwandelte er sich in Franck Eggelhoffer, den überdrehten Weddingplanner aus »Der Vater der Braut«*. Ehe ich mich versah, stand der Termin fürs Standesamt fest. Und zwar schon Ende Februar, Christian wollte unbedingt am Geburtstag von Rudolf Steiner heiraten, dem Begründer der Waldorfpädagogik. Er freute sich unheimlich, dass ihm dieser Coup gelungen war. Das würde es unseren Kindern später vielleicht sogar erleichtern, einen Platz im Waldorfkindergarten zu bekommen, meinte er.

Ich bekam schon ein wenig Panik. Und ich fühlte mich durchaus genötigt, etwas zu unternehmen, schleunigst. Aber Weihnachten stand vor der Tür, und man konnte so kurz vor Weihnachten doch niemanden verlassen oder in Verzweiflung stürzen. Andererseits war es sicher nicht im Sinne des

---

* Das stimmt, ich habe ihn im letzten Buch auch erwähnt, ich habe beschlossen, ihn in jedem Buch zu erwähnen.
http://www.youtube.com/watch?v=VKFtRedJxTw

Erfinders, Weihnachten mit zwei Partnern im Schichtbetrieb zu feiern, selbst wenn es das *Fest der Liebe* hieß. Was nun? Die ganze zweite Novemberhälfte konnte ich nicht schlafen und bekam sogar eine Magenschleimhautentzündung vor Grübeln. Schließlich, eines Nachts, stand ich auf, zog den Jogginganzug über mein Nachthemd und sah von unserer Dachterrasse zähneklappernd rauf zu den Sternen. Wenn ich schon nichts tat, wollte ich wenigstens etwas versprechen. Guck, da war der große Wagen. Wenn ich mal nicht mehr hier bin, werde ich da oben den großen Wagen fahren, hatte Vati immer gesagt. Er hatte sich immer ein schönes, fettes Auto gewünscht, hi Paps… Jedenfalls, ich sah zu den Sternen. Und ich machte mit mir und dem Universum einen Vertrag.

Ich wusste, dass es falsch war, was ich tat, ganz übel. Und ich würde dieses üble Doppelleben beenden, versprach ich mir und den Sternen und allen da oben feierlich. Noch vor Ablauf des Jahres. Nur das Weihnachtsfest, bitte, wirklich nur dieses eine kleine Weihnachtsfest wollte ich noch mit beiden geliebten Männern feiern. Zumal die kulturellen deutsch-niederländischen Unterschiede dieses Vorgehen doch regelrecht zu begünstigen schienen! Aber danach würde ich aufhören zu betrügen, noch vor Jahreswechsel. Und danach für den Rest meines Lebens ein anständiger Mensch sein, Ehrenwort. Wenn nicht, dann… dann… dann würde ich mich hart bestrafen. Sehr hart. Wenn ich bis Silvester mein Doppelleben nicht beendet hätte, dann müsste ich… müsste ich… müsste ich… (ich überlegte, wie ich mich bestrafen oder was ich dem Universum versprechen könnte, einen Erstgeborenen hatte ich ja nicht zu bieten, hmhmhmmm) Dann… dann müsste ich mich von Curd trennen! Ich müsste Curd kaputtmachen! Wegwerfen! Versprochen.

Ich war seltsam beruhigt nach diesem Vertragsschluss. Ich hatte das Gefühl, als hätte ich jetzt alles erwachsen und moralisch einwandfrei geregelt. Jetzt freute ich mich auf die holländischen Sinterklaas-Weihnachten mit Dick und das deutsche Weihnachtsmann-Weihnachten mit Christian. Und ich hatte das Gefühl, ich hätte ein verdammtes Recht darauf. Schließlich würde ich danach für den Rest meines Lebens vorbildlich leben wie Königin Silvia von Schweden. Ich beschloss, diese Weihnachtstage zu genießen und auszukosten wie die letzten süßen wehmütigen Tage der großen Ferien.

Leider gab es Komplikationen.

Gestern Nachmittag, kaum war ich in Amsterdam aus dem Zug gestiegen, hatte Dick mir sein Sinterklaas-Geschenk gegeben, er schenkte so gern, er konnte nicht bis zum Pakjesavond (zum Päckchenabend) abwarten. »Vom Sint!«, hatte er strahlend wie ein junges Honigkuchenpferd gesagt, seine Augen glänzten feucht, »voor wonderschöne Lchen«. (Fürs wunderschöne Lchen.) Hach. Ich war gerührt, aber nicht lang. Es war ein Flugticket für den 22. Dezember von Hamburg nach Amsterdam Schiphol. Mit Weiterflug nach New York JFK. »Nächste Mal schaffst du die Stück von Hamburg nach Amsterdam in eine schöne Stunde.« *Das* Stück in ein*er guten* Stunde. »Und keine Angst. Ich warte dann am Gate auf dich, damit du dich nicht verrennst auf die große Flugplatz, Schatje.« *Dem* großen Flugplatz. »Wir drinken nog gezellig en kopje koffie, und dann gehen wir ins Fliegzeug nach New York.« *Flugzeug*, es heißt *Flugzeug*, nicht *Fliegzeug*. Wann war Dicks Deutsch so schlecht geworden, hatte ich mich plötzlich gefragt. Es gab Zeiten, da hatte er perfekt deutsch gesprochen. Er strengte sich nicht mehr an für mich, er gliederte mich nur noch ein in sein Leben, er, er, er... – einen kurzen Moment steigerte ich mich richtig schlimm rein in diesen Gedanken. Bis mir klar wurde, wie absurd er war. Wie bescheuert. Dick hatte sein ganzes Leben für mich auf den Kopf gestellt, und gerade schenkte er mir ein Flugticket für 1300 Euro (in Worten: eintausenddreihundert Euro!). In Wirklichkeit war ich natürlich nicht auf ihn, sondern auf etwas anderes wütend. Es war nämlich nicht das einzige Flugticket, das ich heute geschenkt bekommen hatte. Beim Frühstück morgens früh in Hamburg hatte ich schon eins neben meinem Tellerchen gefunden. Ein Flugticket von Hamburg nach Zürich, ebenfalls für den 22. Dezember. »Vom Nikolaus!«, hatte Christian gestrahlt. Sinterklaas, Nikolaus, konnten die Jungs sich denn nicht abstimmen? PFEIFEN!!!

Und ich hatte mich schon gewundert, dass Christian so kurz vor Weihnachten noch an einem Klang-Kongress im Ausland hatte teilnehmen wollen. In Arosa im Kanton Graubünden, hoch in den Bergen. Heimlich hatte ich ihm unterstellt, er führe nur mit, um seine Chefin Hannah ein bisschen zu hofieren. Der wahre Grund war aber ein anderer. Die Klang-Kongressteilnehmer hatten die Option, ihren Aufenthalt in dem noblen Kurhotel über Weihnachten zu verlängern. Zu gut klingenden Kongress-Konditionen und samt einer Begleitperson. Da hatte Christian die Chance gesehen, Weihnachten mit seiner Braut in den Bergen zu verbringen. Und jetzt hatten wir den Salat. Wie sollte ich gleichzeitig mit Christian in Arosa und mit Dick in New York Weihnachten verbringen!? Nach neun Monaten Doppelleben war ich ein Ass im Koordinieren, aber dafür müsste ich mich klonen. Das würde ich so schnell nicht mehr hinkriegen. Ich saß in der Falle. »Ich freue mich so!«, japste ich und fiel Dick um den Hals, um die aufsteigenden Paniktränchen vor ihm zu verbergen. Heute Mittag war das gewesen, bei meiner Ankunft auf dem Amsterdamer Bahnhof. Seitdem war mir klar, dass es wohl nichts würde mit meiner großen Doppelweihnachtsabschiedsgala. Ich müsste mich vorher entscheiden, ich müsste noch *vor* Heiligabend einen meiner Lieben abservieren. Dieses Wissen überschattete natürlich meine holländische Sinterklaas-Feier mit Dick. Und auch meine heute geplante Einführung in die Amsterdamer Gesellschaft.

»Lchen?« Dick war inzwischen wieder in der Küche und rief nach mir. Ach ja, die getrockneten Pruimchen!

»Of zal ik rozijnen nemen?«

Andererseits... Bis zum 22. Dezember war es natürlich noch eine Weile hin, heute war der siebte, also noch... noch... fünfzehn Tage, über zwei Wochen. In über zwei Wochen würde mir schon was einfallen. Oder es geschah ein Weihnachtswunder, warum denn nicht, es war mal wieder an der Zeit... Moment, was hatte Dick gerade gesagt?

»Rozijnen! Neeeeeee!«

Ein winterlicher Ausflug zu Albert Heijn

Ich ließ alles stehen und liegen, lief die schmale, raue Steintreppe hinunter, schmiss Dick eine Kusshand zu und mich selbst in die kleine Winterradfahrgarderobe: die warme Daunenjacke, die gefütterten Stiefelchen, Mützchen (oder wie man jetzt sagte *Beanie)*, Schal, Handschuhe, Fahrradlämpchen für vorne, Fahrradlämpchen für hinten, de boodschappentas (die Einkaufstasche) – schon war ich fertig zu meiner Pfläumchentour. Mit einem Schritt aus der graulackierten

Haustür stand ich direkt auf der verschneiten Straße. Poeh, war das kakakakakalt! Mit hochgezogenen Schultern sah ich mich um. Mein Kopf, der in dem dicken, mehrfach um meinen schlanken Schwanenhals geschlungenen langen, weichen Schal nistete wie ein mutiertes Riesenei, schien in der Kälte zu dampfen. Vielleicht war es auch einfach nur der Atem. Ich zog den Eierwärmer tiefer und machte mich auf zu meinem Rad. Es lehnte eingeschneit ein paar Meter die Straße runter an einer der Laternen, die auf Wunsch der Anwohner nachträglich aufgestellt und um deren architektonische Vertretbarkeit hart gestritten worden war. Noch umkämpfter waren die Laternen, jetzt, wo sie da waren, als Fahrradparkplatz. Ich ärgerte mich ein bisschen, dass ich meinen für Dörrpflaumen aufgeben musste, und löste mit meinen dick behandschuhten Fingern mühsam das vereiste Schloss.

»Je bent een engeltje«, (Du bist ein Engelchen). Dick stand mit einem Spültuch vorm Bauch lächelnd in der Tür und winkte.

Ich ärgerte mich nicht mehr.

»Niet te snel fietsen, hm!?« (Nicht zu schnell fahren!)

Ich nickte lächelnd und befestigte die Lämpchen am Fahrrad, hinten das rote, vorne das weiße. Damit fuhren alle hier, mit kleinen LED-Minilampen an Gummischlaufen, zwei Stück für unschlagbare 6,99 von HEMA.

Die Straßen waren still in Borneo. Ich hörte das Knirschen des Schnees unter meinen Fahrradreifen. Und ich spürte, wie meine Gesichtstemperatur mit jedem zurückgelegten Meter um ein Grad fiel. Bis zu Albert Heijn waren es noch etwa zwei *Kilo*meter. Am eisigsten war die Nase, die würde bestimmt gleich bröckeln und abfallen. Aber noch war es leider nicht so weit, noch lief sie. Unstoppbar wie ein Äthiopier auf der Zielgerade des New-York-Marathons. Auch eine Folge der schwachen, kleinen Nasengefäße von Papa. Sobald die Außentemperatur unter die Zehn-Grad-Marke sank, trug ich stets einen Tropfen trübgelbes Schnodderwasser vorne an der Nasenspitze – zäher als Wasser, aber weit flüssiger als klassischer Rotz. Wenn es noch kälter wurde, nahm der Schnodderwasserfluss zu, und ich trug statt eines Tropfens einen Schnodderwasser*faden* vor mir her, der in Bewegung lustig hin- und herbaumelte und immer allgemeine Heiterkeit erregte (Guck mal Mutti, die Frau hat Flüssigpopel!). Dick hatte mir deshalb mal einen Tropfenfänger gebaut, im Prinzip genau wie die, wie man sie Teekannen umhängte. Mit einer kleinen, weichen Schaumstoffrolle, die unter der Nase anlag und die Tropfen aufsog, und zwei langen Gummischlaufen, die links und rechts über die Ohren gestreift wurden. Einfach, aber genial. Nur leider sah ich damit aus wie Adolf Hitler, deshalb wollte ich den Tropfenfänger in Amsterdam lieber nicht tragen. Jetzt bereute ich es bitterlich. Vom Fahrtwind wurde der Schnodderfaden mal links und mal rechts an meine Wange geschleudert. Nicht immer schwang er zurück. Manchmal blieb er auch an der eisigen Wangenhaut kleben und fror dort fest. Und nachher im warmen Supermarkt würde alles wieder schmelzen. Super, wenn ich meinen Antrittsbesuch bei Albert Heijn machte, würde mir getautes Popelwasser vom Gesicht tropfen, das würde toll.

Ich trat mit einer gewissen Wut in die Pedale. Nirgends war ein Mensch zu sehen, ein Neubaugebiet an einem dunklen, kalten Dezembernachmittag. Nicht mal ein streunendes Hündchen oder Kätzchen kreuzte meinen Weg, alle vorm Fernseher (schade, dass *wir* keinen hatten, Dick lehnte Televisionsgeräte ab). Doch da! Ein Mensch, eine Frau, aber irgendwas an ihr verstörte mich und ließ mein Herz schneller schlagen – oh Gott! Die Gestalt, die ich um die Ecke huschen sah, war Dicks Ehefrau! Nein, nein, nein, was für ein Unsinn, natürlich war sie es nicht. Mein Herzschlag beruhigte sich wieder. Sie war es nicht. Ich hatte nur gerade an sie denken müssen. Hier, in Amsterdam, passierte das naturgemäß etwas öfter. In Hamburg, das gebe ich zu, hatte ich fast nie an sie gedacht, aber wenn ich hier bei Dick war, in unserem neuen Häuschen am Kanal, war sie mir irgendwie ständig präsent. Kein Wunder, sie lebte schließlich in Amsterdam, auch, wenn sie selten hier war. Dreiviertel des Jahres war sie arbeitsbedingt in Afrika und Asien, und jetzt, nach Dicks Auszug, kam sie sicher noch seltener her. Ob sie Dicks neues Häuschen kannte? Ob sie wusste, wo wir wohnen würden? Ob sie manchmal herkam und spannte? Ich an ihrer Stelle würde es tun. Nur, dass Spannen ganz schön schwer war in diesem Stadtteil. Mit der gebotenen Vorsicht eines Radfahrers auf spiegelglatter Straße sah ich mich um.

Die Häuser in diesem Teil von Borneo waren ziemlich, sagen wir, *introvertiert*. Absolut nichts für Verlassene, die verborgen hinter einem Busch im Vorgarten hocken und durchs Fenster dem neuen Leben ihrer Expartner zuschauen wollten. Es gab gar keine Vorgärten. Es gab auch keine Büsche. Die Häuser grenzten vorne an die Straße und hinten ans Wasser, alle schön in einer Reihe, sie unterschieden sich und folgten doch alle denselben strengen Regeln. Das spürte auch der architektonische Laie. Im Erdgeschoss hatten die meisten zur Straße hin nur eine Eingangstür. Entworfen von dem Designer, der auch die niederländischen Justizvollzugsanstalten ausstattete. Und daneben ein schmales Fensterchen, das aussah, als ob es zu einem unbeheizten Besucher-WC mit

Miniseifen und Minihandwaschbecken gehörte. Gerade groß genug für normalgewichtige Gäste, um sich vorm Rosinen-Couscous unauffällig abzusetzen (die Dicken mussten tapfer drum herum essen). Nach hinten zum Wasser waren die Häuser dafür umso einladender. Für Kanalentchen. Große Fensterfronten boten großzügig Einblick in das Innenleben der Häuser, aber sehen konnten das natürlich nur die Nachbarn direkt vis-à-vis (gestern hatte ich auf diese Weise Desperate Housewives geschaut, vis-à-vis unseres Häuschens wohnte nämlich ein Philips-Mitarbeiter mit einem 46-Zoll-Fernseher). Dicks Frau müsste also mit einem Bötchen durch die Kanäle tuckern, wenn sie zugucken wollte, wie ihr Mann mit der neuen Frau Sinterklaas feierte. Oder Oceans-Eleven-mäßig im Taucheranzug durch die Wasserläufe schnorcheln. Na ja, dafür wäre es im Moment vielleicht ein bisschen frisch. An manchen Stellen trieben, wie gesagt, schon Eisschollen auf dem Wasser. Ich stellte mir Dicks Frau im Froschanzug vor, wie sie nach einem kurzen Erkundungstauchgang wieder aus einem Eisloch krabbelte und mit riesigen Flossen an den Füßen zähneklappernd zu ihrem fetten schwarzen Range Rover watschelte, der am Ufer parkte. (Bestimmt hatte sie einen fetten schwarzen Range Rover!) Lustig. Ich stellte mir so etwas aus demselben Grund vor, aus dem mein Mathelehrer früher vor meinem geistigen Auge stets einen Winnie-the-Pooh-Pyjama getragen hatte. Und später an der Uni der Leiter der Prüfungskommission nichts als ein dornenbesetztes Hundehalsband, wuff. Ich hatte vor diesen Leuten Angst. Vor dem Mathelehrer und dem Uniprof jetzt nicht mehr so, aber vor Dicks Frau. Ich wusste, eines Tages würde ich ihr plötzlich unerwartet gegenüberstehen. Und vermutlich würde sie dann keine Flossen und keinen Neoprenanzug tragen.

Aber bis dahin half es gegen die Angst, sie sich in diesem Aufzug vorzustellen. In Wirklichkeit war sie alles andere als eine Witzfigur. Sie war die Art Frau, die eine arabische Großbaustelle mit ausschließlich männlichen Arbeitern leiten konnte, selbst dann, wenn diese Männer ihren eigenen Frauen verboten, das Haus zu verlassen, und die eigenen Töchter nicht lesen und schreiben lernen ließen. Selbst dann, wenn sie selbst sich nur auf die Baustelle verirrt hatte, als sie eigentlich den Hotelpool suchte – Dicks Frau war kraft ihrer Erscheinung einfach respekteinflößend und verstrahlte Autorität. Ich war ein Piepmätzchen neben ihr. Ein Piepmätzchen mit einem Piepmätzchengehirn. Außer wenn sie einen Froschanzug mit Flossen trug, vielleicht. Dann konnte ich auf irgendeine Weise mithalten, schwapp, schwapp, schwapp. Als ich bei dieser Vorstellung grinsen musste, spürte ich, dass meine Wangen mittlerweile eingefroren waren, Zeit zur Einkehr – und tatsächlich... Endlich erkannte ich am Ende der Straße die schöne königsblaue Leuchtreklame von Albert Heijn.

Weil alle Stangen vorm Eingang belegt waren, suchte ich nach einer anderen Möglichkeit, mein Fahrrad anzuschließen. »Altijd op slot zetten!« (Immer abschließen! Dicks Mahnungen klangen mir eindringlich in den eiskalten Öhrchen. Er sagte auch immer, ich müsse die Minilämpchen abnehmen. »Anders zijn ze weg, Lchen!« Aber meine Hände waren einfach zu steif für eine so filigrane motorische Verrichtung wie Lämpchen vom Fahrrad pfriemeln. Dafür parkte ich mein Drahteselchen ja extra weit ab vom Schuss an diesem wunderbaren – was war das überhaupt? – Bauschild. AAAAAUUUURGH! Gerade als ich mich über mein Fahrrad beugte, um es an einem der beiden Holzständer anzuketten, spürte ich einen Aufprall am Hinterkopf. Kurz darauf fiel ein Eiszapfen in zwei Stücken vor meinen Füßen in den unberührten Neuschnee. Offensichtlich war er an meinem Kopf zerschellt. Der Zapfen war noch jung gewesen, also nicht groß. Okay, klein. Aber ich ahnte, da, wo er herkam, waren noch mehr. Mein Blick wanderte vorsichtig nach oben. Etwa zwei Meter über mir, an der oberen Kante des Schildes, die ein wenig nach vorne überstand, hingen Zapfen noch von ganz anderem Kaliber. *Sol-che* Dinger. Bis zu einem halben Meter lang und dick wie mein Unterarm! In etwa. Ich tastete, ob so ein Johnny vielleicht doch in meinem Schädel steckte?! Und der kleine war nur so mit runtergekommen, zum Gucken…?! Aber nein, mein Kopf schien unversehrt. Poeh. Ich trat einen Schritt zurück und betrachtete das Schild. Darauf waren scheinbar alle Personen oder Firmen aufgelistet, die die Häuser des angrenzenden Viertels geplant und gebaut hatten. Ein Bauschild eben. Ich starrte die Namen an wie eine Liste mit Attentätern. Als wären *sie* verantwortlich für den feigen Anschlag auf mein Leben gerade. Ich war wie hypnotisiert, ich stand wohl unter Schock.

Ein Konstrukteur namens Patrick Pruim erinnerte mich schließlich an meine eigentliche Mission. Ich putze mir noch mal gründlich die tropfende Nase, dann ging ich in den Supermarkt zum Pflaumenkauf. Ob Patricks Frau wohl seinen Namen angenommen hatte? Ob sie Töchter hatten? Ah, da! Ich fand die Pflaumen quasi auf Anhieb, ich alter Einkaufshase. Getrocknete Pflaumen sind meistens bei den Nüsschen und den Backzutaten, warum auch immer. Ich hätte eigentlich sofort zahlen und wieder gehen können mit den Pfläumchen. Leider tat ich es nicht. Um mich aufzuwärmen und ein bisschen von meinem Schreck zu erholen, der mir immer noch tief in den Gliedern saß und eine schwer zu fassende Unruhe in mir zurückgelassen hatte, schlenderte ich noch durch die Regalreihen und guckte, was es so gab.

Ich ging gerne im Ausland durch Supermärkte. Andere sahen sich Kirchen und Museen an, ich studierte die landestypischen Süßwarenregale. Trotz der schlimmen Globalisierung gab es immer noch einiges Landestypische zu entdecken, wie hier zum Beispiel die bereits erwähnte, typisch niederländische Vormachtstellung des Vlas im Kühlregal. Fasziniert betrachtete ich die enorme Artenvielfalt bei der niederländischen Nationalnachspeise. Und obwohl es schon so viele gab, kamen offenbar immer noch neue Sorten hinzu. Die wurden dann mit einem grellen Neu-Störer auf der Verpackung gekennzeichnet (»nieuw«). Zum Beispiel der *hopjesvla* mit Karamell-/Kaffeegeschmack, bei dem man sich wunderte, dass es ihn nicht schon lange gab. Oder der neue *stoofappelvla* (Bratapfel-Vla), dem ich eher saisonale Chancen einräumte, waaas? »Met rum-rozijnen« – oder gar keinen. Ich überlegte gerade, ein Foto von dem meterlangen Sortiment zu machen, als mir plötzlich klar wurde, dass ich demnächst vielleicht – nein, sehr wahrscheinlich! – jeden Tag hier einkaufen würde, also… *immer*. Dies würde mein neuer PENNY. Ich würde *nicht* mit einem Lächeln begrüßt und an der Käsetheke *nicht* mit einem Nachbarn plaudern wie in dem Rollenspiel in meinem Sprachkurs (Lektion 2 »Het praatje« – das Quatschen: Dag Lchen, hoe gaat het met je? – Dag Lieke, het gaat goed, en met jou?*) … Nein, das alles würde hier genauso wenig vorkommen wie in Hamburg bei »meinem PENNY«, und trotzdem würde dies *wahr-*

* Tag, Lchen, wie geht's? – Tag, Lieke, gut geht's, und selbst?

scheinlich »mein Albert Heijn«. Denn ich würde *wahrscheinlich* schon bald hier leben. Wow. Dann sah ich sie. Belgische Zuckerwaffeln. Gegen Belgische Waffeln war ich machtlos. Ich glaubte zwar nicht oder nur in Notfällen an den lieben Gott, aber *wenn* ich an ihn glaubte, dann stellte ich ihn mir gern als eine unendlich große, nach Vanille duftende, warme, weiche belgische Zuckerwaffel vor – und plötzlich spürte ich es. Gewissheit. Gerade in *diesem* Moment hatte ich mich endgültig entschieden! Ich gehörte zu Dick. ICH GEHÖRTE ZU DICK! Zu Dick und in ein Land, in dem man 12 (zwölf!) dicke, saftige, goldgelbe belgische Zuckerwaffeln für einen Euro und zwölf Cent bekam. Jede einzeln verpackt. Ein warmes Glücksgefühl durchströmte mich. Es war so schön, endlich sicher zu wissen, was ich wollte. So erlösend. Lächelnd streckte ich die Hand nach den Waffeln aus.

In dem Moment packte mich jemand unsanft am Arm. Eine kleine Frau mit einem überdimensionalen Bommel auf der Mütze. Sie gestikulierte aufgeregt und redete in sehr hohem Tempo in der Landessprache auf mich ein. Der Bommel war auch ganz außer sich und bommelte hektisch auf ihrem Kopf hin und her. Ich verstand kein Wort. Jajaja, ich wusste, dass belgische Waffeln ansetzten, dankuwel! Und was wollte dieser alte Mann, warum winkte er mir mit einer weißen Fahne, eine gemeine Anspielung auf die Zeit der deutschen Besatzung? Und warum hielt die Mutter ihrem Töchterchen die Hand vor die Augen, als krabbelten erotische Partyartikel aus meinen Jackentaschen – plötzlich bemerkte ich es, oh nein, überall: Blut! Körperflüssigkeit! Verdammt! Hatte sich also doch so ein Zapfen in meinen Kopf gebohrt. Draußen im Kalten hatte er da einfach nur dringesteckt. Aber nun im Warmen war der Zapfen geschmolzen, und mein Gehirn lief aus. Meine guten grauen Zellen! Ich tastete meinen Schädel nach der undichten Stelle ab… »Denösdenösdenös!«, kreischte die kleine Bommelfrau aufgebracht. Die Nuss? Ja, die Nuss war kaputt, den Eindruck machte es. Jetzt drückte sie ihren kurzen schmutzigen Kinderfinger auf ihre dicke, fleischige Nase. Fasziniert beobachtete ich, dass sie nachgab wie das Knack- und Backmännchen, dem man in den Bauch pikte. »Denösdenösdenös!«, quiekte die Frau schon wieder… Ach, DE NEUS! Nun begriff ich. Ich strahlte die Frau erleichtert an. Die Nase, meinen Sie! Jetzt haben Sie mir aber einen Schreck eingejagt!

Ich hatte nur mal wieder ganz normales Nasenbluten. Ich weiß auch nicht, warum es mir selbst nicht längst aufgefallen war. Ich hatte natürlich gespürt, dass mir etwas aus der Nase rann. Aber ich dachte wohl, das sei normales Nasenwasser, wie es schon die ganze Zeit austrat. Nicht weiter schlimm. Stattdessen hatte ich meine Bummelroute durch die Regalreihen mit quietschrotem Nasenblut markiert wie Hänsel und Gretel den Weg durch den Hexenwald mit Brotkrümeln. Oh nein. Da kamen ja immer mehr Leute gucken. Und alle redeten aufgeregt durcheinander. Bitte, bitte, ich kann alles erklären!

Nein, konnte ich eben nicht. Inzwischen war ein ganzer Pulk von Schaulustigen um mich versammelt. Aus zwei Metern Sicherheitsabstand starrten sie mich an, als sei ich ein Zombie. Oder ein HIV-Positiver, der möglichst viele mitreißen wollte in seinen Abgrund. Die Leute hatten Angst vor mir. Angst. Ein Kunde rief nach einem Arzt und einer sogar nach der Polizei. Ich wollte diesen Menschen erklären, dass Nasenbluten bei mir nichts Schlimmes war. Weil ich doch Vatis schwache, kleine Nasenblutgefäße hatte! Ich wollte erklären, dass meine kleinen Nasenblutgefäße schnelle Temperaturunterschiede nicht vertrugen. Und noch weniger solche Schreckmomente wie eben, wenn plötzlich Eiszapfen in den Hinterkopf einschlugen. Ich wollte anbieten, die Flecken wieder aufzuwischen, und nach einem Wischmopp fragen. Doch in der Panik verließ mich mein Holländisch, und mein Englisch gleich mit, sogar mein Deutsch – im Grunde mein ganzes Gehirn. Entsprechend unüberlegt ergriff ich einfach die Flucht. Dabei hielt ich die Pfläumchen umklammert und beging auch noch Ladendiebstahl, nein. Nein. Dies würde vermutlich doch nicht »mein Albert Heijn«. Wohl kaum.

Ich weiß nicht mehr, wie es mir gelang, meine Verfolger abzuhängen, und ob ich überhaupt welche hatte. Zugute kam mir wahrscheinlich, dass mein Fluchtfahrzeug nicht direkt vorm Laden, sondern schlecht einzusehen um die Ecke an diesem komischen Bauschild parkte. Irgendwie schaffte ich es unbehelligt nach Hause, mitsamt Pfläumchen.

Und als meine Stamm-Laterne sogar noch frei war, war meine kleine Welt fast wieder heile. Es gab doch noch mehr Albert Heijns in Amsterdam. Etwa dreitausend. Lächelnd trippelte ich zur Haustür, Auftrag erledigt, würde ich gleich verkünden. Opdracht afgewikkeld! Ach, wie freute ich mich auf die Wärme, den Essensduft, Dick mit einem Geschirrspültuch vorm Bauch! Ich hatte zwar einen Hausschlüssel in irgendeiner der vielen Taschen meines Daunenparkas, aber weil meine Finger so steif waren, zog ich es vor zu schellen. Sturm, um der Dringlichkeit meines Wunsches nach Einlass Ausdruck zu verleihen. Ich konnte doch nicht wissen, dass Daya und Dinkar, unsere indischstämmigen Nachbarn, schon da waren. Daya, schön wie eine Prinzessin aus 1001 Nacht, in einem goldbestickten Sari und einer majestätischen Frisur, ließ vor Schreck ihr Glas fallen, als sie mich sah. Ihrem sehr zarten kleinen Mann Dinkar entglitten zum Glück nur die Züge. Da war das Eis doch gleich gebrochen.

Als alle damit beschäftigt waren, Scherben aufzusammeln, nutzte ich die Gelegenheit, einen Blick in den Spiegel zu werfen. Donnerwetter! Ich hatte – zusätzlich zu den üblichen Blutverkrustungen um Nase und Kinnpartie – tatsächlich einen kleinen roten Blut-Eiszapfen an der Nasenspitze. Meine Nase musste während der Fahrt kontinuerlich weiter getröpfelt haben, und die besondere Viskosität von Blut schien die Eiszapfenbildung zu begünstigen. Ich sah dramatisch aus. Zwangsläufig kam mir der alte Filmtitel in den Sinn: *Bis das Blut gefriert*, ein Meilenstein des Horrorgenres, obwohl bzw. gerade weil Blut dort eigentlich nur im Titel vorkommt. Daya und Dinkar wirkten im ersten Moment sehr interessiert, als ich auf den Film zu sprechen kam. Also umriss ich kurz die Handlung, hob dabei aber weniger die zahlreichen Frauenleichen als die subtilen und damals gänzlich neuen Methoden der Angsterzeugung durch Kameraführung und Schnitttechnik hervor. Subtil ist immer ein Risiko im Entertainmentbereich. Prompt zog Dinkar sich den Mantel an, und Daya krabbelte wieder über den Boden und wischte Flecken weg, da konnte Dick tausendmal sagen, dass ein bisschen Blut dem Holz nichts macht. Irgendwie wirkten alle plötzlich so nervös, wie aufgescheuchte Hühnchen. Nur ich – der Fels in der Brandung mal wieder – plauderte und tröpfelte einfach weiter vor mich hin. Dass ich nicht *grundsätzlich* gegen Blutszenen wäre, führte ich aus (angesichts der Tatsache, dass ich selbst aussah wie Hannibal Lecter nach dem Weihnachtsmenü, wäre alles andere auch unglaubwürdig gewesen), genau wie Bettszenen mussten sie nur dramaturgisch eingebettet sein, schlug ich den Bogen elegant zu *Wild at*

Heart. Zu der berühmten Szene mit dem Mädchen, das nach dem Autounfall herumirrt und ihren Lippenstift sucht, bis sie zusammenbricht und Blut aus ihrem Mund quillt. »My favourite blood-scene!« Meine Lieblingsblutszene, scherzte ich. Pling! Da plumste mein kleiner Blutzapfen von der Nase, gerade, als Daya vor mir eine Scherbe einsammelte. Oh nein, weg war er, verschwunden in den unendlichen Weiten ihrer Turmfrisur… Scheiße. Scheißescheißescheiße. Und ich hatte doch nur gewollt, dass sie mich nett finden. Ich wollte originell und witzig erscheinen. Ich machte alles falsch. Alles. Ach, aber irgendwie war mir plötzlich auch ganz komisch. Ich hatte keine Lust mehr zu reden, ich sollte mich besser setzen, dachte ich. Vielleicht sagte ich es auch, jedenfalls verfrachtete Dick mich prompt auf einen Küchenstuhl.

»Sorry, Schatz«, sagte er. Ich spürte etwas Eisiges in meinem Nacken. Ein eiskalter, nasser Lappen. »Damit kriegen wir es still, zegt Dinkar!« Na dann. Mit einem anderen eiskalten Lappen wischte Dick mein Gesicht sauber. Kalte Lappen, genau das, wovon ich geträumt hatte da draußen im Schneesturm. Irgendwie spürte ich plötzlich einen tiefen Groll auf Dick. »Beruhig dich, Schatz!«, sagte er und strich mir über den Kopf. »Beruhig dich doch…« Wie soll man sich beruhigen mit einem tropfenden kalten Lappen im Nacken. Mein ganzer Rücken stand unter Wasser, das war wirklich nicht schön. Ich wollte aufstehen und mich umziehen. Ich wollte einen Moment alleine sein. Ich musste auch noch bei Christian anrufen, ich hatte versprochen, mich jeden Tag einmal zu melden von meiner angeblichen Fotosafari mit Curd. Ich musste außerdem pinkeln. Aber Dick bestand darauf, dass ich noch einen Moment ruhig sitzen bliebe, damit wir sicher sein könnten, dass das Nasenbluten aufgehört hätte, bevor er die Vorspeise reichte. Okay. In dem Moment trat Dinkar dazu. Er trug Mantel und Pelzmützchen, auf dem ein paar Schneeflöckchen glitzerten, er war offenbar kurz zu Hause gewesen, vielleicht nach dem Hündchen sehen, warum hatten sie es nicht mitgebracht? Stolz stellte er ein Arztköfferchen auf den Küchentisch. Ach ja, er war ja Arzt. Für Tiere aber nur. »Für das Huhn kommt jede Hilfe zu spät«, ulkte ich und deutete auf Dicks marokkanisches Hühnchengericht. Leider verstand Dinkar kein Deutsch. Wie sollten diese Menschen mich denn auch mögen, wenn ich ihnen gar nicht richtig zeigen konnte, wie lustig ich war?! Ach, schade. Mit ernster Miene schaltete Dinkar sein Taschenlämpchen ein und leuchtete superwichtig in meine Nasenlöchter. Hello popels! Mit seinem Pelzmützchen sah Dinkar aus wie Omar Sharif als der sanfte Doktor Schiwago, sprach dann aber unangenehm penetrant wie Ben Kingsley.

»So… the nosebleed, when did it start?«

The was? Ach, the Nasenbluten, ja, wann fing the Nasenbluten an…?

»Today or… überhaupt?« Als der Doc nicht antwortete, entschied ich mich einfach für die sprachlich unkompliziertere Antwort. »It startet by Albert Heijn.«

»And what happened before Albert Heijn?«

Mir fiel der böse kleine Eiszapfen wieder ein. Der, der auf meinem Hinterkopf zerschellt war. Wenn ich dem Doc davon erzählen würde, würde er ausflippen, wetten? Und sich draufstürzen wie ein Dobermann auf den Knochen.

»When I fixed my bicycle I got such an ice-thing on my head.« Ich machte ihm die Freude. »You know, these horny ice-things, that are hanging from roofs in winter…« Schließlich hatten wir sie zum Essen eingeladen. Erwartungsgemäß alarmiert stellte Dinkar die Öhrchen auf. In seinem kleinen schneeweißen Arztgehirn arbeitete es. Ehrfürchtige Stille. Dick und Daya standen regungslos, man hörte nur das Huhn leise köcheln und das Klappern des Deckels auf dem Reis. Alle warteten auf seine Diagnose.

»So, before you entered Albert Heijn an icicle fell on your head, is that correct?«

Hm. Wenn ein *icicle* ein Eiszapfen war, ja. Ich nickte. Doc Dinkars Gehirnmaschine funktionierte offensichtlich ziemlich langsam und war eher zum Nachvollziehen als zum Schlussfolgern ausgelegt. Ich spürte das Bedürfnis, die Sache abzukürzen, ich hatte mächtig Appetit.

»Yes, but it was a very small icicle, just like this«, ich deutete beschwichtigend auf eine junge Karotte, die auf der Spüle lag. Aber Doktor Schiwago kam langsam in Fahrt. Jetzt wurde erst mal Blutdruck gemessen.

»Certainly my blood pressure raised when the icicle fell on my head«, gestand ich ein, »and it raised even higher, when I looked up and saw a much greater icicle just above my head on the top of the… the… thing.« Was hieß nun wieder Bauschild, verdammt? »The shield with all the names of the persons who build a house or something.« Ich spürte einen Blick von Dick und war plötzlich nicht mehr sicher, ob *shield* wirklich Schild hieß. »The board…«, korrigierte ich mich. Herrje, Lchen, Konzentration! »I watched at the top of the *board* with all these icicles and I was shocked!« Und mein Blutdruck schoss beim schockierenden Anblick der Riesenzapfen genau über meinem Kopf gewaltig in die Höhe, versuchte ich, den Menschen um mich herum zu erklären. Hinzu kam dann die plötzliche Wärme kurz darauf im Supermarkt! »That was too much for the small blood-containers in my nose-holes…« Das war zu viel für die kleinen Nasenblutgefäße in meinen Nasenlöchlein. Ich stockte.

Plötzlich kam mir ein Bild in den Sinn… eine Erinnerung… ich sah das Bauschild wieder vor mir… gleichzeitig spürte ich Dicks Blicke auf mir, etwas stimmte nicht… Und ich hörte den Doc, der seiner Angewohnheit frönte, alles zweimal zu sagen.

»So, about *what* are you shocked in the moment? About *what*?«

Seine arme Frau tat mir leid.

»What's so shocking in the moment, what's so shocking?«

Ich sah ihn nur an. Was wollte dieser Veterinärmediziner von mir? Und wieso leuchtete er jetzt schon wieder in meine Nase, herrje, was gab's denn da zu sehen, ein Musical über Indira Ghandi?

»I ask because your blood pressure is very high, and I mean *very* high, one mustn't have studied human medicine to know that this is *too* high, much too high bla bla blaaa…«

Ich hörte ihm nicht mehr zu. Okay, mein Blutdruck war erhöht, das hatten wir nun verstanden, Dottore, das war ja auch kein Wunder… Ich starrte Dick an. Oh nein! Oh nein…

Mir war wieder eingefallen, was ich auf dem Schild gelesen hatte. Da hatte ein Name gestanden, der mir sehr bekannt vorkam. Vor dem Namen stand »architecturale leiding«, das heißt auf Deutsch bauliche Leitung, gefolgt von einem Doppelpunkt. Ich mach es mal kurz: Das Haus, in dem Dick und ich leben wollten, das hatte seine Frau gebaut.

»You really should check that. High blood pressure is very dangerous! You understand, high blood pressure is very dangerous. You should check that.«

»I will, Doc«, sagte ich. »I will.«

Niemanden

Ich saß in meiner alten Wohnung, in meinem Büro, und sah über den Rand meines Laptops aus dem Fenster. Jetzt war das zweite Buch fertig, ein historischer Moment gewissermaßen, oben rechts in der Menüleiste stand das Datum: Heute war der 21. Dezember, und es war 6.27 Uhr. Ich hatte die ganze Nacht durchgeschrieben. Weil ich das Buch *unbedingt* beenden wollte. Ich dachte, wenn ich eine Entscheidung getroffen hätte, wie es endet, wüsste ich auch, was ich morgen tun müsste. Zürich oder New York, wohin ich fliegen würde. Ich wusste es nicht. Aber vielleicht, wenn ich es gleich nach einer kleinen Entspannungspause noch einmal in Ruhe las.

Die Frau von gegenüber, Inka, war gerade aufgestanden und watschelte im Bademantel in der Wohnung auf und ab. Alles okay? In der einen Hand hatte sie einen Kaffeebecher, und mit der anderen hielt sie ihre Babykugel, als würde sie sonst auf den Boden fallen. Sie war wieder schwanger. Bis vor ein paar Wochen hatte man gar nichts gesehen, aber jetzt war ihr Bauch enorm, für mein Dafürhalten musste sie jede Sekunde niederkommen. Mit dem Bademantel, den sie zwischen Brust und Kugel geknotet hatte, sah sie genauso aus wie die Hochschwangeren, die in pastellfarbenem Frottee auf Entbindungsstationen rumschlurften, damit es – mit Hilfe von ein bisschen Bewegung – vielleicht endlich losginge. Dennoch hatten sie und ihr Mann das kleine Zimmerchen noch nicht wieder babymäßig eingerichtet. Kein Gitterbettchen, keine Wölkchen-Tapete, sie trauten ihrem Glück noch nicht. Und auch ich sah ständig rüber, ob es Inka gutging. Vielleicht auch, weil es auf den anderen Kanälen im Moment nichts zu sehen gab.

Der Bäcker hatte nach einem Herzanfall, den ich allerdings nicht mitbekommen hatte, das Geschäft an den Sohn übergeben und überwinterte nun mit seiner Frau auf Teneriffa. Die Möbel in ihrer Wohnung waren mit weißen Laken überdeckt wie in alten Gruselfilmen, erst Ende März würden ihre Besitzer wiederkommen. Das wusste ich von Rosi, die so lange ihre Blumen goss. Zu den unmöglichsten Zeiten. Ich hatte mich zu Tode erschrocken, als sie mir gestern mitten in der Nacht von drüben zugewunken hatte. Ich dachte schon, ich sähe wieder Gespenster, zumal gerade Vollmond war. Ich fürchtete mich ohnehin ein bisschen vor Rosi. Vor allem, seit mir klar war, dass sie alles wusste, was in der Nachbarschaft vor sich ging. Neulich, als sie mich mit einem Kleidersack im Treppenhaus getroffen hatte, hatte sie auch sofort angeschlagen wie ein deutscher Schäferhund.

»Na, ein neues Bürokostüm?«, hahaha, »oder ziehst du hier wieder ein?«

Seit Wochen hatte ich Dinge, von denen ich mich nicht trennen wollte, peu à peu aus der Christian-Wohnung heimlich in meine Büro-Wohnung geschafft. Hier hatte ich sie dann in die Kisten gepackt, die unter einer Decke im ehemaligen Fitnessraum standen. Meine Amsterdamkisten. Mit Dingen, die ich mit nach Holland hatte nehmen wollen. Nie hatte ich mehr als ein, zwei Teile mit hergebracht. Mal eine alte Lieblingsstrickjacke, mal einen Film, von dem ich mich unmöglich trennen könnte, oder wie neulich in dem Kleidersack das Kleid, in dem 119 zum ersten Mal an mir rumgefummelt hatte. (»Es ist so schrecklich, dass ich es dir ausziehen möchte«, hatte er damals mit seinem unvergesslichen Charme gesagt.) Eindeutig ein Fall für die Top Ten. Ich hatte mir nämlich immer die eine Frage gestellt: Wenn ich nur *zehn* Dinge mitnehmen dürfte in mein neues holländisches Leben, wäre dies dann dabei?

Es war ein richtiges Ritual geworden. Und ein Spiel. Deshalb bestanden meine Top Ten mittlerweile wohl auch aus mindestens dreihundert Teilen. Ich hatte nicht mehr aufhören können. Auch dann nicht, als meine Umsiedlung nach Amsterdam nach dem unseligen Sinterklaas-Besuch eigentlich unmöglich geworden war. Sieben Kisten hatte ich inzwischen zusammen. Sieben Kisten mit allem, was mir etwas bedeutete. Auch Kleidung, Kleidung konnte ein Zuhause sein. Nach und nach hatte sich der Schrank in der Christian-Wohnung so geleert, dass Christians Hemden darin nach dem Bügeln nicht mehr zerknitterten. Zuletzt hatte ich allerdings ein Buch mitgebracht. Das einzige Buch bisher, und es war auch noch ein Bilderbuch nur mit Porträtfotos. Von Affen. Ich war nämlich – wenn ich das nebenbei kurz bemerken darf –, ich war der tiefen Überzeugung, dass es der Schlüssel zu einer höheren kulturellen Entwicklungsstufe der Menschheit wäre, wenn wir aufhören würden, andere Lebewesen als Essen anzusehen. Und stattdessen als Individuen und Persönlichkeiten. Mir selbst gelang das leider auch nicht immer, vor allem, wenn die Persönlichkeiten schon tiefgekühlt waren. Dieses Buch »James und andere Affen« mit Porträts von verwaisten Affen, deren Eltern für den Buschfleischhandel getötet wurden, transportierte die Idee ganz ohne Worte. Dass es ein Geschenk von 119 war, tat in diesem Fall nichts zur Sache, das hatte ich sogar vergessen. Ich war überrascht gewesen, als ich seine Widmung heute darin entdeckte (»Für meinen Freund Curd, Weihnachten 2004«. Mit mir vereinbarte 119 immer Geschenkeverzicht…). Oh, hatten sich da gerade die orangen Vorhänge bewegt? Nein, nein, ich war wohl einfach nur übermüdet. Um den Pistazienjungen sollte Rosi sich lieber mal kümmern, anstatt mir nachzuschnüffeln.

Ich machte mir etwas Sorgen um ihn. Seit Wochen waren die orangen Vorhänge zugezogen. Als ich Rosi mal nach ihm gefragt hatte, hatte sie ungewöhnlich einsilbig gemutmaßt, er wäre vielleicht verreist. Ja, vielleicht. Vielleicht hatte die Holländerin ihn aber auch sitzenlassen, und hinter diesen Vorhängen baumelte der Pistazienjunge erhängt von der Decke. Eine andere Möglichkeit. Heute Nacht, kurz nachdem ich Rosi hatte winken sehen, hätte ich allerdings einmal schwören können, dass hinter den orangen Vorhängen eine Lampe brannte. Für einen Moment hatte mich eine schreckliche Neugier gepackt. Ich hätte rüberlaufen und an der Tür rütteln können (»Aufmachen! FBI!«). Schon an der Tankstelle damals hatte ich so ein Gefühl gehabt, die Holländerin wäre vielleicht ein Wink des Universums, eine Wegweiserin durch mein Gefühlschaos, eine dicke gute Fee. Und heute Nacht hatte ich einen Augenblick lang gedacht, die Liebesgeschichte hinter den orangen Vorhängen hätte nur für mich stattgefunden, und meine Aufgabe wäre nun herauszufinden, wie sie ausgegangen war. Dann wüsste ich auch, was ich selber tun müsste. Aber mittlerweile dachte ich: Who cares? Was gehen mich die Liebesgeschichten meiner Nachbarn an? Vor mir lagen zwei Tickets, eins nach New York und das andere nach Zürich. Und nichts, kein anderer Mensch und kein Wegweiser des Universums konnten mir sagen, welches ich morgen nehmen sollte. Zu Dick oder zu Christian, verdammt, verdammt, verdammt… Ich wusste es immer noch nicht.

Ich riss mich von den orangen Vorhängen los und las stattdessen noch mal die letzten Seiten meines Buchs. Sie waren nicht besonders gut, musste ich mir eingestehen. Auch das noch. Sie waren sogar schlecht. Inhaltlich hatte ich alles genau so geschrieben, wie es damals, vor mehr als zwei Jahren, wirklich passiert war. Lpunkt beendet die komplizierte Beziehung zu dem verheirateten Dick und kommt kurz darauf mit dem sympathischen, gutaussehenden, unkomplizierten Musiktherapeuten Christian zusammen. Ein schönes pummelrundes Happy End, hatte ich eigentlich gedacht. Aber irgendwie funktionierte es nicht. Irgendwie machte es nicht glücklich, wenn man es jetzt so las... Erschöpft und enttäuscht rieb ich mir die müden Augen. Okay, so also nicht, aber wie dann? Dick war doch auch nicht ganz koscher... Plötzlich schossen mir Tränen in die Augen, Tränen der Müdigkeit. Nein, Dick war nicht ganz koscher. Damals nicht. Und heute auch nicht. Wenn überhaupt das Universum mir jemals irgendwas hatte zeigen wollen, dann das. Ein Eiszapfen war mir auf den Kopf gerumst, wenn das kein Fingerzeig von oben war. Ich *sollte* hoch auf das Bauschild gucken. Ich sollte Schwarz auf Weiß lesen, dass Dick ein Lügner war und blieb. Mehr Entscheidungshilfe konnte man von einem Universum wohl kaum verlangen. Aber mir armer Irrer war wohl nicht zu helfen. Ich hatte das Ticket nach New York noch nicht zerrissen. Die Sache war immer noch nicht vom Tisch.

Wir hatten dann ganz normal weitergemacht an dem Abend. Als Dinkar mit seinem Referat über die Ursachen und Gefahren von Bluthochdruck fertig war, hatte ich schnell geduscht und mich umgezogen, und danach konnte endlich gegessen werden. Das marokkanische Huhn war ein Traum, auch ohne die Pflaumen. (In dem Wirrwarr um mein Nasenbluten hatte Dick sie vergessen hinzuzufügen, schade.) Während Dick mit Daya und Dinkar auf Englisch Tischgespräche über internationale Hühnergerichte führte, war ich gedanklich erst mal eine Weile damit beschäftigt gewesen, die neue Information einzusortieren. Dicks Frau hatte also dieses Haus gebaut. Aha. Das hieß: Dick belog mich wieder mal. Ich kippte das Glas Wein in einem Zug herunter. Die ganze Zeit hatte er erzählt, sie sprächen kein Wort und würden nur per Anwalt verkehren. Dabei hatten sie durch das Haus bestimmt fast täglich miteinander zu tun gehabt. Wie ich Dick kannte, wollte er bei allem mitreden. Ich korrigierte meine erste Einschätzung daher. Er belog mich nicht, er beschiss mich nach Strich und Faden. Seine Frau und er *sprachen* nicht nur miteinander, sie hatten sogar ein gemeinsames Baby. Dieses Haus. Falls ich mal eine Lampe aufstellen oder ein Bild aufhängen wollte, müsste ich Dick vorher um Erlaubnis fragen. Denn bestimmt hatte er seiner Frau versprochen, dass in dieses Haus kein Möbelstück ohne seine Zustimmung käme. SIE war allgegenwärtig, in jedem Stein, jeder Stufe, jedem Gästeklo-Fenster. Für immer. Wahrscheinlich hatte sie auch unser Schlafzimmer geplant, vielleicht… vielleicht… vielleicht hatte sie das angemacht! (Ich gebe zu, jetzt gingen die Pferde ein bisschen mit mir durch. Und ritten mich in die Schiette…)

»Apropos *chicken*, kennen Sie auch *chuckis*?«, mischte ich mich unvermittelt und auch ein bisschen unelegant in das Tischgespräch ein. Leider konnte ich meine Gedanken zu diesem Thema nicht so lange zurückhalten, bis unsere Gäste gegangen waren. »Wissen Sie, das ist… wenn zum Beispiel so ein herrischer reicher alter Knacker seiner jungen blonden Ehefrau aus Russland durch einen Spiegel beim Vögeln mit dem Poolboy zusieht, ein bisschen wie in *Absolute Power*?!« Niemand reagierte, ich hatte ja schon bemerkt, dass die Runde nicht so filmaffin war. Außerdem verstanden unsere Gäste wie gesagt kein Deutsch. »Und der Mann, also der alte

Knacker, er führt die Regie, er legt seiner Frau sogar die Wäsche raus, mit der sie den Poolboy verführen soll.« Dick sah mich mit unheilvoller Miene an. Ich wandte mich an Daya. »Also, *diese* Art Männer nennt man in der Szene *chuckolds* oder *chuckis*. Und ich persönlich glaube, Dicks Frau ist einer! Ja! Sehen Sie, sie hat das Liebesnest für ihren Mann und eine andere Frau gebaut – für mich! Dieses wunderschöne Haus hier, geschmackvoll, nicht?« Ich strahlte in die Runde. »Also, *sie* ist der *chucki*, Dick ist die schöne Russin, und ich bin der Poolboy!« Daya lächelte höflich, als verstünde sie jedes Wort, und sagte: »Aber hier in dieses Haus gibt es keinen Pool.« Oops. Sie *verstand* jedes Wort. Sie hatte mal ein paar Semester Mathematik in Heidelberg studiert, erfuhren wir leider erst jetzt. »Eben, es gibt keinen Pool, ich bin hier überflüssig«, stimmte ich ihr zu. Wieder widersprach Daya mit fernöstlicher Sanftmut. »Es war der Präsident der Vereinigten Staaten, der in *Absolute Power* mit der jungen Frau vögelt, nicht der Poolboy!« Richtig, gespielt von Gene Hackman. Daya war echt auf Zack, wir wären super Nachbarinnen geworden, bestimmt hätte ich bei ihr *Desperate Housewives* gucken dürfen, mit Ton. Im Gegensatz zu ihr widersprach Dick mir leider nicht. Er antwortete gar nicht und verhielt sich auch unseren Gästen gegenüber plötzlich sehr einsilbig. Die gingen dann auch gleich nach dem Dessert. Sie wollten ihren kleinen Hund nicht länger alleine lassen, sagten sie. Ein gelungener Abend. Fast so gelungen wie mein Albert Heijn-Besuch, das lief doch alles richtig gut an für mich in diesem Land.

»Deine Frau hat also dieses Haus gebaut?«, eröffnete ich die Partie, kaum waren Dick und ich allein.

Natürlich konnte Dick wieder alles erklären. Wir hätten sonst doch *nie* so schnell in Amsterdam eine Wohnung bekommen, führte er aus. Und er hätte solche Angst gehabt, dass ich womöglich bei Christian bliebe, wenn ich nicht mein Häuschen am Kanal bekäme. Deshalb hätte er sich auch nicht getraut zu sagen, dass seine Frau mittlerweile in Amsterdam ein Architektenbüro führe. Sie habe in Behandlung gemusst nach der Trennung, aber nun gehe es ihr besser. Es helfe ihr loszulassen, wenn sie sähe, dass sie trotzdem in seinem Leben bliebe. Und auch er wäre über den guten Kontakt zu seiner Frau eigentlich froh. Immerhin habe er 26 Jahre mit ihr gelebt, sie sei ein wichtiger Mensch für ihn, auch wenn er jetzt eine andere Frau liebe. Aber all das hätte er mir nicht sagen können, weil meine Entscheidung für ihn dann vielleicht gekippt wäre. Er habe doch gespürt, wie wackelig ich innerlich gewesen sei.

»All dein Zweifel und dein Unentschiedenheit, denk je echt, dat je dat voor mij kan verbergen? Ach schatje…« Er strich mir zärtlich über die Frisur.

Ich dachte nur: Mein Gott. Mein Gott, ist dieser Mann *gut*. Ich war voller Ehrfurcht. Ich hatte ganz vergessen, *wie* gut er war. Brillant. Schlau wie ein Jesuitenpater und geschmeidig wie ein Aal. Erinnern wir uns gemeinsam: Dieser Mann hatte es sogar geschafft, sich rauszureden, als er mir seine Ehe verschwiegen hatte. Vier Jahre war das inzwischen her. Am Ende war *ich* schuld gewesen, dass er mir nichts von seiner Frau erzählt hatte. Ich! Weil *ich* nicht lieb genug zu ihm gewesen war, weil ich ihm kein Vertrauen in meine Gefühle gegeben hatte – ein Coup! Und jetzt stieß er wieder in dasselbe Horn! Dieser Mann war ein Jahrhunderttalent, er musste in die Politik. Oder als Pressesprecher zu BP!

Ich hörte ihm zu, und dann tat ich etwas, das ich von mir so noch nicht kannte. Ich ließ es auf sich beruhen. Ich verhielt mich, als wäre alles wieder gut, aber innerlich dachte ich: ja, jaa, jaaa. Leck mich am Popo. Für mich war der Fall klar, Dick war und blieb ein Lügner. Man konnte ihm nicht trauen, keine fünf Meter. Sein plötzlicher Erfolg, sein neuer Reichtum, seine vielen Reisen – ich begann, mich zu fragen, was davon noch alles erfunden und erlogen war. Natürlich nur aus den edelsten, reinsten Motiven, die er mir dann zu gegebener Zeit gewohnt eloquent und nachvollziehbar darlegen würde. Welche Offenbarungen hätten mich mit Dick noch so erwartet? Ach, es interessierte mich alles gar nicht mehr. Schluss, aus, ich würde ihn verlassen, jetzt war es entschieden. Ich ließ mir nichts anmerken, nahm innerlich Abschied von Dick und seinen Lügen (Adios amigos!), von dem Haus (Adios casa canalos!) und ich dachte: Halleluja, wäre das geklärt. Ja, da staunen Sie, Lchen kann auch anders!

Nur wie lange? Als ich Dick durchs Fenster des ausfahrenden Zugs auf dem Bahnsteig stehen sah, winkte ich noch honigsüß und knurrte hinter den gebleckten Zähnchen: Adieu, mein kleiner blonder Freund, mich siehste nicht wieder! Wenn ich einen Anflug von Trauer empfand, dann darüber, dass ich am 22. Dezember Dicks fassungsloses Gesicht nicht würde sehen können, wenn Lchen nicht am Gate erschien. Ich würde natürlich den Flug in die Schweiz nehmen, ich würde bei Christian bleiben, glasklare Sache. Und es fühlte sich so herrlich richtig an, so rund, so aus allertiefstem Herzen. Ich merkte nicht, dass ich nur wütend war. Und Wut hat nunmal die Eigenschaft, dass sie sich manchmal, obwohl sie absolut richtig und berechtigt ist, legt.

Meine Wut auf Dick legte sich. Meine Wut legte sich sogar relativ bald. Kaum war ich wieder zu Hause und saß mit Christian nach einem schönen Schlemmerfilet à la Bordelaise auf der Couch und sah *Tatort*, da flachte meine Wut auf Dick rapide ab. Ich war immer noch hundertprozentig der Ansicht, dass er ein unseriöser, schwacher, feiger Mann war. Aber statt wütend war ich plötzlich nur noch schrecklich traurig. Und das Schlimmste war… das Allerallerschlimmste war… Christian war kein Trost. Er war kein Trost.

Ich sah auf den Bildschirm. Und wenn Lchen am Ende mit *niemandem* zusammenkäme? Wie wäre das denn? Mit niemandem…! Niemanden, das wäre… wäre… nicht viel. Erst mal. Aber es könnte viel daraus werden! Alles! Ich musste kichern. Zumindest wäre es eine Revolution im Liebesroman-Genre. Ich sah aus dem Fenster. Die Geschehnisse bei meinen Nachbarn lenkten mich von meinem revolutionären Gedankengut ab. Inka watschelte wie eine Ente mit dem großen Wäschekorb. Wo war eigentlich ihr Mann? Hatte sie niemanden, der ihr half? *Niemanden…* Niemanden, niemanden, niemanden. Schon hing ich wieder bei dem Gedanken fest. Wie eine Schallplatte. Was, wenn Lchen mit *niemandem* zusammenkäme? Was, wenn Lchen mit *niemandem* zusammenkäme? Was, wenn Lchen mit *niemandem* zusammenkäme?

Ich klappte trotzig den Rechner zu. Ich wollte jetzt nicht mehr darüber nachdenken. Dann würde das Buch eben nicht mehr vor Weihnachten fertig. Und die *Merry-Christmas*-Mail an 119 konnte ich später auch noch schreiben. Wir tauschten ohnehin nur noch Floskeln seit unserem letzten Skype-Telefonat. Er war jetzt einer von den anderen, den Normalen. Einer von denen, die sich verliebten, heirateten und Kinder kriegten. Ganz easy. Dabei hatte es damals, als wir ein Paar waren, so ausgesehen, als sei ich die Nette und er der Soziopath. Und nun würde es vielleicht so enden, dass

Fortsetzung. Die Frage war: Sprimgt er oder nicht?

Es wäre wirklich sehr verlockemd gewesem, zu dem kleinem Emtchen zu gehem.

Aber ich tat es nicht.

Somst wäre Geschichte hier ja zuemde.

Das wär ja dool.

Stattdessem übte ich mich im der Kraft des **positivem Demkems.**

Ich malte mir dem **Tag meimer Heimkehr** im dem schömstem Farbem aus.

Vielleicht wäre meim Straße imzwischem nach mir benammt.

Jemand hätte eim lebemsechtes Porträt vom mir am Wamd gemalt - als Emgel!

Umd meime Nachbarm würdem auf Straße tamzen.

Die Vorstellumg machte mir Mut.

CURD ROCK STR

So vergimg die Zeit.

Umd dann geschah etwas Seltsames.

Ich war gerade bei einem meimer eimsamem - Streifzüge durch meim Park.

Umd als ich zu der Stelle kam, wo im Wimter meim Schneemännchem gestamden hatte, (umd wo es im Frühlimg plötzlich verschwumden war),da famd ich genau am diesem Platz...
eim Herz!

Das kommte keim Zufall seim.
Ich dachte nach.
Umd plötzlich wurde mir klar:

Das Herz war eim Botschaft vom Schneemännchem.

Es wollte mir etwas sagem.

Schneemännchem wollte mir sagem, dass es noch da ist. Irgemdwo. Dass es noch existiert.
Nur in eim amderem Form.

Im Herzchemform!

Mit einem Mal war ich moralisch tipptopp wieder hergestellt.

Keim Wumder.
Denn jetzt wusste ich, dass nichts verlorem geht auf dieser Welt.

Alles bleibt.

Auch meim Schneemännchem war noch da.
Überall, wo Herzchem waren, war meim Schneemännchem.

Nach dieser dollem Erkemmtnis legte ich mich hin umd ruhte mich eim wenig aus.
Umd plötzlich entdeckte ich eim Wolke am Himmel.
Im Herzchemform!

Umd eim Gewissheit durch-dramg meim Wattefüllung:
Curd, alter Jumge, du bist nicht alleim.

Also... nachdem ich himter die Sache mit dem Herzchem gekommen war, war ich plötzlich voller Emergie umd vernahm dem Ruf des Abemteuers.
Ich hatte Lust, dem Park zu verlassem. Eim TOLLKÜHMER umd MUTIGER Emtschluss, wohl wahr. Aber ich wusste ja,solamge ich Herzchem im meimer Nähe sah, konnte mir nichts passierem. So lamdete ich in Hamburger Hafem.

Dort gab es nämlich besomders viele Herzchem, sie blimktem am jeder Ecke.
Ich fühlte mich sicher umd geborgem, denn bald erkannte ich, dass das Nachrichtem für mich von Schneemämmchem warem.(Gemorst!)

„Hallo meim lieber Curd" sagte er. „Wie geht es dir?"
„Damke" amtwortete ich.„Umd selbst?"

Wir warem gerade mittem im der schömstem Umterhaltumg, als sich plötzlich jemand nebem mich setzte (bitte umblätterm).

Der Mann, der sich nebem mich setzte, kam mir auf Amhieb bekammt vor.

Umd nach kurzer Zeit fiel es mir eim:
Er war meim Freumd!
Meim bester!
(Namem verrate ich aber nicht, falls Sie zuerst die Bilder amguckem umd dann erst das Buch lesem – wovom ich ausgehe.)

Also, meim bester Freumd sagte:
Hallo Curdi, meim Freumd, was machst du denn hier, willst du im dem Puff?

Ich war emotiomal viel zu aufgewühlt, um zu amtwortem. Ich nickte nur glücklich.
Es war wirklich eim sehr guter bester Freumd, den ich da zufällig wieder getroffem hatte.

Was hälst du davom, wenn ich dich nachhause brimge, fragte er. Lchem vermisst dich doch so. Aber wir erzählen ihr nichts von dem Puff. Laß ums lieber sagem, wir habem ums bei PENNY getroffen.

Ich wusste ohnehim nicht, was eim Puff war. Obwohl mir das Wort gefiel (Puff Puff Puff Puff - ich nahm mir vor es im Zukumft öfter zu verwemden) Ich nickte wieder.

Also machtem wir ums auf dem Weg.

Als ich im meim Straße kam, war alles
genau so, wie ich es erträumt hatte.

Umd am dem Wänden war meim Bild gemalt =>

Die Nachbarm tamzten auf der Straße.

Ich beschloss, noch schnell eim Bad
zu nehmem umd dann zusammen mit
meim bestem Freumd zu Lchem zu
gehem.
Umd zu meim Couch.

Die würdem staunem!

P.S. I love yo
ve you, I lov
Meim liebem Milliömchem,
jetzt ist es soweit. Umser Abemteuer
ist zuemde.
Ich hoffe, dass Ihr mich trotzdem nicht vergesst.
Ich werde Euch auch nicht vergessem,
nie, nie, nie.
Ich hatte so viel Spaß.
Damke für Euer Imteresse umd Eure Amteilnahme
so viele, viele Jahre.
Sagte ich schom, dass ich Euch
nie vergessem werde?
Lebt wohl.
CURD
ROCK

er Familienvater wäre und ich niemanden hätte… Niemanden. Der Gedanke ließ mich einfach nicht mehr los.

Für einen kleinen Moment legte ich den Kopf auf den Laptopdeckel, trotz des Dauerbetriebs war er angenehm kühl, eben ein Mac. Niemanden, niemanden, niemanden, surrte es. Ich schloss die Augen. Der Schlaf übermannte mich sekundenschnell.

Ich hatte einen Traum. (Das nehme ich jedenfalls an.) In diesem Traum erschien mir eine gute Fee. Sie sah aus wie Hape Kerkeling als bezaubernde Jeannie, und sie sagte ziemlich aufgebracht: »Hör mal, Lchen, das sind doch alle beide Knalltüten, du fliegst morgen nirgendwohin! Ich bin deine gute Fee, und ich sage dir: Du fährst besser, wenn du niemanden hast. Man kann auch ohne diese Typen glücklich sein. So. Und wenn ich das nächste Mal komme, gibt's auch drei Wünsche frei, aber dazu habe ich im Moment keinen Bock. Is doch wahr…« (Irgendetwas in der Art musste ich geträumt haben, denn sonst könnte ich mir das Folgende nicht erklären.)

Ich fuhr hoch. Oh Gott, wie lange hatte ich so geschlafen? Wo war Inka? War das Baby da? Draußen war inzwischen heller Tag!

Ich rieb mir die Augen, ich hatte geträumt, aber ich erinnerte mich nicht mehr genau, was. Draußen am Himmel zog ein kleines Flugzeug eine weiße Linie in das Blau, und plötzlich wusste ich es. Ich wusste, dass *ich* am nächsten Tag nirgendwohin fliegen würde. Ich wusste, dass ich zu keinem der beiden gehörte, zu Christian nicht. Und auch nicht zu Dick und dem Häuschen am Kanal, zu *niemandem*. Nach meinem Nickerchen auf meinem Macchen wusste ich es einfach.

Ich war todtraurig. Aber auch sehr ruhig, so ruhig wie

schon ewig nicht mehr. Vielleicht waren es Hapes gute Ratschläge in dem Traum, an den ich mich nicht mehr erinnerte. Vielleicht hatte mir auch das Buchende, das weder mit Christian noch mit Dick als Happy End funktionierte, die Augen geöffnet. Jedenfalls sah ich es jetzt: Ich musste mich von beiden trennen.

Ich stand auf und ging ans Fenster. Inka war wirklich nicht zu Hause. Wo sie sich wohl rumtrieb, so kurz vor der Niederkunft? Es sah bibberkalt aus da draußen. Und wenn sie spazieren wäre, hätte sie doch Fritz mitgenommen, aber Fritzchens rotes Halsband hing an dem Haken neben der Tür, ob ich mal rübergehen und nach ihr sehen sollte? Da! Da war sie ja, Gott sei Dank. Ich winkte ihr vor Erleichterung zu. Sie trug inzwischen ihr Umstandskleid aus schwarzbraun geringeltem Strick. Sie winkte zurück. Meine alte, *neue* Nachbarin.

Meine Entscheidung stand fest. Anstatt morgen irgendwohin zu fliegen, würde ich meine restlichen Sachen wieder hierher transportieren. Das Abenteuer des Zusammenlebens war zu Ende. Nach nur einem Jahr. Lchen kehrte zurück in ihre alte Single-Wohnung. (Die sie vorsorglich nie aufgegeben hatte, meine Schwester hatte natürlich recht gehabt.) Lchen würde mit niemandem zusammenleben, Lchen war zum Alleinleben gebaut. Allein, allein, allein. Nach »niemand« sorgt nun das Wörtchen »allein« für Furore.

Wie ein umgestoßener Dominostein brachte es tausende Hoffnungen und Bilder in einer gigantischen Kettenreaktion zum Kippen. Bilder wie aus der Werbung, von schlummernden Babys in ihren pastellfarbenen Bettchen, Ball spielenden Familien in den Dünen und sonnengereiften Tomaten im Garten. Ich musste mich erst mal setzen. Ich nahm Curd und drückte ihn an mich. »Curd, was sagst du dazu, wir sind wieder allein«, flüsterte ich. »Dir gefällt das wahrscheinlich, dann habe ich mehr Zeit für dich.« Ich weinte. Das meistfotografierte Stofftier seiner Epoche würde vermutlich zum meistfotografierten Stofftier aller Zeiten. »Wir können auch unser Blog wieder regelmäßig führen, was denkst du!?« Curd antwortete nicht. Er hatte recht. Jetzt stand erst mal etwas anderes an. Das, wovor ich mich seit Monaten so schrecklich gefürchtet hatte. Und nun musste ich es gleich zweimal tun. »Wir sollten es den Jungs jetzt wohl sagen, hm?«, fragend blickte ich Curd an. Dann nahm ich mein Handy.

Natürlich wollte ich mich nicht per SMS trennen. Auf jeden Fall würde ich zu gegebener Zeit auch persönlich mit Dick und Christian sprechen, das war ich den Menschen schuldig, die ihr Leben mit mir hatten teilen wollen, und dem würde ich mich selbstverständlich stellen. Ich wollte sie nur vorwarnen. Sie sollten wissen, dass ich nicht kommen würde. Sie sollten morgen nicht am Flughafen stehen und vergeblich auf mich warten. Mit Blumen womöglich (oh Gott!)... Und vielleicht konnte man meine Tickets ja noch stornieren, das Geld könnten Dick und Christian besser in einer Bar auf den Kopp hauen, wie Männer das so machten, na, ich setzte jedenfalls mal etwas auf, erst mal nur so in die Tüte.

Lieber Dick, ich werde morgen nicht am Flughafen sein. Und ich werde auch niemals zu dir ziehen. Es tut mir so leid, du musst ohne mich weiterleben. Bitte verzeih mir irgendwann, wenn du kannst. Lchen.

Sollte ich noch Frohe Weihnachten wünschen? Nein, das hätte vielleicht zynisch geklungen, oder? Ich speicherte die SMS im Entwurfsordner ab, den Feinschliff konnte ich später noch machen. Dann zu Mail Nummer II, an Christian. Einen Moment erwog ich, die Dick-Mail einfach zu übernehmen und teilweise zu überschreiben. Aber dann kam es mir schäbig vor, Christian sollte seine eigene Mail bekommen. Ich tippte alles noch mal neu, Zeiteffizienz hin, Zeiteffizienz her…

Lieber Christian, ich werde morgen nicht am Flughafen sein. Und ich werde dich auch niemals heiraten. Es tut mir so leid, du musst ohne mich weiterleben. Bitte verzeih mir irgendwann, wenn du kannst. Lchen.

Das reichte wohl als Vorab-Info dachte ich. Sobald er die SMS fand, würde Christian sicher anrufen. Und Dick genauso. Im Gespräch könnte ich mich dann näher erklären. Ich schrieb trotzdem noch ein paar Alternativen, ich hatte diese Menschen doch lieb, ich wollte sie nicht mit dem erstbesten Text abservieren, der mir eingefallen war. In meinem Vorlagenordner sammelten sich Abschiedsmails diverser Länge und Tonalität, die Letzte war vielleicht ein bisschen dramatisch *(Gelieber Schatz, bitte setz dich, bevor du diese Zeilen liest…)* Erst als das Telefon plötzlich klingelte, fiel mir auf, dass ich schluchzte. Wahrscheinlich tat es das schon die ganze Zeit, aber wie das Surren einer Neonlampe bemerkte ich es erst, als es plötzlich verstummte. Oh Gott, das war Christian am Telefon! Es war Christian! Was sollte ich denn jetzt tun?

»Hallo?« Hallo war nie verkehrt.

»Schatz?«. Christian brüllte wie Oma bei einem Ferngespräch.

»Hallo?« Ich blieb dabei.

»Schatz, du musst mir die Daumen drücken! Ich muss nachher einen Vortrag halten!«

»Was? Wieso? Aber…«

»Hannah ist krank, sie hat keine Stimme mehr, ich muss sie vertreten. Und du weißt doch, ich kann nicht vor Leuten reden, singen ja, aber reden nicht… Ich werde mir in die Hose kacken!«

»Nein, Schatz, du kackst dir nicht in die Hose«, hörte ich mich sagen. »Du wirst es großartig machen, du, du, du *bist* großartig, hörst du! Zur Not singst du den Text…« Die Tränen liefen mir übers Gesicht. Oh Gott.

Christian lachte. »Ach, ich freue mich so auf dich, morgen erzähle ich dir alles, ja? Drück mir die Daumen, Süße, um zwei Uhr, direkt nach dem Mittagessen bin ich dran!«

»Ja, das mache ich, Schatz, ich werde dir immer die Daumen drücken, hörst du, ich werde immer an dich denken, ich… ich… ich…« Meine Stimme zitterte.

»Ist alles in Ordnung bei dir, Süße?«

»Ja, alles wunderbar.« Ich beruhigte Christian und legte schnell auf. OH GOTT!

Ich schob das Handy beiseite. Mein Herz raste. Jetzt würde ich wohl noch ein bisschen warten müssen, bis ich die SMS abschicken konnte. Sonst würde Christian seinen Vortrag versemmeln, und Hannah wäre ihm böse, daran wollte ich nicht auch noch schuld sein! Und Dick musste sich dann auch gedulden, er war heute Vormittag ohnehin bei der Zahnreinigung (»In Manhattan haben *alle* sneeuwwitte tandjes, schatje«, hatte er gestern Abend am Telefon noch gesagt. »Schneeweiße Tanten?«, hatte ich gefragt, wir hatten gelacht – Ohgottohgottohgott…) Es war mir wichtig, dass Dick und Christian die SMS gleichzeitig bekämen. Nicht, dass ich doch wieder schwach würde und mich in plötzlicher Panik an den klammerte, der noch übrig war, wenn ich die erste SMS abgefeuert hätte. Ich sah aus dem Fenster.

Draußen schien so fein die Sonne. Immer schien die Sonne, wenn ich mich trennte. In den schwärzesten Stunden meines

Lebens lachte sie, als fände sie mein Leiden brüllend komisch. Aber vielleicht, dachte ich jetzt, vielleicht meinte die Sonne es ja auch nett und wollte mich trösten. »Komm, Curd«, flüsterte ich und schnappte ihn mir. »Wir machen im Park ein paar Fotos, die Sonne scheint so schön.« Curd zu fotografieren war die beste Ablenkung, die es gab.

Ich wickelte Curd Rock in die orange Decke, die Dick ihm mal geschenkt hatte, und setzte ihn in seine rostbraune Adidas-Tasche. Ich selbst zog alle Jacken übereinander, die ich dahatte, schlüpfte in meine dicken Boots mit Lammfellfutter und stiefelte los in Richtung Park. Nach ein paar Minuten fiel mir auf, dass ich die Handschuhe vergessen hatte. Einen Moment lang überlegte ich umzukehren. Aber beim Fotografieren konnte ich ohnehin keine Handschuhe tragen. Ich vergrub die Hände noch ein Stückchen tiefer in meinen Jackentaschen und stapfte weiter…

An einem verschneiten Nachmittag im sogenannten Bibberwinter, dem ersten Winter der Zehner-Jahre… (Teil II)

Ich weiß nicht, wie lange ich so dastand. Meine nackten schneeweißen Füße klebten platt wie Pfannkuchen an dem kalten blaugesprenkelten Krankenhausfußboden, kribbelten jedoch, als stünde ich an einem Tag im Juli mitten in einem Ameisenhaufen im Bergedorfer Holz. Sie waren halb erfroren gewesen. Nun tauten sie wieder auf. Etwas höher baumelten meine Hände, die ich mir bei meinen – letztlich erfolgreichen – Bemühungen, mich aufs Eis zu ziehen, ziemlich ramponiert hatte und die unter den weißen Verbänden doch ganz schön brannten. Vor allem die Hand, in der ich das Handy hielt. Aber das war nichts gegen mein Gesicht, das fiebrig glühte, im Schläfenbereich pochte und spürbar Schweiß absonderte – schlicht vor Scham.

Ich spürte etwas Stechendes, das auch noch. Und ich musste nicht aufsehen, um zu wissen, dass es Frau Tannemanns Blicke waren. Während Christian aus dem Zimmer gegangen war, um Löffel zu holen (fürs Eis, das gute Langnese), währenddessen hatte ich mit Dick telefoniert. Er sagte – mit seiner tiefen schönen, butterweichen Stimme –, er sei unterwegs und spätestens in einer halben Stunde bei mir. Na dann. Ein drittes Löffelchen, bitte.

Er habe sich sofort auf den Weg gemacht, als das Krankenhaus ihn angerufen hätte, hatte er gesagt. (Da war er nicht der Einzige…) Unsere Flüge hätte er storniert, es sei doch egal, unter welchem Baum er mich fragen würde. (*Was* fragen? Wovon redete er?) Vorm Rockefeller Center wäre es vielleicht ohnehin zu voll gewesen, um sich hinzuknien (Hinzu-WAS? WOZU?). Erst hatte ich gar nicht verstanden, was Dick meinte. Ich saß so tief in der Scheiße, ich hatte gedacht, noch schlimmer könnte es nicht werden. Aber schlimmer ging immer, merkte ich einmal mehr.

Dick war nicht nur auf dem Weg hierher ins Krankenhaus. Er wollte mich auch fragen, ob ich ihn heirate, wenn seine Scheidung durch wäre, oh Gott! Der Mann fuhr 500 Kilometer über zwei Landesgrenzen mit einem Ring in der Tasche. Wahrscheinlich probte er unterwegs, was er sagen würde, wenn er das Kästchen aufklappen würde. Und dann sitzt da ein junger Typ am Bett der Frau, die er liebt, und sagt: *Meiner ist aber aus Frikadellentitan. Alter, du bist zu spät mit deinem Ring. Die Dame heiratet* ***mich***. Oh nein! Und ich müsste dann sagen: *Bedaure, Jungs, die Dame heiratet niemanden, die Dame kann das nicht, sie liebt nur das, was sie nicht kriegt.* Ohneinohneinohnein. Das durfte nicht passieren, nicht auf diese Weise, nicht so! Nicht so.

»Frau Tannemann?« Ich hob den Blick und stellte mich Frau Tannemanns Verachtung. »Frau Tannemann, ich habe etwas sehr Schlimmes getan. Ich habe zwei Männern Hoffnungen gemacht, sie zu heiraten.« Frau Tannemann setzte ihre Brille auf. »Frau Tannemann, ich sitze in der Scheiße. Bitte helfen Sie mir.«

Plötzlich näherten sich Stimmen, und einen Moment später stand Christian wieder im Zimmer. Mit zwei Löffelchen und drei Schwestern, die sie ihm trugen. Mit einem Satz war ich zurück im Bett.

Emsig wie kleine Bienchen hummelten Schwestern, die mich bisher stets komplett ignoriert hatten, plaudernd und scherzend um mich herum. Eine fuhr mein Kopfteil hoch, die andere schüttelte die Kissen auf, die dritte klappte mein Tabletttischchen um und stellte das Eis und die Schälchen darauf. Dabei hielten alle drei mit Christian, der am Fußende stehend kein Fingerchen rührte und jede nach ihren frühesten Musikerinnerungen befragte, ständigen Augenkontakt. Um diesen Mann musste ich mir keine Sorgen machen, dachte ich, er würde Trost finden in dieser Welt. Ich sah auf die Uhr, wie lange war Dicks Anruf her? Fünf Minuten? Zehn? Ich musste Christian schnellstens loswerden.

»So, meine Süße«, sagte er und machte es sich auf dem Bett bequem, »jetzt erzähl mal. Man sagt, du wolltest ein Stofftier retten, lass mich raten: Curd!?« Die Schwestern versorgten jetzt Frau Tannemann, waren aber verzückt von einem Mann, der die Stofftiere seiner infantilen Freundin mit Namen kannte.

»Genau, Schatz«, nuschelte ich kleinlaut. »Eine total verrückte Geschichte: Curd ist vom Brückengeländer aufs Eis gefallen, und als ich ihn wiederholen wollte, bin ich eingebrochen.« Ende der total verrückten Geschichte. So, und jetzt husch nach Hause. Doch dann hatte ich eine Idee. »Schatz, Curd liegt da noch! Ganz allein! Bitte, könntest du… ich meine, würde es dir was ausmachen… jemand muss ihn holen… könntest du das vielleicht tun… bitte… *sofort*?«

Christian lachte herzlich auf und wandte sich an Frau Tannemann und den emsigen Schwesternschwarm.

»Habt ihr das gehört? Sie schickt mich aufs Eis!«

Dann wandte er sich an mich. Er gab mir einen zärtlichen Kuss auf den linken Fuß (der lag gerade neben ihm) und lächelte bezaubernd: »Mach dir keine Sorgen. Jetzt wird es schon dunkel, im Dunkeln kann ich Curdchen unmöglich finden. Aber gleich morgen früh schnappe ich mir den Ausreißer, erfrieren kann er ja nicht.« Zuversichtlich zwinkernd lud Christian sich noch eine Portion Eis auf sein Tellerchen. Ich blickte zur Uhr und bekam Stuhldrang vor Nervosität. Näherten sich da etwa Schritte draußen im Flur? Hilfesuchend schaute ich zu Frau Tannemann, die mit einer kleinen, aber rigorosen Kopfbewegung anzudeuten schien, dass ich Christian rausschmeißen sollte, aber dalli. Ja, schon klar, bloß wie?

»Schatz, ich… falls ich gleich entlassen werde, brauche ich etwas Frisches anzuziehen, könntest du mir von zu Hause Kleider holen, bitte?!« Frau Tannemann, die zwischen ihren aufgeschüttelten Kissen trohnte wie Queen Mum, verdrehte entnervt die Augen. »JETZT?«

Christian lachte wieder. »Schatz, Liebling, du wirst nicht entlassen. Ich habe deinen Doc draußen getroffen, ein ganz netter Typ. Aber als ich sagte, dass ich dich mit nach Hause nehmen möchte, war er gar nicht begeistert.« Die Schwestern nickten mit großen Kuhaugen. »Ich fürchte, du brauchst heute keine Klei…«

»Junger Mann!« Frau Tannemann fuhr ihm scharf in die Parade. »Tun Sie, worum sie Sie bittet, wozu sind Sie denn sonst gekommen?« Huch! Tannemännchen! Und als Christian nicht gleich spurte, wandte sie sich an eine der drei Kuhäugigen: »Ich muss kacken, Kindchen! Schnell, die Bettpfanne, bitte!« Endlich sah Chrstian ein, dass *jetzt* der ideale Zeitpunkt wäre, frische Kleider für mich zu holen und das Eisessen zu verschieben.

Als er draußen war, waren schlagartig auch die Schwestern verschwunden. Frau Tannemann und ich sahen uns an.

»Wollen Sie meinen Rat?«, fragte Frau Tannemann. Ich nickte. »Nehmen Sie den anderen.« Im Flur näherten sich leise etwas zögerliche Schritte.

Frau Tannemann und ich drehten unsere Köpfe zur Tür wie zwei russische Synchronturnerinnen. »Ehrlich gesagt, Frau Tannemann«, flüsterte ich, während die Schritte langsam lauter wurden, »ich denke, ich sollte *keinen* nehmen.« Ich ließ die Tür nicht aus den Augen, Frau Tannemann auch nicht. »Ich möchte es den beiden nur schonend beibringen. Ich finde, sie sollten nichts voneinander erfahren, niemals. Und ich bin Ihnen dankbar, dass Sie mir dabei helfen – die Bettpfanne war Weltklasse…« Frau Tannemann kam nicht mehr dazu zu antworten. Es klopfte. Ja, das war Dick, mein Schatz, Manieren wie ein Eintänzer im Hotel Adlon in den Goldenen Zwanzigern. Ganz vorsichtig schob er sich durch die Tür. Oh! Der Arzt.

DER Arzt.

Ich hatte noch nie so einen schönen Arzt gesehen. Nicht schön im allgemeinen Sinne, aber schön innerhalb seiner Kategorie. Als Arzt. Mit blasser Haut, vollen, aber viel zu früh ergrauten Haaren und großen, schwarz umränderten Augen, wie sie die Stummfilmstars früher hatten, Margarete Schön als Kriemhild in den Nibelungen und so. Was haben diese Augen schon alles gesehen, fragte man sich unweigerlich. Ein Arzt, der weibliche Urinstinkte weckte. Man wollte ihn mit einer heißen Milch ins Bett bringen, auf die Stirn küssen und sagen, schlaf erst mal, die transurethrale Prostata-Exzision kannst du dem kranken Onkel morgen noch verpassen, mein kleiner Schatz. Rrrrrr. Mein Handy piepte, mein Dick simste, er habe soeben die Elbbrücken passiert. Dick…? Dick…? Nie gehört.

»Sind Sie Frau Lpunkt?«, fragte der Arzt leise.

Oh Gott, er meinte mich! Der wunderschöne Arzt hatte das Wort an mich gerichtet. Hilflos sah ich Tannemännchen an. Die stellte sich reflexhaft schlafend, damit der Arzt ja die Trennwand nicht vorzog.

»Sie haben uns ja einen ganz schönen Schrecken eingejagt, wie geht es Ihnen jetzt, was machen Ihre Hände, ich bin Doktor Ferd.« Was für ein hübscher Name. Er stand auch auf seinem Kittel, geschrieben sah der Name ganz normal aus, gar nicht wie das Tier.

Er setzte sich zu mir aufs Bett und nahm meine rechte Hand in seine. Sie gehört Ihnen, Doktor, sagte ich innerlich. Für immer. Ring dranstecken, los! Und Ihren Namen nehme ich auch an, obwohl es ein Scheißname ist, das müssen Sie zugeben, besonders für eine Frau. »Frau Lpunkt…« Fräulein eigentlich. Der Doktor fuchtelte mit der Hand vor mir rum.

»Frau Lpunkt, verstehen Sie mich?« Ich nickte. Keiner wird Sie je besser verstehen, Doktor. Der Arzt lächelte.

Nach einem kurzen Blick zu Frau Tannemann, die weiter auf schlafende Venus machte, fuhr er fort. »Frau Lpunkt, Sie wundern sich vielleicht, dass *ich* nach Ihnen sehe und nicht einer der Ärzte, die Sie vorhin untersucht haben…« An die erinnere ich mich doch gar nicht, Doktor. »Ehrlich gesagt, die Ärzte hier auf der Station sind der Meinung, dass Sie wahrscheinlich ein wenig Hilfe brauchen, aber sie selbst sehen sich dazu nicht in der Lage…« Ich sag ja, alles Nulpen. »Aber wenn Sie nichts dagegen haben, dann würde ich Sie gern mit zu mir nehmen.« Gebongt, ich folge Ihnen bis ans Ende der Welt, Doktor. »Wenigstens für eine Nacht.« Ich werde dafür sorgen, dass Sie mich nie wieder gehen lassen, Doc, *nie wieder.* »Ich leite hier im Haus die psychiatrische Abteilung.«

Ich senkte den Blick. Einen Moment betrachtete ich meine Hand, die so schön in seiner lag. Dann nickte ich. Irgendwie war ich gar nicht überrascht. »Ja, das hatte ich mir schon gedacht«, sagte ich leise. »Ich habe gleich gemerkt, dass etwas mit Ihnen nicht stimmt, Doktor.«

Er lächelte.

Ich auch.

Einen Moment saßen wir einfach so da.

Ein Räuspern von Dr. Ferd beendete meinen kleinen Weltstillstandsmoment.

»Die Kollegen, die Sie aufgenommen haben…«, sagte Dr. Ferd, »Sie wissen ja, die haben Ihr Handy benutzt…«

»Ja, ich weiß«, nuschelte ich, »leider.«

Dr. Ferds Blicke sprangen im Zimmer umher wie ein aus

der Kontrolle geratener Squashball im Court. Irgendwas bedrückte ihn.

»Frau Lpunkt…«

»Nennen Sie mich doch Lchen…«

»Lchen, Sie… Sie sind auf das Eis gegangen, obwohl dort Schilder standen, dass das Betreten der Eisflächen lebensgefährlich ist.«

»Ja, Doktor, das war wirklich dumm von mir. Es tut mir leid.«

»Sie sind trotz der Warnschilder auf das Eis gegangen…« Es tut mir *aufrichtig* leid. »In Ihren Vorlagen auf Ihrem Handy… also, da waren einige SMS gespeichert…« Irgendwie konnte der Doktor sich nicht entscheiden, worüber wir reden wollten, mein kleines Eis-Malheur oder mein Handy, zugegeben, beides spannend, jetzt haftete sein Squashball-Blick plötzlich auf meiner Stirn wie festgetackert.

»Entschuldigung, Doktor, was haben Sie gefragt?«

»Da waren mehrere Abschieds-SMS in Ihrem Handy gespeichert, sagten die Kollegen. Sie haben sie gefunden, als sie nach einem Hinweis gesucht haben, wer im Notfall verständigt werden soll. Zufällig…«

»Ja, tut mir leid, ich weiß, eigentlich soll man so eine ICE*-Nummer im Adressbuch speicheäääh…« Oh. Plötzlich dämmerte mir, was im Köpfchen des Doktors vorging. OHA.

»Sie hatten also letzte Botschaften an Ihre Freunde in Ihrem Vorlagen-Ordner hinterlegt, Abschieds-SMS?«

»Nein! Ich meine, ja! Ja, da waren Abschieds-SMS in mei-

---

* In Case of Emergency, ganz wichtig, man kann gar nicht oft genug darauf hinweisen.

nem Vorlagen-Ordner, glaube ich... Diediedie waren schon auf dem Handy, als ich es gekauft habe, *Dankeschön*-Vorlagen, *Ich liebe Dich*-Vorlagen, *Ich bin noch im Meeting*-Vorlagen, *Ich verlasse dich*-Vorlagen, das war alles standardmäßig vollautomatisch auf meinem Handy, wahnsinnig praktisch eigentlich, ich hab diese Vorlagen schon oft...«

Der Doktor fiel mir sanft ins Wort. »Sie müssen keine Angst vor mir haben, Frau Lpunkt, ich will Ihnen nur helfen...« Mit einem kurzen Blick vergewisserte er sich, dass er Frau Tannemann nicht geweckt hatte.

»Lchen!«

»Lchen.«

»Sie denken, dass ich mich umbringen wollte?!« Ich sah den Doc entgeistert an. Der wich meinem Blick aus, kramte in seiner Arztkitteltasche und holte ein mehrfach gefaltetes Zettelchen hevor.

»Schauen Sie...« Um es zu entfalten, musste er meine Hand loslassen, das war schrecklich. »Die Kollegen haben sich erlaubt, ein paar der SMS auf Ihrem Handy zu notieren...« Er setzte eine Brille auf, die ihn als sehr uneitlen Menschen auswies. »Eine SMS lautet...« Er senkte die Stimme. »*Lieber Christian, ich werde morgen nicht am Flughafen sein. Es tut mir so leid, du musst ohne mich weiterleben.*« Nun. Ein universell einsetzbarer Text, den konnte man immer brauchen, da hat mein Handy-Hersteller wirklich mitgedacht. Der Arzt las flüsternd weiter: »Und in einer anderen SMS heißt es: *Lieber Dick, lange habe ich nicht den Mut gefunden zu gehen, aber erinnerst du dich an den Eiszapfen, der mir auf den Kopf gefallen ist? Ich glaube, das war ein Zeichen des Universums, und ich muss ihm folgen...«* Mit gesenktem Blick faltete der Doktor den Zettel wieder zusammen, setzte die Brille ab, steckte beides in die Tasche und nahm wieder meine Hand. Ein paar Sekunden tätschelte er sie nachdenklich. Dann hob er den Blick und sah mich eindringlich an. »Lchen, haben Sie das Gefühl, dass Sie von irgendwo Befehle erhalten, oder Hinweise?« Scheiße. »Hat Ihnen irgendjemand gesagt, dass Sie auf das Eis gehen sollten?« Und was lernen wir daraus? Die erste Idee ist immer die Beste. Ich jedenfalls bedauerte, dass ich vorhin noch Varianten meiner Abschieds-SMS geschrieben hatte. Und wie ich das bedauerte. Jetzt saß ich wirklich ganz, gaaanz tief in der Kacke.

»Doktor, ich… ich kann das erklären!« Flehentlich sah ich zu Frau Tannemann. Aber die nickte nur übertrieben heftig mit ihrem Köpfchen und fuchtelte hinter dem Rücken des Doktors mit den Händen – was, was, *was* wollte sie mir sagen?

»Frau Lpunkt…«

»LCHEN!!!«

»Lchen, wie gesagt, ich kann Sie nicht ohne Ihre Zustimmung behandeln, es sei denn, ein Richter hat das angeordnet.«

Richter? *Richter?* Frau Tannemann! Hilfe!!! Doch Frau Tannemann nickte wieder und machte eine ungeduldige Bewegung, als wollte sie uns – den Doc und mich – aus dem Zimmer fegen. Sanftmütig wie eh und je fuhr der Doktor fort.

»Allerdings, Lchen… *eine* Nacht darf ich Sie auch *ohne* Ihren Willen und *ohne* richterlichen Beschluss dabehalten, sofern ich den begründeten Verdacht habe, dass Sie sich möglicherweise selbst gefährden… Sie kämen dann zu mir auf die geschlossene Abteilung.«

»Doktor, ichichich…« Herrgott! Tannemännchen machte

mich ganz rammdösig mit ihrer Hampelei im Hintergrund, jetzt formte sie mit den Lippen ein stummes JAJAAJAAAAAAAAA. Ich stutzte. Ja? Tannemännchen deutete auf die Uhr und dann auf die Tür und dann auf ihren Ringfinger und dann auf die leeren Eisschälchen… mein Gehirn leistete Schwerstarbeit. Sie wollte mich an den Mann mit dem Ring erinnern. Und an den Mann mit der Langnese-Eiscreme. An Dick und Christian! Riririchtig! Meine beiden Bräutigame. Die beiden müssten eigentlich jeden Augenblick hier eintreffen. Beide.

»Auf die geschlossene Abteilung?«, hörte ich mich fragen.

»Nur für eine Nacht, Lchen, damit ich Sie…«

»Okay, gehen wir!«, fiel ich dem Arzt ins Wort. »Eine geschlossene Abteilung ist eine feine Sache. Nicht wie hier, wo jeder einfach hereinspazieren und den kranken Menschen mit Eis oder Heiratsanträgen oder wer weiß was zu Leibe rücken kann.« Ich schlug entschlossen die Decke zurück, sprang aus dem Bett und schnappte meine Tasche aus dem Schrank.

»Lchen, Sie haben also das Gefühl, dass Sie verfolgt werden, richtig?« Na fein, jetzt war meine Psychose perfekt. Ich nickte. »Von Männern, die Sie heiraten wollen?« Halluzinationen, Verfolgungswahn *und* Größenwahn, noch glücklicher hätte ich den Doktor nur machen können, wenn ich behauptet hätte, ich wäre Marilyn Monroe.

»Doktor, kommen Sie schnell, sie sind gleich da!«

»Die anderen Männer?«

»Schnell, Sie dürfen uns nicht zusammen sehen!«

»Warum? Sind die Männer böse?«

»Wären Sie das nicht? Kommen Sie, auf der Geschlossenen sind wir sicher!« Ich fasste den Doktor bei der Hand und zog ihn zur Tür. »Das sind wir doch?« Er nickte.

Mir war völlig klar, dass ich gerade mein Ticket für einen längeren Aufenthalt in einer Psychiatrischen Einrichtung gezogen hatte. Nicht Schweiz, nicht Big Apple, Klapse! Aber so unangenehm fand ich die Vorstellung gar nicht. Und der Grund war nicht, dass mein Doktor auch dort sein würde. Nicht nur. Wenn ich irre war, war ich wenigstens nicht schuld. Vor Erleichterung entfuhr mir beinah ein leises Poupoupidouh.

Und auch Frau Tannemann zwinkerte ich im Vorbeigehen glücklich zu. DAAAAAANKE formte ich stumm mit den Lippen, bevor wir aus der Tür waren. Sie lächelte und winkte. Mein liebes, gutes Tannemännchen.

Eine flog aus dem Kuckucksnest…

Ich sah aus dem Fenster. Von hier aus hatte man wirklich einen atemberaubenden Blick über Hamburg. Klar und deutlich zu erkennen, höchstens zwei Kilometer Luftlinie entfernt: der Fernsehturm. *Mein* Fernsehturm. Ich hatte Jahre im Schatten dieses Fernsehturms gewohnt, er hatte mir nahegestanden, im allerwörtlichsten Sinn. So nah, dass ich ihn gar nicht sah, wenn ich aus dem Fenster guckte. Außer als Spiegelung in den Fenstern der Nachbarhäuser, stückchenweise. In voller Schönheit wie von hier, aus dem siebten Stock der Uni-Klinik, kannte ich den »Telemichel«, wie die Hamburger ihn auch nannten, nur von unterwegs. Er war immer mein Orientierungspunkt gewesen. Dank ihm hatte ich stets gewusst, wo ich war und wie es wieder nach Hause ging. Auch sternhagelvoll oder wenn ich aus irgendwelchen anderen

Gründen die Orientierung verloren hatte. So wie in den letzten Monaten, ich hatte komplett die Orientierung verloren im vergangenen Dreivierteljahr. Aber jetzt hatte ich sie zurück. Und ich würde wieder in meine alte Wohnung ziehen.

Ich fürchtete mich ein bisschen davor. Fast drei Wochen lang war ich nicht mehr allein gewesen, keine Minute. Hier hatte ich mir ein Zimmer mit Jamina geteilt. Sie sprach zwar nicht viel, aber sie war beinahe immer da gewesen – sie und ihr kleiner babyblauer dudelnder iPod (kein Wunder, dass sie Stimmen hörte, HAR). Wenn ich nicht mit Jamina und ihrem zartblauen iPod auf dem Zimmer gewesen war, war ich entweder in irgendeiner Therapiegruppe oder beim Sport, der hier »körpertherapeutisches Angebot« hieß, oder – viel zu selten – im Einzelgespräch mit Dr. Ferd, meinem Arzt und »Bezugstherapeuten«. In so einer psychiatrischen Einrichtung war man nie für sich und immer beschäftigt. Naturgemäß fast ausschließlich mit sich selber, deswegen war man ja gekommen.

Es war nett, ein behüteter kleiner Kosmos der Gestrandeten. Gar nicht wie in *Einer flog übers Kuckucksnest*, das Personal war freundlich und respektvoll. Es gab keine herrschsüchtige Schwester Mildred, und man bekam keine Elektroschocks, wenn man nicht spurte oder seine Tabletten nicht nehmen wollte. Bis jetzt. Die Patienten hatten natürlich einen an der Mütze, dafür war man ja auch in der Psychiatrie und nicht im Club Med. Wobei ich persönlich jeden Patienten hier interessanter fand als das Zahnarztehepaar aus Iserlohn, das bei meinem bisher einzigen Club-Med-Aufenthalt mit meinem damaligen Reisebegleiter und mir am Tisch gesessen hatte. Aber vielleicht unterschätzte man Zahnärzte auch und ihre Langweiligkeit war Tarnung. Rainers Zahnarzt zum Beispiel hatte ihm Überwachungssender in die Zähne implantiert, oben links einen für den BND und unten rechts einen weiteren im Auftrag des Mossad, Rainers Zahnarzt war für beide tätig, der Schweinehund (Rainer selbst war übrigens ein Mitpatient und Wahnkollege). Sie waren mir ans Herz gewachsen, die Knallis, wie ich sie heimlich liebevoll nannte, und ich fühlte mich als Teil, als Teil der großen Knalli-Gemeinschaft. Sie würden mir fehlen. Zum Glück wollte meine Schwester mich nachher von der Klinik abholen. Sie war kein Stück entsetzt gewesen, als ich ihr sagte, dass ich nicht aus der Schweiz, sondern aus der Psychiatrie anrufe. »Das hatte ich dieses Jahr zu Weihnachten auch überlegt, aber Hannes wollte lieber ins Sauerland.« Dann sagte sie noch: »Na, das erzählst du mir dann alles mal in Ruhe.«

Lange würde sie bestimmt nicht bleiben, höchstens ein, zwei Tage. Wir würden vermutlich erst mal zu IKEA fahren und ein paar neue Möbel kaufen. Ich hatte ja das meiste abgestoßen in den letzten Wochen. Danach würden wir Jeans und karierte Flanellhemden anziehen und versuchen, die neuen Möbel aufzubauen. Meine Schwester würde dabei die Leitung übernehmen und mit zusammengezogenen Augenbrauen strengstens den Instruktionen auf dem Zettel folgen. Ich dürfte im Wesentlichen Dübel anreichen. Abends nach vollbrachter Arbeit würden wir dann kochen oder essen gehen, und wenn sie übernachten würde, könnten wir nachts im Bett Frauengespräche führen wie eigentlich schon den ganzen Tag, nur jetzt flüsternd... Das wäre alles sehr schön, und auch, wenn ich ab und zu ein bisschen heulen würde, ginge es mir eigentlich vergleichsweise blendend. Aber irgendwann würde der Moment kommen, in dem ich am Fenster stehen und ihren Rücklichtern nachwinken würde, und kurz darauf würde ich in meiner hübschen kleinen Wohnung im Schatten des Fernsehturms alleine sein.

Ich würde im Dunkeln am Fenster stehen, und drüben auf der anderen Straßenseite würde Inka das brüllende kleine Baby durch die Zimmer tragen. Vielleicht wäre der Pistazienjunge auch wieder da und würde Pistazien malen, oder Orangen für seine holländische Liebe, die im Hintergund in der Kochnische Spaghetti kochte. Und ich hätte erstmals Zeit und Ruhe, mir das Ausmaß der Verwüstung anzusehen. Also, was war von mir noch übrig nach dem großen Sturm...

Ich war immer noch Lchen, ich war Ende dreißig, nein, ich würde in wenigen Monaten vierzig, ich hatte keinen Mann, keine Kinder, keine Beziehung (keine einzige!), keine Freunde (ich war doch nur noch mit meinem Liebesleben beschäftigt gewesen), nicht mal Kollegen (Schreiben war ein Elend in dieser Hinsicht). Ich war allein. Und selbst meine Internetfreunde, Curds Milliömchen, die Blogleser, waren weg. Mit Curd eingebrochen und gesunken bis auf den modrigen Grund des Parksees. Was für eine Bilanz, was für ein Bankrott, was für eine Riesenscheiße. Und zu Hause allein am Fenster würde ich das nicht nur ganz klar sehen, sondern... *fühlen*. Zum Fühlen kam man hier in der Klinik ja gar nicht vor lauter Reden (»Wie fühlen Sie sich?«) und Gefühle Ausdrücken (»Ein hübsches Bild! Und warum hat die Frau eine Axt im Kopf?«). Aber allein zu Hause wäre es dann so weit. Und vor diesem Moment hatte ich die Hosen voll. Ganz schlimm. Aber noch länger hier in der Klinik bleiben, hatte ich auch nicht gewollt, das war auf Dauer ja auch keine Lösung. Jetzt saß ich auf meinem Bett, das ich ordentlich gemacht hatte, obwohl es nachher abgezogen würde, vielleicht auch gleich wieder frisch *be*zogen für die nächste Patientin, und wartete auf mein offizielles Entlassungsgespräch mit Doktor Ferd.

Die ersten Tage hatte ich ihn ganz schön an der Nase rumgeführt. Oder sagen wir so. Ein Missverständnis hatte Dr. Ferd zu der Hypothese verleitet, dass mich Stimmen zu einem Selbstmordversuch getrieben hatten und dass ich mich von Männern verfolgt fühlte, die mich alle heiraten wollten. Und ich hatte dieser Hypothese zunächst nicht ausdrücklich widersprochen. Ja nun, der Doktor war eine Kapazität! Unabsichtlich goss ich Wasser auf seine Mühlchen. Unabsichtlich. Zum Beispiel als ich Angst hatte, mein Handy einzuschalten, und es am liebsten nicht mehr haben wollte. Oder als ich das Pflegepersonal nachdrücklich informierte, dass vermutlich Männer kommen würden, die mich heiraten wollten. Und dringend bat, niemanden zu mir vorzulassen, am wenigstens eben solche scheinbar netten Männer, die behaupteten, mir nahezustehen. Heiligabend verbrachte ich daraufhin im Krisenzimmer, kameraüberwacht, mit Essen zum Löffeln und ohne ein einziges Stimmungskerzchen. Auf dem Handy rumzutrampeln (nur mit Puschen zwar, aber immerhin) war vielleicht doch zu viel gewesen. Der Doktor meinte später auch, da hätte ich ein bisschen überspielt.

Nach Weihnachten, in unserer ersten Einzelsitzung nach der Anamnese, hatte ich mir ein Herz gefasst, seinen diagnostischen Irrtum aufgeklärt und ihm *er*klärt, wo der Hase wirklich bei mir im Pfeffer lag. Dass ich zwei Männer liebte – Dick, der sich extra für mich von seiner Frau getrennt hatte, und Christian, der die Waltons mit mir werden wollte – und dass ich beiden versprochen hatte, mit ihnen zu leben. Dass ich nach langem Prüfen und Vergleichen festgestellt hatte, dass ich keinen der beiden an sich bevorzugte, allerdings nach einer gewissen Zeit häufig eine Tendenz zu dem entwickelte, der gerade nicht da war. Dass ich an dem Tag, an dem ich ins Eis eingebrochen war, beschlossen hatte, mich von beiden zu trennen, weil das ja alles zu nichts führte, und deshalb verschiedene SMS-Entwürfe auf meinem Handy gespeichert waren, in denen ich mich verabschiedete. Dass ich schrecklich traurig gewesen sei, aber nicht so traurig, dass ich mich hätte umbringen wollen, und schon gar nicht am helllichten Tage zur besten Kaffee-&-Kuchenzeit im Parksee.

»Doktor, ich wollte nur mein Stofftier retten, das leider beim Fotografieren aufs Eis gefallen war«, sagte ich, nachdem ich mein Geständnis beendet hatte. »Das mag Ihnen zwar auch verrückt vorkommen, aber... Ich glaube nicht, dass ich deshalb in die Psychiatrie gehöre.«

Dr. Ferd hatte gelächelt.

»Wie heißt Ihr Stofftier?«, fragte er dann.

»Curd«, antwortete ich etwas widerwillig. Ich spürte, dass der Doc schon eine neue Fährte witterte.

»Curd scheint Ihnen viel zu bedeuten, Sie haben Ihr Leben für ihn riskiert.« Jetzt hielt er mich nicht mehr für psychotisch und suizidal, sondern für infantil und bescheuert.

»Nein! Ich meine, ja, wir... *Ich* schreibe ein Blog.« Ich nannte ihm die Webadresse. »Curd bedeutet mir viel für meine Arbeit, aber natürlich auch als Mens...« Scheiße. »Außerdem habe ich doch nicht daran gedacht, dass ich einbrechen könnte.«

Dr. Ferd wandte sich einen Moment seinem Laptop zu und rief ganz offensichtlich Curds Seite auf. Plötzlich kicherte er wie Ernie aus der Sesamstraße.

»Schicke Mütze. Woher haben Sie Curd?«

»Ein Mann hat ihn mir geschenkt.«

Dr. Ferd richtete sein Augenmerk wieder auf mich.

»Ich schätze, einer der beiden, die Sie heiraten wollten?« Er wirkte etwas verlegen, bezaubernd.

»Nein, Doktor, einer, der mich auf gar keinen Fall heiraten wollte.«

Der Doktor sah mich fragend an.

»Er wollte Sie auf gar keinen Fall heiraten?«

»Wir waren eine Zeit zusammen. Aber er wollte mich nicht. Nicht richtig.« Ich lachte.

»Nicht richtig?!«

»Nein, nicht richtig. Nur als bester Freund und zum Sex.«

»Und Sie?« Jetzt guckte Doktor Ferd ein bisschen wie die junge Lady Diana. Er hatte ein für einen Mann sehr offenkundiges Interesse für Liebesgeschichten, fiel mir auf.

»Ich fand, wir wären füreinander geschaffen. Es passte so vieles. In guten Momenten fühlte es sich zwischen uns so an, als wenn jemand ruhig und ohne Eile einen Reißverschluss zuzieht, einfach ein leises Ssssszzzztt…« (Ja, so war es tatsächlich manchmal gewesen.) »Aber es gab auch schlechte Momente, da passte es nicht. Ich fand, es müsste doch zu was führen, Sie wissen schon, verliebt, verlobt, verheiratet, erstes Baby, zweites Baby… ich wollte mehr. Er nicht. Mindestens einmal im Jahr sagte er mir, dass er mich eigentlich gar nicht mochte, beziehungsweise… Er sagte mir, dass er mich nicht liebt.«

»Einmal im Jahr? Äh, wie lange… also…?«

»119 und ich? Drei Jahre.«

»Hui. Das ist eine lange Zeit, wenn man weiß, dass man eigentlich nicht dasselbe will.«

»Ich… Ich mochte ihn sehr. Und außerdem hatten wir ja Curd…«

»Ja, richtig, das ist natürlich eine Verantwortung…«

Doktor Ferd kicherte wieder. Dann entstand eine Pause, und wie immer bei Pausen empfand ich die Verpflichtung, sie zu füllen.

»Bis vor kurzem habe ich geglaubt, 119 wäre eben nicht dafür geschaffen. Ich dachte, er wäre ein bisschen bindungsängstlich, aber… Er lebt heute auf Sumatra, er heiratet bald, eine junge Frau von dort, er wird Vater.«

»Oh, schön. Wunderbar.« Doktor Ferd schien irgendwie unangenehm berührt.

»Ja, er hatte gar keine Angst vor Bindungen, er hatte Angst vor *mir*.«

»Wieso sollte er?«

»Das konnte ich nie aus ihm rausprügeln, Doktor.«

Wir lachten ein bisschen.

»Tja, und irgendwann habe ich dann Dick kennengelernt.«

»Den Holländer?!«

»Ja… und er… er hat mir nach drei Sekunden gesagt, dass er mich liebt.« Und nach zwei Sekunden, dass er vögeln wollte, auf einer öffentlichen Toilette, aber das musste der Doktor ja nicht wissen.

»Das war sicher schön.« Jetzt lächelte der Doktor. Wenn er lächelte, brach die Sonne durch die dicken grauen Wolken um seine Stirn. »Aber er war verheiratet, also… also war es eigentlich auch wieder dasselbe.«

»Wie… wie bitte?« Ich war noch ganz gefangen von seinem Lächeln.

»Er war genau wie 119 unerreichbar.«

»Nein, doch… Ich habe immer gehofft, dass Dick seine Frau verlässt.« Ich zupfte verlegen an einem Faden an meinem Ärmelchen. »Und das hat er ja auch«, sagte ich leise.

»Aber dann... dann wollen *Sie ihn* nicht mehr.«

Ich schwieg und schämte mich.

»Sie haben Angst, stimmt's?« Der Doktor konnte nur schwer seine Befriedigung über sein neuerliches diagnostisches Bravourstückchen verhehlen. »Lchen, kann es sein, dass Sie sich die unmöglichen Beziehungen gezielt aussuchen?« Aber schon im nächsten Moment wirkte er eher ehrlich bestürzt.

»Ich weiß nicht, Doktor. Mein eigener Eindruck war eigentlich, dass ich mir nichts sehnlicher gewünscht habe, als mit Dick in einem Häuschen am Kanal zu leben... Und davor habe ich mir nichts sehnlicher gewünscht, als eine kleine Toffifee-Familie mit 119 zu gründen, so kam es mir jedenfalls vor.«

»Vielleicht war gar nicht 119 bindungsängstlich, sondern... *Sie,* Lchen. Halten Sie das für möglich?«

»Andererseits hatte ich sogar *zwei* Bräutigame. Mir persönlich erscheint das eher bindungswütig als bindungsängstlich, oder?« Ich lachte besonders fröhlich. »Doktor, warum sollte ich das sonst tun?« Diesmal lachte der Doktor nicht mit.

»Sagen Sie es mir...«, sagte er behutsam.

Ich zupfte an meinem Fädchen. Plötzlich ribbelte der ganze Saum auf.

»Ich... ich... ich kann das nicht, Sie haben recht.« Ich sah den Doktor geradeaus an. »Ich habe versucht, mich für einen der beiden zu entscheiden, aber jedes Mal, wenn ich glaubte, zu wissen, wohin ich gehöre, hatte ich plötzlich das Gefühl zu ersticken! Ich bekam keine Luft mehr, Doktor! Und ich hatte das Gefühl zu zerspringen, zu platzen, ich, ich, ich...«

»Ich weiß, ich kenne das.« Doktor Ferd versuchte, mich zu beruhigen. »Und mit zwei Männern war es besser?«

Ich schüttelte den Kopf. »Nein, schlimmer. Aber anders schlimm. Wenn ich bei Christian war, dachte ich an Dick, und wenn ich bei Dick war, an Christian. Einer war der Puffer des anderen, etwas stand immer dazwischen. Ich erstickte nicht, aber… dafür kam ich um vor Sehnsucht. Und vor schlechtem Gewissen.«

Doktor Ferd nickte ernst.

»Hören Sie…« Er schaute aus dem Fenster. Er ließ sich Zeit. »Ich stimme Ihnen zu, dass Sie nicht unbedingt ein Fall für die Psychiatrie sind, jedenfalls nicht für eine akute Station.« Jetzt suchte er meinen Blick. »Aber ich glaube, dass Sie ein bisschen Hilfe brauchen könnten.« Er lächelte. »Schließlich haben Sie gerade Curd verloren.« Ich lächelte zurück. »Und wenn ich Sie eben richtig verstanden habe, stehen Ihnen noch weitere Trennungen bevor, vor denen Sie Angst haben.« Doktor Ferd legte seine Stirn in tiefe Sorgenfalten. »Sie stehen sehr unter Druck, Lchen.« Er sah in seine Akten. »Ihre Hypertonie ist besorgniserregend. Und gewiss hat das auch seelische Gründe.« Er machte eine dramatische kleine Pause. »Möchten Sie nicht ein paar Tage bleiben, und wir helfen Ihnen, ruhiger zu werden und Ihr Leben ein bisschen zu ordnen? Es ist nur ein Angebot…«

Ich schluckte. Und zupfte an meinem aufgeribbelten Saum.

»Okay, Dr. Ferd«, sagte ich schließlich. »Ich nehme Ihr freundliches Angebot gerne an.« Als er daraufhin zufrieden strahlte, hatte ich der Versuchung nicht widerstehen können. »Ich weiß natürlich, Doktor, dass Sie mich nur hierbehalten, weil Sie mich heiraten wollen.« Dr. Ferd brauchte einen Moment, bis er merkte, dass Frau Lchen ihn veräppelte. Hihi.

Das war vor vierzehn Tagen gewesen.

Ein paar Tage nach diesem Gespräch, als nach dem »therapeutischen Schattenboxen« alle anderen meiner »Wutgruppe« schon gegangen waren, hatte ich mich im Geräteraum hinter der alten Turnhalle auf eine der langen Holzbänke gesetzt, tief durchgeatmet und mein Handy zum ersten Mal seit Tagen eingeschaltet. Mein Herz raste. Meine Finger waren klamm und zitterten ein wenig. Nervös hatte ich meine »Spick-Zettel« auf dem lackierten Holz der Bank immer wieder glattgestrichen. Ich hatte mir genau aufgeschrieben, was ich sagen wollte. Schließlich hatte ich Dicks Nummer gewählt.

»Dag, Schatje«, meldete er sich. Ich hörte die Angst in seiner Stimme.

»Hallo, Schatz«, sagte ich. Meine Stimme klang genauso elend.

Dick war inzwischen wieder in Amsterdam. Als ich sagte, ich müsse ihm etwas sagen, brach er gleich in Tränen aus. Und ich dann auch, das ging ja gut los.

Ich sagte, ich hätte mir aufgeschrieben, was ich ihm sagen müsste, und fragte, ob es okay sei, wenn ich ablesen würde, ich würde es sonst vielleicht nicht schaffen. Er sagte nur: alles klar. Das sagte er von da an immer wieder, jedes Mal, wenn ich nach einem Satz eine Pause machte, um Luft zu schnappen, dann sagte Dick: alles klar. *Lieber Dick, ich wünschte, ich müsste dir nicht so schrecklich weh tun*. Alles klar. *Ich liebe dich aus tiefstem Herzen, aber ich kann nicht mit dir leben, mit niemandem*. Alles klar. *Wir werden uns nie wiedersehen*. Alles klar.

Ich hatte die ganze Nacht an dem Text geschrieben. Ich weiß, dass man ihm das auf den ersten Blick vielleicht nicht ansieht, aber es kam ja noch was, sechs Seiten waren es insgesamt. Der Anfang war nur eine Art Abstract oder Summary mit den wichtigsten Fakten für Eilige. Danach wollte ich Dick die ganze Geschichte erzählen, auch die Wahrheit über mich und Christian. Aber ich kam nicht so weit. Nach einer Seite brach ich die Lesestunde ab. *Dick, es tut mir so leid*, sagte ich nur. Das wiederholte ich von da an immer wieder. *Es tut mir so schrecklich leid*. Und Dick sagte immer wieder *alles klar*. Auch dann, als ich selbst irgendwann nichts mehr sagte und nur noch heulte. Dicke Tränen tropften auf die Zettel, konnten die Schrift aber nicht verwischen, weil ich, vorausschauend wie stets, für genau diesen Fall mit Kuli geschrieben hatte. Bis zum Morgengrauen hatte ich an diesen Worten gefeilt, bis zum verdammten Morgengrauen. *Alles klar*, sagte Dick schon wieder. Worte wie Perlen sollten es sein, Worte, die ihn für den Rest seines Lebens schmücken und reich machen würden, nun würden sie ungehört ins Nirwana kullern, ohne je seine Trommelfellchen gestreift zu haben. Alles klar. Irgendwann, ich weiß nicht, wie lange es dauerte, machte es endlich leise Klick. Das war schon mal nichts, dachte ich danach. Das war, als hätte ich das Häschen damals mit den Hinterläufen am Asphalt klebend gefunden, und anstatt es mit einem erlösenden Schlag totzuhauen, hätte ich gewartet, dass es von selbst ins Gras beißt, und es so lange killekille am Ohr gezupft. Nein, das war scheiße. Zum Glück durfte ich es ja gleich noch mal versuchen. Bei Christian.

»Oh, hallo, Lchen!« Nein, bei Hannah. »Du möchtest sicher Christian sprechen, sei bitte vorsichtig, ich habe den Jungen gerade so weit, dass er wieder isst, warte…«

Das Telefonat mit Christian lief von Anfang an besser. Offensichtlich ließ sich Christian von seiner Chefin aufpeppeln, der natürlich an nichts anderem als an der Wiederherstellung seiner Arbeitskraft gelegen war. Als ich ihn schließlich persönlich in der Leitung hatte, gab er sich übertrieben aufgeräumt. Er fragte, ob man mir im Krankenhaus die Tasche mit den Kleidern gegeben hätte, die er mir hatte bringen wollen. Ja, das hatte man, und an was er alles gedacht hatte, sogar an mein Ladegerät, ich bedankte mich. Christian sagte, dass er alles storniert habe, was uns beide beträfe. Storniert, genau so drückte er es aus. Und dass er meine anderen Sachen zusammengepackt und »rüber« gebracht hätte…

»… in dein Büro oder deine Wohnung, *eure* Wohnung, was auch immer…« Hier stockte Christian zum ersten Mal.

»Alles klar«, sagte ich nur. »Alles klar.«

Dick sei gerade dort gewesen, erzählte Christian weiter. Er sei nett, »ein guter Typ«, er sei froh gewesen, ihn dort anzutreffen. Dick habe ihm dann mit den schweren Teilen geholfen. Sie hätten sich ja schon an dem Abend im Krankenhaus kennengelernt. Oh. Alles klar. Dick hätte Fifi erkannt, der oben auf der Tasche mit meinen Sachen gelegen hätte. (Fifi ist das Schlaftier, das mir seit meiner Geburt allnächtlich Gesellschaft leistet.) Wo gehst du mit Fifi hin?, hätte Dick ihn gefragt. Unten, auf dem Parkplatz vorm Krankenhaus. Christian lachte.

»Erst dachte ich, Fifi wäre vielleicht irgendwann einmal zusammen mit Curd auf Fotos gewesen. Ich dachte, der Mann wäre ein Leser, ein paar Männer gibt's ja sicher auch…« Nur die besten. »Dann fiel mir auf: Hey, der Typ spricht wie Rudi Carrell!« Christian imitierte den großen unvergessenen Showmaster. »Und mir fiel ein, dass du mal gesagt hast, Fifi würden nur Menschen zu Gesicht bekommen, die mit dir im selben Bett schlafen, fürs Blog sei er zu hässlich, jedenfalls… Plötzlich wusste ich, dass der Mann vor mir Dick war. Dein Holländer.« Wieder lachte Christian.

»Wir sind dann ins Gespräch gekommen, dieser Mann, den ich für einen Exfreund meiner zukünftigen Frau hielt, und ich. Ich fragte, möchten Sie Lchen besuchen? Und er sagte, ja, wir wollten morgen eigentlich verreisen. Da habe ich dann ein bisschen näher nachgefragt. Das war ein interessanter Abend, das kannst du dir denken.« Oh ja. Oh ja… Einen Moment war Stille. »Und ich Idiot dachte immer, es wäre 119«, sagte Christian dann leise, zum ersten Mal lachte er nicht.

Ich hatte dann noch einen Versuch unternommen, ihm mein schreckliches Verhalten irgendwie zu erklären. Aber da fiel Christian mir mit einer Schärfe, die ich von ihm bisher nicht kannte, ins Wort und bat mich, still zu sein. »Sei einfach still, Lchen«, sagte er. »Halt bitte den Mund.« Ich spürte die Beherrschung, die es ihn kostete, sich so höflich auszudrücken.

»Ach, eine Sache noch«, fing er selbst dann aber nach einem Räuspern noch mal an. Hatte ich da Zettel rascheln gehört? »Wegen Curd…« Oh mein Gott, hatte Christian vielleicht trotz allem Curd vom Eis gerettet? »Ich war da, am See. Nicht gleich am nächsten Morgen, aber noch am nächsten Tag…« Ja? Ja? Ja? »Ich hatte mir extra eine Angel besorgt. Es taute, ich konnte unmöglich aufs Eis, also wollte ich Curd von der Brücke aus hochziehen…« JA? JA? JA? »Aber da war nichts, keine einzige Spur mehr von Curd. Auch seine Decke, von der du meintest, sie müsste noch auf der Brücke liegen, weg…« Jetzt verlor ich doch die Fassung und heulte los.

»Danke, dass du es versucht hast«, schluchzte ich. Mein Schnodder warf Blasen wie Kaugummi, ich bin übrigens gegen Bildtelefone.

Christians Ton wurde ein bisschen milder. »Ähm, ich will dir keine falschen Hoffnungen machen, Lchen... Aber da waren so ein paar Omis am Parkeingang. Als sie mich mit der Angel sahen, lachten sie und meinten, da wäre schon jemand anders draufgekommen.« Was? »Leider habe ich nicht schnell genug nachgefragt, aber... Vielleicht war das eine von Curds Verehrerinnen. Vielleicht hat sie ihn da unten liegen sehen und gedacht: Das ist doch Curd Rock! Und nun versucht sie, mit dir Kontakt aufzunehmen?!« Christian räusperte sich noch mal. »Ich meine, wer sollte sich sonst die Mühe machen, ein altes durchgematschtes Stofftier vom Eis zu fischen?!« WIE BITTE? Christian hatte Curd noch nie gemocht. »Du solltest vielleicht mal in dein Blogpostfach sehen.«

»Ja, danke. Danke für alles...«, hatte ich gesagt und mit einem romantischen »Also denne...!« ruckizucki aufgelegt. Ich musste sofort meine E-Mails checken. Ich vergaß, dass ich mich gerade von Christian getrennt hatte. Und von Dick ebenfalls. Ich vergaß, dass ich soeben meine kleine Welt in Schutt und Asche gelegt hatte. Ich durchsuchte mit glühenden roten Apfelbäckchen meine diversen Postfächer nach einer Mail von dem unbekannten Engel, der Curd gerettet hatte. An die fünfzig E-Mails waren gekommen, seit ich das Handy abgestellt hatte. Ich verfluchte den Tag, an dem ich mich bei einem dieser Online-Outletshops angemeldet hatte. Seitdem wurde ich von einmaligen Preisknüllern zugeschüttet, ich war mittlerweile resistent gegen Rabatte, selbst die Nachricht von neunzig Prozent preisreduzierten australischen Fellstiefelchen schob ich mit müdem Lächeln ungeöffnet in den Papierkorb. Die einzige private Mail kam von 119, eine lustige E-Card von einem Orang-Utan-Clan, doch selbst über die konnte ich mich nicht so richtig freuen

(»*Merry X-Mas from us!*« – US!!! Das war wirklich pietätlos! Prahlte mit seiner Familie und fragte *mich* nicht mal, was mit Curd war!). Ansonsten nichts. Nichts. Nichts. Keine Mail vom Engel vom Parksee. Auch Lösegeldforderungen für Curd waren nicht eingegegangen. Was für eine Enttäuschung. Und kaum hatte ich mein Telefon frustriert wieder abgestellt, explodierte der Kummer über die Trennungen wie ein Sofabrand bei einem Flashover – die ganze Bude stand mit einem Mal in Flammen. Lchen war völlig im Po.

Zum ersten Mal in meinem Leben war ich genau zum richtigen Zeitpunkt an genau dem richtigen Ort. In der Klapse. Ich wurde kompetent aufgefangen, nicht nur von sachkundigem Fachpersonal, sehr tröstlich waren auch all die Schicksalsgenossen. Ich sprach in meiner Depressionsgruppe über meine zerbrochenen Liebesbeziehungen. Und in meiner Angstgruppe. In meiner Wutgruppe. Und natürlich sprach ich auch in meiner BPS-Gruppe über die Trennungen (nein, das war nicht die Steakesser-Gruppe – Sie denken an BSE – BPS ist die Abkürzung für eine Borderline-Persönlichkeitsstörung). Das war schon was anderes als alleine zu Hause Eierlikör trinken. Sprechen ist toll.

Wegen meines »ambivalenten Bindungsverhaltens« – wie der Experte das Hin und Her nannte – waren die Borderliner schnell so was wie mein Heimatclub geworden. Dort fühlte ich mich am ehesten zu Hause, auch wenn ich mir nicht die Arme aufritzte (dafür hatte ich am Anfang die Händchen verbunden). Die Kameraden und Kameradinnen dort eierten in ihrem Liebesleben allesamt genauso rum wie ich, das war natürlich schön zu hören. Immer hin- und hergeworfen zwischen der Angst vor Nähe und dann wieder der Angst vorm Alleinsein, zwischen Verschmelzungssehnsucht und Erstickungsanfällen, zwischen nah und fern – in meiner Borderline-Truppe gehörte das quasi zum guten Ton.

Aber natürlich verschaffte mir das nur kurzfristig Erleichterung. Zu wissen, dass man nicht der Einzige war im Flugzeug, war erst mal tröstlich, machte das defekte Triebwerk aber auch nicht wieder heile. Für die Reparatur war vor allem mein Bezugstherapeut Dr. Ferd zuständig. Auch mit ihm hatte ich nach unserem netten Schnuppergespräch, von dem ich oben schon berichtet habe, noch mehrere intensive Gespräche geführt. Er bestärkte mich darin, dass es richtig gewesen war, mich von Dick und Christian zu trennen. Er war sehr optimistisch, was meine künftigen Beziehungen betraf. »Sie werden den Richtigen finden, wenn Sie aufhören, das Falsche zu suchen«, hatte er gesagt, als wir neulich über meine Angst, als alte, einsame Schabracke zu enden, sprachen. Er war ein komisches Käuzchen. Mal machte er auf ganz seriös wie Professor Freud persönlich und wog sorgsam jedes Wort ab, als wäre es lebensentscheidend. Dann wieder war er geschwätzig und orakelhaft wie eine Kirmes-Wahrsagerin mit Bommeln am Busen. In Patientenkreisen hielt sich hartnäckig das Gerücht, dass er gerne heimlich mal ein Tütchen durchzog. Auf jeden Fall kämpfte er auch mit eigenen Dämonen und nicht nur mit denen seiner Patienten. Sympathisch an sich. Mein Handy piepte und erinnerte mich an mein Abschlussgespräch mit ihm. Ich mochte den Doktor, vor allem sein Erniekichern. Vielleicht kicherte er ja gleich noch mal für mich.

Ich kontrollierte ein letztes Mal meinen Schrank und die Schubladen. Für Jamina legte ich meine schreckliche hellblaue Timex 80 Plastikuhr auf den Nachttisch. Da würde sie sich freuen, wenn sie aus ihrer Stimmenhörer-Gruppe zurückkam, die Uhr fand sie super, sie stand auf Pastellfarben. Einen Moment blieb ich noch im Türrahmen stehen – die Aussicht war wirklich das Beste an dem Zimmer – dann, mit einem leisen Auf Nimmernimmer*nimmer*wiedersehen, zog ich die Tür ins Schloss.

»Und? Hat es Ihnen bei uns gefallen, werden Sie uns weiterempfehlen?« Dr. Ferd kicherte sein Erniekichern, na bitte, das hatte schon mal funktioniert.

»Unbedingt! Kann ich schon fürs nächste Beziehungsdrama vorreservieren?« Ich lachte und hoffte, er würde sagen, dass es kein nächstes Mal geben würde.

»Es wird kein nächstes Beziehungsdrama geben, Lchen.« Heute war mein Glückstag.

»Und irgendwann werde ich als Großmutter im Kreise Hunderter Enkel sitzen und lächelnd an Sie und meine Tage in der Psychiatrie zurückdenken?«

Doktor Ferd wurde wieder ernst.

»Ist es denn das, was Sie sich wünschen, Lchen?«

Wir unterhielten uns ein bisschen. Ich genoss die letzten Minuten mit meinem Bezugsarzt. Er war längst nicht so gut aussehend, wie es mir am ersten Abend auf der Ambulanz vorgekommen war. Damals wäre mir wahrscheinlich auch ein Natur-Joghurt attraktiv erschienen, wenn er mir angeboten hätte, mich von dort wegzubringen. Aber der Doktor hatte ein interessantes Innenleben, da war ich mir fast sicher. Und mir gefielen seine Ansichten, die allerdings – das wusste ich inzwischen – nicht unumstritten waren.

»Jeder Mensch ist beziehungsfähig, Lchen. Aber *wie* Menschen zusammenleben, muss ja nicht immer gleich aussehen. Nicht jeder muss mit hundert Enkeln enden. Vielleicht werden Sie einen Mann und viele Kinder haben. Oder keine

Kinder und Hunderte Männer. Oder Sie begründen ein Stofftierimperium, das nach Curd benannt ist, und leben mit Hunderten Plüschhasen und ihrem Lieblingspsychiater…« Flirtete er etwa? Flirtete der Dottore??? »Irgendwelche Beziehungen werden da immer sein. Wichtig ist nur, dass Sie Ihre eigenen Bedürfnisse leben und nicht die Träume der anderen.«

»Danke, Doktor Ferd, das haben Sie sehr schön gesagt.«

»Ich glaube, Sie haben sich lange nach etwas gesehnt, das Sie gar nicht aushalten. Ich bin sicher, jetzt sind Sie klüger in Bezug auf sich selber.«

»Ja, das bin ich wohl.« Und allein.

Einen Moment herrschte Stille. Doktor Ferd stand auf, das Gespräch war offenbar beendet. Schade. Er streckte mir seine Hand entgegen.

»Alles Gute, Lchen.«

»Danke, Doktor Ferd, Ihnen auch alles Gute.«

Er hielt meine Hand weiter in seiner.

»Auf jeden Topf passt ein Deckelchen.«

Ich musste laut lachen. War das der letzte Stand der Wissenschaft!? Aber Dr. Ferd blieb ganz ernst.

»Bei manchen Töpfen muss man den Deckel vielleicht ein bisschen schief draufsetzen oder sogar danebenlegen. Aber Hauptsache ist doch, dass es ihn gibt.«

Ich lächelte. Der Doktor hielt immer noch meine Hand. Er räusperte sich.

»Vielleicht… vielleicht ist er ja auch längst in Ihrer Nähe«, sagte er unsicher. Ein Sonnenstrahl fiel durchs Fenster und traf sein Gesicht. Ich konnte erkennen, dass seine Augen nicht nur grau waren, sondern sehr dekorativ gelbgrün gesprenkelt.

Plötzlich zog er mich an sich und klopfte mir auf den Rücken wie ein Vater, dessen einziger Sohn an die Front muss.

HUCH!

Schrittchen für Schrittchen

Ich sah aus dem Fenster. Die weiße Hauswand strahlte in der Mittagssonne wie ein Bettlaken in einer Waschmittelreklame. Unmittelbar dahinter ragte der Fernsehturm in den blauen Märzhimmel, auch er fleckenlos weiß wie der weiße Riese höchstpersönlich.

»Guck mal, Freddy…«, Freddy war Inkas Baby. »Siehst du die drei Fenster da drüben?« Baby Freddy schrie wie ein Gefolterter. »Da wohnt die nette Tante Lchen.« Freddy hielt inne. Und krähte nach einem kurzen Moment des Kräftesammelns lautstark weiter. »Du hast recht, Tante Lchen müsste mal wieder Fenster putzen.« Freddy schrie. »Das macht sie, wenn ihr zweites Buch endlich mal fertig ist, Tante Lchen ist eine weltberühmte Autorin!« Freddy legte noch ein paar Dezibel drauf. »Okay, Tante Lchen ist eine Autorin«, Freddy wurde tatsächlich leiser, »Freddy, bist du ein Lügendetektor?« Freddy drehte wieder auf. »Ach Freddylein, was quält dich denn, verdorie, WAS?«

Freddys Köpfchen war hochrot. Durch die dünne glänzende Haut konnte man die blauen Äderchen schimmern sehen. Hoffentlich bekam er keinen Schlaganfall oder so etwas. Ich versuchte, seinen Greifreflex zu stimulieren, indem ich meinen kleinen Finger in sein Minifäustchen schob. Aber mein kleiner Finger interessierte Freddy null, Freddy grabschte mir an den Busen.

»Freddy-Schatz, du kannst keinen Hunger haben, falls du mir das andeuten willst. Du hattest eben erst eine Pizza, kalorienmäßig.«

Das hatte Inka gesagt, und ich glaubte ihr aufs Wort. Freddy war das pummeligste Baby, das ich je gesehen hatte.

»Freddylein, und deine Windel ist so blütenrein sauber, dass man die Vöglein daraus zwitschern hört. Also, was kann ich für dich tun?«

Freddy schrie. Seit einer halben Stunde lief ich mit ihm im Zimmer auf und ab und machte Konversation, und er schrie ununterbrochen. Ich war dem Nervenzusammenbruch nahe und beschloss, Inka für die Tapferkeitsmedaille vorzuschlagen. Was sie aushielt, überstieg alles, was ich mir bisher hatte vorstellen können. Freddy war – den Begriff hatte ich vorher noch nie gehört – ein Schreibaby.

Inka hatte schon alles mit ihm probiert. Mit seinen nicht mal drei Monaten war Freddy schon ein alter Bekannter in der Schreiambulanz. Von einer Babymasseurin wurde sein Bäuchlein alle drei Tage fachgerecht geknetet. Gegen Koliken. Eine Woche zuvor hatte eine Osteopathin Freddy durch einen künstlichen Geburtskanal geschoben, um ihm die Erfahrung des Geburtsvorgangs, um die er durch den Kaiserschnitt betrogen worden war, nachträglich zu verschaffen. Sie meinte, Freddy sei deshalb verspannt. Geholfen hatte auch das nicht. Ein Babytherapeut meinte jetzt allerdings, es läge an Reizüberflutung. Wie auch immer, Freddy schrie. Und ich war auch kurz davor.

Zum Glück würde Inka gleich wieder da sein. Ich sah sie schon mit ihrem kleinen roten Auto kreisen. Dreimal war sie bereits vorm Haus entlanggefahren, sie fand wieder keinen Parkplatz. Entweder weil es keinen gab, oder weil sie ihn übersah und dran vorbeifuhr. Inka war völlig übermüdet. So hatte ich sie kennengelernt, beziehungswiese, deshalb waren wir in Kontakt gekommen. Sie hatte bei Penny vorm Kühlregal gestanden und mit offenen Augen geschlafen.

»Was ist mit Ihrem Baby los?«, hatte ich sie gefragt. Nachts, wenn ich am Rechner saß und Curds Fotostorys montierte, lief sie auf der anderen Straßenseite mit ihrem neuen Kind auf und ab, stundenlang. Ihr Mann konnte ihr kaum helfen, er war nur am Wochenende zu Hause.

»Ich hatte mein Leben lang davon geträumt«, erzählte Inka, während wir auf den Aktionstischen stöberten. »Ein pummeliges süßes Baby, das glucksend in seiner Wiege liegt – seit Freddy da ist, träume ich noch mehr davon. Er schreit *nur*.« Sie grinste. »Ich habe schon versucht, ihn umzutauschen. Ich weiß nicht, warum ausgerechnet *ich* so ein Baby habe.«

»Ich fürchte, ehrlich gesagt, das ist meine Schuld«, hatte ich geflüstert. Inzwischen standen wir in der Kassenschlange. »Ich habe gerade einen tollen Mann verlassen, der Kinder mit mir wollte. Es war vermutlich meine letzte Chance für Babys, ich werde noch in diesem Jahr vierzig. Als ich noch in der Psychiatrie war, hatte ich große Angst davor, eine glückliche Mutter mit ihrem friedlich schlummernden Baby zu sehen, wann immer ich zu Hause aus dem Fenster sehen würde. Aber so ist es für mich okay. Der liebe Gott hat Ihnen Freddy mir zuliebe untergejubelt.« Ich senkte meine Stimme noch mehr, denn wir waren jetzt in Hörweite der Kassiererin. »Wahrscheinlich wird Ihr Sohn in ein, zwei Jahren ADS bekommen und mit fünf im Kindergarten Amok laufen. Alles nur, damit *ich* meine Trennung nicht bereue…«

Inka hatte mich ganz ruhig angesehen und genickt. »Danke«, sagte sie dann. »Danke, dass Sie mir das erzählt haben. Jetzt weiß ich wenigstens, dass es nicht an mir liegt.« Draußen vorm Laden war ihr dann noch was eingefallen. »Sagen Sie, wenn ich es schon Ihnen verdanke, dass ich so ein anstrengendes Baby habe, könnten Sie dann heute Nachmittag eine Stunde auf Freddy aufpassen?« Zack saß ich in der Falle. »Ich habe so Zahnschmerzen, ich muss dringend zum Zahnarzt, und mein Mann kommt erst am Freitagnachmittag?!« Seitdem hatte ich die beiden am Hals. Und ich weiß nicht, wie ich die letzten Monate sonst wohl überstanden hätte.

Ich setzte mich mit »Freddy the Voice« auf die Couch und sah hinüber zu meiner kleinen Wohnung auf der anderen Straßenseite.

Nachdem meine Schwester damals, zwei Tage nach meiner Entlassung, wieder gefahren war, war erwartungsgemäß erst mal die Welt über mir zusammengebrochen. Meine Tage verbrachte ich damit, seitenlange Mails abwechselnd an Dick und an Christian zu schreiben, die ich allesamt nicht abschickte. Dick wollte ich am meisten zurück. Immer den, der weiter weg war. Manchmal setzte ich mich ins Auto und fuhr einfach nach Holland. Meistens kam ich nur bis zur Osdorfer Landstraße, an der Ampel vor der Autobahnauffahrt kehrte ich schon wieder um. Allerspätestens, wenn es dann auf die A 261 ging. Nur einmal kam ich bis nach Apeldoorn. Von dort wäre es nur noch eine Stunde gewesen – nach Amsterdam. Während der ganzen Rückfahrt hatte ich dann traurige Musik gehört, Leonard Cohen, *In my secret life**, Janis Joplin, *Little Girl Blue*** und solche Sachen, das war natür-

---

* http://www.youtube.com/watch?v=hqxBN82fW70

**http://www.youtube.com/watch?v=FVpDOIPx_sY

lich eine hoch emotionale Angelegenheit. Der gleiche Impuls bezogen auf Christian führte nicht annähernd zu solchen Dramen, ich konnte ja quasi hinspucken. Trotzdem trieb es mich auch ein paarmal vor seine Tür. Einmal war sein neuer Untermieter aus dem Haus gekommen, als ich gerade meine kleine Rede übte. Und obwohl er mich gar nicht kannte, sagte er, ich sollte Christian bloß in Ruhe lassen. Er fürchtete um seinen Platz an der Sonne. »Willste mal meine Dachterrasse sehen?«, war als Abschlepphilfe im nächsten Sommer schon fest eingeplant. Die konnte er auch brauchen. Ich hatte ihn Rapunzel genannt. »Ich will dich nicht aus deinem Turm vertreiben, Rapunzel«, hatte ich gepöbelt. Und: »Rapunzel, lass deinen Bart hinunter!« Er hatte so ein Ziegenbärtchen. Aber als ich Inka und Freddy dann kennengelernt hatte, hörte das auf. Ich war nie wieder spontan nach Amsterdam gefahren, und ich hatte auch nicht mehr angetrunken vor Christians Tür rumgelungert.

»Hey, wie hast du das denn geschafft?«, Inka flüsterte.

Ich hatte gar nicht mitbekommen, dass Freddy aufgehört hatte zu schreien. Und genauso wenig, dass Inka wieder zu Hause war. Erschrocken starrte ich auf das Baby. Wenn er nicht schreit, muss er tot sein, war mein erster Gedanke.

»Das ist unglaublich!« Inka schien überglücklich.

»Wir haben zusammen eine Flasche Eierlikör getrunken.«

»Ich sag ja, du wärest eine tolle Mutter geworden.« Vorsichtig nahm Inka mir Freddy ab.

»Und die Anonymen Alkoholiker brauchen schließlich auch Nachwuchs«, flüsterte ich.

»Danke, dass du aufgepasst hast.« Inka drückte meine Hand.

»Danke, dass ich mich jetzt wieder darauf freue, an meinen Rechner zu gehen und Curd freizustellen.«

»Hat sich immer noch niemand gemeldet?«, fragte Inka mitfühlend. Kopfschüttelnd schlüpfte ich aus der Tür.

Nein, wer immer sich Curd geangelt hatte, er hatte ihn behalten. Die Fotos, die ich für Curds Bildergeschichten im Buch brauchte, musste ich deshalb aus altem Material zusammenmontieren. Das war viel Arbeit und dauerte sehr lange, nicht nur, weil ich keine Grafikerin war und so etwas nie gelernt hatte. Das Schwierigste war, geeignete Fotos zu finden. Bilder, auf denen Curd genau so guckte und genau so dastand, dass er in ein anderes Bild passte. Jede Nacht saß ich bis zwei, drei Uhr und durchsuchte die Bildarchive, etwa 50000 Fotos hatte ich in fünf Jahren von Curd gespeichert. Ach ja, mein armes meistfotografierte Stofftier seiner Epoche, wo es jetzt wohl war… Auch heute war ich auf eine Nachtschicht vorm Computer eingestellt. Ich war noch kurz bei Penny reingeschneit und hatte mich mit Weltmeisterbrötchen eingedeckt, und nun würde ich den Rest des Tages in meiner Wohnung verbringen, allein. Nur ich und mein Macchen. Herrlich, an sich.

Ich hatte auch schon versucht, Curd nachzunähen. Inka hatte mich auf die Idee gebracht, eine gute Idee. Ich hatte ihr Curds Blog gezeigt, das ohne ihn natürlich nicht mehr weiterlief und in dem als letzte Meldung stand, dass Curd nach einem Sturz von der Brücke verschollen war. Außerdem hatte ich einen Aufruf an seinen Finder hineingesetzt, und ihn gebeten, Curd zurückzugeben, damit er seine Arbeit tun könnte. Ich wisse nicht, wie ich meine Trennung (im Blog sprach ich lieber in der Einzahl) ohne Curd und seinen fachgerechten Trost überstehen solle. Viele liebe Menschen hatten daraufhin geschrieben und ihre Anteilnahme bekundet. Und natürlich auch viele Idioten. *(Wir haben Curd! Wir wol-*

lem eine Milliom in kleinem Scheinem!) Auch zahlreiche Curds meldeten sich. *(Schöme Grüße aus Homululu!)* Sogar Hellseher boten ihre Dienste an. *(Ich sehe Curd an einem Fenster mit einer weißen Gardine, genauere Angaben nach Überweisung von XY Euro auf folgendes Konto…)* Reden wir besser nicht davon. Jedenfalls, Inka brachte mich auf die Idee, einen neuen Curd zu nähen.

Im ersten Moment fand ich ihren Vorschlag geschmacklos. Für mich war Curd so einzigartig wie ein Mensch, und eine Reproduktion erschien mir ethisch nicht vertretbar. Einen Curd-Klon, eine Curd-Dolly quasi, wollte ich nicht haben. Das war natürlich Quatsch, sah ich im zweiten Moment ein.

Ich hatte daraufhin die Nähmaschine vom Dachboden geholt. Drei anstrengende, aber erfüllte Wochen verbrachte ich mit meinem Klon-Projekt. Unermüdlich durchkämmte ich erst Nähabteilungen und später Flohmärkte, um Stoffe zu finden, die nicht nur vom Material und von der Farbe stimmten, sondern auch schon fusselig waren. (Nichts war schlimmer für ein Stofftier als Fussellosigkeit. Keine Fusseln hieß, dass es nie geliebt wurde). Der Original-Curd war sehr, sehr, *sehr* fusselig. Sein kleiner grauer Körper war übersät gewesen von Wollknötchen. Noch länger als nach flusseligem grauen Stoff suchte ich nach dem verblichenen schwarzen Frottee für Curds Mütze. Ich fand ihn schließlich in Form eines alten Babystramplers auf einem katholischen Kirchenbasar. Schließlich hatte ich alles zusammen und musste Curd nur noch zusammennähen. Nach dem siebten Versuch gab ich auf. Ich war offen für die Einsicht, dass es für mich leichter wäre, Curd digital nachzubauen als in Wirklichkeit. Der Mac war wohl doch eher mein Instrument als die PFAFF.

Fast hätte ich mich über so viel vertane Zeit und Energie

geärgert, aber dann fiel mir auf, dass ich während meines Clon-Projekts keine einzige Mail an Dick oder Christian geschrieben hatte. Und auch als die Nähmaschine wieder auf dem Dachboden stand, hatte ich nicht noch mal damit angefangen. So geht es in kleinen Schritten, man macht einfach weiter und weiter und weiter. Irgendwann stellt man verwundert fest, dass man doch darüber wegkommt. Auch dieses Mal wieder. Einfach weitermachen…

Seitdem waren noch mal drei Wochen ins Land gegangen, in denen ich begonnen hatte, wieder schwimmen zu gehen (ich war mal eine gute Schwimmerin gewesen, im letzten Jahrhundert). Und inzwischen ertappte ich mich immer öfter dabei, dass ich die Gelegenheit, im Wasser unbemerkt ein paar Tränchen abzudrücken, ungenutzt verstreichen ließ und stattdessen ein bisschen an meinem Armschlag feilte.

Ich musste lächeln, als ich die Wohnungstür aufschloss. Ein Geruch von Gasherd, warmer Milch und Toast schlug mir entgegen. Und es war mindestens 28 Grad warm, die Temperatur, die ich für sitzende Tätigkeiten am angenehmsten fand, bei weniger bekam ich kalte Füße. Ich sah solche Dinge inzwischen wieder und konnte mich darüber richtig freuen. Als ich mit Christian zusammenlebte, hatte ich wirklich oft kalte Füße gehabt. Die Wohnung war nicht nur zu kühl gewesen, sie roch auch ständig nach Gebratenem, weil Christian rituell schon morgens Eier mit Speck verzehrte. Natürlich roch es nicht überall gleich schlimm, sondern vor allem in der Küche, aber in der Küche hatte ich ja den ganzen Tag gesessen. Im kalten Geruch seiner Eier. Da ging es mir jetzt doch viel besser. Jetzt konnte ich mich wieder von Weltmeisterbrötchen mit eiskalter Lätta-Margarine ernähren. (Ich mochte warme Räume und kaltes Essen, nicht umgekehrt.)

Ich konnte am Rechner essen. Ich konnte die Heizkörper bis zum Anschlag aufdrehen. Ich musste morgens keinen Sex haben und Dinge in den Mund nehmen, von denen meine Nase mir eigentlich dringend abriet. Es ging mir gut, das Schlimmste war überstanden, ich konnte Land sehen. Kein *land of dream*, nichts großartig Spektakuläres, einfach sanfte grüne Hügel, das Land der Zufriedenheit. Und eins hatte ich mir geschworen, sollte ich jemals dort ankommen, könnte mich nichts je wieder dort weglocken, kein Glücksversprechen, kein Platz an der Sonne, kein schöner, knackiger Popo.

Das Telefon klingelte. Meine Schwester.

»Wie war dein Date?«

»Das war kein Date.«

»Schade, also, wie war das... Treffen?«

Am gestrigen Abend hatte ich ein... Treffen gehabt. Farid, der hübsche junge Mann, dem ich vor ein paar Wochen vor den Kühler gelaufen war, hatte angerufen und meine Schulden für den Schaden eingefordert. Schon vor etwa einem Monat war das gewesen. Ich könne tausend Euro zahlen oder seiner Schwester Nachhilfe in Deutschaufsätzen geben, ich würde doch Bücher schreiben (keine Ahnung, woher er das hatte), seine Schwester liebte außerdem Curd. Tja, da hatte ich eine ganz schlechte Nachricht für sie.

Ich hatte zugestimmt, Kiana – so hieß das Mädchen – bei ihrem nächsten Aufsatz zu helfen, wenn er mir die beiden Küchenschränke aufhängen würde, die meine Schwester und ich zwar tadellos zusammengeschraubt, dann aber nicht an die Wand bekommen hatten. Dann würde ich meinerseits auf eine Anzeige dafür verzichten, dass er auf einer Spielstraße mindestens 60 gefahren war und Sachschaden an einer Grüninsel verursacht hatte. So kam man ins Geschäft. Nun übte ich ab und zu mit der dreizehnjährigen Kiana Aufsätze (in Wahrheit sprachen wir über Jungs, sie hatte nämlich auch Liebeskummer), nach und nach hatte ich dabei die ganze Familie kennengelernt. Mutter und Vater stammten ursprünglich aus Kabul und waren wie fast jeder Kabulaner gelernte Schneider. Hier in Hamburg arbeiteten sie in einer Lohnnäherei, seit beinahe zwanzig Jahren inzwischen, nebenbei verdienten sie noch ein bisschen mit Änderungen. Denken Sie, was ich gedacht hatte, als ich das hörte?

»Werden sie dir einen neuen Curd machen?«, fragte meine Schwester. »Kriegen die das hin?«

»Bestimmt. Der Vater hat früher Militäruniformen genäht.«

»Wow, genau der richtige Mann für dein Stofftierimperium!« Meine Schwester wusste von Dr. Ferds Äußerung. »Apropos…«

»Es war sehr nett«, fiel ich ihr ins Wort. »Ich musste gleich zum Essen bleiben.«

»Afghanische Küche? Was gab's denn?«

»Pommes und Schnitzel.«

Meine Schwester lachte. »Und sonst?«

Ich erzählte ein bisschen, es ging voran, jeden Tag ein bisschen. »… Und gestern habe ich zum ersten Mal 1000 Meter am Stück geschwommen«, beendete ich stolz meinen Statusbericht. »Ohne Verschnaufen!« Das stimmte nicht ganz, aber ab sechshundert darf man im Bereich des Leistungssports aufrunden.

»Super, großartig! Und sonst?«

»Äh… Im Moment arbeite ich, wie gesagt, auf Hochtouren an den letzten Bildgeschichten, am 15ten ist Abgabe, das sind keine drei Wochen.«

»Na siehste. Und sonst?«

»Stell dir vor, dann habe ich es geschafft, dann ist das zweite Buch endlich fertig.«

»Das ist wunderbar! Und sonst?«

Ich schnaubte entnervt. »Es gibt kein *Und sonst* in meinem Leben! Warum muss es denn immer ein *Und sonst* geben? Kann ein Frauenleben verdammt noch mal nicht erfüllt sein, ohne dass ein *Und sonst* darin rumbaumelt?«

»DU hattest doch immer Angst, eine einsame, alte Schabracke zu werden?!«

»Das werde ich ja auch nicht, ich werde ein einsame, alte Schabracke, die Bücher schreibt, Schreibabys zum Schlummern bringt, Tausende Meter ohne zu kraulen schnauft, gebrochene Herzen heilt, Aufsätze korrigiert und außerdem... außerdem werde ich die Leni Riefenstahl der Stofftierfotografie. Ich würde sagen, das klingt nach einem ziemlich aufregenden, einsamen Schabrackenleben.«

»Du hast recht... Du hast total recht... Sorry, sorry, sorry, das ist so typisch weiblich, zu einem Mann würde niemand *Und sonst* sagen, sorry, Lchen. Tut mir leid... Und sonst?«

Ich gab mich geschlagen. Ich wusste ja, was meine Schwester wissen wollte. Schon von Anfang an wollte sie darauf hinaus.

»Nein, ich habe Dr. Ferd nicht angerufen.«

»Warum nicht?!«

»Ich weiß nicht!«, bellte ich. »Er kann mich ja auch anrufen!« Ich hatte keine Lust auf dieses Gespräch.

»Das darf er vielleicht nicht, du warst schließlich seine Patientin.«

»Wieso sollte ich einen Mann anrufen, der mich nicht anrufen darf? Wenn er mich nicht anrufen darf, darf er sich auch nicht mit mir treffen. Wozu soll ich ihn dann anrufen?«

»Vielleicht dürfte er ja. Vielleicht ist es eher eine innere Hemmschwelle, und du musst ihm nur drüberhelfen... was hast du zu verlieren?«

»Ich soll ihm über die Schwelle helfen? Das fängt ja gut an.«

»Aber denk doch mal... Du wärest in ständiger psychologischer Betreuung, wie praktisch!«

Also gut. »Ich hab ihn neulich beim Schwimmen gesehen.«

»Oh.«

»Er... er hatte seinen weißen Kittel nicht an.«

»Das Gegenteil hätte mich persönlich mehr beunruhigt.«

»Aber ohne Kittel gefiel er mir nicht!«

»Lchen, das ist nun mal so. Die meisten Menschen sehen in Badehose nicht so gut aus wie angezogen.«

»Es lag nicht an der Badehose, im Anzug hätte er mir auch nicht gefallen. Ich glaube, ich war in der Klinik einfach... es war seine Autorität, die mich angemacht hat. Bei der Wassergymnastik fand ich ihn irgendwie lächerlich.«

»Er hat Wassergymnastik gemacht?«

»Ja, für Schwangere.«

»Er ist schwanger?«

»Nein, nicht persönlich, aber die Frau, die bei ihm war.«

»Oh.« Meine Schwester klang betroffen. »Davon hast du gar nichts... das tut mir leid, ich...«

»Nein, es ist nicht schlimm, ich sagte ja, er hat mir ohnehin nicht gefallen ohne Kittel.«

»Na, dann ist ja gut... Ich meine, wo hätte das hinführen sollen, er hätte ja nicht ständig den Kittel tragen können.«

»Eben. Das wäre wirklich unpraktisch gewesen.«

»Vorm Altar hätte man ihn mit der Braut verwechselt.«

»Das vor allem.«

»Und wenn er ohnehin schon schwanger war, umso besser.«

»Umso besser…«

In Wirklichkeit hatte es mir schon einen Stich versetzt. Aber lediglich einen ganz kleinen. Nur gut, dass ich ihm keinen der verunglückten Curd-Klone geschickt hatte. Einen Moment hatte ich in der Tat daran gedacht. Eine Karte hatte ich auch schon geschrieben, von wegen, dass mir die Option mit dem Stofftierimperium und dem Lieblingstherapeuten am verlockendsten erschiene. Oh nee! Nicht auszudenken, wenn ich sie abgeschickt hätte. Mannmannmann…

»Und sonst?«

»Nichts, tote Hose.«

»Hey, gestern habe ich eine tolle Werbung gesehen! Probier doch mal diese neuen Single-Börsen!« Hey, was für eine verrückte Idee! »Ich meine… Dafür müsstest du nicht mal vom Rechner aufstehen. Ihr jungen Leute habt es heute doch so leicht, jemanden kennenzulernen. Wir mussten damals noch in die Disco gehen!« Meine zwei Jahre ältere Schwester kicherte aufgedreht. »Es ist jetzt drei Monate her, und es wird Frühling, Lchen!«

»Okay, ich melde mich bei einer Single-Börse an.« Auf ältere Schwestern soll man hören. »Vielleicht lerne ich ja noch mal jemanden wie 119 kennen…«

»Vergiss die Single-Börse. Lass uns lieber ein paar Tage nach Teneriffa fliegen.« Meine Schwester hatte ein besonders inniges Verhältnis zu 119. So etwa wie George W. Bush zu Osama bin Laden. »Auf Teneriffa finden wir bestimmt einen rüstigen Frührentner für dich!«

»119 habe ich auch nur durch eine Partner-Börse gefunden. Diese Psychotests, die man da ausfüllt, die sagen schon was aus. 119 ist heute mein bester Freund.« Vor allem war er mein letzter. Außer Inka und Schreihals Freddy. Wahrscheinlich hatten wir deshalb seit ein paar Wochen doch wieder etwas öfter Kontakt.

»Dieses beziehungsunfähige Arschloch!« Vergiss nicht, wie du gelitten hast. »Vergiss nicht, wie du gelitten hast!« Wenn ich mit meiner Schwester über 119 sprach, ging sie jedes Mal hoch wie das HB-Männchen.

»Daran waren wir wahrscheinlich beide beteiligt«, flötete ich scheinheilig. »Das hat zumindest Dr. Ferd gesagt. Er meinte, in Wahrheit wäre vielleicht gar nicht 119 bindungsscheu, sondern ich…«

»Blödsinn!« Jetzt war meine Schwester aber richtig böse. »Dr. Ferd soll mal lieber weiter Wasser treten! Wenn du genauso bescheuert wärest wie 119…«, dieses Arschloch, »dieses *Arschloch*, dann hätte es doch kein Problem gegeben, dann hättet ihr euch prima verstanden!« Es war wirklich erstaunlich, wie emotional meine Schwester bei 119 wurde. »Ihr hättet euch einmal wöchentlich zum Geschlechtsverkehr zusammengefunden, und ansonsten hätte jeder wie ein Käuzchen in seiner Bude vor sich hin gemuckelt. Es hätte die ideale Beziehung sein können!« Hätte, hätte, hätte. »Aber wenn ich mich recht entsinne, lief es nicht ganz so harmonisch zwischen euch!« Meine Schwester stöberte ein wenig in ihren Erinnerungen.

Ich sah aus dem Fenster. *Memory, all alone in the moonlight…* Der Klassiker aus *Cats* zog mir durch den Sinn. Drüben lief Inka schon wieder mit Freddy auf und ab, ich winkte ihr zu. Der Pistazienjunge war offensichtlich weggezogen, die orangen Vorhänge waren verschwunden, jetzt wohnte dort jemand mit Sichtschutzrollos, das konnte ich ja leiden.

Anderen in die Fenster gucken, aber sich selbst nicht zeigen. Spanner. Ich hatte ein paarmal auf Verdacht Grimassen in seine Richtung gezogen. Falls er in dem Moment rübergesehen hatte, wusste er wenigstens, was ich von ihm hielt. Nur abends, wenn er Licht anhatte, konnte man manchmal ein bisschen was erkennen, aber auch nur schemenhaft. Dafür war der Bäcker endlich wieder da. Deutlich schlanker und braun wie ein Grillhähnchen. War der Herzinfarkt doch zu etwas gut gewesen. Wahrscheinlich würde er nicht an Übergewicht sterben, sondern an Hautkrebs. Herrje, meine Schwester schimpfte immer noch… *Let the memory live again.*

»119 war der Schlimmste, Lchen!« Jajajaaa, jetzt reichte es mir allmählich.

»Aber vielleicht der Beste für mich!«, platzte es aus mir heraus. »Ich wusste es damals nur noch nicht!«

»Spinn nicht rum. Du warst ständig unglücklich, du hast mir dauernd die Ohren vollgejammert. Dass er nicht übernachtet, dass er nicht mit dir zusammenzieht, dass er kein Baby will… Wer hat sich das denn alles angehört?!«

»Ich habe mich nach etwas gesehnt, das ich gar nicht aushalte!« Hatte Dr. Ferd auch gesagt. »Aber das konnte ich damals noch nicht wissen! Das habe ich erst durch Dick und Christian gemerkt. Weil ich mit ihnen hätte haben können, was ich mit 119 hatte haben wollen. Aber ich hatte Angst davor, ich hatte Angst vor Nähe, quasi, deshalb habe ich einen Mann mit dem anderen Mann abgeblockt, dadadas hat Dr. Ferd auch gesagt!« Jedenfalls so ungefähr.

»Angst vor Nähe?« Meine Schwester japste. *»Angst vor Nähe?«* Sie hatte eine Allergie gegen Psychophrasen. *»Zu Recht!* Dick ist ein geltungsüchtiger Wicht und Christian ein lieber, hübsch frisierter Dummkopf. Beim Gedanken, solche

Männer ein Leben lang in meiner Nähe zu haben, würde mir auch mulmig. Lchen, verdorie, du hast keine *Angst vor Nähe*«, ich hörte die roten Flecken an ihrem Hals, »du hast nur den Richtigen noch nicht gefunden!«

Auch das hatte Dr. Ferd gesagt. Aber irgendwie anders. Ich schwieg.

»Woher weißt du das eigentlich?«, sagte ich dann leise. Irgendwas musste ich trotzdem in der Stimme haben, meine Schwester war einen historischen Moment lang still. »Wie kannst du dir da so sicher sein!?« Oder sie war erstickt. »Ich weiß, du möchtest glauben, dass es *nicht* an mir liegt. Weil du mich liebst und vergötterst... weil ich natürlich in der Tat ziemlich toll bin... intelligent und nett und gut aussehend, das kann niemand bestreiten... Aber weißt du... damit hilfst du mir nicht.«

»Doch, die Doofen sind immer die anderen, du bist schließlich meine Schwester.« Meine Schwester lachte, aber sie war verunsichert. »Hilft es dir etwa, wenn ich sage, dass *du* schuld bist?«

»Nein, aber *Selbsterkenntnis* hilft mir, um Schuld geht es doch gar nicht!«

»Ohm! Okay, vergiss Teneriffa, wir fahren ins Kloster.«

»Wenn ich mich selbst richtig sehe, auch mit meinen – zugegeben – verschwindend winzigen Unzulänglichkeiten, dann erkenne ich vielleicht auch, wer wirklich zu mir passt und wer nicht.«

»OHMMM! In ein Herrenkloster, möchte ich ergänzen...«

»Und was 119 betrifft...«, jetzt war ich in Fahrt. »Er wird Vater. Er heiratet. Also kann es nicht *so* schlimm sein mit seiner Beziehungsunfähigkeit. Oder er hat sich massiv geändert.«

Meine Schwester schnaubte verächtlich. »Geändert. Für seine Siti Habihabi?«

»Siti Habibi«, korrigierte ich sie.

»Sag ich doch. Für eine Siti *Habihabi* muss er nicht beziehungsfähig sein. Zahlungsfähigkeit reicht vollkommen.«

(Meine Schwester hatte ihre Jugendliebe während einer Fernreise an eine balinesische Massagekraft verloren – sie war ein bisschen voreingenommen asiatischen Frauen gegenüber.)

»Rassist.« Das ließ ich natürlich nicht durchgehen.

»Ich glaube nur nicht an die Sanftmut asiatischer Frauen!«, verteidigte sich meine Schwester. »Ich finde es alles andere als sanftmütig, wenn der Mann in der Beziehung für alles bezahlen muss. Und ich finde außerdem, Sponsoring gehört in den Sport und nicht in die Ehe!«

»Das sehe ich genau wie du – aber wir sind auch reich.« In Relation.

Meine Schwester gab ein ungehaltenes Grunzen von sich. »Ach tu doch bitte nicht so! Du würdest dieser Siti doch auch an den Haaren ziehen, wenn der Zug durch einen Tunnel führe.«

Da hatte meine Schwester leider recht. Wir kicherten. Und schon war alles wieder gut.

»Wie geht es 119 denn?«, fragte meine Schwester versöhnlich und verzichtete sogar auf den Zusatz *das Arschloch* bzw. *dem Arschloch*, wie es in diesem Fall grammatikalisch wohl richtig geheißen hätte. »Wann kommt denn das Kind? Der arme Wurm, mit so einem Arschloch als Vater…«

Beschämenderweise musste ich zugeben, dass ich es nicht wusste. Nachdem er mir damals am Telefon von der Schwangerschaft erzählt hatte – das Gespräch, bei dem er einen in der Krone hatte –, hatte ich ihm eine Mail geschrieben und ihn gebeten, mir in Zukunft nichts mehr davon zu erzählen. Ausgenommen Dinge wie, dass Siti unförmig sei wie eine Kartoffel, wenn dem so sein würde, oder falls sie den ganzen Tag erbrechen müsse – alles andere wolle ich lieber nicht wissen.

»Dein bester Freund darf nicht erzählen, wenn er heiratet? Und wann sein Kind kommt? Tolle Freundschaft!« Das Wort Freundschaft sprach sie aus, als wäre es ein Käfer in ihrem Mund. »Worüber redet ihr denn eigentlich?«

»Über mich! Ich verarbeite gerade zwei Trennungen. Und über ihn, seine Arbeit, die Waisenkinder, die Politik… Vor seiner Nase wird der Regenwald abgehackt, die Affen sterben aus, und die ganze Welt erwärmt sich dadurch. Aber die Menschen dort sind zu arm für Klimabewusstsein und Tierliebe. Wir haben viel mehr als unsere Privattragödien, über das wir sprechen!«

Das stimmte nicht ganz. In den ersten Monaten hatte 119 noch viel erzählt, da quoll er fast über, wenn wir mal telefonierten. Vor Entsetzen ebenso wie vor Energie. Aber inzwischen schien er müde. Man weiß einfach nicht, wo man anfangen soll, hatte er mal gesagt. Egal, an welcher Stelle man den Teppich hebt, es ist nur Mist drunter. So drückte er es aus. Und drüber auch. Vielleicht hatte er auch schon kapituliert und versuchte nicht mehr, die Welt zu verbessern, sondern einfach nur, seine kleine Familie über Wasser zu halten. Wenn seine Ersparnisse aus Deutschland aufgebraucht wären, würde das schwer genug. Oh Gott, ich war wirklich eine feine Freundin, und die ganze Zeit war es immer nur um mich, mich, mich gegangen. Wie unsympathisch.

»Wie geht's *dir* eigentlich?«, unterbrach ich meine

Schwester. »Was macht Hannes?« Hannes war mein Schwager.

»Oh, ganz gut, gut, wir sind heilfroh. Der Körper scheint die fremde Niere anzunehmen…«

»WAAAS??? Welche Niere…?«

Meine Schwester prustete los. »Es geht ihm gut, es geht ihm gut, mir auch…« Ich war wohl wirklich eine Weile sehr, sagen wir, absorbiert gewesen. Es wurde Zeit, wieder über den eigenen Nabelrand hinauszuschielen. Wenigstens ein bisschen. Nachdem wir aufgelegt hatten, schrieb ich 119 gleich eine Mail:

Hi 119, wie geht es dir? Wie geht es Siti und dem Baby? Ich gehe übrigens davon aus, dass du mich als Patin bestellst. Und als Trauzeugin. Ich arbeite schon an meiner Rede. Erinnerst du dich an die Rede von Hugh Grant in Vier Hochzeiten und ein Todesfall, die mit dem Schaf – oder sind Schafe da unten heilig…? Ich alberte ein bisschen rum. 119, da war ich sicher, würde die ernste Nachricht dahinter schon verstehen.

Auch dafür wurde es Zeit. Zeit, loszulassen und die neue Weltordnung anzuerkennen. Mit einem leisen Seufzen drückte ich auf SENDEN, jetzt hatte ich einen neuen… *Freund.*

Ich sah aus dem Fenster. Drüben bei Inka und Freddy war im Moment nichts zu sehen. Der Bäcker saß auf dem Trimmrad und schwitzte wie ein Eber, sein Shirt hatte einen großen, dunklen Fleck auf dem Rücken. Der Sichtschutzheini lüftete. Ich ging in mein Bildbearbeitungsprogramm.

Ich brauchte Fotos von Curd, zusammen mit einer dicken Katze in einem Apartment in New York. Die Bildgeschichte sollte von Curds Freundschaft zu Kater Carlino erzählen. Leider existierten keine gemeinsamen Fotos von den beiden.

Als Dick und ich damals in New York gewesen waren, hatte ich nicht fotografiert.

Ich würde die Bilder aus mehreren anderen Fotos zusammenbauen müssen. Wenn ich Glück hatte, fand ich in irgendeinem Bildarchiv ein passendes Foto von einem New Yorker Apartment. Eigentlich reichte auch schon ein Apartment, die New Yorker Skyline könnte ich aus wieder einem anderen Bild ausschneiden und in die Fensterscheiben einbauen. Aber vielleicht sollte ich mit Curd anfangen. Obwohl ich 50000 Fotos von ihm hatte, würde es nicht ganz leicht, eins zu finden, auf dem Curd so aussah, als würde er gerade in der Schnauze eines hormonell gestörten Katers baumeln, der ihn wie ein Katzenjunges durch sein Apartment trug – das *genau* sollte die Geschichte erzählen. Na denn, flüsterte ich leise. Ich rief das erste Bildarchiv auf, das würde ein langer Tag und eine lange, lange Nacht. Ich freute mich darauf. Bevor ich loslegte, sah ich noch mal in meine E-Mails.

119 hatte noch nicht geantwortet.

Gute Nacht, Lchen

Zwei Wochen später bekam ich einen Anruf. Ich saß immer noch an den letzten Bildgeschichten (es ging alles viel zu langsam!) und suchte seit Stunden nach einem alten Foto von Curd, auf dem seine Füßchen zu sehen waren. Ich war ganz verzweifelt. Warum hatte ich ihn denn fast nie stehend fotografiert? Er hatte doch so tolle Beine…

Ich wollte einen stehenden oder gehenden Curd in ein schönes romantisches Amsterdambild einbauen. Neben ein braunes Köfferchen, das er – das wäre der Inhalt dieser Fotostory – in Amsterdam deponieren würde. Das Köfferchen hatte ich schon eingebaut, es passte gut. Ich hatte es heute Morgen in der richtigen Perspektive und im richtigen Licht auf der Fensterbank fotografiert, dann aus dem Fensterbankfoto ausgeschnitten und in das Amsterdambild eingesetzt. Wenn Curd noch gewesen wäre, hätte ich es mit ihm genauso machen können und müsste nicht in dem 50000 Fotos umfassenden Curd-Rock-Bildarchiv nach einem passenden Steh- oder Laufbild suchen. Ganz ehrlich: Nach zwei Wochen war daran nichts mehr herrlich, nichts. Was für ein Gepfriemel.

Ich hab noch eim Kofferchem im Amsterdam, sollte als Text neben dem Foto stehen. Das würde Curd am Ende des Buchs sagen, Marlene-Dietrich-mäßig. Um auszudrücken, dass etwas von ihm immer in Amsterdam bleiben würde. Also eigentlich von mir. Ein Koffer mit »Seligkeiten vergangener Zeiten«, wie Marlenchen es so nett ausgedrückt hat. Amsterdam bliebe immer meine Sehnsuchtswelthauptstadt. Vor drei Tagen war ich noch einmal hingefahren. Als das Telefon klingelte, sichtete ich gerade die Fotos, die ich von dort mitgebracht hatte. Ich war eigentlich nur wegen der Bilder gefahren.

Es war ein schöner, sonniger Tag gewesen, ideal zum Fotografieren. Ich war ganz frühmorgens in mein kleines schwarzes Auto gestiegen und losgesaust, schon kurz nach elf rollten wir dann in das Parkhaus am Amsterdamer Bahnhof ein, das Autochen und ich. Schnell waren wir gefahren, blitzschnell (die Polizei würde mir später ein Erinnerungsbild zuschicken). Vom Bahnhof aus war ich dann zu Fuß losgezogen. Ich brauchte Fotos, in die ich Curd nachträglich einbauen könnte, einige seiner Fotostorys, die in Amsterdam spielten, waren noch unvollständig, wie zum Beispiel diese Kofferstory, an der ich gerade bastelte. Ich beeilte mich beim Fotografieren, weil das Wetter am Nachmittag schon wieder schlechter werden sollte. Nach drei Stunden hatte ich beide Speicherkarten vollgeknipst, und der Akku der Kamera war ebenfalls leer. So hatte ich am Nachmittag noch Zeit, eine Grachtenfahrt zu unternehmen. Das machten alle Amsterdam-Touristen. Und das war ich ja nun, eine Touristin.

Den Grachtendampfer mit Bordmusik wollte ich dann aber doch nicht nehmen. Bei »Boaty Bootverhuur« mietete ich stattdessen eins der umweltfreundlichen unsinkbaren Flüsterbötchen, ganz leise und ganz für mich allein. Nach der langen Winterpause hatte der Boaty Bootsverleih gerade erst wieder aufgemacht, ich war eine der ersten Kundinnen der Saison. Im Sonnenschein, der sich zu meiner Freude doch noch hielt, war ich dann emissionslos, ohne Lärm und ohne Abgase durch die Kanäle getuckert, nein geglitten. Ich hatte mich von Amsterdam verabschiedet, der Stadt, die ich so geliebt hatte, mehr als Dick vielleicht. Ein langer, harter Winter lag hinter ihr, sie wirkte ein bisschen mitgenommen, blass und grau um die Nase, wie unsereins nach einer durchzechten Nacht. Immerhin, die ersten Bäume schlugen schon wieder aus, naturgemäß in zartem Grün. Ich hielt mein Gesicht in die helle Märzsonne und versuchte blinzelnd, mir die Bilder der Häuschen einzuprägen. Wann würde ich sie wiedersehen? Natürlich wurde ich sehr sentimental. Einmal rammte ich fast einen Brückenpfeiler, weil ich in meinen zartbitteren Erinnerungen schwelgte. So viele Seligkeiten, verdammt *selige* Seligkeiten, wenn die mal alle in einen einzigen Koffer passten… Es dämmerte schon, in den Häuschen gingen plingplingpling die Lichter an, und ich sollte eigentlich längst auf dem Rückweg sein zum »Boaty Bootverhuur«, als ich mich plötzlich im neuen Hafenviertel hinterm Bahnhof wiederfand. Na so was.

Ich zog mein Mützchen auf und wickelte den Schal bis über die Nase, es wurde ja doch recht kühl, so gegen Abend. Unauffällig wie ein Krokodil im Nil glitt ich in meinem Flüsterbötchen durch Amsterdams nordöstliche Wasserwege bis nach Borneo. Nach nur dreimal Verfahren (von der Wasserseite wirkte ja doch alles ganz anders) erreichte ich endlich mit klopfendem Herzchen Dicks Haus. Ich war nicht überrascht, Dicks Frau auf der anderen Seite der Scheibe zu sehen. Nein, kein bisschen. Auch mein Herz schlug plötzlich wieder ganz ruhig. Sie saßen am Tisch, Dick und seine Frau. *Sie* saß auf dem Platz, auf dem Dinkar damals gesessen hatte. Sie aßen gerade, was, konnte ich leider nicht erkennen. Aber ich hatte mir vorgestellt, dass es Pfannkuchen wären, goldgelbe Pfannkuchen mit Zimt und Zucker und Apfelmus, und ich hatte natürlich mächtig Appetit bekommen.

Ich stellte den ökostrombetriebenden Motor aus, dann war es ganz still. Während mein Bötchen in dem quasi stehenden Gewässer dümpelte und langsam genau zwischen zwei Anwohnerschiffchen auf der gegenüberliegenden Kanalseite getrieben wurde, trank ich einen Becher heißen Kaffee aus der Thermoskanne und aß ein Schnittchen von meinem Reiseproviant. Ein sehr gutes Schnittchen. Aus frischem Weißbrot, Rucola, Camembert und – der Clou – einer dünnen Schicht Preiselbeermarmelade. Ich konnte auch selber für mich sorgen. Mit meiner leckeren Käsestulle in der Hand betrachtete ich die beiden. Es war ein friedliches, harmonisches Bild. Es wirkte so… richtig. Den Anflug von Bitterkeit darüber, dass der »Störfall Lchen« so mühelos absorbiert worden war von dieser Ehe, den leisen Groll, dass Dick so selbstverständlich in sein altes Leben zurückflutschen konnte, während es in meiner kleinen Welt aussah wie in Berlin '45, schluckte ich mit dem leckeren Käsepreiselbeerbrei runter. Wollte ich tauschen? Wollte ich da drinsitzen? In diesem Aquarium? Nein, ich fühlte mich wohler hier draußen an der frischen Luft. Frei, mobil und mein eigener Kapitän, Capt'n Lchen! Die Tränchen auf meiner Stulle bedeuteten gar nichts, nur Sentimentalität. Ich war wirklich eine emotionale Socke. Und verfressen. Aber ich würde mir meine kleine Welt neu aufbauen, schöner als früher. Und es war gut, dass Dick wieder mit seiner Frau zusammen war. Sehr gut. Jetzt hatte die arme Seele endlich Ruh.

Nachdem ich mit meinem Schnittchen fertig war, hatte ich mir die Hände abgewischt, die Nase geschnaubt und den Flüster-Motor angeworfen. Als das Bötchen sich in Gang setzte und lautlos mit mir davonglitt, winkte ich Dick und seiner Frau zu. Sie guckten aber nicht. Kurz bevor ich aus ihrem Bild fuhr, betätigte ich dann noch mal die markerschütternde Hupe des Flüsterbötchens. Ahoi, Matrosen! Gute Reise. Sechs Stunden später war ich wieder zu Hause. Und da saß ich nun, nachts am Schreibtisch beim Sichten der Amsterdam-Fotos. Gerade klingelte das Telefon.

Im ersten Moment dachte ich, der Anruf käme von Farids Papa. Da war der Wunsch der Vater des Gedankens. Ich dachte, er hätte es doch noch geschafft, mir ein Curd-Double zu nähen. Das würde mir einige Nachtschichten ersparen. Der mit Spannung erwartete »Curd II«, den er mir am Nachmittag präsentiert hatte, war bezaubernd gewesen. Ganz bezaubernd. So für sich genommen. Nur hatte sein Curd II leider keine Ähnlichkeit mit meinem Curd, dem Original. Das fand nicht nur ich, sondern auch seine Tochter Kiana. Obwohl ich meine Einwände mit einem Höchstmaß an Diplomatie und Feingefühl vorgetragen hatte (»eine interessante Weiterentwicklung, die Zähnchen sehen entzückend aus, und die süßen Ohren, eine deutliche Verbesserung, super... Nur leider keine *Kopie*!«), trotzdem war es nach meinen Anmerkungen zu dramatischen Szenen gekommen, und ich war sehr dankbar, dass ich die Sprache des kleinen, stolzen weißhaarigen Mannes nicht verstand.

Ich hatte seine Berufsehre verletzt. Er hatte Kapitänsuniformen genäht, und nun sollte er an Curd scheitern? Aber seine Frau hatte mir versprochen, das hinzubiegen und ihren Mann wiederaufzubauen. Nur ich selbst war jetzt schwer in der Bredouille. Wie sollte ich ohne Curd-Double bloß den Termin noch schaffen? Oje. Und ich war doch so müde, soooo müde...

Aber der Anruf kam gar nicht von meinem ehrverletzten Schneider. Dazu war es auch viel zu spät in der Nacht, fiel mir auf, als ich auf das Display des Handys sah. Der Anruf kam aus Indonesien, wo es nicht spät war, sondern beste Zeit zum Frühstücken. Das war 119! Wahrscheinlich hatte er vergessen, dass es bei mir halb zwei nachts war.

»Hey, warum bist du denn so spät noch wach!?«, meldete er sich quietschvergnügt.

Reiner Zufall, hätte ich antworten sollen. *Stell dir vor: Mein blödes Telefon hat gerade mitten in der Nacht geklingelt*. Aber zum Witzigsein war ich zu müde. Und zu froh!

Wir vereinbarten, schnell aufzulegen und per Skype weiterzuplaudern, weltweit kostenlos. Skype war wirklich ein Segen.

»Wartewartewarte, ich muss erst die anderen Programme

zumachen, gib mir fünf Minuten, mein Gott, warum hast du dich so lange nicht gemeldet, wie geht es dir, bis gleich…«

»Bis gleich…«, lachte er.

Ich freute mich so, dass er anrief. Seit dem Telefonat mit meiner Schwester hatte ich oft an ihn gedacht. Ich nahm mir vor, nicht viel zu erzählen, sondern ausnahmsweise mal zuzuhören – hoffentlich schlief ich dabei nicht ein…

Ausgerechnet jetzt ging Skype nicht auf, der Arbeitsspeicher war überlastet. Ich musste erst alle Fotos abspeichern und Photoshop schließen, es dauerte einen Moment, und mir fiel auf, dass er mir *sehr* lang vorkam. Sehr. Mit schweren Äuglein, aber klopfendem Herzen sah ich hinaus in die sternklare Nacht. Hamburg, wie schön es aussah. Der Vollmond spiegelte sich in Inkas Fenster (noch war es dunkel, Freddy krähte in der Regel später). Die Lichter des Fernsehturms glänzten ringsherum in den Scheiben der Nachbarhäuschen. Alle schliefen, nur der Spanner nicht, ich hatte ihn Monsieur Hire getauft (nach diesem Film mit meiner Lieblingsschauspielerin Sandrine Bonnaire). Hinter seinen weißen Sichtschutzgardinen brannte gedämpftes Licht. Ich legte meinen Kopf auf den Tisch, damit er mich nicht sehen konnte, falls er gerade spannte. Der Pistazienjunge – das hatte ich inzwischen von der allwissenden Rosi erfahren –, der Pistazienjunge hatte übrigens ein Häuschen in Polen geerbt, direkt an den masurischen Seen. Warum nicht, Pistazien konnte er auch in Polen malen, und die Holländerin hatte ihn dorthin begleitet. Der Gedanke, wie sie vielleicht frühmorgens zusammen im See schwammen, war schön… Hoffentlich gab es in Polen Vla!

Endlich klingelte Skype. Ich schreckte hoch und legte sofort los.

»119! Wie geht es dir? Wie geht es Siti? Wann ist es so weit, wann kommt das Baby!?« So. Ich hatte gefragt.

»Nanu, Lchen, ich dachte, du willst nichts davon hören? Anscheinend geht es dir besser?« Er lachte nett. »Ist das Buch fertig? Wie machst du das mit den Bildergeschichten ohne Curd? Erzähl mal…«

Eine Einladung zum Angeben, der ich nicht widerstehen konnte. Ich erzählte 119 von meinen aufwendigen Fotomontagen. Von den Nächten, die ich mir dafür noch um die Öhrchen schlug. Und von dem missglückten Versuch, Curd zu klonen. 119 amüsierte sich prächtig.

»Und sonst?«

Auch auf diesem Gebiet hatte ich inzwischen wieder was vorzuweisen.

»Meine Schwester hat mich bei einer Single-Börse angemeldet!«

»Nein!!! Und?«

Ich berichtete von den beiden Dates, die ich bereits absolviert hatte. Beide am selben Abend – wenn man sich schon mal die Nägel lackierte! Eins mit einem Grafiker, das andere mit einem Lehrer. Das erste war der Beweis, dass gemeinsame Interessen in Beziehungen überschätzt wurden.

»Ich fragte ihn etwas zur Funktion des Weichzeichners, und plötzlich stand er auf und sagte, wenn ich noch mehr über Photoshop wissen wolle, solle ich einen Kursus machen! Dann ist er gegangen.« Wir kicherten.

»Und der Zweite?« 119 ließ mich plappern.

»Da wollte ich klüger sein und kam direkt zur Sache. Ich sagte ihm, dass ich eigentlich nichts Festes suche, weil ich das ohnehin nicht aushielte. Aber was Lockeres würde ich auch nicht wollen, weil ich schon den *einen* Richtigen suchte. Also schon was Lockeres, aber auch fest und für immer.«

»Und er?«

»Oh, er meinte daraufhin, er glaube zu wissen, was ich meine. Ob mir vielleicht auch die Idee gefiele, dass mein Partner und ich benachbarte Inseln wären? Oberflächlich betrachtet getrennt, aber unter der Wasseroberfläche verbunden? Und ich sagte *ja*! Ja, das ist es, das ist toll! Ich dachte, BINGO…«

»Und dann?«

»Dann rief er den Kellner. Er sagte, so eine Freundin hätte er schon mal gehabt, er wäre zwei Jahre in Therapie gewesen ihretwegen. Er hat gezahlt, nur für sich, und ist gegangen…«

Wir lachten. Es tat so gut, mit 119 zu reden. So gerne wie mit 119 hatte ich mit niemandem geredet. Jemals. Dick lachte nie über meine Witze, und bei Christian machte ich erst gar keine. Christian… Ich hatte ihn mit einer jungen Frau an der Elbe gesehen. Sie hatten einen Hund, einen Golden Retriever.

»Es geht dir wirklich wieder besser, hm?«

»Ja«, sagte ich. Es war okay.

»Du hast nach Siti gefragt. Und dem Baby.«

Ich schnallte mich an und setzte mich gerade. Das würde ich jetzt auch noch überstehen.

»Ja, ich… tut mir leid, ich… na los, erzähl doch mal! Wann ist es so weit? Habt ihr eigentlich schon eine Patin? Ich bin toll, ich bringe jedes Baby zum Schlafen. Gibt's auf Sumatra Eierlikör?«

»Siti und ich, wir… wir sind nicht mehr zusammen.«

»WAAAS? Bist du irre?«

Bei allem Verständnis für Bindungsphobien: Sich aus dem Staub machen, wenn ein Kind kommt, das ging selbst mir zu weit. Ich hielt 119 einen Vortrag. Über Verantwortung. Über Commitment. Ich.

»Es war nicht mein Baby«, fiel 119 mir irgendwann ruhig ins Wort.

Ich hielt die Luft an. »Nicht?«

»Nein, es war von ihrem Freund.«

»Von ihrem Freund? Ich dachte, du… ihr… das heißt…« Ich war schockiert. Wenn ich eins nicht leiden konnte, dann Frauen, die zwei Männer hatten!

»Sie dachte wohl, das Kind würde es besser haben, wenn ich der Vater wäre.«

Ich sagte mal lieber nichts.

»Ich wusste es nicht, nicht sicher. Als sie mir sagte, dass sie ein Kind von mir bekommt, war ich schon misstrauisch. Wir hatten nur ein einziges Mal miteinander geschlafen.«

Das kann reichen.

»Aber ich freute mich. Es machte mir nichts aus, dass es vielleicht nicht meins ist. Ich war sehr verliebt in sie.«

Autsch. Doch immer noch.

»Ich dachte, na gut, dann heiraten wir eben. Das Kind hätte einen Vater und ich ein Visum.«

So gesehen…

»Aber dann wollte Siti, dass wir nach Deutschland gehen. Wegen des Babys. Dort hätte es bessere Chancen.«

Und Mutti eine Gefrierkombination.

»Sie hatte mich fast überredet, aber dann merkte ich eines Tages, dass sie heimlich diesen Jungen trifft. Ich habe sie zur Rede gestellt.« 119 schwieg einen Moment. »Er war ihr Freund, schon seit sie Kinder waren.«

Oje.

»Sie wollte ihm sogar Geld schicken aus Deutschland... Und sie wollte... sie wollte zurückkommen, später.«

Oh nein...

»Die beiden träumten von einer Orang-Utan-Station im Dschungel, wo Europäer Urlaub machen könnten, eine Art Ponyhof mit Affen.«

Shit.

»Das tut mir leid«, stammelte ich. »Das tut mir schrecklich leid.«

»Und stell dir vor: Sie hatten nicht mal vor, mich zu beteiligen.« 119 lachte angestrengt.

»Das ist ein Skandal.«

»Allerdings.«

Einen Moment war es still.

»Und... und wie geht es dir jetzt?«, fragte ich unsicher.

»Lchen... ich kann dir gar nicht sagen...«, 119 stockte, »ich... ich...«

»Schon gut, schon gut...« Nicht weinen, bitte. Weinende Männer konnte ich nicht so gut haben.

»Ich... als ich die beiden... ich war so, so, so... so unendlich...«

»Ich weiß, Hase...«

»Erleichtert!«

»Ja, das kann ich mir vorste... WAAAS?«

»Ich war erleichtert!« 119 fing an zu kichern.

»Du warst erleichtert?«

»Ja... ich war erleikchikchikchiiiii...« Jetzt ging das wieder los.

Ich hörte 119 zu, wie er kicherte. Es dauerte einen Moment, bis ich die Betroffenheit, die ich gerade mobilisiert und auf meinen betrogenen Freund losgelassen hatte wie ein

Rudel Terrier auf einen angeschossenen Feldhasen, wieder zurückrufen konnte. Husch, zurück ins Körbchen. Aber dann durchströmte auch mich eine große Erleichterung. Ein Grinsen breitete sich über mein Gesicht. Drüben auf der anderen Straßenseite schimmerten für einen kurzen Moment die Umrisse von Monsieur Hire durch die Gardine, und ich prostete ihm zu mit meinem Glas, dem alten Spanner, so gut gelaunt war ich mit einem Mal.

»Prostkchichichi…«, kicherte 119, der mein Schlucken hörte. »Genau das habe ich damals auch gemacht. Ich bin am helllichten Tag in eine Bar gegangen und habe mir einen dicken, fetten Drink genehmigt.«

»Damals?«

»Ja, das ist jetzt schon eine Weile her…« 119 kriegte sich wieder ein bisschen ein.

»Und das sagst du mir jetzt erst?« Ich war ein bisschen gekränkt. Er verlor Frau und Kind, quasi, und wer erfuhr es wieder als Letzte? Lchen!

»Ich hab dich doch angerufen! Kurz nachdem Siti mir gesagt hatte, dass sie schwanger ist. Als es mir so übel ging!«

»Dir ging es übel?!«

»Ich dachte, ich rufe mal meine Seelenverwandte an. Die Königin der unmöglichen Beziehungen. Die Frau, die sich einen Mann mit einem anderen vom Leib hält. Einen Angsthasen wie mich!«

»Du klangst so glücklich…«

»Glücklich???«

119 erzählte. Dass er im ersten Moment, als Siti ihm gesagt hatte, dass sie ein Kind erwarte, wirklich glücklich gewesen sei. Aber schon in der darauffolgenden Nacht sei er aufgewacht. Wahrscheinlich von den Moskitos, aber er habe

ihr die Schuld dafür gegeben, dass er nicht schlafen konnte. Sie schnarche ein wenig. Er habe sie angesehen, und plötzlich habe er gedacht: Mit dieser Frau werde ich also den Rest meines Lebens verbringen. Von da an hätte ihn mit jedem Tag etwas Neues an ihr gestört. Er habe nie mit ihr gestritten, das könne man auch gar nicht, aber er hätte diese Lust gespürt, sie zu verletzen, ich wüsste ja sicher, was er meine…

Stundenlanges Schweigen? Weidwunder Blick in die Ferne? Essen wie ein Vögelchen, umso weniger, je länger man gekocht hat? Im Bett Migräne? Oder einfach mal wieder *ich liebe dich nicht* sagen. Nein, keine Ahnung, was du meinst!

»Ich kannte das alles schon, so ging es mir immer, Lchen, auch bei dir… das Gefühl, dass sich die Schlinge zuzieht… Und dann war die Liebe plötzlich weg.«

»Aber… sie kam doch immer mal wieder… wenigstens kurz… manchmal…?«

»Bei Siti nicht. Bei Siti kam das Gegenteil. Besonders, als sie dann nach Deutschland wollte. Auf Sumatra hatte sie ihr eigenes Leben, einen Job, Familie, Freunde… in Deutschland hätte sie nichts, nur mich. Ich bekam schon rote Flecken am Hals, wenn ich nur daran dachte.

»Das verstehe ich. Als Dick mit hierher nach Hamburg gekommen war, hatte ich auch rote Flecken, *überall*, und er war nicht mal schwanger…«

Für einen Moment schnürte die Erinnerung an Dick mir die Kehle zu. Zum Glück winkte Inka, die ihre nächtlichen Runden mit Schrei-Freddy angetreten hatte. Und bei Monsieur Hire bewegte sich die Gardine, das war mal was.

»Ach Lchen, wir sind schon zwei Käuzchen.« 119s Stimme klang müde. Aber auch warm und fast zärtlich.

Einen Moment war es still.

»Das hat meine Schwester auch gesagt«, sagte ich leise. »Meine Schwester meinte, wir hätten das ideale Paar sein können.«

»Ach was!?«

»Sie meinte, wir hätten uns einmal wöchentlich zum Geschlechtsverkehr zusammenfinden können. Und ansonsten hätten wir mit unseren Beziehungsängsten in unseren kleinen Butzen schön getrennt vor uns hin muckeln können.«

»Klingt super, findest du nicht?«

»Klingt Weltklasse.« Ich seufzte. »Aber wir haben es verbockt.

»*Du* hast es verbockt!«

»Ich?«

»Weil du immer *mehr* wolltest!«

»Ich wusste es noch nicht besser, ich kannte mich selber nicht!«

Wir stritten ein bisschen, wer nun schuld war. Aber wir stritten nett. »Außerdem wollte ich nicht wirklich *mehr*. Ein *Ich liebe dich* hätte gereicht, eine Sache von drei Sekunden, dann hättest du wieder abzwitschern können!«

»Bist du irre, ein *Ich liebe dich*, dann hättest du doch gleich das Aufgebot bestellt!«

»Mitnichten! Ich hätte dich irgendwie plötzlich nicht mehr attraktiv gefunden!«

Wir lachten.

»Also, wir haben es doch *beide* verbockt.«

»Wir haben es beide verbockt.«

»Schade.«

»Superschade.«

Ich sah auf meine Hände, sie zitterten vor Aufregung. Mein Gesicht glühte und kribbelte. Mein Gott, wir flirteten, schoss es mir durch den Kopf. Wir flirteten wie zwei hormonverseuchte Teenager! Ich hörte 119 am anderen Ende der Welt leise atmen und seinen Morgenkaffee trinken.

»Was machst du jetzt gerade, Lchen?«

»Ich? Ich telefoniere noch, und gleich muss ich weitersuchen.« Ich seufzte. »Nach einem stehenden Curd, den ich neben einen Koffer stellen kann.«

»Du suchst einen stehenden Curd?«

»Ja, hab ich doch erzählt. Um ihn in das Amsterdamfoto einzubauen, oh Gott, und es ist schon zwei Uhr durch, was fällt dir eigentlich ein, so spät noch hier anzurufen, unverschämt!«

»Ich wusste doch, dass du noch nicht schläfst, mach mal nicht so 'ne Welle, Mäuschen... Hast du eigentlich mal eine Belohnung ausgesetzt für den ehrlichen Finder von Curd?« 119 war noch immer in Plauderstimmung. Ich brachte es nicht fertig, ihn abzuwimmeln.

Ich erzählte ein bisschen von meinem erfolglosen Aufruf im Blog. Als ich dabei aus dem Fenster schaute, merkte ich, dass meine Augen vor Müdigkeit flimmerten wie ein alter Fernseher kurz vor der Implosion. Bei Monsieur Hire war das Licht endlich aus, aber vorne an der Gardine stand jetzt irgendetwas, eine Vase oder ein Blumentopf, nicht mal das konnte ich erkennen. Inka und Freddy hatten sich auch wieder hingelegt, das Fenster war dunkel, der Vollmond spiegelte sich, wie gehabt, dick und rund darin. 119 räusperte sich, er klang jetzt ernst.

»Lchen, aber... aber vielleicht würde sich auch alles genau so wiederholen?«

»Das sowieso. Das Leben ist eine ewige Wiederholung, Hase«, seufzte ich, ich hatte keine Ahnung, worum es ging.

»Sorry, ich hab gerade nicht aufgepasst, wovon redest du?«

»Von uns. Ich rede von uns. Wenn wir… wenn wir beide noch mal die Chance hätten, meinst du wirklich, wir würden es dann besser machen?«

Oh. Eigentlich hatte sich mein Blutdruck in den letzten Wochen auf wundersame Weise wieder normalisiert. »WIR?« Aber im Moment, das spürte ich, pumpte mein Herz wieder auf Hochtouren. Mir wurde schummrig.

»Ja, *wir*. Wir zwei, wenn wir es noch mal versuchen würden?!«

»Wenn wir es versuchen würden?« WAS??? »Ja, vielleicht…« HIMMEL!!! »Vielleicht möglicherweise würde sich dann alles wiederholen.« Was redete ich für einen MIST??? »Natürlich mit umgekehrten Rollen. Diesmal würdest du mir die Schnittchen schmieren und unbequeme Schlüpfer für mich tragen.« Ich lachte unsicher. Hahaha. Der war nix.

»Tja, kann sein.« 119 blieb ernst. »Aber ehrlich gesagt… Ich denke, du würdest meinem Charme immer wieder verfallen.« Jetzt kicherte auch er.

»Bist du betrunken, Hase? Der Glanz ist bei dir ab! Als ich dich das letzte Mal gesehen habe, hattest du schon einen schönen Hubschrauberlandeplatz.«

»Au!« 119 jaulte getroffen auf. »Aber ich habe immer noch was, bei dem du sofort schwach wirst.« Er kicherte. Oh nein.

»Was sollte das sein?« Mir dämmerte, dass 119 am anderen Ende der Welt wirklich keinen Kaffee trank.

»Nun, es ist ungefähr 20 Zentimeter lang.« Oh neeeee!

»Du *bist* betrunken. Wenn du gestattest, werde ich jetzt aufhängen und einen stehenden Curd suchen.«

»Aber er steh…«

»Sag es nicht, sag es nicht!«, unterbrach ich ihn barsch. Mir war schon klar, dass es noch andere stehende Objekte gab. Ich war ein bisschen wütend. »Du solltest nicht so viel trinken, 119. Ich weiß, dass du verletzt bist. Das alles muss dir sehr weh getan haben mit Siti, aber… aber… wir reden ein anderes Mal.« Ich legte auf.

Ich war sogar sehr wütend. Und auch ein bisschen enttäuscht. Am Ende steckte doch wieder nur eines dahinter: ein stehender Penis. Mehr nicht.

Finster sah ich aus dem Fenster. Was war das denn jetzt? Die Vase oder was es war wackelte. Das Ding bei Monsieur Hire… es bewegte sich, es… wankte hin und her. Ich kniff die Augen zusammen… was war denn das? Eine Katze? Nein, das sah aus wie… wie… nein, das gab's doch nicht. Die Vase sah aus wie Curd! Mein Curd! Er winkte! Er hüpfte auf der Fensterbank auf und ab und klopfte gegen die Scheibe. Ich starrte zu ihm rüber. Ich versuchte, ruhig zu bleiben und mich zu konzentrieren. Was bedeutete das? Dann kam mir ein Verdacht. Langsam wanderte mein Blick von Curd hinüber zu Inkas Fenster, in dem sich noch immer der Vollmond spiegelte – und was für ein Vollmond! –, und dann wieder zurück zu Curd. Alles klar. Ich stieß ein verächtliches kleines Lachen aus. Nein, diesmal nicht. Diesmal würde ich nicht auf diesen Spuk reinfallen. Der Mensch ist die Krone der Schöpfung, weil er lernfähig ist. Lernfähig. So.

Ich blieb völlig gelassen. Ich guckte einfach nicht mehr hin und rief stattdessen stur wie ein Pilz Curdchens Bilder wieder auf. Ich würde einfach weiter meine Fotos bearbeiten. Ich würde einfach weiter nach einem stehenden oder gehenden Curd suchen. Und irgendwann würde ich dann sicher aufwachen, mit viereckigen Abdrücken auf der Wange, und feststellen, dass ich fein weggenickert war. Mit dem Köpfchen auf den Laptoptasten. (Hoffentlich hätte ich nicht gesabbert und meine Festplatte eingespeichelt!) Ich würde merken, dass alles nur ein Traum gewesen war, eine meiner wirren Vollmondhalluzinationen. Das kannten wir ja schon und waren ganz andere Kaliber gewohnt. Denken wir nur an Sylt: 119 als Gonger, als ertrunkener Untoter, der tropfend durch die Bude tapste und sich zu Lchen in die Koje haute?! Huhuhuuuu! Dagegen war der aufgeregte Curdwiedergänger da drüben so furchteinflößend wie die kleine Meerjungfrau. Oder kam da noch was?

Ich schielte mit einem Auge aus dem Fenster. Meine Curdhalluzination hämmerte von innen gegen die Scheibe… nicht hinsehen, nicht hinsehen! Ich zwang mich, wieder geradeaus auf den Bildschirm zu starren. Ich musste mich einfach auf die Suche konzentrieren. Ein stehender Curd, ein stehender Curd… Irgendwo hatte ich mal von speziellen Kameras gelesen, um Geister zu fotografieren. So eine müsste man jetzt haben. Dann könnte ich das kleine Curdgespenst da drüben bitten, kurz still zu stehen und für mich zu posieren. Ich schielte wieder zu ihm rüber. Ah, jetzt war auch 119 am Fenster, na bitte, das war ja klar. Keine somnambule Vollmond-Episode ohne 119, unser Chef-Gespenst. Curd war nur der *supporting act*. Ich blieb ganz ruhig. 119 und Curd standen zusammen am Fenster und winkten synchron. Ja-ha, winkewinke! Ich winkte einfach mal zurück – auch wenn es nur Erscheinungen waren, musste man ja nicht unhöflich sein – und widmete mich dann wieder meiner Arbeit. Ein stehender oder gehender Curd… da! Ich fand ein Bild, das vielleicht in Frage kam. Ein paar Minuten war ich sehr davon eingenommen, bevor mir auffiel, dass Curdchen auf diesem Foto zwar Beine hatte, aber das falsche Gesicht. Er guckte nicht, als ob er in dem Koffer Seligkeiten zurückließ, sondern eine zerstückelte Leiche, Mist! Als ich nach der kurzen Ablenkung doch wieder einen Blick über den Laptoprand aus dem Fenster riskierte, war der Spuk Gott sei Dank vorbei. Bei Monsieur Hire war wieder alles wie immer. Siehste. Also, weiterarbeiten.

Nach etwa einer halben Stunde ohne weitere Auffälligkeiten fand ich endlich den idealen stehenden Curd. Halleluja! Zufrieden mit diesem kleinen Etappensieg beschloss ich, ins Bett zu gehen. Ich fuhr den Rechner runter und löschte das Licht. Ein letztes Mal sah ich noch aus dem Fenster, alles ruhig, alles dunkel, nur der Vollmond spiegelte sich hell in Inkas Scheibe. Was machte der nur immer mit mir…? Wahrscheinlich war ich nach dem Telefonat mit 119 irgendwann in eine Art Wachschlaf gefallen. Oder hatte ich das Gespräch mit 119 etwa auch nur geträumt? Das… das wäre aber schade. Es war ein schönes Telefonat, es hatte mir gefallen. Nicht der Inhalt natürlich, ich wünschte meinem besten Freund doch nicht, dass er so schlimm beschissen würde, nein. Nur die Tonalität, die ganze Atmosphäre war nett gewesen. Sehr nett. Bis auf das peinliche Ende natürlich, aber ich hatte mich auch manchmal betrunken nach meinen Trennungen, das passierte schon mal. Müde stand ich auf und ging ins Bad. Na, das würde sich alles klären, aber wohl nicht mehr heute Nacht.

Als ich vor meinem guten alten Allibert stand und mir beim Zähneputzen zusah, musste ich plötzlich über mich selbst lachen. Ich wurde schrullig! Das war erst Teil Eins meines abendlichen Zahnputzrituals. Nach dem primitiven manuellen Putzen kam die Feinarbeit. Die Reinigung der Backenzahnzwischenräume mit Interdentalbürstchen (jeweils mit der passenden Bürstchenstärke, pink, orange, rot oder blau, ich hatte sie alle), dann die Reinigung der vorderen Zahnzwischenräume mit Zahnseide. Anschließend noch mal mit Mundwasser gurgeln und zum Schluss: Einsetzen der beiden Zahnschienen gegen Zähneknirschen (sonst gab's Risse im Zahnschmelz). Etwa alle drei Tage füllte ich die Schienen übrigens vor dem Einsetzen mit einer blauen Fluorpaste, so dass die Zähnchen über Nacht mal richtig in Fluor baden und auftanken konnten, das könnte ich heute eigentlich wieder mal machen. Das war das Zahnritual. Darüber hinaus hatte ich noch ein abendliches Abschmink-, Gesichtsreinigungs- und Eincreme-Ritual. Insgesamt dauerte es etwa eine halbe Stunde, bis ich bettfein war. Als ich noch mit Christian lebte, hatte ich das Programm ziemlich eingedampft. An Tagen, an denen ich mit Ungeduld im Bett erwartet wurde, manchmal bis fast auf null. Oder umgekehrt. Es gehörte zu den angenehmen Seiten meines neuen Single-Status, dass ich mir jetzt wieder so viel Zeit für meine Haut- und Zahnpflege nehmen konnte, wie ich wollte. Das tat ich auch. Trotz der Müdigkeit war ich total aufgedreht, die Rituale beruhigten mich ein bisschen. Als ich schließlich das Schlafzimmer betrat, glänzte ich wie eine Scheibe Wurst am Strand. Die Gesichtscreme würde über Nacht einziehen, ins Kissen, morgen früh wäre es um zehn Jahre jünger. Beim Begrüßungslächeln für meinen Bettkumpan Fifi entblößte ich zwei himmelblaue Zahnreihen (die Fluorpaste in den Beißschienen war hellblau), und aus den Mundwinkeln quoll Schaum (sie schäumte außerdem ein bisschen). Fifi fand das wunderbar, er hatte selbst einen hellblauen Kopf, dazu noch mittelblaue Ohren, eine dunkelblaue Nase, und am Körper trug er einen gehäkelten blaumelierten

Jeansanzug. Blau war also okay. Ich stieg zu Fifi in mein schneeweißes raschelndes Federbett und knipste mit einem Seufzer das Bettlämpchen aus.

Wie auf ein stilles Kommando gingen auch oben in meiner Denkzentrale die Lampen aus, eine nach der anderen, plöng, plöng, plöng, plöng… plöng! Und wie jeden Abend, wenn ich die Äuglein schloss, flüsterte ich leise den Sinnspruch, der auf dem Wandvorhang überm Bett meiner Großmutter gestanden hatte, in fein gestickten altdeutschen Buchstaben: Gute Nacht, ihr lieben Sorgen, l.m.a.A. bis morgen. Alles, was mich gedanklich so beschäftigte, wurde vertagt, alle Akten geschlossen. Alle? Nein, nicht alle. Ein zäher kleiner Gedanke leistete heute verzweifelten Widerstand und ließ sich einfach nicht abstellen: Was, wenn es keine Einbildung gewesen war? Was, wenn ich vorhin wirklich Curd und 119 gesehen hatte hinterm Fenster von Monsieur Hire?

Ich machte die Augen wieder auf und starrte in die Dunkelheit. Wenn sie es wirklich gewesen wären, keine Einbildung, sondern wirklich, wirklich, dann… Dann hätte 119 Curd vom Eis gerettet, dann wäre er der Engel vom Parksee!? Er wäre am 22. Dezember, dem Tag, als ich ihn nach Curds Unfall angerufen hatte, hier in Hamburg gewesen und nicht in Medan auf Sumatra!? Meine Augen irrten durch das dunkle Zimmer wie aufgescheuchte Fledermäuse durch die Iberger Tropfsteinhöhle. Nein, aber das war doch unmöglich, oder?! Dann… dann wären wir ja bereits seit drei Monaten Nachbarn, das hätte ich doch merken müssen?! Meine Blicke waren genauso unfokussiert wie meine Gedanken, ich rief mich selber zur Raison: RRrruuuuhig, Lchen, jetzt mal ganz systematisch.

Wann hatte ich den Pistazienjungen zuletzt gesehen? Ende November? Anfang Dezember? Wann war mir aufgefallen, dass die orangen Vorhänge sich nicht mehr veränderten, wann hatte ich das erste Mal nachts dort Licht brennen sehen? Oh Gott! Meine Beine und Arme begannen zu kribbeln. Theoretisch wäre es möglich. Theoretisch *könnte* es sein, dass 119 seit Dezember in der Wohnung vom Pistazienjungen lebte. Ich starrte an die Deckenlampe, die ich nun, da sich die Augen an die Dunkelheit gewöhnt hatten, schemenhaft erkannte. Mir brach der Schweiß aus unter der Decke, ich schob sie zur Seite und fröstelte. Er hatte mal gesagt, nebenan wohne ein Baby, das immer schreien würde. War das Baby Freddy? Und er hatte »Prost« gesagt, als ich vorhin mein Glas in Richtung von Monsieur Hire gehoben hatte, er hatte Prost gesagt… bevor oder nachdem ich einen Schluck genommen hatte? Lchen, konzentrier dich, vorher oder danach??? Ich knipste das Licht wieder an.

Ich zog einen Pullover über den Pyjama und schlich nach vorne ins große Zimmer. Ohne Licht zu machen, setzte ich mich an den Schreibtisch an mein Macchen. Sein Plöm beim Einschalten klang etwas verwundert, gerade hatte er sich hingelegt, seine Drähtchen waren dabei abzukühlen, da musste er schon wieder ran. Es dauerte ewig, ihn wieder hochzufahren, oder es kam mir nur ewig vor. Ich saß im Dunkeln – die Schreibtischlampe wollte ich nicht auch noch wieder aufwecken – und schaute aus dem Fenster… Das vertraute Bild, es fühlte sich plötzlich anders an. Als erwidere es den Blick, als schaute es plötzlich zurück. Bei Monsieur Hire, der vielleicht gar kein Monsieur Hire war, war alles unverändert. Die weißen Sichtschutzrolos waren unten, und es war kein Licht zu erkennen. Bestimmt, bestimmt, bestimmt war alles Einbildung gewesen. Ich rief Skype auf, vielleicht war 119 ja noch am Rechner… komm schon, komm schon, komm schon…

(Die Feuerwehr sollte man übrigens nicht mit Skype anrufen)... Mist, grau, das kleine Symbol vor seinem Namen war nicht mehr grün, sondern grau, das hieß, 119 war offline, und was nun? Handy! Natürlich Handy. Mit zitternden Händen wählte ich 119s Nummer, shit, ich hatte diesen Monat eigentlich kein Geld für Gespräche ans andere Ende vom Globus... Aber ich musste ja keinen Roman erzählen, ich würde einfach kurz fragen, wo er gerade wäre, mehr musste ich ja gar nicht wissen... ich hörte es tuten, einmal, zweimal, dreimal, Gott, bittebittebitte lass ihn drangehen, 119, olle Knalltüte, nun geh schon dran...

»Lchen?« Uuuh, er klang nicht sehr freundlich. »Lchen, tut mir leid, ich...«

»Ja, ich weiß, du musst jetzt arbeiten, aber... sorry... ichichich bin ganz durcheinander, lach mich jetzt bitte nicht aus, aber ich... ich habe gerade dich und Curd gesehen, ich...«

»Lchen, tut mir leid, ich dachte...«

»Ich habe dich und Curd gegenüber am Fenster stehen sehen, gegenüber bei Monsieur Hire, aber, aber...«

»Lchen, bitte...«

»Ich weiß natürlich, dass ich das nur geträumt habe, heute ist Vollmond, da träume ich immer Käse...«

»Lchen, tu mir einen Gefallen...«

»Es war bestimmt ein Traum, natürlich, aber ichichich... ich erinnere mich gar nicht, wann ich eingeschlafen bin... und auch nicht, wann ich aufgewacht bin, vielleicht schlafe ich ja auch immer noch ichichich...«

»Lchen, bist du vorne in deinem Wohnzimmer?«

»Ja, ich glaube... weißt du, in diesem Zustand weiß ich das ja alles nie so genau, diese Schlafwandlerei ist wirklich tückisch, auf Sylt zum Beispiel...«

»Maus, könntest du bitte mal kurz die Schnauze halten und einfach mal aus dem Fenster gucken?«

Ich sah aus dem Fenster.

»Na, und was siehst du?«

»Ich sehe dich und Curd am Fenster von Monsieur Hire.«

»Und? Freut dich das denn wenigstens ein bisschen?«

»Oh ja, sehr. Das freut mich wirklich sehr.«

»Aber du weißt immer noch nicht, ob du schläfst oder wach bist, stimmt's?«

»Stimmt.«

»Würde es vielleicht helfen, wenn du uns nicht nur sehen könntest, sondern… berühren?«

»Bebeberühren??? Ja, beberühren könnte helfen…«

»Dann kommen Curd und ich mal rüber, okay?«

»Okay.«

Ich zuckte. Aufgelegt. Ich schloss einen Moment die Augen. Das war doch alles nicht wahr!

Ich stand vom Schreibtisch auf und ging ans Fenster, ganz nah. Bei Monsieur Hire waren die Rolos hochgezogen, und es brannte Licht, nein, bei Monsieur Hire brannte kein Licht mehr, jemand hatte es gerade ausgemacht. Das Fenster war jetzt dunkel. Ich sah weiter nach draußen. Jetzt trat unten auf der Straße ein Mann aus dem Toreingang. Er trug einen Bademantel, einen Pyjama und irgendein Knäuel oder Kissen unterm Arm. Und er hatte Badeschlappen an den Füßen. Schlurfend, die Hände tief in die Taschen gegraben und mit hochgezogenen Schultern überquerte er die vom Vollmond glänzende Kopfsteinpflasterstraße und verschwand auf der anderen Straßenseite schließlich aus meinem Blickfeld. Es vergingen etwa zwei oder drei Sekunden, dann schellte es an meiner Tür.

Ich stand immer noch am Fenster und lauschte dem Klingeln. Es klingelte einmal. Und noch mal. Ich wartete, dass ich aufwachte und feststellte, dass es der Wecker war, der klingelte, und nicht die Tür. Beim dritten Klingeln dämmerte es mir plötzlich: Es schellte wirklich. Es schellte! Ich lief stolpernd in den Flur und drückte den Summer. Vorsichtig, ganz leise öffnete ich die Wohnungstür und lauschte... Ja, da waren tatsächlich Schritte im Treppenhaus... dadada kam jemand... SCHEISSE! Ich rannte wie ein geölter Blitz ins Bad. Beim Blick in den Allibert musste ich mir eingestehen, dass ich heute Nacht kein attraktiver Mensch war – außer vielleicht für blaue Schlafhündchen in gehäkelten Jeansanzügen. Hektisch rubbelte ich mir mit einem Handtuch die Fettschicht von Stirn und Wangen, riss mir die blau gefüllten Beißschienen von den Zähnen und wusch mir das Gesicht. Ohgottohgottohgott. Warum wurde denn das Wasser nicht warm? Ohgottohgottohgott. Und wieso war es schon wieder so braun, das war ja widerlich... Als ich mich aufrichtete und in den Spiegel sah, blickte mir mein nasses, gerötetes Gesicht entgegen, mit weißen Cremeresten in Nasenwinkeln, Augenbrauen und Haaransatz, blauem Schaum vorm Mund und einer Frisur wie Andre Agassi 1989. Die war so ähnlich wie die von Wolfgang Petri. Und Tina Turner. Es waren eben die 80er. Ich lächelte. Irgendwo hatte ich mal gelesen, dass ein Lächeln kleine Schönheitsfehler wegwischen könnte, das war großer Unsinn, stellte ich jetzt fest. Es entblößte blaue Zähne. Aber aus dem Spiegel blickte mir noch ein weiteres Gesicht entgegen, das von 119. Er sah gut aus, Donnerwetter. Im Vergleich zu mir. Und da war auch das Gesicht von Curd. Curdchen! Er stellte uns natürlich alle in den Schatten.

»Ist es okay für dich, wenn ich die hier deponiere?«

119 hatte eine Zahnbürste in der Hand. Sie war pink.

»Nur für Notfälle…«, sagte 119 etwas unsicher, mein Gesicht wirkte gerade nicht sehr freundlich, fiel mir auf. Pink war *meine* Farbe bei Zahnbürsten. »Nur, falls ich mal nicht zu mir nach Hause kann… weil, weil, weil wir eingeschneit sind… Oder weil ich mir hier beim DVD-Gucken den Oberschenkelhals gebrochen habe… Oder so wie heute, weil es aus psychologischen Gründen eigentlich dringend erforderlich ist, dass ich noch da bin, wenn du aufwachst, weil du sonst denken würdest, du hättest dir alles nur eingebildet.«

Ich starrte auf die Zahnbürste.

»Sie ist pink«, sagte ich. »Wenn eine pinke Zahnbürste von dir hier steht, werde ich selbst keine pinke haben können, weil es dann zu Verwechslungen kommt.«

Braunes Wasser tropfte mir vom Kinn.

119 nickte betroffen. Ich dachte scharf nach.

»Aber wir könnten es so machen, dass du deine in den linken Flügel vom Schränkchen stellst, und meine steht weiterhin im rechten Flügel. Wer sagt denn, dass Zahnbürsten immer direkt nebeneinander im Spiegelschrank stehen müssen?!«

»Eben«, sagte 119. Seine Miene hellte sich wieder auf.

»Natürlich wären sie nicht so alleine, wenn sie zusammenstünden, aber vielleicht sind sie auch ganz gerne allein?«

»Ja, vielleicht, sie sind schließlich Bürsten.«

»Eben«, sagte ich.

Wir schwiegen einen Moment. Ich sah auf Curd. Er wirkte ein bisschen mitgenommen.

»Hast *du* Curd vom Eis gerettet?«

»Nein, nein, Curd hat sich aus eigener Kraft aus der misslichen Lage befreit.« 119 verzog keine Miene.

»Ach was.« Da war ich natürlich von den Socken.

»Ja, es ist unglaublich, dass er das geschafft hat«, sagte 119.

»Allerdings«, sagte ich.

Wir staunten ein bisschen über den tollkühnen Curd. Der schien selbst nicht so zum Reden aufgelegt im Moment. Hat man ja mal. Aber 119 sprach für ihn.

»Curd war nach dem Sturz von der Brücke einen kurzen Moment bewusstlos, und als er aufgewacht ist, lag er ganz allein mitten auf einem riiiiesigen zugefrorenen See. So hat er es mir erzählt.« 119 nickte nachdrücklich.

»Ach, das hat Curd erzählt?!« Ich war beeindruckt.

»Ja, schon oft, ich wollte die Geschichte eine Zeitlang immer wieder hören, deshalb hat er im Moment auch keine Lust, sie *noch mal* zu erzählen. Er will schlafen.«

Das konnte ich gut verstehen. Wir standen noch immer vorm Allibert, und ich betrachtete 119 im Spiegel. Jetzt ließ er Curd müde nicken und zog ihm die Mütze über die Augen. 119s eigene Augen leuchteten umso mehr, als er dann Curds abenteuerliche Rettungsgeschichte weitererzählte. Curds Version.

»Also, Curd kam auf dem zugefrorenen See wieder zu sich und wollte natürlich sofort ans Ufer laufen. Aber da schien plötzlich superstark die Sonne, und das Eis unter ihm schmolz.«

»Ach du liebes bisschen! Und dann?«

»Zum Glück kam eine gute Fee vorbei, und die hat Curd magische Kräfte verliehen.«

»Ach, das war ja nett – und dann?«

»Also, Curd mitten auf dem riesigen See, auf einer Eisscholle, die ihm langsam unterm Hintern wegschmolz…«

»Und Haie umkreisten ihn sicher auch schon, nehme ich an…«

»Ganz genau. Aber Curd hatte ja jetzt diese besonderen Kräfte. Und als eine Welle kam, ist er blitzschnell aufgesprungen und dann sssssszzzzt wie Surflegende Robby Naish, Lord of the Boards, auf der mittlerweile nur noch *hauchdünnen* Eisscholle ans Ufer gesurft.«

»Donnerwetter!«

Was für eine Geschichte. Leise, quasi mit vor Spannung angehaltenem Atem, stellte ich 119s Zahnbürste in den linken Allibertflügel, knipste das Lämpchen des altgedienten Spiegelschranks aus, und wir verlagerten uns vom Bad ins hintere Zimmer. Bei so einer Geschichte musste man sich setzen, noch besser legen, aufs Bett. Mit Curd, der schon schlief, in der Mitte machten wir es uns bequem. 119 erzählte weiter.

»Am Ufer war natürlich inzwischen niemand mehr. Nur noch die orange Decke war da. Curds Tasche und du, Lchen, ihr ward verschwunden.«

»Das hat Curd alles erzählt?«

»Ja, das hat er erzählt. Berichte, wonach er die ganze Nacht weinend auf dem Eis gelegen hätte und erst am nächsten Tag von jemandem, der in der Zeitung von dem Unfall gelesen hatte, mit einer Angel vom See weggefischt wurde, sind schlichtweg falsch.«

»Es stand in der Zeitung?«, fragte ich erschrocken.

119 legte seinen Arm um mich. »Nur eine kurze Meldung, dass eine Frau aus noch ungeklärter Ursache in den Parksee eingebrochen sei.« Er drückte mich einen Moment fest an sich. »Aber sie sei mit dem Schreck davongekommen.« Behutsam vergewisserte sich 119, dass Curd schlief, und sagte

dann flüsternd: »Curd wurde nicht erwähnt. Aber ich hab eins und eins zusammengezählt, bin sofort in den Park geflitzt, und dann sah ich ihn da liegen…«

»Woher hattest du denn die Angel?«, flüsterte ich. Wir waren ganz schön bescheuert, schoss es mir dabei durch den Sinn, flüsterten wegen eines schlafenden Stofftiers.

»Aus einem Anglergeschäft!«

»Du hast extra eine Angel gekauft?«

»Ja, nun.«

Von Rührung übermannt, gab ich 119 einen Kuss. Ohne angeben zu wollen, würde ich sagen, es war ein sehr guter Kuss, einer meiner besten. Mehr als ein Danke-Küsschen, aber *kein* Scharfmacher. Eher… eine Verheißung.

»Wow, Lchen«, flüsterte 119 danach entsprechend geplättet und strahlte übers ganze Gesicht. »Sind meine Zähne jetzt heller?« Eine Verheißung von Zahnweiß.

Ich war ein bisschen konsterniert. »Das ist nur mein Fluor-Gel«, sagte ich nun wieder in normaler Lautstärke, »ich fülle es einmal wöchentlich in meine Beißschienen, entschuldige bitte.« Doofmann.

»Nein, das war sehr, sehr schön«, sagte 119 leise. »Wunderbar. Und sicher gut für die Zähne.« Er lächelte.

Ich räusperte mich. »Und wie ging es weiter?«, fragte ich nahezu beschwichtigt. »Curd ist auf einer Eisscholle ans Ufer gesurft und dann? Wie ist er schließlich bei dir gelandet?«

119 lachte und schob sich noch ein Kissen in den Rücken. »Ja, pass auf. Curd ist erst mal eine Weile im Park geblieben, weil er dachte, dass du ihn vielleicht dort suchst.«

»Das war klug.«

»Er konnte ja nicht wissen, dass du im Krankenhaus bist.«

»Nein, er ist ja kein Hellseher.«

»Nicht ganz. Und als du nicht kamst, ist er dann einfach losgelaufen und hat dich gesucht.«

»Curd ist wirklich mutig.«

»Ja, Curd ist *sehr* mutig.«

»Curd ist *total* mutig.«

»Also, falls du irgendwann irgendwo, im Blog oder in irgendeinem Buch mal davon erzählen solltest, dann musst du wirklich erwähnen, wie mutig Curd war.«

»Auf jeden Fall!« Mir fielen die Augen zu, ich legte den Kopf an 119s Schulter, ich war so müde. »Und wie habt *Ihr* Euch getroffen?«

»Rein zufällig, bei Penny. Nachdem er lange kreuz und quer durch die Welt geirrt war, hat Curd endlich seine Straße wiedergefunden. Er wollte nur noch rasch zu Penny rein, um dir Weinbrandbohnen mitzubringen, da hab ich ihn dort getroffen.«

»Er wollte mir Weinbrandbohnen mitbringen?« Jetzt musste ich doch lachen.

»Ja! Und ich sehe ihn also bei Penny mit den Weinbrandbohnen, und er erzählt mir, was passiert ist, und ich sage, Mensch Curdi, alter Junge, komm erst mal mit zu mir, und mach dich etwas frisch, bevor du bei Lchen reinschneist, du stinkst ja wie ein Iltis.«

»Ah, deshalb war er bei dir.«

»Richtig. Er wollte sich erst waschen. Er hatte ja wochenlang auf der Straße gelebt.«

»Das war sehr rücksichtsvoll von ihm…«

Ich tätschelte Curds Bauch und beschnupperte ihn. Er roch tatsächlich herrlich nach Perwoll. 119 strich mir über den Rücken.

»Sollen wir jetzt ein bisschen schlafen, Lchen? Ich bin sehr müde.«

»Oh ja, ich auch, lass uns ma' schlafen…«

Wir sahen uns an. 119 küsste mich auf die Nase, zwinkerte und knipste dann das Licht aus. Ich rückte ein bisschen ab, damit wir genug Platz hatten.

»Gute Nacht, Hase. Ich hoffe wirklich, du bist echt.«

»Das bin ich. Gute Nacht, Lchen.«

Ich rollte mich in Schlafposition. Gut, dass ich doch so ein großes neues Bett gekauft hatte, dachte ich dabei. Ich wollte erst nicht, meine Spielwiesenjahre sind vorbei, hatte ich zu meiner Schwester gesagt, damals bei unserem Trip zu IKEA. Nach meiner Entlassung aus der Psychiatrie. Aber sie meinte, ein Einzelbett wäre eine Kapitulation, ein Sichergeben ins Singledasein, so weit wären wir noch lange nicht, und man müsse dem Universum auch Signale senden, dass man für die Liebe bereit sei.

Ich ließ mich zu dem Signal bzw. Modell MANDAL überreden, aus massiver Birke, mit vier geräumigen Bettkästen. Siehste, meine Schwester hatte wieder mal recht behalten. Auch zu zwei getrennten Matratzen hatte sie mich glücklicherweise überredet. Das war für alle Anwesenden viel angenehmer und gesünder als nur eine. Man konnte sich unbefangen drehen und wälzen ohne den anderen dadurch in Seegang zu versetzen. Jetzt zum Beispiel, ich wälzte mich auf die andere Seite, und 119 bekam nichts davon mit. Wälzen war wichtig für einen erholsamen Schlaf. Auf durchgehenden Matratzen trauten rücksichtvolle Menschen wie ich sich häufig unbewusst gar nicht, sich zu wälzen. Ein anderes Problem des Einteilers im Bett war auch die Muldenbildung in der Bettmitte. Natürlich hatte man mit *zwei* Matratzen in der Mitte das Problem der Ritze. In bestimmten Positionen konnte die Ritze stören, in der Löffelchen-Position zum Beispiel, aber meiner Meinung nach wurde das Löffelchen ohnehin überschätzt. Irgendwann würde ich mal mit der Löffelchen-Lüge abrechnen, dachte ich. Das war nämlich auch wieder so eine Erfindung Hollywoods. Eine Metapher für innige Liebe, entstanden aus der Visualisierungsnotwendigkeit, sag ich mal. Der Film brauchte ja solche Schlüsselbilder, damit die Leute im Kino innerhalb von zwei Sekunden kapierten, ah, die beiden sind Topf und Deckelchen, bzw. Löffelchen und Löffelchen, die lieben sich ganz dolle Film ist teuer. Dabei schlief es sich in Wirklichkeit viel besser mit etwas Abstand. Und zwei Menschen, die sich Abstand ließen, liebten sich im Grunde noch viel doller, huch! Plötzlich spürte ich, dass 119 ganz dicht hinter mir lag und sich harmonisch an meinen Körper schmiegte, HUCH! Jetzt legte er auch noch seinen Arm über mich, ich spürte seinen Atem warm in meinem Haar, wo waren wir stehengeblieben? Also, die Löffelchen-Position, eine sehr geglückte filmische Visualisierung von... von... Löffelchen. 119 legte seine Hand auf meine. Sehr geglückt.

Eine Weile lagen wir so da. Aber ich fand trotzdem keine Ruhe, jetzt noch weniger. Schließlich fasste ich mir ein Herz. Ich sprach es einfach aus, was mich die ganze Zeit nicht schlafen ließ, das Problem der Mittelritze war es nämlich nicht wirklich. Wenn 119 nicht antworten wollte, konnte er ja so tun, als schliefe er schon.

»Wie lange bleibst du, Hase?«, flüsterte ich. Ich musste es wissen. Gerade, wenn er echt war, dann umso mehr.

»Was meinst du?« 119 nuschelte warm in meine Haare.

»Wann gehst du zurück nach Indonesien?«

Er antwortete nicht sofort. Ich hörte den Wecker ticken.

»Gar nicht«, sagte er dann.

»Und... gehst du irgendwo anders hin, in irgendein anderes Land zum Helfen?« Ich traute mich kaum zu atmen.

»Nein.«

Nein! NEIN!!! Ein Glücksgefühl durchströmte mich, und ich schämte mich dafür. Ich wusste, dass es für 119 eine Enttäuschung war, ein Scheitern, eine Niederlage, etwas in der Art.

»Warum nicht?«, fragte ich vorsichtig und bemüht, mir die Freude nicht anmerken zu lassen.

»Ich konnte dort niemandem helfen.«

»Das glaube ich nicht.«

»Ich bin kein Arzt, kein Psychologe, kein Pädagoge, ich spreche die Sprache nicht... Hier kann ich mehr tun, bitte lass uns nicht jetzt davon reden, okay?«

»Okay.« Ich schämte mich, aber ich wollte es noch mal hören. »Also bist du echt, und du bleibst?«

»Ja, ich bin echt, und ich bleibe.« 119 seufzte. Jetzt hatte ich ihn genervt.

Ein Lächeln überzog trotzdem mein Gesicht, ich grinste in die Dunkelheit. Ich strahlte wie ein Honigkuchenpferd, eigentlich hätte das Zimmer davon hell erleuchtet sein müssen wie ein Ballsaal.

»Also, gute Nacht, Hase.«

»Gute Nacht, Lchen.«

Eine Zeitlang war es still.

Nach einer Weile fiel mir doch noch etwas Wichtiges ein. Sehr wichtig.

»Du musst übrigens nicht diese Löffelchen-Nummer mit mir machen.«

Wenn ich ganz ehrlich war, spürte ich das Bedürfnis, die Position zu ändern.

»Nicht? Ich dachte, du stehst drauf?«

»Sagen wir so. Ich schätze das, was das Löffelchen symbolisiert, ich stehe auf Innigkeit und Harmonie, wenn du so willst, zumindest als Idee. Aber nicht auf die Körperhaltung. Kannst du mir intellektuell folgen?«

»Mit Mühe, aber es geht.«

»Einfacher gesagt: Ich würde eigentlich lieber ohne direkten Körperkontakt schlafen. Anfassen können wir uns morgen noch genug, wenn wir vielleicht Geschlechtsverkehr haben oder zusammen Desperate Housewives gucken, oder beides zusammen, was denkst du?«

»Du hast recht, andererseits... Was du heute kannst besorgen...«

»Gute Nacht.«

»Ich dachte ja auch nur, weil... Soll ich ab und zu pupsen oder schnarchen, damit du weißt, dass ich wirklich echt bin?«

»Sehr aufmerksam, aber nicht nötig, danke. Gute Nacht, Hase.«

»Gute Nacht, Lchen.«

Stille. Jeder auf seiner eigenen Matratze glitten wir hinüber in das Reich des Schlafs.

»Wie bist du eigentlich an die Wohnung gekommen?« Doch nicht.

»Über Rosi.«

»Ach so, ja natürlich, wie auch sonst.«

»Und warum hast du dich dann vor mir versteckt?«

119 drehte sich zu mir und sah mich durch die Dunkelheit an. Ich spürte seine Blicke, sie suchten meine Augen.

»Tut mir leid, ich… Ich hatte plötzlich das Gefühl, dass du erst mal andere Dinge für dich klären musst. Allein. Und dass du auch alleine darüber hinwegkommen musst.«

Ich sah zur Deckenlampe.

»Und *du* willst mein Freund sein?«

»Nein, eigentlich nicht.«

»Was?« Mein Köpfchen fuhr raschelnd herum.

»Jedenfalls will ich nicht nur dein Freund sein.«

»Natürlich schlafen wir als Freunde auch zusammen, wozu ist man sonst befreundet…«

»Davon bin ich ausgegangen. Ich dachte aber an etwas anderes…«

»Noch was?«

»Ich glaube, ich würde gerne im Rahmen unserer Möglichkeiten als verschrobene bindungssängstliche Käuzchen und natürlich in getrennten Wohnungen… mein… mein Leben mit dir teilen quasi.«

Ich setzte mich leicht auf.

»Für immer… soweit ich das im Moment übersehe«, ergänzte 119.

Ich starrte den runden dunklen Fleck in den Kissen an, den ich für 119s Gesicht hielt. Vielleicht war es auch Curd.

»Verstehe.« Ich ließ mich zurück in die Kissen fallen. »Interessanter Gedanke.« Die beiden Zipfel meines Kopfkissens bildeten über meiner Stirn einen Baldachin. »Gefällt mir.« Ich grinste und strahlte und lächelte noch breiter als vorher.

»Schlaf gut, Hase.«

»Schlaf gut, Lchen.«

Einundzwanzig, Zweiundzwanzig, Dreiundzwanzig… Vierundfünfzig.

Diesmal fing 119 wieder an.

»Sag mal, was sollte das eigentlich immer mit den Grimassen?«

»Was?«

»Du hast Grimassen in meine Richtung gezogen!«

»Ja, du alter Spanner! Anderen Leuten ins Fenster gucken, aber selber Sichtschutzrollos, das geht gar nicht, die kannst du gleich morgen abnehmen!«

»Aber ich habe nur *ein* Zimmer, und ich mache morgens gerne nackt Gymnastik.«

»Mach das.«

»Auch Kopfstand.«

»Ich freue mich darauf.«

»Aber alle anderen werden es auch sehen.«

»Na und?«

Wir kicherten.

»Komm, lass uns mal schlafen, Lchen, ja? Ich muss morgen arbeiten.«

»Ach, richtig. Wovon lebst du jetzt überhaupt, muss ich dich mit durchziehen?«

»Ja, bitte, das wäre super. Zumindest, falls es mit der Agentur nicht läuft.«

»Welche Agentur?« Oje, er wollte doch nie wieder Werbung machen.

»Meine. Ich habe eine Werbeagentur gegründet.«

»Nein!«

»Doch! Eine gemeinnützige Werbeagentur. Wir machen nur Werbung für gute Dinge.«

»Das sagen alle, sonst wäre es ja keine Werbung.«

»Für *wirklich* gute Dinge, für Umweltorganisationen und soziale Sachen und so.«

»Wow. Das klingt super.«

»Ich glaube fest daran. Wir sind bisher zwei Angestellte und zehn ehrenamtliche. Alle arbeiten von zu Hause, unser Büro ist das Netz, aber das erzähl ich alles später, ja?«

Ich war tief beeindruckt.

»Gute Nacht, Lchen.«

»Gute Nacht, Superhase.«

Wir versuchten, endlich einzuschlafen.

»Bin ich eigentlich dicker geworden in der Zeit, als du weg warst?«

»Nein, gar nicht.«

»Ich bin ins Eis eingebrochen!«

»Ach ja! Wie war das überhaupt? Du musst schreckliche Angst gehabt haben?«

»Soll ich dir mal was sagen…« Ich dämpfte die Stimme. »Ich konnte an der Stelle stehen.«

»Wie bitte? Du konntest *stehen*? Ich denke, die Feuerwehr ist angerückt!«

»Kann ich doch nichts für! *Ich* hab sie nicht gerufen!«

119 begann zu kichern.

»Und alle dachten, du wärst in Lebensgefahr! Kchichichiii!«

»Das war ich auch, ich war völlig unterkühlt, ich konnte kaum atmen, und mein Herz kam aus dem Rhythmus.«

»Warum bist du denn so lange im Wasser geblieben, wenn du *stehen* konntest?«

»Ich habe es nicht gemerkt! Als ich einbrach, hab ich sofort gestrampelt wie ein Fröschchen in der Milchkanne und mich am Rand des Eislochs festgeklammert. Irgendwann fiel mir dann auf, dass ich mit den Füßen gut bis auf den Grund kam, wenn ich mich streckte. Aber da war die Feuerwehr schon da und voll in Aktion.«

119 bekam sich nicht mehr ein vor Kichern. »Und dannkchichichiiii, was hast du dann gemacht?«

»Nichts erst mal. Die hatten alle so 'n Spaß, und wo sie einmal da waren! Aber dann ist einer der Männer eingebrochen, ganz vorne am Ufer zum Glück noch. Da hab ich gedacht, jetzt muss ich der Sache hier ein Ende bereiten. In einem unbeobachteten Moment hab ich mich mit den Füßen vom Boden abgedrückt und bin schwupp wie eine junge Robbe, die Ärmchen so seitlich abgespreizt, bäuchlings aufs Eis gesegelt. Und dann auf allen vieren zurück ans Land.«

119 drückte sich ein Kissen vors Gesicht und kugelte sich im Bett.

»Gute Nacht, Blödmann.«

»——-«

Irgendwann wurde es wieder still im Schlafzimmer. Und endlich, endlich senkte sich der wohlverdiente Schlaf über unsere aufgewühlten Gemüter.

»Lchen...?«

»Hase...?«

»Ich hab nur noch *eine* winzige Bitte.«

»Was kann ich für dich tun, lieber Freund?«

»Schreib bitte diesmal nichts in Curds Blog über mich, das musst du versprechen!«*

Ich überlegte nicht lange. »Kein Problem, Hase, versprochen.« Das war es wert.

Außerdem war ich sicher, die Blogleser würden das verstehen. Ebenso wie das Verschweigen einiger anderer unrühmlicher Dinge, die ich unmöglich zeitgleich erleben und im Blog hätte aufschreiben können.

»Wenn nicht, verpfeife ich dich, Lchen, hörst du?! Dann kommst du ins Gefängnis, wegen Vortäuschung einer Notlage und Missbrauchs von Notrufen! Und den Feuerwehreinsatz musst du dann auch selbst bezahlen!«

»Genau so machen wir's, Hase. Schlaf gut.«

»Schlaf gut, Lchen.«

»Lchen?«

»Hm?«

»Fahren wir Sonntag an die Nordsee?«

…

So ging das noch eine ganze Weile. Ständig fiel einem von uns noch irgendwas ein, das umgehend geklärt werden musste. Der Morgen graute schon, als wir endlich Schlaf fanden. Aber auch dann wachte ich gefühlt alle fünf Minuten auf, um mich zu vergewissern, dass 119 wirklich da war – und Curd Rock vor allem, (der wahre Held vom Parksee, darauf möchte ich noch mal ausdrücklich hinweisen) – und dass ich das alles nicht nur bei Vollmond geträumt hatte.

Bis heute fürchte ich mich davor. Manchmal, wenn 119,

* Jahre später in einem Buch meinetwegen. MFG, 119

Curd und ich uns auf der Couch lümmeln und Filme gucken, einen nach dem anderen, oder wenn ich aus dem Fenster gucke und 119 an seinem Rechner sitzen sehe, oder bei der Gymnastik, wenn er mir dann zuwinkt oder anruft und fragt, ob ich auf einen Pfannkuchen rüberkäme, er hätte die Pfanne, also immer dann, wenn ich einen Moment so richtig Spaß habe mit 119, dann denke ich, ist das wirklich wirklich, oder wache ich irgendwann auf?

Aber bis heute, toi, toi, toi, hat unsere kleine Idylle jedes Weckerklingeln und auch sonst jeden Krach überstanden. Und auch meine gelegentlichen Anwandlungen, dass man sich doch irgendwie mal verändern und dass alles irgendwo hinführen müsse, dass wir viel hätten, aber dass uns auch viel fehlen würde, können uns nicht mehr viel anhaben. 119 weiß inzwischen, was dann zu tun ist. Im Gegensatz zu früher zieht er sich in solchen Momenten nicht mehr zurück, sondern rückt mir auf die Pelle. Er nistet sich bei mir ein, betüddelt mich und hängt mit seinem Kumpel Freddy auf der Couch ab. Ich meinerseits fülle sie dann beide mit Eierlikör ab, damit ich meine Ruhe habe. Nach spätestens zwei Tagen ist mein Anfall vorbei, und ich frage mich, warum nicht alles bleiben kann, wie es war. Egal, was andere vielleicht davon denken.

Neulich hat 119 mir ein Buch geschenkt. Ein Buch mit Inseln, einen prächtigen Bildband mit herrlichen Fotos. Viele dieser Inseln werden versinken, wenn die Welt noch wärmer wird, seine Agentur hat es gemacht. 119 war so stolz darauf. (Ich bin im Übrigen der Meinung, dass der wichtigste Faktor für eine glückliche Beziehung der ist, dass die Beteiligten mit ihrem Job oder ihrer Aufgabe im Leben zufrieden sind, sonst kann auch kein anderer Mensch sie dauerhaft glücklich machen.) Leider versank ich selbst gerade in Arbeit. Erst vor ein paar Tagen hatte ich Zeit, mir 119s Buch Seite für Seite, ganz in Ruhe anzusehen. Und da habe ich es entdeckt.

Fast genau in der Mitte war ein Foto von zwei Inselchen. Die zwei bewaldeten Mini-Eilande lugten aus dem Pazifik wie grüne Kamelhöcker – oder nein, wie grüne Schlumpfmützchenzipfel. Um sie herum zum offenen Meer war das Wasser tiefblau, aber zwischen ihnen spannte sich ein perfekter hellblauer Bogen. Unten im Bild stand – zumindest in meinem Exemplar – ein kleiner Text: *Die Inseln 119 und Lchen, die ihre Namen einer uralten Sage verdanken:*

Einst geriet dort, wo die Inseln liegen, ein Schiff in Seenot, sagt die Sage. An Bord ein Liebespaar namens Lchen und 119. Ihr Schiff sank, aber weil sie so ein nettes, sympathisches, extrem gutaussehendes Paar waren, hat das Meer Lchen und 119 nicht verschlungen, sondern in zwei Inseln verwandelt. So die uralte Sage.

Der auffällige hellblaue Bogen zwischen den Inseln Lchen und 119 rührt angeblich daher, dass die beiden unter Wasser Händchen halten.

Ein tolles Buch. Toll. Und was für eine romantische kleine Geschichte, so positiv. (Die Gonger-Sache bekommt dadurch auch einen ganz neuen Sinn). Das Buch steht jetzt neben Curds schönem Bildband von den Affen.